Ngaio Marsh

Cauchemar à Waiatatapu

TRADUIT PAR
ANNE KELLY

Cet ouvrage a été publié en langue anglaise
sous le titre :

COLOUR SCHEME

53, avenue Victor-Hugo, Paris XVIe - Tél. 500.65.00
ISBN 2-280-13008-4
ISSN 0758-9646

Termes et expressions de langue maorie rencontrés dans cette narration

Aue ! Aue ! Aue ! Te mamae i au ! — Cri de lamentation — Exprime le chagrin, l'affliction.

Haere mai — Bienvenue

Hapu — Clan

Kainga — Résidence ouverte, non fortifiée

Marae — Cour fermée.

Matagouri — Jeune voyou.

Mkutu — Acte de sorcellerie, envoûtement.

Na waitana ? — Qui es-tu ? (Littéralement : de qui descends-tu ?)

Pa — Forteresse. Par extension : village.

Pakeha — Etranger, homme blanc.

Toki — Hache de guerre.

Toki-poutangata — Hache en silex.

Whare — Maison.

LES PROTAGONISTES

Dr James Ackrington	Chirurgien anatomiste
Barbara Claire	Sa nièce
Agnès Claire	Sa sœur
Colonel Edouard Claire	Bon beau-frère
Simon Claire	Son neveu
Huia	Jeune employée de maison
Geoffrey Gaunt	Célèbre acteur shakespearien
Dikon Bell	Son secrétaire particulier
Alfred Colly	Son valet de chambre
Maurice Questing	Un homme d'affaires
Rua Te Kahu	Chef du clan Te Rawawa
Herbert Smith	Homme à tout faire, employé à Waiatatapu
Eru Saul	Un jeune métis
Septimus Falls	
La princesse Te Papa (Mme Te Papa)	Dignitaire Te Rawawa
Le Sergent Webley	De la Brigade criminelle de Harpoon
Un Superintendant.	

1

Les Claire et le docteur Ackrington

Quand il franchit l'entrée du Cercle de Harpoon en boitillant, au matin du lundi 13 janvier, le docteur James Ackrington n'était pas à prendre avec des pincettes. Des incidents successifs semblaient s'être donné le mot pour l'irriter avant de le plonger dans un paroxysme de fureur.

Il avait mal dormi. Au petit déjeuner, sans trop savoir comment, il s'était lancé dans une vive discussion avec sa sœur, discussion où il fut vaguement question de valeur thérapeutique des boues minérales et de technique de préparation des œufs au plat. Il avait ensuite demandé le quotidien du jeudi précédent et appris que l'on s'en était servi pour envelopper le repas de pique-nique de M. Maurice Questing. Reconnue coupable de cet outrage, sa nièce Barbara avait éclaté de son rire nerveux et rapporté le journal qui était maculé de taches de graisse et dégageait une forte odeur d'oignon. Le docteur Ackrington l'avait brandi furieusement devant elle et son nerf sciatique avait heurté violemment le coin de la table. Aveugle de souffrance et blanc de rage, il avait titubé jusqu'à sa chambre pour se déshabiller, prendre une douche et revêtir un peignoir avant de se diriger vers la plus chaude des sources thermales. Mais celle-ci n'était pas libre. M. Maurice Questing y était installé, sa silhouette inélégante disparaissant à moitié dans le liquide effervescent. Avec un rire désobligeant, M. Questing avait indiqué les autres bassins, plus tièdes mais inoccupés, ajoutant qu'il n'était pas dans son intention de sortir avant une demi-heure. Le docteur Ackrington avait alors explosé. Planté sur la glaise aux reflets bleutés qui cernait la cuvette, il s'était jeté dans la plus violente bataille qu'il fût possible de livrer à un homme nu, souriant, et qui ne répondait pas aux insultes les plus grossières. Il avait ensuite regagné sa chambre, s'était habillé, et ne trouvant personne sur qui déverser sa colère, avait lancé rageusement sa voiture dans la petite piste sinueuse et étroite qui séparait Waiatatapu de la route menant à Harpoon. L'atmosphère qu'il laissait derrière lui était tout à fait à l'image de son humeur puisque l'air de Waiatatapu était, comme toujours, saturé de vapeurs sulfureuses.

Au Club, il s'arrêta pour prendre son courrier et se rendit à la bibliothèque dont les fenêtres s'ouvraient largement sur la Baie de Harpoon. Pas une ride ne troublait la surface de l'eau qui reproduisait dans toute sa pureté l'image du ciel, du sable éclatant et du flamboiement des arbres qui fleurissaient en été dans cette région septentrionale de la Nouvelle-Zélande. A travers les fines volutes d'air chaud qui s'élevaient du bitume, les collines et leur végétation semblaient changer de forme et trembler par moments, comme si ce paysage étrangement primitif était encore en gestation et représentait une ébauche plutôt qu'une œuvre parachevée de la nature.

C'était un spectacle d'une beauté saisissante. Mais le docteur Ackrington n'en fut pas vraiment ému. Il se dit que la chaleur allait être caniculaire et entreprit de décacheter ses enveloppes. Une seule lettre parut retenir son attention. Il l'étala sur l'écritoire et se mit à la parcourir en sifflotant entre ses dents.

Voici ce qu'il lut :

Cabinet Harley
Auckland, C.I

Cher docteur Ackrington,

Je prends la liberté de vous écrire pour solliciter votre opinion sur une complexe affaire touchant l'un de mes patients. Ce dernier n'est autre que notre visiteur de grand renom, le célèbre Geoffrey Gaunt. Comme vous le savez sans doute, M. Gaunt est arrivé en Australie peu de temps avant le début de la guerre, avec sa troupe de théâtre shakespearien. Il est resté dans ce pays et n'a cessé de donner des représentations, mais en versant une part très appréciable des recettes aux fonds patriotiques. Sa compagnie s'étant finalement dispersée, il est venu en Nouvelle-Zélande où — je suppose que vous ignorez ce détail, je n'oublie pas que vous détestiez la T.S.F. — nous lui devons un excellent travail de propagande effectué à la radio.

Geoffrey Gaunt m'a consulté il y a environ un mois. Il se plaignait d'insomnie, de douleurs articulaires aiguës, d'anorexie et d'intense dépression. Il m'a demandé si je le jugeais apte à servir dans l'armée, précisant que, dans ce cas, il regagnerait l'Angleterre pour s'engager. J'ai diagnostiqué un début de dégénérescence fibreuse et un affaiblissement nerveux, prescrit un régime très simple et indiqué à M. Gaunt que je le considérais totalement inapte à toute forme d'activité militaire. Comme il me faisait part de l'intention qu'il avait d'écrire son autobiographie, j'ai observé qu'il pouvait s'acquitter de cette tâche en suivant une cure d'hydrothérapie. J'ai d'abord suggéré Rotorua, mais il n'a pas voulu en entendre parler. Il a dit qu'il y serait constamment harcelé par ses admirateurs et que, de toute façon, il ne supportait pas les villes touristiques.

Vous aurez deviné maintenant l'objet de ma lettre.

Je sais que vous résidez en permanence à Waiatatapu et que les thermes sont sous la direction de votre sœur ou de son mari. J'ai aussi appris que vous aviez commencé la rédaction d'une « œuvre capitale ». J'en déduis que cette station est un endroit tranquille et propice à la réflexion. Auriez-vous l'amabilité de me dire si, à votre avis, elle profiterait également à mon patient et si le Colonel et Mme Claire accepteraient de l'y accueillir pour un séjour d'environ six semaines ? Tout en n'ignorant pas que vous avez cessé d'exercer la médecine, j'ose vous demander de bien vouloir accorder à M. Gaunt un peu de votre attention professionnelle. C'est un homme assez remarquable. J'espère que vous consentirez à voir en lui une sorte de malade exceptionnel. J'ajoute que ce serait pour moi un sujet de fierté que de pouvoir vous le confier.

Geoffrey Gaunt est accompagné de son secrétaire et de son valet de pied. Serait-il possible de loger également ces deux personnes ?

En m'excusant de cette démarche que vous trouverez peut-être inopportune, je vous prie de croire, cher docteur Ackrington, en ma très haute considération.

Ian Forster

Le docteur Ackrington relut cette lettre, la replia et la glissa dans son portefeuille. Puis, sans cesser de siffloter entre ses dents, il bourra sa pipe et l'alluma. Après quelques minutes de réflextion, il attira vers lui une feuille de papier et se mit à la couvrir de son écriture fine et irritée.

Cher Forster,

Je vous remercie de votre lettre, Elle appelle une réponse franche. La voici.

La station termale de Waiatatapu, comme vous l'indiquez, est propriété de ma sœur et de son mari. Ces derniers sont de parfaits idiots, mais des idiots honnêtes, ce qui est une qualité fort peu répandue dans ce type de profession. Je trouve qu'ils gèrent cette affaire avec une rare incompétence, mais il s'agit là d'un sentiment qui n'est guère partagé dans mon entourage. Edward Claire est un militaire de carrière. Il n'a malheureusement pas la plus petite idée de ce qu'est l'esprit d'ordre et de méthode. C'est pourtant une notion dont il a dû entendre parler à un moment ou à un autre. Ma sœur est une littéraire. Si peu femme d'affaires qu'elle soit, elle semble néanmoins bénéficier d'une certaine compréhension auprès de ses pauvres clients. Je suis son seul critique. Est-il besoin de préciser qu'ils ne gagnent pas des mille et des cents ? Ils se tuent à une tâche qui les dépasse et qui, pour devenir aisée et profitable, demanderait simplement l'application d'un minimum de bon sens.

Manisfestement, vous avez votre propre opinion quant aux vertus soi-disant thérapeutiques de ces installations. Il s'agit, comme vous devez le savoir, de sources thermales dont les eaux contiennent des mélanges alcalins, de l'acide sulfurique et du gaz carbonique en suspension. Il existe aussi des bains de boues riches en silice à propos desquels mon beau-frère utilise librement et inconsidérément le mot de radioactivité. Cette théorie n'est pour moi qu'une pieuse fantasmagorie. Les boues de Waiatatapu sont peut-être miraculeuses. L'état de ma jambe ne s'est pas détérioré depuis que je les fréquente.

Venons-en à votre remarquable patient. J'ignore à quel degré de confort il est habitué, mais je peux vous assurer qu'il ne le trouvera pas dans cette station, et cela en dépit de tous les efforts plus ou moins judicieux qui seront déployés pour son bien-être. Mais, tout compte fait, je ne serais pas étonné qu'il se sente à l'aise. Son secrétaire et son valet pourraient fort bien réussir là où mes malheureux proches ne sauraient qu'échouer. Je doute qu'il connaisse un sort plus enviable s'il se rendait dans une autre région de cet extraordinaire pays. Les frais de séjour sont certainement moins élevés qu'ailleurs, six livres par semaine. Gaunt aura peut-être besoin d'un salon particulier. Dans ce cas, j'imagine qu'il lui faudra payer un supplément. Le contrôle médical est sous la responsabilité du docteur Tonks, qui réside à Harpoon. Je ne vous en dis pas plus à ce sujet. Le fait que tous les curistes de Waiatatapu aient au moins survécu jusqu'à présent constitue peut-être une manière de garantie. Je ne vois pas pourquoi je refuserais de surveiller votre patient si tel est votre souhait ainsi que le sien. Votre jugement à son égard modifie l'impression qu'il me faisait. Je le considérais en effet comme un échantillon de ces freluquets qui, de nos jours, semblent former l'essentiel de notre intelligentsia londonienne.

Mon « œuvre capitale », comme vous l'appelez, sans doute par ironie, progresse lentement, nonobstant les efforts conjugués que mon entourage immédiat ne cesse de déployer pour me dénier le calme le plus symbolique. J'avoue que les épanchements autobiographiques de personnes liées au théâtre n'ont à mes yeux aucun rapport avec un travail sérieux. Peut-être M. Geoffrey Gaunt rencontrera-t-il davantage de succès que moi-même dans ce domaine.

Je vous remercie encore une fois de votre lettre.

James Ackrington.

P.S. — Je me dois d'informer votre patient et vous-même qu'un individu des plus odieux sévit en ce moment à Waiatatapu. Je nourris les plus graves soupçons à l'égard de cette personne.

J.A.

Tandis que le docteur Ackrington cachetait ce pli et inscrivait l'adresse du destinataire, une lueur satisfaite éclairait son visage habituellement austère. Il sonna le barman, commanda un petit whisky-soda et, semblant trouver goût à cette tâche, entreprit de rédiger une seconde lettre.

Monsieur Roderick Alleyn
Inspecteur Principal de
Scotland Yard
c/o Commissariat Central. Auckland.

Monsieur,

Les journaux, avec une notoire indiscrétion, signalent votre présence en Nouvelle-Zélande, dans le cadre d'une enquête sur les scandaleuses fuites d'informations qui, notamment, ont conduit au torpillage de l'*Hippolyte* en novembre dernier.

J'estime être en devoir de vous renseigner sur les activités d'une personne vivant actuellement à Waiatatapu, dans la région de Harpoon. Ce personnage, qui se fait appeler Maurice Questing et qui réside à la Station thermale, a pris l'habitude de sortir à la tombée de la nuit. Je suis en mesure d'affirmer qu'il se rend au sommet du mont Rangi, un volcan éteint faisant partie de la réserve maori et dont le versant ouest surplombe l'océan. J'ai moi-même, plusieurs fois, vu clignoter une lumière sur ce versant. Vous noterez que l'*Hippolyte* se trouvait à environ trois kilomètres au large de Harpoon au moment où il fut coulé.

Interrogé sur le motif de ses randonnées nocturnes, M. Questing n'a fourni que des réponses évasives sinon mensongères.

J'ai déjà signalé ces faits aux autorités locales. Jusqu'à présent, celles-ci n'ont manifesté qu'une profonde léthargie.

Je vous prie, Monsieur, de croire en mes meilleurs sentiments.

James Ackrington.

Le barman vint servir la boisson commandée. Le docteur Ackrington l'accusa d'avoir mis dans son verre un whisky de marque inférieure à celle demandée, mais il formula ce grief sur le ton de l'habitude et sans acrimonie. Il accueillit avec une surprenante indulgence les assurances qui lui furent fournies, remarquant que la fraude incombait sans doute aux fabricants du whisky. Il vida ensuite son verre, vissa son chapeau sur sa tête et se leva pour aller poster ses lettres. Dans le hall, le gardien lui ouvrit la porte en hasardant :

— Les nouvelles du front sont un peu plus réjouissantes ce matin, monsieur.

— Plus vite nous mourrons tous, mieux ce sera, répliqua joyeusement le docteur Ackrington.

Puis, avec une exclamation aiguë, il boitilla rapidement jusqu'au bas de l'escalier.

— C'est une plaisanterie ? s'enquit le gardien.

Le barman répondit à cette question en levant les yeux au ciel.

II

Le Colonel et Mme Claire vivaient depuis douze ans à la Station thermale de Waiatatapu. Quand ils avaient débarqué en Nouvelle-Zélande, venant de l'Inde, leur fille Barbara, qui était née dix années après leur mariage, était âgée de treize ans et Simon, leur fils, de neuf ans. A leurs amis, ils avaient expliqué en termes mesurés qu'ils souhaitaient fuir l'existence routinière et conformiste que menaient en Angleterre les retraités de l'Armée. Ils avaient, avec une allégresse innocente et sincère, évoqué les « vastes espaces » et le modeste héritage qui avait échu au Colonel. L'essentiel de cet héritage avait servi à la construction de l'hôtellerie où ils quelques spéculations timorées. Ils avaient travaillé comme des forçats, s'irritant poliment quand de bons conseils leur étaient prodigués et accueillant les mauvaises suggestions avec une touchante gratitude. En plus de ces imperfections, ils avaient l'art de s'entourer de gens proprement invraisemblables. Au moment où débute cette narration, ils étaient encombrés d'un phénomène portant le nom d'Herbert Smith.

Son éminent et irascible frère ayant cessé de pratiquer la médecine et pris sa retraite, Mme Claire l'avait invité à les rejoindre. Le docteur Ackrington avait accepté de quitter Londres pour venir en Nouvelle-Zélande, mais à la condition d'être traité comme un hôte payant. Il voulait en effet garder l'entière liberté de formuler ses critiques et ses récriminations, exercice auquel il se livrait avec une particulière énergie, notamment quand il s'agissait de son neveu Simon. Sa nièce Barbara Claire avait, depuis le début, accompli les tâches de deux employées de maison. Ne sortant que très rarement, elle avait pris le même air de femme d'intérieur, sage et affairée, qui émanait de sa mère. Simon, quant à lui, avait fréquenté les écoles publiques de Harpoon. Tiraillé entre une famille d'honnête bourgeoisie, pauvre mais fière, et la situation de « nouveau venu » que lui prêtaient ses camarades de classe, il s'était un peu replié sur lui-même, adoptant une attitude agressive et délibérément grossière. Il avait interrompu ses études un an avant le début de la guerre et suivait maintenant, par correspondance, le cours préparatoire de l'Ecole de l'Air.

Les Claire, au matin où le docteur Ackrington se rendit à Harpoon, vaquèrent à leurs occupations habituelles. A midi, le Colonel alla confier son lumbago à la radioactivité des boues minérales, Mme Claire trempa sa sciatique dans une source chaude, Simon s'enferma dans sa cabine pour réviser son morse et Barbara, dans une cuisine sommaire et surchauffée, entreprit de préparer le déjeuner avec l'aide de Huia, une jeune Maori.

cuisine sommaire et surchauffée, entreprit de préparer le déjeuner avec l'aide de Huia, une jeune Maori.

— Tu peux commencer à mettre la table, Huia, déclara Barbara.

Du dos de la main, elle repoussa une mèche humide tombée sur ses yeux.

— J'ai peut-être utilisé un peu trop de vaisselle, reprit-elle. Il faudra six couverts dans la salle à manger. M. Questing déjeune dehors.

— Je suis contente, affirma Huia sur un ton pétulant.

Barbara fit semblant de n'avoir pas entendu cette remarque. Se déplaçant avec la grâce à la fois nonchalante et pleine de vigueur que l'on observait chez tous les jeunes Maoris, Huia sourit de toutes ses dents et commença à empiler des assiettes sur un plateau.

— Il est vilain, ajouta-t-elle dans un murmure.

Comme Barbara lui jetait un regard scrutateur, elle émit un petit rire musical.

« Je ne les comprendrai jamais », songea Barbara.

A haute voix, elle remarqua :

— Il vaudrait peut-être mieux l'ignorer tout simplement quand il devient... quand il te... quand il se met à te taquiner.

— Il me rend furieuse, assura Huia.

Elle entra soudain dans une colère enfantine. Ses yeux étincelèrent et elle frappa du pied en lançant :

— Ce n'est qu'un idiot.

— Tu n'es pas vraiment en colère.

Huia eut un regard en coin, esquissa une grimace ambiguë et pouffa de rire.

— N'oublie pas ta coiffe et ton tablier, dit Barbara en sortant pour aller vers la salle à manger.

L'hôtellerie de Waiatatapu était une bâtisse en bois d'un seul étage formant un E auquel manquait la barre médiane. La salle à manger se trouvait au centre de la section la plus longue, séparant la cuisine et les dépendances des chambres de pensionnaires qui occupaient l'aile nord. L'aile sud, où résidaient les Claire, se composait d'une série de cabines exiguës et d'une minuscule salle de séjour. C'était le Colonel Claire qui avait dessiné les plans de ces installations, s'inspirant d'un baraquement militaire avec un léger parfum de sanatorium. Il n'y avait aucun couloir, et toutes les chambres s'ouvraient sur une véranda partiellement couverte. Les murs intérieurs étaient d'une patine rouge-ocre. La maison sentait vaguement l'huile de lin et très distinctement le soufre. Un visiteur attentif aurait pu y suivre pas à pas le chemin parcouru par les Claire. Les affiches encadrées du *London Board-of-Trade*[1], les tables et les chaises, peintes sans grande technique, les avis soigneusement rédigés, la malice des petits poèmes réprobateurs accrochés dans les lavabos et les salles de bains : autant d'indices évoquant les débuts optimistes. Les cadres brisés, la peinture écaillée et les papiers couverts de chiures de mouches, se balançant au bout d'une épingle unique, témoignaient incontestablement d'un déclin progressif mais inexorable. La maison ne dégageait qu'une vague impression de confort, et l'on se surprenait à la trouver propre et relativement bien tenue. La paroi extérieure de la salle à manger était constituée de deux panneaux vitrés donnant sur la véranda et, plus loin, sur les sources thermales. Ces portes, supposées coulissantes, avaient une fâcheuse tendance à se coincer.

Barbara se tint pendant un moment devant une fenêtre ouverte, considérant d'un regard absent l'étrange paysage qui se déployait sous ses yeux. Des collines sombres et broussailleuses se découpaient sur un fond de ciel gris. Au-delà de la baie que dissimulaient leurs crêtes, s'élevait le cône du mont Rangi, un volcan éteint qui dominait tout son voisinage et dont le dessin net et dépouillé faisait penser à

1. Ministère du Commerce.

l'œuvre d'un paysagiste moderne ayant la passion des formes simplifiées. Distant d'une douzaine de kilomètres, il se détachait néanmoins avec davantage de clarté que les collines dont les contours se brisaient de temps à autre, s'escamotant derrière les jets de vapeur qui montaient des huit bassins thermaux. Ces derniers se trouvaient à la limite de l'espace rocailleux qui s'étendait devant l'Hôtellerie. Cinq d'entre eux étaient des sources chaudes entourées de haies d'arbustes et de broussaille. Le sixième s'abritait derrière des planches sommairement assemblées. Le septième s'apparentait presque à un lac. Des masses de vapeur nimbaient sa sombre surface. Le huitième, un bain de boue tiède, ne dégageait pas de vapeur et n'était qu'à moitié protégé. Une tête émergeait de son extrémité ouverte, une tête nue et rose posée sur un long cou.

Barbara sortit sur la véranda. Elle saisit une cloche en bronze et la fit sonner vigoureusement. La tête rose, tel un périscope, se déplaça lentement au-dessus de la boue et disparut derrière l'écran.

— Déjeuner, papa, cria inutilement Barbara.

Elle franchit le terre-plein de roche volcanique et pénétra dans l'enclos. Un écriteau rongé par les intempéries était accroché à la haie dissimulant le premier sentier. « Elfe », annonçait-il. Les Claire, pour désigner chaque bassin, n'avaient trouvé que des noms rivalisant de banalité. C'était Barbara qui, à la pointe métallique, avait exécuté les panneaux.

— Tu es là, maman ? demanda-t-elle.

— Je viens, ma chérie.

Barbara contourna la haie et découvrit sa mère, plongée à ses pieds dans l'eau bouillante qui enveloppait son corps rebondi. Mme Claire portait sur ses cheveux frisottés un bonnet en tissu éponge à bord dentelé. Une paire de lunettes reposait sur l'arête de son nez. De la main droite, elle tenait au-dessus de l'eau un exemplaire bon marché d'une série populaire.

— C'est admirable, affirma-t-elle. Ils sont aussi passionnant les uns que les autres. Je ne m'en lasse pas.

— Le déjeuner est prêt.

— Je sors dans un instant. Ce bassin est vraiment merveilleux, Ba. Je ne sens plus aucune fatigue.

— Je suis contente de l'apprendre, dit à haute voix Barbara. Je voudrais te poser une question, maman.

— Oui ? De quoi s'agit-il ? interrogea Mme Claire en se servant de son pouce pour tourner une page.

— Que penses-tu de M. Questing ?

Mme Claire leva les yeux par-dessus la tranche de son livre. Barbara se tenait en équilibre sur sa jambe droite, son pied gauche enroulé autour de sa cheville.

— Ne prends pas cette pose, ma chérie, conseilla Mme Claire. Elle n'a rien d'*avantageux*.

— Tu ne m'as pas répondu, insista Barbara en changeant de posture.

— Eh bien, on ne peut pas dire qu'il soit issu du meilleur des milieux.

— Ce n'est pas ce qui m'intéresse. Et puis que *signifie* le meilleur des milieux ? Pourquoi faut-il classifier les gens et les ranger par catégories ? C'est d'un toupet ! Excuse-moi, maman, je ne voulais pas te froisser. Mais franchement, que nous puissions, *nous*, parler de classe !

Barbara partit d'un grand éclat de rire.

— Mais regarde-nous ! fit-elle.

Mme Claire se dirigea pudiquement vers la sortie du bassin et tendit le livre qu'elle tenait à sa fille. Les effluves sulfurés que dégageait l'eau redoublèrent d'intensité. Des gouttelettes cascadèrent du bras grassouillet.

— Tiens.

Barbara prit le livre, et Mme Claire put tirer son bonnet un peu plus autour de ses oreilles.

— Ma chérie, commença-t-elle sur le ton qu'elle réservait aux sujets les plus graves, il ne faut pas mêler l'argent et la bonne éducation. L'important n'est pas ce que l'on *fait*...

Elle s'interrompit un moment et ajouta :

— Il y a un quelque chose d'inné… Et cela, on le sent toujours.

— Ah oui ? On le sent bien, chez Simon, remarqua Barbara.

— Le pauvre chéri, fit sa mère sur un air de reproche.

— Oui, d'accord. C'est mon frère, il est très gentil et je l'aime beaucoup. Mais le quelque chose d'inné dont tu parles, il n'y en pas des masses chez Simon. Tu ne trouves pas ?

— C'est son affreux accent. Si nous avions eu les moyens de le…

— Ah ! s'écria Barbara. Nous y voilà !

Elle poursuivit rapidement, lançant ses mots comme autant de projectiles sortis d'une arme qu'elle ne maniait pas très bien :

— La conscience de classe, mon œil ! En fait, tout est une question d'argent.

Sur la véranda, la cloche retentit une nouvelle fois, mais avec une certaine désinvolture.

— Il faut que je me dépêche, assura Mme Claire. C'est Huia qui sonne.

— Si je n'aime pas M. Questing, reprit Barbara sur un débit accéléré, ce n'est pas à cause de ses manières ou du langage qu'il utilise. C'est sa *personne* que je trouve déplaisante. Je n'apprécie pas sa façon de se conduire avec Huia. Et avec moi-même, ajouta-t-elle à mi-voix.

— Il était représentant de commerce, expliqua Mme Claire. C'est sa nature, je suppose.

— Maman, *pourquoi* faut-il que tu lui cherches des excuses ? Et papa, comment peut-il le supporter ? Lui qui devrait normalement le mépriser ? Il lui arrive même de rire de ses affreuses plaisanteries. Ne me dis pas que nous avons besoin de sa pension. Tu as vu comment papa et oncle James ont pratiquement jeté dehors ces riches Américains. Je les trouvais pourtant très sympathiques.

cheveux blond cendré. Evitant le regard de sa mère, elle leva les yeux sur le sommet du mont Rangi.

— J'ai parfois l'impression que M. Questing nous *tient*, d'une manière ou d'une autre, affirma-t-elle avant d'éclater une nouvelle fois de son rire nerveux.

— Barbara, ma chérie, fit sa mère d'une voix suggérant qu'une effroyable indélicatesse menaçait d'être commmise. Ne parlons plus de tout cela, veux-tu ?

— Oncle James ne peut pas le sentir, en tout cas.

— Barbara !

De l'autre côté de la haie, une voix tranquille lança :

— C'est l'heure, Agnès. Tu seras encore la dernière à te mettre à table.

— Je viens, chéri. Sois gentille, Barbara, va rejoindre ton père.

III

Le docteur Ackrington descendit l'allée à fond de train et immobilisa brutalement sa voiture devant la véranda. Barbara, qui s'approchait au même moment, l'attendit et lui prit le bras.

— Du calme, jeune fille, protesta-t-il. Je n'ai pas envie de me casser la figure.

Mais il la retint quand elle fit mine de s'écarter, posant une main noueuse sur son bras.

— Ta jambe te fait mal, Oncle James ?

— Elle me fait toujours mal. Doucement.

— Tu as pu te baigner ce matin dans ton bassin préféré ?

— Non, je n'ai pas eu ce loisir. Et sais-tu pourquoi ? Parce que ce malotru y était déjà vautré. Il ne se lave jamais, cria le docteur Ackrington. J'affirme et je jure qu'il ne se lave jamais. Pourquoi diable n'exige-t-on pas que les gens prennent une douche avant de se rendre aux bains ? Cet individu pollue ma boue avec sa transpiration.

— Tu es sûr…

— Certain. Certain. Certain. Je l'ai observé. Je ne l'ai jamais vu s'approcher des douches. C'est révoltant. Comment tes parents peuvent-ils supporter cet énergumène…

— C'est justement la question que je viens de poser à maman.

Le docteur Ackrington s'arrêta brusquement pour contempler sa nièce. Debout ainsi sur la véranda, ils auraient pu surprendre par leurs traits de ressemblance. Barbara tenait beaucoup plus de son oncle que de sa mère. Mais si elle présentait le même profil pur, quoique un peu anguleux, il lui manquait la grande distinction de son aîné. Personne ne remarquait les avantages physiques de Barbara. En revanche, ses défauts ne pouvaient passer inaperçus. Nombreux étaient les éléments qui se liguaient contre sa beauté et l'éclipsaient : sa manière de se coiffer, de s'habiller, ses gestes incohérents, ses tics et toutes ses étranges mimiques.

Le docteur Ackrington et sa nièce se dévisagèrent pendant quelques instants.

— Je vois. Et qu'a répondu ta mère ?

Barbara écarquilla les yeux et souleva le coin de ses lèvres.

— Elle m'a *réprimandée*, affirma-t-elle d'une voix sépulcrale.

— Je n'aime pas beaucoup tes grimaces, répliqua son oncle sur un ton sec.

Une fenêtre s'ouvrit dans l'aile où résidaient les Claire. Entre les rideaux, apparut un visage rose barré d'une moustache sans éclat et surmonté d'une touffe de cheveux blancs.

— Salut, James, lança le visage d'un air maussade. Vous venez ? Que fait ta mère, Barbara ? Et où est Simon ?

— Elle sera là dans un instant, papa. Tout le monde est prêt. *Simon* ! cria Barbara.

Mme Claire surgit dans le sentier qui montait des bassins, resserrant autour d'elle les pans d'une robe de chambre en flanelle rouge sombre. Elle disparut rapidement à l'intérieur de la maison.

— On ne déjeune pas, aujourd'hui ? demanda le Colonel sur un ton plein d'amertume.

— Bien sûr que si, répondit Barbara. Tu peux commencer, papa, si tu es pressé. Viens, Oncle James.

Tandis qu'ils se dirigeaient vers l'entrée, un jeune homme tourna au coin du bâtiment et se joignit à eux. Il était grand et lourdement constitué. Ses cheveux étaient d'un blond pâle et sa lèvre inférieure faisait un peu saillie.

— Ah, te voilà, Sim, dit Barbara. A table.

— O.K.

— Tu fais des progrès, en morse ?

— Ouais, ouais, indiqua Simon.

Le docteur Ackrington se tourna pour lui jeter un regard exaspéré.

— Peut-on savoir pourquoi tu ne dis pas « oui » comme tout le monde ? interrogea-t-il.

— Huh ! fit Simon.

Marchant en file indienne, ils entrèrent dans la salle à manger et prirent place autour d'une longue table déjà occupée par le Colonel Claire.

— Nous n'attendrons pas votre mère, commença aussitôt ce dernier en croisant les mains sur son abdomen. Remercions le Seigneur pour le repas que nous allons prendre. Huia !

Huia s'avança, portant coiffe, tablier blanc et manchettes amidonnées. Elle faisait penser à une déesse polynésienne qui, cédant à un caprice, se serait déguisée avant de descendre parmi les barbares.

— Vous voulez du jambon, une viande froide ou un

steak grillé ? demanda-t-elle d'une voix aussi profonde et fraîche que sa forêt natale.

Après une brève hésitation, elle tendit un menu à Barbara.

— En supposant que j'opte pour un steak, fit le docteur Ackrington, sera-t-il cuit…

— Tu ne vas pas le manger cru, Oncle James ? intervint Barbara.

— Laisse-moi finir. Si je choisis un steak, sera-t-il cuit ou bien tanné ? Aura-t-il l'apparence d'un bifteck ou d'un *biltong* ?

— D'un bifteck, chanta Huia.

— Il est cuit ?

— Oui.

— Merci. Je prendrai du jambon.

— Que signifie toute cette salade ? demanda le Colonel sur un ton irrité. Vous parlez par énigmes. Que voulez-vous au juste ?

— Un steak grillé. Mais s'il est déjà cuit, ce ne sera pas un steak grillé. Ce sera une semelle. Il est impossible de se faire servir un steak grillé dans ce pays.

Huia se tourna vers Barbara, l'interrogeant poliment de son regard.

— Pour le steak grillé du docteur Ackrington, tu prendras une tranche de viande crue s'il te plaît, Huia.

Le docteur Ackrington agita le doigt vers la jeune Maori.

— Cinq minutes, cria-t-il. Cinq minutes ! Une seconde de plus, et il sera immangeable. Compris ?

Huia sourit.

— Et pendant qu'elle le prépare, j'ai une lettre à vous lire, ajouta-t-il avec importance.

Mme Claire entra. On eût dit qu'elle venait d'achever une tournée de bienfaisance dans un village anglais. Les Claire, à tour de rôle, commandèrent leurs repas et James Ackrington sortit la missive du docteur Forster.

— Ceci vous concerne tous, annonça-t-il.

— Où est Smith ? interrogea soudain le Colonel Claire en écarquillant les yeux.

Son épouse et ses deux enfants promenèrent un regard vague autour de la table.

— On ne l'a pas appelé ? demanda Mme Claire.

— Ne vous occupez pas de Smith, lança le docteur Ackrington. Il n'est pas là et vous perdriez votre temps si vous le cherchiez. Je l'ai croisé à Harpoon. Il se dirigeait vers un bistrot et ce n'était apparemment ni le premier ni le dernier qu'il honorait de sa visite.

— Il a r'çu un chèque du Pays, pas plus tard qu'hier, expliqua Simon avec son fort accent néo-zélandais. J'comprends !

— Il ne faut pas parler ainsi, mon chéri, fit sa mère. Pauvre M. Smith, il est tombé bien bas. Quelle honte, vraiment.

— Va-t-on me laisser lire cette lettre, oui ou non ?

— Nous sommes toute ouïe, très cher. Vient-elle d'Angleterre ?

Le docteur Ackrington abattit furieusement le plat de sa main sur la table. Mme Claire se renversa calmement sur le dossier de sa chaise et le Colonel tourna les yeux vers la fenêtre. Barbara et Simon, après les deux premières phrases, écoutèrent attentivement.

Le docteur Ackrington, d'une voix neutre, énonça rapidement le contenu de la lettre. Puis il laissa choir celle-ci sur la table et promena autour de lui un regard satisfait.

Barbara émit un petit sifflement.

— Geoffrey Gaunt ! fit-elle. Eh bien !

— Accompagné d'un valet de pied et d'un secrétaire. Je ne sais vraiment pas quoi dire, James, murmura Mme Claire. C'est un peu déroutant. Je ne pense pas que…

— Il n'est pas question d'accepter ce type, commenta Simon à haute voix.

— Et pour quelle raison, je te prie ? demanda son oncle.

— Il est pas de notre monde et nous ne sommes pas du sien. Il a l'habitude de descendre dans des hôtels de luxe, avec des serviteurs en livrée et tout le tralala. Vous pouvez m'expliquer pourquoi il lui faut un secrétaire et un valet de pied ? continua Simon sur un ton vibrant d'hostilité. Il est pas normal ou quoi ?

— Pas normal ? s'écria Barbara. C'est peut-être l'un des plus grands acteurs de notre temps.

— J'en ai rien à f..., répliqua Simon.

— Pour l'amour du ciel, Agnès, ne peux-tu demander à ton fils de s'exprimer d'une manière un peu plus civilisée ?

— Si ma façon de parler ne te plaît pas, Oncle James...

— Ne nous écartons pas de notre sujet, intervint Barbara. Il s'agit de savoir si nous allons accepter ou refuser d'accueillir M. Gaunt. Je suis pour, Simon est contre, maman hésite. J'imagine que tu n'y es pas opposé, Oncle James ?

— Je m'étais dit que trois résidents supplémentaires consolideraient les finances de cet établissement. Mais il nous faut aussi l'opinion de ton père.

Le docteur Ackrington se tourna vers le Colonel.

— Qu'en pensez-vous, Edouard ?

— Hein ?

Le Colonel Claire écarquilla les yeux et souleva ses sourcils d'un air visiblement surpris.

— Est-ce à propos de cette lettre que vous tenez ? Je n'écoutais pas. Relisez-la, voulez-vous ?

— *Bonté divine* !

— Votre steak, annonça Huia.

Elle posa devant le docteur Ackrington une tranche de viande rosâtre et boursoufflée dont se dégageait un filet de sang qui s'étalait dans l'assiette.

Durant la scène animée qui suivit, Barbara hurla d'un rire effrayé, Mme Claire murmura des propos conciliants, Simon s'agita sur sa chaise et Huia, successivement, secoua la tête avec colère, gloussa et s'excusa d'une voix douce. Puis elle fondit en larmes et, reprenant le plat, s'élança vers la cuisine d'où monta un bruit de vaisselle brisée.

Pendant quelques instants, le Colonel Claire considéra son beau-frère d'un regard étonné. Puis, calmement, il saisit la lettre du docteur Forster et entreprit de la lire. Il s'absorba dans cette tâche jusqu'à ce que, apparemment satisfait d'une assiette de viande froide, le docteur Ackrington se fût un peu apaisé.

— Qui est ce Geoffrey Gaunt ? demanda le Colonel Claire après un long silence.

— Tu n'as pas pu l'oublier, papa ! Il jouait dans *Jane Eyre*, le film que nous avons vu à Harpoon il n'y pas longtemps. C'est un acteur très connu.

Barbara marqua une pause avant d'annoncer sur un ton plein de ferveur :

— Il correspondait *exactement* à l'idée que je me faisais de M. Rochester.

— Trop affecté ! commenta son père avec une grimace. Mieux vaut l'éviter.

— Tout à fait d'accord, appuya Simon.

— M. Gaunt ne peut que s'ennuyer parmi nous, affirma Mme Claire. Jusqu'à présent, nous avons mené une existence tranquille. Pourquoi changer nos habitudes ?

— *Maman* ! commença Barbara. Tu es...

Son oncle, parlant avec un calme proprement effrayant, l'interrompit.

— Ma chère Agnès, déclara-t-il, je ne doute pas un seul instant que Geoffrey Gaunt trouverait mortellement ennuyeuse l'existence que vous menez ici. C'est, apparemment, un homme qui ne manque ni d'intelligence ni d'esprit d'entreprise. Dans ma réponse à Forster, j'ai cru devoir préciser que son patient, s'il venait à Waiatatapu, aurait à déplorer un certain manque de confort. J'ai ajouté néanmoins que cette absence de luxe serait à mon avis compensée par l'amabilité et la prévenance que cet homme souffrant rencontrerait ici. Il semble que je me sois trompé. Par ailleurs, je m'étais imaginé que vous souhaitiez développer la clientèle de cette station thermale que vous avez fait construire à grands frais. Là aussi, je me fourvoyais. Vous préférez vous reposer sur vos lauriers en compagnie d'un alcoolique qui ne paie pas sa pension et d'un plastronneur dont la place, selon moi, n'est pas ici mais dans un camp d'internement.

Le Colonel Claire demanda :

— Vous parlez de Questing, James ?

— En effet.

— J'aimerais que vous vous en absteniez.

— Peut-on savoir pourquoi ?

Le Colonel reposa son couteau et sa fourchette, rougit violemment et leva les yeux sur le mur pour le contempler d'un regard fixe.

— Parce que j'ai une obligation envers lui, finit-il par répondre.

Il y eut un long silence.

— Je vois, commenta le docteur Ackrington.

— Je n'en ai rien dit à Agnès et aux enfants, poursuivit le Colonel. C'est peut-être un peu vieux jeu, mais j'estime qu'un chef de famille ne doit pas évoquer ce type d'affaire avec les siens. Si j'en parle maintenant, c'est parce que vous-même, James, ainsi que Barbara et Simon, avez manifesté une évidente antipathie pour M. Questing. Je dois vous informer que... Je ne peux pas me permettre... Si vous êtes soucieux de mon intérêt, je vous demande de lui témoigner un peu plus de considération.

— Vous ne pouvez pas vous permettre... ? répéta le

docteur Ackrington. Seigneur Dieu, comment en êtes-vous venu là ?

— Je vous en prie, James. Nous en resterons là.

L'air accablé, le Colonel Claire se leva et alla jusqu'à la fenêtre. Mme Claire fit mine de le rejoindre, mais il l'arrêta d'un geste.

— Non, Agnès.

Puis il ajouta :

— Réflexion faite, je pense que nous devrions réviser notre décision à propos de M. Gaunt et de ses deux accompagnateurs. Je... Il faut que j'en parle à Questing. Oublions ce sujet, pour l'instant.

Il sortit sur la véranda et poursuivit son chemin, le buste très droit et le visage encore empourpré. Quand il eut disparu, le docteur Ackrington commença dans un murmure :

— Sacré nom d'un...

— S'il te plaît, James ! cria Mme Claire avant d'éclater en sanglots.

IV

Huia glissa une dernière assiette sur l'égouttoir à vaisselle, rinça l'évier et tourna le dos à une cuisine relativement bien rangée. Elle vivait avec sa famille dans un village indigène situé sur l'autre versant de la colline. Et comme c'était sa demi-journée de congé, elle se proposait d'y retourner afin de revêtir sa plus belle robe. Contournant la maison, elle franchit le terre-plein de roche volcanique, s'engagea dans le sentier qui longeait le petit lac d'eau chaude, escalada un premier lacet de colline et entreprit de traverser la réserve thermale qui s'étendait au loin. Le ciel était couvert, l'atmosphère calme et d'une tiédeur presque étouffante. Huia, marchant d'un pas nonchalant, semblait faire corps avec l'espace qu'elle parcourait. Elle était sombre comme la végétation qui l'entourait, sereine comme la terre que foulaient ses pieds. Les hommes blancs se déplacent sur le sol de la Nouvelle-Zélande. Le peuple maori, quant à lui, est de la même essence que cette terre. Il est aussi tranquille ou perturbé que doit l'être un arbre ou un étang. Car il fait partie intégrante de leur univers.

Huia aperçut Eru Saul, un jeune métis, au moment où elle traversait une touffe d'arbrisseaux sauvages. Mâchonnant un bout de cigarette glissé au coin des lèvres, il sortit du buisson et attendit qu'elle fût parvenue à sa hauteur.

— Hu ! fit Huia. C'est toi. Que me veux-tu ?

— Tu ne travailles pas, cet après-midi, non ? Allons nous promener.

— Je suis occupée, répondit Huia sur un ton bref.

Elle fit mine de poursuivre son chemin, mais il l'arrêta en la prenant par les bras.

— Reste, Huia.

— Tais-toi.

— Je veux te parler.

— De quoi ? C'est toujours la même chose, avec toi. Des mots, des mots et encore des mots. Tu me fatigues.

— Donne-moi un baiser.

Huia éclata de rire et roula les yeux.

— Tu es fou, lui lança-t-elle. Tu ferais mieux de disparaître. Mme Claire se fâchera tout rouge si elle te voit rôder par ici. Je rentre chez moi.

— Allez, marmonna-t-il en l'entourant de ses bras.

Huia le repoussa en riant avec dédain. Il se mit alors à l'apostropher brutalement.

— Je ne suis pas assez riche pour toi, hein ? Tu préfères sortir avec un *pakeha* ? Ne dis pas le contraire, c'est la vérité.

— Je te défends de me parler sur ce ton. Tu n'es qu'un bon à rien. Un pauvre type.

— Si je n'ai pas une voiture, c'est parce que je ne veux pas voler. Questing est un voleur.

— Non, c'est faux, répliqua Huia d'un air un peu narquois. Tu ne peux rien lui reprocher.

— Que va-t-il faire pendant la nuit sur le mont Rangi ? Il n'a rien à faire là-haut.

— Et tralala, et tralala. Toujours des mots.

— Dis-lui que s'il ne prend pas garde son compte est bon. Tu ne serais pas contente s'il lui arrivait un accident, hein ?

— Ce n'est pas mon problème.

— Comment ? C'est vrai ?

— *Oh* ! tu es bête, s'écria Huia en frappant du pied. Idiot ! Ote-toi de mon chemin, que je puisse rentrer chez moi. Je vais tout dire à mon arrière-grand-père et il te jettera un *mkutu*.

— Foutaises ! Personne ne m'envoûtera, moi.

— Si, mon arrière-grand-père, affirma Huia dont les yeux étincelèrent.

— Ecoute-moi bien, Huia. Tu es en train de jouer avec le feu. C'est ton droit, mais n'y va pas trop fort. Compris ? Autre chose, si ce rigolo de Questing te demande de monter dans sa voiture encore une fois, tu réponds que tu as mieux à faire. Tu peux lui dire de ma part que s'il continue de t'embêter, c'en sera fini de ses voyages au mont Rangi. Je ne plaisante pas.

— Tu n'as qu'à le lui dire toi-même, rétorqua Huia. En maori, elle ajouta une expression très injurieuse. Puis, se libérant d'un mouvement souple, elle s'élança vers la colline.

Eru demeura immobile, les yeux baissés. Au bout d'un moment, il se retourna et, lentement, prit la même direction.

II

M. Questing descend pour la première fois

— Le docteur Forster nous a écrit, monsieur, annonça Dikon Bell en levant sur son employeur un regard inquiet.

L'attitude de Geoffrey Gaunt invitait en effet à la circonspection : il se tenait debout, les mains enfouies dans les poches de sa robe de chambre, la tête enfoncée dans les épaules. Quand il se détourna de la fenêtre, Dikon remarqua non sans appréhension que sa jambe était très laide, ce matin-là.

— Ah ! fit Gaunt.

— Il a une proposition.

— Je n'irai pas dans cette station sulfureuse.

— Vous parlez de Rotorua, monsieur ?

— Est-ce le nom qu'elle porte ?

— Il sait que vous cherchez un endroit tranquille pour vous reposer, monsieur. Il s'est renseigné à propos d'une autre station qui se trouve dans le nord, sur la côte Ouest. Le climat est subtropical.

— Sulfureux ?

— Il faut bien soigner cette jambe, monsieur ?

— C'est vrai.

Changeant brusquement d'attitude comme il en avait la coutume — ce qui le rendait si aisément attachant — Gaunt se tourna vers son secrétaire et posa une main sur son épaule.

— Tout comme moi-même, Dikon, vous avez le mal du pays. N'essayez pas de le nier. Bien sûr, vous êtes Néo-Zélandais, mais que ne donneriez-vous pas pour être là-bas ? A Londres ? N'est-ce pas un peu comme s'il était impossible de vous rendre au chevet d'un être que vous aimez ?

— Oui, c'est un peu ça, confirma Dikon d'un air pincé.

— Je ne devrais pas vous vous retenir ici. Partez, mon cher Dikon. Je trouverai quelqu'un en Nouvelle-Zélande, affirma Gaunt avec un rien de mélancolie.

— Suis-je congédié, monsieur ?

— Si je pouvais me remettre...

— Vous guérirez, monsieur. Le docteur Forster a dit que votre jambe devrait réagir très rapidement aux séances d'hydrothérapie, assura Dikon en imitant fort bien le ton et la manière du praticien. J'ai essayé de m'engager en Australie, mais ils ne veulent pas de moi. Je ne pense pas non plus que mes services seraient appréciés en Angleterre. Comme vous le savez, je n'y vois pas plus clair qu'une taupe. Evidemment, il y a des postes administratifs.

— Vous devez agir selon votre conscience, déclara Gaunt d'un air lugubre. Abandonnez-moi au sort que je mérite. Je ne peux rien pour mon pays. Ah !

— Vous avez tout de même versé quelque douze mille livres aux fonds patriotiques...

— Je ne suis qu'une ruine dérisoire et inutile, proclama Gaunt.

Dikon ne put s'empêcher de songer à l'avant-dernière scène de *Jane Eyre*.

— Que signifie ce sourire, nom d'un chien ? questionna Gaunt.

— Vous n'avez pas du tout l'air d'une ruine. Si vous le souhaitez, je veux bien vous tenir compagnie pendant un moment.

— Parlez-moi de cette nouvelle station thermale. Vous semblez diantrement satisfait de vous-même. Quelle horrible surprise me réservez-vous ?

Dikon posa son porte-documents sur la table et l'ouvrit.

— Vos admirateurs se sont manifestés en grand nombre aujourd'hui, annonça-t-il en produisant une liasse de feuillets dactylographiés ainsi que plusieurs photographies.

— Très bien ! J'adore être adoré. Combien parmi eux ont déjà écrit des pièces de théâtre et voudraient des conseils sur la façon de les monter ?

— Quatre. Une dame vous envoie une copie dédicacée de son œuvre. Il s'agit d'un mélodrame.

— Mon Dieu !

— Voici la lettre du docteur Forster. Elle est accompagnée de celle que lui a fait parvenir un certain docteur James Ackrington, un grand nom de la médecine métropolitaine, semble-t-il. Vous voulez peut-être y jeter un coup d'œil ?

— Je n'en ai pas la moindre envie.

— Vous devriez les lire, monsieur.

Gaunt fit la grimace, prit les lettres et se laissa tomber sur une chaise près de la table. Dikon paraissait un peu inquiet tandis qu'il l'observait.

Geoffrey Gaunt avait passé sur les scènes de théâtre vingt-sept de ses quarante-cinq ans. Pendant les seize dernières années, il s'était hissé et fermement maintenu au tout premier rang de sa profession. Il était classé dans ce que l'on appelait l'école romantique, mais c'était aussi un acteur plein d'intelligence et de finesse. Sa grande force résidait dans le génie qu'il avait de faire percevoir à la fois le sens et la musique du vers shakespearien. Il cernait le contenu dramatique des discours avec une justesse et une précision quasi mathématiques. Et si, dans l'exercice de son art, il ne se montrait jamais froid, ce n'était dû qu'à une sensibilité apparemment très profonde. On ne pouvait néanmoins que s'interroger sur la nature réelle de cette sensibilité : était-elle instinctive ou raisonnée ? Même son secrétaire, qui lui tenait compagnie depuis six ans, eût été incapable de se prononcer à ce sujet. Physiquement, il était d'une taille moyenne, brun et plutôt ordinaire. Mais, en tant qu'acteur, il possédait deux atouts majeurs : un crâne bien modelé et des mains très belles. Quant à son caractère, Dikon Bell, dans une lettre envoyée de Londres à un ami néo-zélandais, avait écrit, six années auparavant : « Il est roublard, maniéré, rusé comme un renard, un peu prétentieux, très coléreux et parfaitement égoïste, mais je le trouve sympathique. » Il n'avait jamais éprouvé la nécessité de réviser ce premier jugement.

Gaunt parcourut la missive du docteur Forster, puis celle du docteur Ackrington.

— Non, mais il se prend pour qui, celui-là ? s'indigna-t-il. Vous avez vu de quelle manière il traite les siens ? Et sa façon de décrire la station thermale ? Il appelle cela une recommandation ? De plus, il me réserve une méchante pointe, dans son dernier paragraphe. Forster manque sacrément de psychologie. S'il tient à me convaincre d'aller m'enterrer là-bas, pourquoi me communiquer cette lettre ?

— C'est moi qui me suis occupé de l'aspect psychologique, répondit Dikon avec modestie. Forster ne voulait pas vous révéler l'existence de cette lettre, mais j'ai pris sur moi de vous la montrer. Je me suis dit que vous trouveriez le docteur Ackrington tout à fait irrésistible, monsieur.

Gaunt décocha un regard soupçonneux à son secrétaire.

— Vous êtes un petit malin, mon ami.

— Et d'ailleurs, ajouta Dikon sur un ton persuasif, il précise bien que « les boues de Waiatatapu sont peut-être miraculeuses ».

Gaunt éclata de rire, eut un mouvement brusque et se figea en retenant son souffle.

— Vous ne serez peut-être pas installé comme vous le souhaiteriez, mais cela n'aurait pas grande importance si vos douleurs disparaissent. Et vous pourriez au moins vous consacrer sérieusement à votre livre.

— Il est vrai que je ne peux pas écrire dans cet hôtel. Dieu que je déteste les hôtels ! Si nous prenions l'avion pour les Etats-Unis ? s'exclama Gaunt en mettant dans sa voix un enthousiasme juvénile. Allons jouer *Henri V* à New York. Je suis sûr que nous ferions un triomphe.

« *Celui qui survivra à ce jour et rentrera chez lui*

Se dressera sur la pointe des pieds quand ce jour sera nommé... » Il faut absolument que je monte *Henri V* à New York.

— Ne préféreriez-vous pas donner cette pièce à Londres, monsieur ? Sur une scène de fortune avec, pour bruit de fond, les explosions de bombes et le crépitement des mitrailleuses ?

— Vous savez fichtrement bien que j'en suis capable !

— Pourquoi ne pas vous contenter pour le moment de Waiatatapu ? Là au moins, la vie a peut-être encore ses droits. Plus tard, quand vous serez remis, rien ne vous empêchera de vous lancer à l'assaut de la capitale.

— Vous parlez comme une vieille nounou un peu gâteuse, affirma Gaunt d'un air irrité. Je suppose que vous avez ourdi cet horrible complot avec l'aide de Colly ? Où est-il, au fait ?

— Il repasse votre pantalon, monsieur.

— Demandez-lui de venir.

Dikon souleva le combiné du téléphone et prononça deux ou trois mots. Quelques instants après, la porte s'ouvrit sur un petit bout d'homme au visage plissé comme un moufle d'enfant. Alfred Colly remplissait les fonctions d'habilleur et de valet de pied. Le directeur de production l'avait mis à la disposition de Gaunt quand celui-ci, jeune vedette au talent prometteur, avait enregistré son premier succès. Après une longue série de triomphes, Colly avait accepté de demeurer en permanence au service de Gaunt, mais il ne s'était jamais comporté comme un domestique. Dans l'attitude qu'il adoptait à l'égard de Geoffrey Gaunt, il y avait, en plus d'une grande familiarité, un respect souriant et une réelle considération.

Il déposa sur le dossier d'une chaise le pantalon qu'il tenait, croisa les mains et cligna des paupières.

— J'imagine que vous savez déjà tout sur cette fichue station thermale ? commença Gaunt.

— Oui, monsieur, répondit Colly. Monsieur va faire galipette dans les boues chaudes ?

— Je n'ai encore rien décidé.

— Il serait temps que Monsieur fasse quelque chose. Monsieur ne dort pas très bien, me semble-t-il. N'est-ce pas aussi l'avis de Monsieur ? Et cette jambe, comment va-t-elle ?

— Allez-vous faire pendre, marmonna Gaunt.

— Il y a un gentleman qui aimerait vous voir, monsieur. Il attend en bas, depuis environ une heure. Quand on lui a dit que vous ne receviez pesonne, il a tendu sa carte de visite en ajoutant que ce n'était pas grave. On lui a fait remarquer que c'était inutile s'il n'avait pas pris rendez-vous. C'est bien dommage, qu'il répond avant de s'installer au salon avec un scotch et un journal pour surveiller la porte.

— Il risque d'attendre encore longtemps, affirma Dikon. M. Gaunt n'a pas l'intention de sortir. Le masseur sera là dans un moment. C'est un journaliste, à votre avis ?

— Oh non, fit Colly en secouant la tête. Il fait plutôt penser à un représentant de commerce. Du genre coriace. Je me suis dit que vous aimeriez peut-être le voir, monsieur Bell.

— Ah bon ? Pourquoi ?

— Une idée comme ça. Pour lui parler.

Dikon examina Colly d'un regard fixe. Il vit l'imperceptible frémissement de sa paupière gauche.

— Il vaut peut-être mieux que je me débarrasse de lui, opina-t-il. Vous a-t-on remis sa carte ?

Colly plongea le pouce et l'index dans une poche de son gilet.

— Il est tenace, monsieur, ajouta-t-il en produisant un petit rectangle de papier blanc.

— Oh, pour l'amour du ciel, débarrassez-moi de ce type, Dikon, fit Gaunt. Vous saurez répondre à toutes ses questions. Je ne travaille pas pour la publicité, je n'inaugure pas les bals, je n'assiste pas aux représentations d'amateurs, je n'accepte aucune invitation. Je pense beaucoup de bien de la Nouvelle-Zélande. J'aurais souhaité me trouver à Londres. S'il s'agit de l'effort de guerre, dites que je ferai tout ce qui est en mon pouvoir.

Dikon se rendit au salon. Dans l'ascenseur, il examina la carte du visiteur.

M. Maurice QUESTING

Station Thermale de Waiatatapu

Au-dessous, il lut ces mots, tracés à la main : « Pouvez-vous m'accorder quelques instants ? J'aimerais vous entretenir d'un sujet qui vous concerne. M.Q. »

II

M. Maurcie Questing était âgé d'une cinquantaine d'années. Un observateur innocent eût sans doute éprouvé quelque difficulté à le décrire tant son physique était à la fois anonyme et typé. On l'imaginait assis dans un compartiment de première classe, jouant aux cartes avec d'autres messieurs aux faciès tout aussi lourdement marqués. Son visage se rencontrait en plusieurs exemplaires dans les bars privés, des salons d'hôtel, des réunions d'affaires ou sur un champ de courses. Il avait des traits empâtés, un regard vif. Ses vêtements semblaient toujours neufs et coûteux. Sa manière de s'exprimer, son accent et les mots qu'il employait faisaient penser à un discours pré-enregistré. On avait le sentiment que, partout où il irait, il utiliserait les formules les plus faciles, les plus commerciales, les plus rapides et populaires de la communauté dans laquelle il se trouverait. Ses phrases, débitées à très haute fréquence, d'une voix forte et sur un ton des plus assurés, semblaient faites de mots synthétiques et totalement sans rapport avec ses vraies pensées. Tout comme l'anglais dialectal de la Nouvelle-Zélande, sa conversation était abondamment pourvue en américanismes. Mais, dans sa bouche, ces derniers sonnaient faux, et l'on ne pouvait que s'interroger sur ses origines, même s'il laissait parfois entendre qu'il était né en Australie. Maurice Questing était un homme d'affaires en pleine réussite.

En voyant Dikon Bell entrer dans le salon de l'hôtel, il abandonna immédiatement son journal et se mit debout.

— Vous me pardonnerez si je me trompe, commença-t-il. Suis-je en présence de M. Bell ?

— Euh, oui, confirma Dikon qui tenait encore la carte entre ses doigts.

— Le secrétaire particulier de M. Gaunt ?

— En effet.

— Parfait, lança M. Questing avec un rire tout en saisissant la main de Dikon pour la secouer vigoureusement. Je suis ravi de vous rencontrer, monsieur Bell. Je n'ignore pas que vous êtes occupé, mais je serais très heureux si vous pouviez me consacrer quelques minutes...

— Eh bien...

— Splendide, fit M. Questing en aplatissant son pouce sur le bouton de la sonnette. Epatant ! Asseyez-vous.

Sans hâte, Dikon prit place sur une petite chaise, croisa ses jambes, joignit ses mains et leva par-dessus ses lunettes un regard attentif.

— Comment va le grand homme ? interrogea M. Questing.

— M. Gaunt ? Pas très bien.

— C'est ce que j'ai cru comprendre. C'est en effet ce que j'ai cru comprendre. Voyez-vous, monsieur Bell, j'espérais que l'occasion me serait donnée de le rencontrer, mais j'ai idée que notre petite conversation ne sera pas dépourvue d'intérêt. Que puis-je vous offrir ?

Dikon refusa le verre qui lui était proposé. Son visiteur commanda un whisky-soda.

— Oui, reprit M. Questing avec une chaleur suggérant qu'une totale connivence existait désormais entre eux. Oui, c'est parfait. Monsieur Bell, je vais être direct et franc. En deux mots, je pense être en mesure de vous aider. Là ! Qu'en dites-vous ?

— Vous venez de Waiatatapu, d'après ce que je vois, remarqua Dikon.

— Oui. C'est un fait. Je vais vous parler en toute franchise, monsieur Bell. Non seulement je suis de Waiatatapu, mais je possède également des intérêts considérables dans la Station thermale.

— Vous voulez dire que vous en êtes le propriétaire ? Je pensais que le Colonel et Mme Claire...

— Chaque chose en son temps si vous le permettez, monsieur Bell. Je vous révèlerai tout ce qu'il convient de savoir sur la Station. C'est un sujet qui me tient beaucoup à cœur.

— D'un point de vue financier, thérapeutique ou bien sentimental ? demanda calmement Dikon.

M. Questing, après avoir considéré d'un air agité la cravate, les chaussures puis les mains de Dikon, leva un regard furtif sur son visage.

— Ne compliquez pas trop la situation, fit-il sur un ton enjoué.

D'un geste rapide qui n'était pas sans faire penser à un tour de passe-passe, il sortit d'une poche intérieure une liasse de prospectus et l'étala sous les yeux de Dikon.

— Je vous les laisse. Examinez-les à tête reposée. Si vous y pensez, je suggère que vous les montriez aussi à M. Gaunt.

— Ecoutez, monsieur Questing, fit Dikon, il est temps, me semble-t-il, d'en venir au fait. Manifestement, vous avez appris que nous nous intéressions d'une manière ou d'une autre à cette station, et vous avez décidé de nous la recommander. C'est très aimable de votre part, mais je n'imagine pas que vous soyez poussé par des motifs purement altruistes. Puisque vous avez parlé de franchise, oserais-je vous demander une nouvelle fois si vous détenez des intérêts financiers dans les thermes de Waiatatapu ?

M. Questing partit d'un grand éclat de rire et affirma que, de doute évidence, ils se comprenaient parfaitement. Ses propos devinrent allusifs, insinuants et pleins de sous-entendus. Dikon se rendit compte au bout d'un moment qu'une manière de compensation lui était proposée pour ses services. M. Questing lui dit plusieurs fois qu'il ne serait pas oublié, qu'il aurait toutes les raisons d'être satisfait personnellement si Geoffrey Gaunt prenait la décision de s'installer à Waiatatapu. Une offre de ce type n'était pas une nouveauté pour Dikon. Vaguement amusé, il se contenta d'écouter son vis-à-vis tout en feuilletant les brochures. Les avis formulés par le corps médical lui parurent excellents. Plusieurs chambres seraient mises à leur disposition, meublées de neuf, promit M. Questing. Comme Dikon levait un sourcil un peu étonné, M. Questing, sur le ton de la confidence, précisa qu'il voyait grand et qu'il « ne lésinerait pas sur la dépense ». Il n'allait pas, ajouta-t-il, feindre d'ignorer la valeur qu'un invité comme M. Gaunt représentait pour la Station. De plus en plus méfiant, Dikon se dit néanmoins que si des moyens aussi considérables devaient être mis en œuvre, il était permis de penser que Gaunt ne serait pas trop mal installé à Waiatatapu. Il lança un ballon d'essai.

— J'ai cru comprendre qu'il y avait un médecin résident, observa-t-il.

A sa surprise, le visage de M. Questing changea de couleur.

— A vrai dire, le docteur Tonks ne loge pas à la Station, monsieur Bell. Son cabinet se trouve à Harpoon. Ce n'est pas loin, vous savez. Quelques minutes en voiture. Un excellent praticien.

— Je pensais au docteur James Ackrington.

M. Questing ne répondit pas tout de suite. Il offrit une cigarette à Dikon, en alluma une autre et appuya de nouveau sur la sonnette.

— Le docteur Ackrington, répéta Dikon.

— Ah, oui. Oui, bien sûr. Le vieux docteur. Un personnage remarquable.

— Il habite bien à l'hôtellerie ?

— Oui. Effectivement. C'est tout à fait exact. Il a pris sa retraite, m'a-t-on dit.

— N'est-il pas une manière de sommité dans le domaine des affections musculaires et nerveuses ?

— Ah bon ? fit M. Questing. Le vieux docteur ? Eh bien ! Vous m'en direz tant.

M. Questing ne s'interrompit qu'un bref instant avant d'ajouter :

— Monsieur Bell, j'ai une proposition à vous soumettre. Voilà : je pense que vous devriez faire un petit saut à Waiatatapu. J'y retourne demain, en voiture, et je serais très très heureux si vous acceptiez de m'accompagner. C'est un voyage d'environ six heures. Bien entendu, vos chambres ne seront pas encore prêtes pour vous accueillir. Vous nous verrez tels que nous sommes, monsieur, mais si vous aviez des suggestions...

— Vous habitez là-bas, monsieur Questing ?

— Quand je m'absente de la Station, ce n'est jamais pour longtemps, affirma M. Questing d'un air évasif. Pour en revenir à ma proposition...

— C'est très aimable à vous, déclara Dikon sur un ton méditatif.

Il se leva et tendit la main.

— Je vais en parler à M. Gaunt. Merci infiniment.

M. Questing empoigna sa main.

— Au revoir, ajouta Dikon poliment.

— Je passerai la nuit ici, monsieur Bell, et je serai sur place au cas...

— Très bien. Au revoir.

III

Tard dans l'après-midi du samedi suivant, le vieux Rua Te Kahu prit place au sommet d'une colline qui s'élevait en un dôme presque parfait au-dessus de son village natal. Ce monticule formait une barrière naturelle entre les terres appartenant à la réserve maori et la Station thermale de Waiatatapu. Rua pouvait embrasser du regard les deux domaines : sur sa droite, la demeure des Claire avec son toit rongé par le soufre; sur sa gauche, les cabanes et les petites maisons où résidait son peuple. Des fumerolles jaillissaient de part et d'autre de la colline, car le *pa* indigène disposait également de ses propres sources thermales. Rua se trouvait donc à un endroit qui lui convenait parfaitement. Le cône du mont Rangi se dressait derrière lui. A ses pieds, le sol friable et chaud se couvrait de broussaille et d'arbrisseaux sauvages.

Rua Te Kahu était vieux, très vieux. Nul ne savait l'âge qu'il avait exactement. Lui-même préférait n'en rien dire. Son père, en sa qualité de chef de la tribu Te Rarawa, avait apposé sa marque sur le traité de Waiatangi, quelques années seulement avant la naissance de Rua qui était le plus jeune de ses enfants. Son grand-père Rewi, chasseur et anthropophage, était un homme du néolithique. Pour lui trouver un équivalent européen, il fallait remonter à l'aube de la civilisation. Rua avait lui-même vu de quelle manière l'homme blanc était venu bouleverser l'existence d'un peuple vivant encore à l'âge de la pierre. Il avait tour à tour été guerrier, rédacteur en chef d'un journal indigène, puis membre du parlement. Au soir de sa très longue existence, il avait choisi d'abandonner ses habitudes occidentales pour retourner auprès de sa tribu, renouant avec un mode de vie qui conservait encore un écho de ses jeunes années.

— Mon arrière-grand-père a cent ans, s'enorgueillissait le petit Hoani Smith à l'école primaire de Harpoon. C'est l'homme le plus vieux de Nouvelle-Zélande.

Rua portait un costume élimé, et une couverture entourait ses épaules car il était devenu sensible au froid. Mais il y avait en lui une grandeur que ne diminuait en rien cette tenue inélégante. Sa tête, longue et racée, était superbe. Son nez puissant s'arquait au-dessus de lèvres minces et volontaires. Ses yeux avaient encore tout leur éclat. Son regard de patricien contemplait le long cheminement de ses ancêtres, plongeant à la rencontre des canots manœuvrés par les premiers corsaires polynésiens. On était tenté de penser qu'il descendait d'une souche ne portant pas dans ses veines du sang mélanésien. N'était le brun de sa peau, il eût représenté le portrait même de ces vieux patriotes écossais qui, à la tête de leurs hommes, combattaient pour les Stuart.

Il grimpait chaque soir au sommet de la colline et fumait une pipe, commençant sa lente ascension une heure avant le coucher du soleil. Il était parfois rejoint par l'un de ses petits-enfants ou par un vieux compagnon de sa tribu. Le plus souvent, il gagnait seul sa place habituelle et s'asseyait pour, semblait-il, se perdre dans un long cortège de souvenirs. Les Claire, quand ils levaient les yeux, pouvaient distinguer sa silhoutette immobile, plus grande que nature, presque surhumaine. Et Huia, quand elle musardait derrière la maison au lieu de vaquer à ses occupation ménagères, s'arrêtait parfois pour agiter le bras dans sa direction, le saluant d'un long cri modulé. Elle comptait parmi ses nombreux arrière-arrière-petits-enfants.

Ce soir, la Station thermale de Waiatatapu offrait un spectacle inhabituel. Une camionnette venue de la route avait dévalé en cahotant la petite piste que les Claire appelaient leur allée pour s'immobiliser devant la porte d'entrée. Des exclamations surexcitées s'élevaient à l'intérieur de la maison. Le vieux Rua entendit la voix de son arrière-arrière-petite fille ainsi que le rire peu mélodieux de Miss Barbara Claire. Il y eut un brouhaha et de petits cris étouffés. Une grande voiture descendit le sentier et s'arrêta en bordure du terre-plein. M. Maurice Questing en sortit, suivi d'un homme plus jeune. Rua se pencha légèrement en avant, saisit fermement le pommeau de sa canne et appuya son menton sur ses mains noueuses et parcheminées. On eût dit qu'il était enraciné dans la crête de la colline et faisait partie de sa texture. Au bout d'un long moment, ses oreilles captèrent un son qu'elles avaient le pouvoir de reconnaître. Derrière lui, quelqu'un gravissait la pente de la colline. L'herbe desséchée bruissait en frôlant les pieds qui approchaient. Quand un homme vint se tenir à son côté, Rua murmura sans tourner la tête :

— Bonsoir, monsieur Smith.

— 'soir, Rua.

L'homme s'avança et s'assit en tailleur auprès de Te Kahu. Il était européen, mais la facilité avec laquelle il adoptait cette posture indigène témoignait d'une certaine familiarité avec les coutumes du peuple maori. Il était maigre, à moitié chauve, et une barbe de plusieurs jours ombrait sa longue mâchoire. Sa peau, d'un teint malsain, tombait en plis sur les os de son visage. Il émanait de lui un air bravache et un peu canaille. Sur une veste usée, il portait un imperméable alourdi et déformé par la bouteille qui en gonflait l'une des poches intérieures. Quand il entreprit de rouler une cigarette, ses doigts jaunis par la nicotine avaient des gestes mal assurés. Il dégageait une très forte odeur de spiritueux bon marché.

— Il s'en passe des choses, en bas, fit-il.

— Ils ont l'air occupés, observa Rua d'une voix sereine.

— Vous n'êtes pas au courant ? Ils reçoivent un nouveau pensionnaire, une grosse légume à ce qu'il paraît. Le jeune qui vient de descendre, c'est son secrétaire, l'ambassadeur de Sa Majesté ! J'ai jamais vu ça. Tout a été mis sens dessus dessous et on nous a tous fait changer de chambre. C'est à vous rendre malade. J'ai préféré m'en aller.

— Il est normal de privilégier un hôte distingué en lui réservant l'accueil qui lui revient.

— Ce n'est qu'un acteur.

— M. Geoffrey Gaunt est un homme de grande qualité.

— Vous êtes au courant de tout, si je comprends bien ?

— Oui, je crois, répondit le vieux Rua.

Smith humecta le bout de sa cigarette et l'insinua au coin de ses lèvres.

— C'est Questing qui a manigancé cette histoire, affirma-t-il. Il a réussi à persuader Gaunt que sa jambe guérira s'il prend des bains de boue. Maintenant, il va se mettre en quatre pour lui plaire. Vous devriez voir les nouveaux meubles. Ah ce Questing ! ajouta Smith d'un air féroce. S'il lui arrive des bricoles, j'en perdrai pas le sommeil !

A ces mots, Rua fut agité d'un petit rire inattendu.

— D'ailleurs, il *va* lui arriver quelque chose, reprit Smith. Ça lui pend au nez. Le vieux docteur ne peut pas le sentir. En dehors du Colonel, tout le monde lui en veut. Claire ne déborde pas non plus de tendresse pour lui, à mon avis, mais Questing le *tient*. Oui, c'est bien ce qui me semble.

Il alluma sa cigarette et contempla Rua du coin des yeux.

— Vous n'êtes pas très bavard, remarqua-t-il.

Sa main descendit en tremblant sur la bosse qui déformait son imperméable.

— Une goutte ? questionna-t-il.

— Non, merci. Que voulez-vous que je vous dise ? Ce ne sont pas mes affaires.

— Ecoutez, Rua, fit Smith d'une voix forte. J'aime les Maori. Je me suis toujours entendu avec eux. Vous ne pouvez pas le nier ?

— Vous entretenez des relations étroites avec certains membres de ma tribu.

— Bon. J'ai quelque chose à vous dire. Quelque chose à propos de Questing.

Smith s'interrompit. Waiatatapu baignait dans le calme et le silence du crépuscule. L'air était limpide et les bruits les plus légers prenaient une intensité presque surnaturelle en atteignant le sommet de la colline. Des enfants à la peau sombre jouaient dans la réserve indigène, courant et se chamaillant. Plusieurs femmes d'âge mûr préparaient le dîner, assises en demi-cercle autour d'un bassin. Aux relents de soufre se mêlait une odeur de patates douces bouillies. En contrebas de l'autre versant, la camionnette était remontée vers la grand-route qu'elle aborda en klaxonnant. La maison des Claire retentissait encore de bruits de meubles et d'objets déplacés. Le soleil avait maintenant disparu derrière le mont Rangi.

— Questing a une petite idée en tête, un projet, déclara Smith. Il s'intéresse aux adolescents de votre tribu. Il veut recruter des filles pour en faire des *poi* et des garçons pour les transformer en plongeurs d'exhibition, vous comprenez ? Et il leur propose beaucoup d'argent. Il leur dit que les Arawas de Rotorua sont les seuls maintenant à profiter du marché touristique et qu'ils devraient les imiter.

Rua se mit lentement sur ses pieds. Tournant le dos au versant de la colline qui surplombait la Station thermale, il contempla son propre village. Celui-ci disparaissait à présent dans l'obscurité.

— Mon peuple n'a besoin de rien, affirma-t-il. Nous ne sommes pas des Arawas. Nous vivons à notre façon.

— Autre chose. Questing dit qu'il aurait des objets à vendre, des bibelots maori. Il ne cesse de fouiner, de poser des questions sur vos anciennes coutumes. Sur le mont Rangi.

La voix de Smith prit une inflextion hésitante et mal assurée.

— Quelqu'un lui a parlé de la hache de Rewi, ajouta-t-il d'un air un peu nerveux.

Rua lui fit face et, pour la première fois, le regarda droit dans les yeux.

— Ce n'est pas bien, je sais, continua Smith.

— Rewi, mon grand-père, était un homme prestigieux, déclara Te Kahu. Sa hache était consacrée au dieu Tane et portait le nom de Toki-poutanga-o-Tane. C'est un objet sacré. L'endroit où elle fut enterrée est également sacré et doit demeurer secret.

— Questing pense qu'elle est enfouie quelque part sur le mont Rangi. D'après lui, il y aurait là-haut beaucoup d'autres articles dont on pourrait tirer de l'argent. Il parle de voyages de reconnaissance sur le mont, avec l'un des vôtres pour lui servir de guide.

— Le Rangi est en territoire maori.

— Questing dit qu'il n'aura aucun mal à régler ce problème.

— Je suis un vieil homme, répondit Rua sur un ton affable. Mais je ne suis pas encore mort. Aucun des miens n'acceptera de l'accompagner.

— Non ? Vous avez posé la question à Eru Saul ? Il sait très bien ce que cherche Questing.

— Eru n'est pas un jeune homme convenable. C'est un mauvais Maori et un mauvais *pakeha*.

— Il n'aime pas voir Questing tourner autour de la petite Huia. Il croit que Questing essaie de la persuader de lui recruter des guides.

— Il n'en trouvera pas, répéta Rua.

— L'argent a un certain pouvoir, vous savez.

— La hache de mon grand-père aussi.

Smith fixa le vieux Te Kahu d'un regard intrigué.

— Vous le croyez vraiment ? demanda-t-il.

— Je suis un *rangitira*. Mon père fut formé dans l'une de nos anciennes écoles. C'était un *tohunga*. Il ne s'agit donc pas de croyance, monsieur Smith, affirma Rua avec un petit rire. Mais de savoir.

— Un homme blanc ne prendra jamais au sérieux toutes ces histoires surnaturelles, Rua. Vos jeunes eux-mêmes ne leur accordent pas beaucoup de...

Rua l'interrompit. Sa voix aux riches sonorités s élevа dans le crépuscule.

— Mon peuple est à cheval sur deux mondes, expliqua-t-il. En l'espace d'un siècle, nous avons dû assimiler les progrès de mille neuf cents années d'humanité. Est-il étonnant que nous soyons atteints d'une petite indigestion évolutionniste ? Nous sommes des membres loyaux du grand Commonwealth, et vos ennemis sont aussi les nôtres. Vous avez parlé de nos jeunes gens. Ils sont comme des voyageurs dont les canots naviguent sur un vaste océan séparant deux pays. Il leur arrive parfois de mal se conduire et de fairc preuve d'inconscience. D'autres fois, ce sont leurs amis *pakeha* qui leur donnent le mauvais exemple.

Smith s'agita un peu sous le regard du vieux Rua.

— Il existe une loi *pakeha*, reprit Rua de sa voix tranquille. Ella a le pouvoir d'empêcher nos jeunes d'adopter des habitudes nocives comme celle de boire du whisky ou d'abuser de la bière. Mais certains hommes blancs les aident à enfreindre cette loi. Les *pakehas* enseignent les bonnes manières à nos jeunes filles. Ils leur disent aussi qu'elles ne doivent pas avoir d'enfants avant d'être mariées. Mais dans mon propre village, nous avons un petit garçon que nous appelons Hoani Smith, bien qu'il ne lui soit pas permis légalement de porter ce nom.

— Vous n'allez pas me sortir cette vieille histoire, Rua !

— Je vais vous raconter une autre vieille histoire, monsieur Smith. Il y a longtemps de cela, quand j'étais adolescent, une jeune fille de notre *hapu* s'égara sur le mont Rangi. En toute ignorance et sans la moindre intention sacrilège, elle se trouva sur le lieu où repose mon grand-père avec ses armes. Et comme elle avait faim, elle mangea un peu des provisions dont elle s'était munie. Un tel acte, en cet endroit, constituait un horrible sacrilège.

Quand le brouillard se dissipa, la jeune fille se rendit compte du crime qu'elle venait de commettre et, terrifiée, retourna auprès des siens. Elle leur rapporta ce qui lui était advenu et fut envoyée sur cette colline pendant qu'ils discutaient entre eux. A la tombée de la nuit, elle voulut rebrousser chemin mais se perdit et tomba dans le Taupo-tapu, le bassin de lave bouillante. Tous les habitants du village entendirent son cri. Le lendemain, se robe reparut à la surface, rejetée par l'esprit de la source. Quand votre ami, M. Questing, évoquera la hache de mon grand-père, vous lui conterez cette histoire. Dites lui que l'on peut encore parfois entendre le cri de cette jeune fille quand il fait nuit. Je rentre, maintenant, ajouta Rua.

Il ramena la couverture autour de ses épaules, esquissant le même geste qu'avait son grand-père pour ajuster son manteau de plumes.

— Dites-moi, monsieur Smith, est-il vrai que M. Questing, à plusieurs reprises, a affirmé qu'il vous mettrait dehors quand il serait devenu propriétaire de la Station termale ?

— Qu'il aille se faire pendre, répliqua Smith avec colère. Ce n'est pas moi qui le pleurerai. Je ne lui donnerai pas l'occasion de me renvoyer. Je démissionnerai de moi-même le jour où M. Questing prendra la place des Claire.

Il sortit de sa poche la bouteille de whisky et entreprit de la déboucher.

— C'est pourtant une bonne place, et votre travail n'est pas difficile, remarqua Rua. Vous allez boire ? Je rentre chez moi. Bonsoir.

IV

Abandonné dans le petit séjour des Claire, Dikon Bell promena son regard sur des photographies jaunies montrant des régiments anglo-indiens, puis sur des couvertures de romans sans originalité avant de s'arrêter devant une affiche encadrée. Celle-ci représentait un paysage printanier du sud de l'Angleterre. Œuvre d'un peintre qui connaissait encore des heures de gloire, elle était pleine de gaieté, d'ordre et de délicatesse. Dikon, qui était natif de Nouvelle-Zélande, ressentit soudain une vague de nostalgie. Tournant légèrement la tête, il découvrit à travers la fenêtre du salon un tout autre paysage. Celui-ci était d'une beatué parfaite mais semblait étrange, lointain, sans lien avec des repères connus. Dikon en fut profondément ému, un peu à la manière d'une personne n'entendant rien à la musique et que des successions sonores font pourtant vibrer intensément. Pendant les huit années qui avaient précédé son retour en Nouvelle-Zélande, il avait beaucoup voyagé. Il avait visité des sites rendus célèbres par leurs antiquités. Le paysage qu'il contemplait maintenant, debout devant la fenêtre des Claire, lui semblait appartenir à un âge infiniment plus reculé. Loin de porter les traces de quelque civilisation disparue, il paraissait échapper au temps et l'ignorer. Ici, le monde était encore à ses débuts ou presque. Il ne présentait au regard que les stigmates du néolithique. Dikon, qui regrettait Londres et aurait voulu y retourner, se sentit proche de ce pays profond et indifférent. Et cette attirance qui s'imposait à lui l'agaçait un peu.

Il se demanda quelle serait la réaction de Geoffrey Gaunt quand il poserait les pieds sur cette terre. Dikon devait rejoindre son employeur le lendemain, un voyage long et fatigant où le bus alternerait avec le train. Il reprendrait la route de Waiatatapu le jour suivant, en compagnie de Colly et de Gaunt, à bord de la voiture que ce dernier avait achetée. Ce ne serait certes pas la première fois qu'ils se lanceraient dans un périple aussi mouvementé, ils en avaient accompli bien d'autres, dans de très nombreux pays. Au bout de ces voyages, il y avait toujours eu des hôtels ou des appartements luxueux ainsi que les soins les plus attentionnés, choses qui, aux yeux de Gaunt, faisaient partie des nécessités de l'existence. Dikon éprouvait maintenant une sensation de panique. Quelle folie d'avoir appuyé le choix de cette station où l'incompétence rivalisait avec l'amateurisme, où sévissait l'épouvantable M. Questing et où les inénarrables Claire, en tentant d'afficher un certain savoir-vivre, ne réussissaient qu'à souligner leur complaisance. Gaunt s'amuserait peut-être dans une auberge de brousse. A Waiatatapu, il s'ennuierait jusqu'à l'exaspération.

Une silhouette passa devant la fenêtre et s'arrêta dans l'embrasure de la porte. C'était Miss Claire. Dikon, par la nature de ses fonctions, était amené à relever certains détails. Il remarqua donc le ruban qui garnissait inconsidérément l'encolure de sa robe, vit que ses cheveux étaient tout à fait mal coupés et qu'elle n'utilisait pas de maquillage.

— Monsieur Bell, commença Barbara, nous aurions besoin de vos conseils pour aménager les *appartements* de M. Gaunt. Nous aimerions savoir où *placer* les meubles. Vous allez sans doute nous trouver quelque peu *primitifs*.

Elle soulignait avec une grande force des mots apparemment choisis au hasard, levait et baissait les yeux d'étrange manière, pinçait les lèvres en une grimace de clown attristé.

« Une comédienne, songea Dikon. Le malheur est qu'elle pense être comique. »

Il répondit qu'il serait ravi de jeter un coup d'œil sur les chambres et, ajustant nerveusement sa cravate, suivit Barbara sur la véranda.

L'aile située à l'extrémité nord de l'hôtellerie, faisant face au domaine privé des Claire, avait été transformée en une sorte d'appartement à l'intention de Gaunt, de

Dikon et de Colly. Cet ensemble était constitué de deux petites chambres, d'une chambrette minuscule et d'une quatrième pièce, un peu plus vaste celle-là, décorée et meublée selon l'idée que M. Questing se faisait du bureau d'un homme ayant la célébrité de Gaunt. Dans cette dernière pièce, on avait installé deux chaises en acier chromé, un grand fauteuil et une table de travail stylisée. Un tapis flambant neuf recouvrait le sol, et Mme Claire était occupée à installer de nouveaux rideaux. M. Questing, tenant un cigare entre ses dents comme s'il se fût agi d'une attestation de mérite, s'abandonnait nonchalamment dans le fauteuil. En voyant entrer Dikon, il bondit sur ses pieds.

— Ah, monsieur Bell ! s'exclama-t-il. Comment allez-vous donc ?

— Très bien, je vous remercie, répondit Dikon.

Il avait passé une grande partie de la journée en compagnie de M. Questing et s'était maintenant habitué à sa manière de poser cette question rituelle.

— Et voilà le travail, poursuivit M. Questing en promenant son cigare autour de la pièce. Etes-vous satisfait ? Il y a quarante-huit heures, je n'avais pas encore eu le plaisir de vous connaître, monsieur Bell. Notre petite conversation d'hier m'a suffi. J'en suis sorti avec une telle impression d'optimisme et de confiance que je n'ai pas hésité une seconde à me lancer. Je suis entré dans le meilleur magasin d'ameublement d'Auckland et j'ai dit au gérant, je lui ai dit : « C'est très simple, voilà ce qu'il me faut. Si vous pouvez tout livrer à Harpoon, demain après-midi, j'achète et je paie. Sinon, vous gardez votre marchandise. » Je suis comme ça, monsieur Bell. J'apprécie les choses bien faites.

— J'espère que vous n'aurez pas omis de mentionner un détail, opina Dikon. Même maintenant, M. Gaunt pourrait changer d'avis et décider de ne pas venir. Vous vous êtes donné beaucoup de mal, madame Claire.

Agnès Claire tourna un regard dubitatif sur Questing et Dikon.

— J'avoue ne pas trouver grand charme aux meubles un peu trop modernes, affirma-t-elle sur un ton plaintif. Dans mon esprit, une atmosphère familiale, même dépourvue d'un certain confort...

Questing intervint, se lançant dans un nouveau discours sur la nécessité d'évoluer avec le temps. Dikon ne lui prêta qu'une oreille distraite. Mais il tressaillit quand, s'adressant à Barbara, Questing demanda sur un air de familiarité :

— Qu'en pensez-vous, Bab ?

Sa voix claironnante avait baissé d'un ton, prenant une sorte de trémolo confiant et un peu agressif.

Dikon remarqua le pas en arrière esquissé par Barbara. C'était, songea-t-il, un mouvement instinctif, aussi involontaire qu'un tic, mais moins déplaisant que certaines manies de la jeune femme. L'effet que ce geste eut sur Dikon fut également automatique : il ressentit une vague de sympathie et un élan protecteur. Barbara n'était plus consternante à cet instant. L'espace d'un moment, elle lui sembla même plutôt émouvante. Surpris et un peu troublé, il porta son regard sur Mme Claire et vit que ses mains dodues empoignaient l'étoffe des rideaux. Il eut le sentiment de voir se dérouler une scène chargée de tension, un petit drame qu'interrompit la venue d'une autre personne. Des pas boitillants résonnèrent sur la véranda, puis l'entrée de la chambre s'obscurcit. L'homme qui apparut devait approcher la soixantaine. Mais, aves ses traits réguliers et ses cheveux qui n'avaient pas perdu leur blond roux, il avait encore très fière allure. Debout dans l'embrasure de la porte, il fusillait Questing de son regard.

— Ah, James, murmura Mme Claire. Tu ne connais pas monsieur Bell. Mon frère, le docteur Ackrington.

Tandis qu'ils se serraient la main, Dikon vit Barbara se rapprocher de son oncle.

— Vous avez fait bon voyage ? questionna le docteur James Ackrington avec un regard acéré pour Dikon. Avez-vous jamais vu des routes aussi lamentables ? J'étais à la pêche.

Surpris par ce coq-à-l'âne, Dikon murmura sur un ton poli :

— Vraiment ?

— Enfin, à la pêche, c'est beaucoup dire. J'espère que vous n'êtes pas des passionnés de ce sport, Gaunt et vous. Avec les réserves indigènes et les habitudes inqualifiables de certains salauds de braconniers blancs, il ne reste pas la moindre petite truite dans un rayon de trente kilomètres.

— Allons, allons, docteur, intervint Questing. Je me vois obligé de contester cette opinion. Tout le monde sait que nous avons les cours d'eau les plus poissonneux de Nouvelle-Zé...

— Je vous interdis de m'appeler « docteur », rugit le docteur Ackrington, faisant sursauter Dikon.

Questing éclata de rire et répondit :

— Comme vous voudrez.

James Ackrington promena un regard autour de lui.

— Qu'est-ce que c'est que ce cirque ? demanda-t-il avec irritation.

— M. Questing, commença Mme Claire, a eu l'amabilité...

— J'aurais dû m'en douter, déclara son frère en se retournant. Vous passez la nuit ici, Bell ? J'aimerais vous parler. Venez me retrouver dans ma chambre quand vous aurez un moment.

— Entendu, monsieur.

Les yeux du docteur Ackrington allèrent vers l'extérieur.

— Et voici notre vedette, grommela-t-il.

Tous les regards suivirent le sien. Un homme était apparu sur le terre-plein rocailleux et s'approchait d'un pas traînant.

— Oh, mon Dieu ! fit Mme Claire. Je crains... James, s'il te plaît, tu veux bien...

Le docteur Ackrington sortit en boitillant et s'arrêta sur la véranda. Le nouveau venu l'aperçut et fit halte en titubant, plongeant une main dans la poche de son imperméable pour y prendre une bouteille de spiritueux.

Dikon était allé se tenir devant la fenêtre. L'apparition, au milieu d'une nature sauvage et primitive, d'un homme blanc en état d'ébriété lui sembla en même temps absurde et un peu pathétique. Une lumière pâle venait du sentier, soulignant les plis crasseux de ses pauvres vêtements. Le dos voûté, chancelant légèrement, il tournait la bouteille de whisky dans sa main et la contemplait d'un regard hébété. Au bout d'un moment, il leva les yeux sur le docteur Ackrington.

— Eh bien, Smith, fit ce dernier.

— Vous êtes un chic type, docteur, marmonna Smith. Il y a encore une goutte, là-dedans. Je vous offre un verre ?

— Vous feriez mieux de le garder pour vous, répondit le docteur Ackrington non sans douceur.

Smith dirigea son regard vers l'intérieur de la pièce. Ses paupières se rétrécirent. Il s'avança.

— Je m'en occupe, annonça Questing d'un air important tout en allant à sa rencontre.

Les deux hommes se firent face. Questing planta les pieds sur le bord de la véranda et brandit son cigare. Smith le brava de son regard.

— Je ne veux pas vous voir ici, Smith, lança Questing.

— Allez au diable, répondit Smith tout à fait distinctement.

Il pencha la tête d'un côté et vit Barbara, debout

auprès de sa mère. Otant son chapeau d'un geste solennel, il ajouta :

— Ces dames m'excuseront.

— Vous avez entendu ce que j'ai dit ?

— C'est lui, le visiteur ? demanda Smith à haute voix en montrant Dikon. C'est à cause de lui qu'on nous a expulsés de nos chambres ? Voyons ça de plus près, fit-il en esquissant un pas en avant. Un p'tit gigolo, hein ?

Dikon se dit vaguement que les autres devaient se sentir tout aussi embarrassés que lui-même. Le docteur Ackrington émit une sorte de hurlement aigu et bref, Barbara éclata de son rire saccadé, Mme Claire se confondit en excuses et Dikon, jetant autour de lui des regards interrogateurs et amusés, tenta de faire croire qu'il n'avait pas saisi le sens de la remarque lancée par Smith. Il aurait pu s'épargner cette peine car Smith, baissant la tête, plongea en direction de la véranda.

— C'est ce gamin qui nous pourrit la vie ?

Questing essaya de l'arrêter, ce qui donna lieu à une scène des plus animées. Dikon, Mme Claire et Barbara demeurèrent à l'intérieur de la pièce. Le docteur Ackrington, debout sur la véranda, sembla compter les points tandis que Smith et Questing s'invectivaient copieusement. Cette discussion monta en une sorte de crescendo jusqu'au moment où Questing tenta une nouvelle fois de repousser son vis-à-vis. Smith lui enfonça son poing dans la figure et perdit l'équilibre. Les deux hommes tombèrent en même temps.

Le tumulte prit fin aussi soudainement qu'il avait commencé. Un incident ridicule autant qu'inexpliquable s'était ainsi transformé rapidement en un petit mélodrame tout à fait convaincant. Dikon avait plus d'une fois été le témoin de scènes analogues dans des salles de cinéma. Smith, les mains tremblantes et le visage congestionné, s'agenouillait à l'endroit où il s'était affalé et fixait Questing d'un regard furibond. Questing se relevait et portait un mouchoir au coin de ses lèvres. Le cigare qu'il brandissait auparavant gisait à ses pieds. C'était un plan filmé en technicolor. Le mont Rangi s'auréolait en effet du pourpre le plus violent que l'on pût imaginer hors d'un écran de cinéma, et des jets de vapeur bleutée s'élevaient à mi-distance.

Dikon attendit, espérant qu'une manière de dialogue se renouerait. Il ne fut pas déçu.

— Vous me le paierez, affirma Questing en tâtant sa joue. Et pas plus tard que tout de suite. Vous êtes renvoyé.

— Qui commande ici ? riposta Smith. Sûrement pas vous.

— Vous pouvez être tranquille, je vous sacquerai. Quand j'aurai les choses en main...

— En voilà assez, coupa le docteur Ackrington.

— Que se passe-t-il ? demanda une voix irritée.

Le Colonel Claire, suivi de Simon, apparut au coin de la maison. Smith se remit sur ses pieds.

— Je vous demande de congédier cet homme, Colonel, lança Questing.

— Qu'a-t-il fait ? interrogea Simon.

— Je lui ai flanqué mon poing dans la figure.

Smith prit Simon par les revers de sa veste.

— Il faut vous méfier de ce type, Sim. Il n'en a pas seulement après moi. Ton père ne va pas me renvoyer, dis ?

— C'est ce que nous verrons, fit Questing.

— Mais pourquoi..., commença le Colonel Claire.

Son beau-frère l'interrompit.

— Si vous le permettez, je vais me retirer en compagnie de M. Bell, annonça le docteur Ackrington. A moins, bien sûr, qu'il ne tienne à assister au reste du spectacle. Vous venez prendre un verre, Bell ?

Dikon accepta en remerciant et se dirigea vers la sortie tandis que Mme Claire et sa fille réitéraient leurs excuses. Questing, qui parut retrouver son calme, se lança dans une tirade où l'anxiété, les promesses, les assurances et une sorte d'empressement obséquieux se mêlaient pour donner un effet des plus désagréables. Le docteur Ackrington ne lui permit pas d'aller jusqu'au bout de son discours.

— Peut-être M. Bell préfère-t-il se faire une opinion personnelle au sujet de cet incident, coupa le docteur Ackrington. Ce n'est sans doute pas la première fois qu'il se trouve en présence d'un ivrogne, et il n'attachera aucune importance aux déclarations de ce nouveau spécimen.

— Oui, bien sûr. Bien sûr, murmura Dikon.

— Quant à la manière dont *d'autres personnes* se sont comportées, ajouta le docteur Ackrington, là aussi, comme moi-même, il aimerait peut-être former son propre jugement. Venez, Bell.

Dikon le suivit jusqu'à une chambre austère, dont l'un des rares meubles était un bureau parfaitement hideux.

— Asseyez-vous, ordonna le docteur Ackrington.

Il ouvrit un placard d'aspect artisanal et y prit une bouteille et deux verres.

— Je ne peux vous offrir que du whisky, déclara-t-il. Vous avez sans doute encore à l'esprit l'horrible image de Smith, mais je n'y peux rien. Les tord-boyaux modernes ne m'ont jamais séduit.

— Je prendrai volontiers un whisky, affirma Dikon. Je vous remercie. Puis-je savoir qui est ce monsieur ?

— Smith ? Un marginal, un homme perdu et tout à fait irrécupérable. Il est venu ici quand il était encore très jeune. Ma sœur Agnès, qui est un peu snob, lui trouve des accents d'homme instruit. Elle a tendance à enjoliver les choses, mais sa théorie n'est peut-être pas dépourvue de tout fondement. Smith a pu passer par l'un des ces établissements douteux qui usurpent le nom d'école. Les enfants qui en sont originaires gardent parfois une certaine manière de s'exprimer, même quand ils tombent très bas. On les appelait autrefois des hommes déchus. Ils rencontraient auprès des habitants de cet extraordinaire pays une sympathie tout à fait imméritée. Cela répond-il à votre question ?

— Je vous remercie, monsieur, répondit Dikon en prenant son verre.

— Ma sœur choisit de le considérer comme une sorte de handicapé. Je ne sais à quel instinct il a obéi quand il s'est arrêté à Waiatatapu voilà dix ans. Si c'est le hasard qui a conduit ses pas, il doit s'en féliciter. Il est nourri et logé gratuitement, et on lui verse un salaire pour qu'il se promène autour de la station avec une pioche dans la main et une bouteille dans la poche. Quand il reçoit son chèque mensuel, il commence par se saouler à mort, et ma sœur Agnès lui prépare du thé fort et prie pour son salut. C'est un propre à rien, mais il ne vous importunera pas. Je dois avouer que, ce soir, je l'ai trouvé presque sympathique. Il a fait ce que je rêve moi-même de faire depuis trois mois.

Dikon leva un sourcil interrogateur.

— Il a flanqué son poing dans la figure de Questing, expliqua le docteur Ackrington. A la vôtre.

Au bout d'un moment, il reprit :

— J'imagine que vous allez maintenant regagner la capitale aussi rapidement que possible afin de déconseiller cette horrible station à Geoffrey Gaunt ?

Comme c'était exactement ce qu'il avait l'intention de faire, Dikon ne trouva aucune réponse et se contenta d'un murmure poli.

— Si cela peut vous intéresser, sachez que vous la découvrez dans des conditions particulièrement défavorables pour son image de marque. Smith n'est pas toujours ivre et Questing n'est pas toujours avec nous.

— Vraiment ? Je pensais...

— Il s'absente de temps à autre. Ses disparitions sont

pour moi une source de joie, même si j'en déplore le motif. Enfin.

Le docteur Ackrington contempla son verre d'un regard lugubre et s'éclaircit la voix. Dikon attendit, mais son compagnon ne sembla pas disposé à fournir de plus amples explications. Il devait apprendre par la suite que le docteur Ackrington maniait les remarques embarrassantes avec autant de virtuosité que les silences déconcertants.

— Puisque nous avons mentionné M. Questing, commença Dikon d'une voix mal assurée, j'avoue ne pas savoir tout à fait à quoi m'en tenir en ce qui le concerne. Puis-je me permettre de demander s'il est vraiment... si la Station de Waiatatapu lui appartient ?

— Non, fit le docteur Ackrington.

— Si je vous pose cette question, continua précipitamment Dikon, c'est parce qu'il est déjà venu me voir, comprenez-vous. Je lui ai bien précisé que Gaunt pourrait décider de ne pas venir en fin de compte, cela n'a pas semblé le décourager ni même le faire hésiter. Il a dépensé des sommes considérables pour... modifier les installations existantes... Je veux dire... voyez-vous, la lettre du docteur Forster laissait entendre que nous devions nous adresser au Colonel et à Mme Claire.

— Et c'est vrai.

— Mais... Et Questing ?

— Si vous renoncez à votre projet de cure thermale, répondit le docteur Ackrington, c'est à ma sœur qu'il faut en parler.

— Et Questing ? répéta Dikon avec obstination.

— Ignorez-le.

— Ah bon.

Des pas résonnèrent de l'autre côté de la fenêtre, accompagnées de voix : celle de Smith, pâteuse mais pleine de hargne, du Colonel Claire, haut perchée, peut-être un peu hystérique, et de Questing, coléreuse et arrogante. Des bribes de phrases se détachèrent du brouhaha tandis qu'ils approchaient :

— ... si le Colonel est satisfait de moi... ce coup fourré.

— ... n'a aucune importance. Vous m'avez cherché, vous me trouverez.

— ... me renvoyer... et je vous montrerai de quel bois je me chauffe... espèce...

— ... une scène aussi lamentable... vous me forcez la main.

— ... à la porte demain.

— Vous exagérez, Questing, s'écria le Colonel Claire. Trop c'est trop. J'ai fait preuve d'une grande patience jusqu'à présent. Je dois vous rappeler que je conserve encore un peu d'autorité.

— Vraiment ? Et d'où vous vient-elle ? Faites attention, Claire, vous risquez gros.

— Et vous, hurla Smith, vous risquez encore plus gros.

Le docteur Ackrington ouvrit sa porte et fit un pas en avant. Un silence total suivit son geste. La pièce fut envahie d'une bouffée d'air chargée de soufre.

— Edouard, commença le docteur Ackrington, je suggère que vous alliez poursuivre cette conversation dans la buanderie. M. Bell est sans doute en train de se dire que nous ne disposons pas de ce type d'installation.

Il referma la porte.

— Permettez-moi de vous offrir un autre verre, fit-il sur un ton courtois.

III

Gaunt à Waiatatapu

— Il y a cinq jours, déclara Gaunt, vous vous faisiez l'avocat de cette station thermale et chantiez ses louanges. Maintenant, vous n'en parlez que pour déplorer ses lacunes et ses misères. Vous êtes étrangement inconséquent.

— Entre-temps, répondit Dikon en donnant un petit coup de volant et en rétrogradant, j'ai pu visiter cet endroit et vous prie instamment, monsieur, de ne pas oublier que je vous ai prévenu.

— J'ai trouvé votre description un peu trop macabre. Vous avez forcé la note et piqué ma curiosité. Pour l'amour du ciel, mon cher Dikon, ne conduisez pas aussi près du bord du précipice. Je ne comprends pas que l'on puisse appeler route principale ce sentier montagneux.

— C'est la seule voie carrossable entre Harpoon et Waiatatapu, monsieur. Et ceci n'est pas une montagne, il n'en existe guère dans cette région. Il faut aller plus au sud pour trouver de vraies montagnes.

— Faites la fine bouche si cela vous chante, pour moi, il s'agit bien d'une montagne. Si je tombe au fond de ce ravin, je ne me réjouirai pas en me disant que c'est une chute de deux cents et non de cinq cents mètres. Le résultat, reconnaissez-le, sera le même. Je sens une odeur particulièrement désagréable.

— Elle vient des sources. Il paraît que l'on finit par s'y habituer et même par l'apprécier.

— Vraiment ? Très drôle. Vous n'êtes pas trop secoué, Colly ?

De la banquette arrière où plusieurs valises le tenaient prisonnier, Colly répondit qu'il fermait les yeux quand la voiture abordait un virage.

— Je ne m'en étais pas rendu compte ce matin, quand nous traversions les forêts, ajouta-t-il. C'est impressionnant.

La route plongea dans une ravine et remonta en zigzaguant pour franchir un espace nu et vallonné. Sur sa gauche, le littoral se découpait en une ligne tourmentée qui, plus au nord, cédait la place à des plages se succédant à l'infini. La mer de Tasman peuplait l'air d'un grondement diffus et persistant. Au loin, le cône du mont Rangi s'élevait doucement par-dessus les crêtes.

— Un paysage plutôt inquiétant, je trouve, déclara Gaunt. Il y a dans ces collines un je ne sais quoi de mystérieux, je dirais même de fantastique. Cela ne tient pas à leur forme qui est parfaitement anodine. Elles ne sont ni spectactulaires comme les Dolomites ni imposantes comme les Rocheuses. Et d'ailleurs, ainsi que vous l'avez souligné vous-même, mon cher Dikon, ce ne sont pas de vraies montagnes. On a l'impression qu'elles abritent dans leurs entrailles un épuisant secret. Comment cela peut-il s'expliquer ?

— C'est peut-être lié à leur aspect volcanique. S'il y a un mystère, il faut en chercher la clé dans la langue maori. Je crains que vous ne finissiez par vous lasser de voir ce cône à longueur de journée, monsieur. Il domine toutes les hauteurs qui entourent Waiatatapu.

Dikon se permit un moment de silence. Gaunt avait la

manie de ne jamais s'intéresser longtemps à un site touristique ou à un paysage. Quand il demandait des explications, c'était pour les accueillir avec une sorte d'impatience agacée.

— Pour quelle raison irait-on chercher la réponse dans la langue maori ? questionna-t-il.

— Il fut un temps où le mont Rangi faisait office de cimetière. On jetait les corps dans son cratère. Il est éteint, maintenant, vous savez. On dit qu'il est plein de cadavres.

— Seigneur Dieu ! murmura Gaunt.

La voiture gravit une nouvelle pente. Bientôt apparut l'assise du mont Rangi, une série de petits plateaux et de collines ondulées.

— On distingue encore tout à fait clairement le chemin qu'ils empruntaient, ajouta Dikon. Miss Claire me dit que les tribus campaient durant trois jours au pied du volcan. Elles tenaient ainsi une manière de veillée funèbre. En maori, cela s'appelle *tangui*. Le corps était ensuite transporté jusqu'au sommet. S'il s'agissait d'un chef ou d'un membre influent du clan, on pouvait entendre les chants depuis Waiatatapu.

— Mince ! dit Colly.

— Si je comprends bien, on voit encore au fond du cratère les...

— Je ne sais pas. Le Rangi fait partie de la réserve indigène, d'après les Claire. C'est tout ce qu'il y a de plus *tapou*.

— Comment cela ?

— Tabou. Sacré. Défendu. Intouchable. Je ne pense pas que les Maori osent s'y aventurer de nos jours. Evidemment, c'est hors de question pour les *pakehas*, les hommes blancs, ce serait un terrain de chasse beaucoup trop tentant. Les chefs de tribu étaient enterrés avec leurs armes, voyez-vous. On parle d'une hache de guerre ayant appartenu à Rewi, mort il y a environ cent ans et inhumé sur le Rangi. Cette hache, qui était son arme préférée, se trouve aussi là-haut, cachée en un lieu secret. Elle avait participé à un grand nombre de batailles aussi épiques que sanglantes et son nom est littéralement vénéré par les Maori. Le *tokipoutangata* de Rewi. On dit que le dieu Tane avait investi cet instrument de ses propres pouvoirs surnaturels. Voilà bien une pièce de collection, s'il en fût. Elle est enterrée au sommet du Rangi. Mais toute cette région est en territoire maori.

— C'est loin de Waiatatapu ?

— A peu près douze kilomètres.

— Il a l'air beaucoup plus proche, vu d'ici.

— Un peu sombre, vous ne trouvez pas, monsieur ? demanda Colly.

— Sombre et clair tout à la fois, dit Gaunt. Quelle merveille !

Il y eut un moment de silence tandis que la voiture poursuivait son escalade. Les collines ondoyèrent, semblant se déplacer en un contrepoint lent et mesuré. Dikon reconnut bientôt quelques repères. Une intense vague d'appréhension l'assaillit.

— Tiens ! fit Gaunt. Que voit-on là-bas, sur la droite ? Cela ressemble à un asile de nuit.

Sans répondre, Dikon franchit le portail délabré.

— Ne me dites pas que nous sommes arrivés ! reprit Gaunt d'une voix plus forte.

— C'est bien cela, monsier.

— Seigneur Dieu ! Vous me le pairez, Dikon. Regardez-moi ça. *Sentez*-moi ça ! Colly, nous avons été trahis.

— M. Bell a prévenu Monsieur, rappela Colly. Moi, je trouve cet endroit plutôt accueillant.

— Les apparences sont trompeuses, soupira Dikon. Voilà les sources.

— Ces mares nauséabondes ?

— Oui. Et là-bas, sur la véranda, c'est la famille Claire. Vous êtes attendu, monsieur, annonça Dikon.

Du coin des yeux, il vit les doigts gantés de Geoffrey Gaunt aller à sa cravate, puis à son chapeau. « Il ressemble terriblement à un acteur célèbre » songea-t-il soudain.

La voiture cahota sur le dernier tronçon de piste et s'élança pour franchir le terre-plein qui s'étendait devant l'hôtellerie. Dikon l'immobilisa en face du perron. Il descendit et, se découvrant, marcha vers le petit groupe qui attendait. Il se sentait nerveux et un peu ridicule. Mme Claire et le Colonel avaient pris place sur des chaises en osier. Barbara était assise sur une marche du perron, retenant un chien qui semblait désireux de s'échapper. Dikon se dit qu'ils avaient dû revêtir leurs plus beaux habits. Simon, visiblement contraint et forcé, s'était posté derrière sa mère et fronçait les sourcils d'un air revêche. Le docteur Ackrington sortit de sa chambre au moment où Dikon approchait.

— Eh bien, nous voici, lança Dikon sur un ton qui se voulait enjoué.

Les Claire s'étaient levés. Tandis qu'il serrait un peu à l'aveuglette les mains qui se tendaient, Dikon éprouvait un mélange de confusion et d'incertitude ainsi qu'une vague envie de s'excuser. Barbara se contortionnait nerveusement pour regarder par-dessus son épaule. Avec une consternation qui, par la suite, se révéla prophétique, il vit qu'elle pâlissait.

Gaunt vint poser une main sur son bras. Il s'empressa d'entamer les présentations.

Mme Claire apportait à cette situation une note sereine et pondérée, songea Dikon, mais Gaunt devait trouver son attitude quelque peu bizarre. On eût dit qu'elle accuillait le nouveau pasteur d'une paroisse déshéritée.

— Vous devez être fatigué après un aussi long voyage, fit-elle d'une voix inquiète.

— Pas le moins du monde, assura Gaunt qui était

parvenu à l'âge où un acteur se doit d'afficher un air de jeunesse et de vigueur.

— Mais cette route est affreuse. Vous semblez *vraiment* fatigué, insista-t-elle avec douceur.

Le sourire de Gaunt perdit un peu de sa chaleur et devint plus compassé. Il se tourna vers Barbara. Pour une raison qu'il ne cherchait pas à s'expliquer, Dikon souhaitait que Gaunt se prît d'amitié pour Barbara. Ce fut avec un sentiment d'appréhension qu'il la vit sursauter, écarquiller les yeux et pencher la tête d'un côté avec l'air d'un petit caniche réprimandé. « Elle va faire le clown » songea-t-il.

— Soyez le bienvenu dans cette *humble* demeure, fit Barbara de sa voix sépulcrale.

Gaunt laissa retomber quelque peu hâtivement la main qu'elle lui avait tendue.

— Nous sommes plutôt calmes, remarqua le Colonel avec un regard furtif pour Gaunt. Vous devez vous dire que cette région n'a rien de spectaculaire.

— Bien au contraire, répondit Gaunt sur un ton léger. Il y a un instant, j'observais que ce paysage faisait penser à un décor de théâtre.

Il pointa sa canne vers le mont Rangi.

— On est presque surpris de ne pas entendre l'orchestre.

Le Colonel leva un sourcil étonné et vaguement offensé.

— Mon frère, murmura Mme Claire.

Le docteur Ackrington s'avança en clopinant. Dikon ne put suivre le déroulement de cette rencontre. Son attention fut détournée par le comportement de Simon qui, abandonnant subitement l'endroit où il se tenait, descendit les marches du perron et saisit la main de Colly. Celui-ci s'apprêtait à décharger les bagages. Il ouvrit des yeux effarés.

— Comment ça va ? demanda Simon d'un air enthousiaste. Vous voulez un coup de main ?

— Ce ne sera pas nécessaire, monsieur. Je vous remercie.

— Mais si, mais si, insista Simon.

Il empoigna violemment une trousse de voyage en peau de porc, la souleva du coffre et la jeta par terre. Colly émit un petit cri consterné.

— Hé, là-bas ! lança une voix.

M. Questing surgit à l'entrée de la maison. En quelques enjambées furieuses, il rejoignit Simon.

— Ne touchez pas à ces valises, ordonna-t-il en écartant le jeune homme.

— Pourquoi pas ? questionna Simon.

— On ne manipule pas ainsi les bagages de cette qualité, proclama M. Questing d'un air supérieur. En voilà des manières ! Il faut faire preuve de délicatesse.

S'avançant vers Dikon, il ajouta en riant :

— Il a encore beaucoup à apprendre. Mais, comme vous l'avez remarqué, il est plein de bonne volonté. Comment allez-vous, monsieur Bell ?

Puis il ôta son chapeau et alla se placer devant Gaunt. Son attitude changea avec une extraordinaire rapidité. On eût dit un imitateur passant d'un rôle à l'autre ou une marionnette obéissant à quelque pontife du savoir-vivre.

— Je ne pense pas avoir déjà eu l'honneur..., commença-t-il.

— M. Questing, interrompit Dikon.

— C'est un grand jour pour les Thermes de Waiatapu, monsieur, affirma Questing. Un grand jour.

— Merci, répondit Gaunt en lui jetant un bref regard. J'aimerais voir ma chambre, si vous le permettez.

Il se tourna vers Mme Claire.

— Dikon me dit que vous vous êtes donné beaucoup de mal à cause de moi. C'est vraiment très gentil de votre part et je vous en remercie.

Ces quelques mots, prononcés sur le ton sincère et enjoué que Gaunt savait prendre, eurent sur Mme Claire le plus heureux effet. Elle lui sourit.

— J'essaierai de ne pas vous incommoder outre mesure, assura Gaunt.

Puis, à l'adresse de Questing, il ajouta :

— Allons-y.

Ils s'éloignèrent le long de la véranda, M. Questing ouvrant la marche, tenant encore son chapeau à la main.

II

Assise sur le bord de son petit lit métallique, Barbara contemplait deux de ses robes. Laquelle porter ce premier soir, à l'heure du dîner ? Ni l'une ni l'autre n'était neuve. La rouge lui avait été envoyée d'Inde par la plus jeune de ses tantes. Barbara avait essayé de la retoucher pour son propre usage, mais une épaule était sortie toute déformée de cette opération. Pour dissimuler ce défaut, Barbara avait attaché une fleur noire à l'encolure. La seconde robe, plus courte que la première, était taillée dans un épais tissu, avec des motifs compliqués bleu et jaune. Barbara lui avait ajouté une guirlande des plus exotiques ainsi qu'une ceinture en satin. Mais le résultat de son travail ne lui avait inspiré que peu d'enthousiasme.

Songeant à Huia qu'elle devait rejoindre à la cuisine, elle se dévêtit, passa la robe rouge par-dessus sa tête et s'examina dans son miroir. Elle dut se rendre une nouvelle fois à l'évidence : la robe qu'elle portait ne serait jamais sienne; elle ferait toujours penser à Tante Wynne, une inconnue qui, deux années auparavant, avait écrit : « Je vous envoie quelques babioles pour Barbara. J'espère que le rouge lui convient ». Barbara se pencha pour contempler son visage qui était légèrement déformé par la glace. Allait-elle s'afficher en plein jour dans cet accoutrement ? Simon l'accueillerait sûrement avec son sarcasme effrayant, et tout le monde penserait qu'elle s'était habillée en l'honneur des visiteurs.

Au moment où elle s'extirpait du vieux vêtement, la voix de sa mère s'éleva :

— Barbara, où es-tu ? Ba ?

— Je viens.

Elle portait donc la robe fleurie.

Des gouttes de sueur perlaient à son front et elle tremblait un peu en achevant de s'habiller. Fébrile, elle passa un tablier par-dessus sa robe et joignit les deux mains en songeant : « Mon Dieu, faites qu'il se plaise ici ! Faites qu'il reste ! »

III

— Vous croyez pouvoir le supporter ? interrogea Dikon.

Gaunt était étendu sur le canapé. Il leva les bras au-dessus de sa tête.

— Tout, murmura-t-il. Je peux tout endurer si l'on m'épargne Questing. Il faut l'éloigner de moi.

— Mais je vous avais dit...

— Quand cesserez-vous de répéter ce sempiternel « Je vous l'avais dit » ? demanda Gaunt avec douceur. Essayez de perdre cette habitude.

Il glissa un regard en coin à son jeune secrétaire.

— Allons, ne faites pas cette tête d'enterrement, ajouta-t-il. Comme tous les acteurs, je jouais les petits rôles au début de ma carrière. Quand je partais en tournée, je descendais dans de petites chambres d'hôtel louées pour une nuit. J'ai un peu l'impression de revivre ma jeunesse et c'est tout à fait supportable. Je devrais d'ailleurs me trouver sur le front, rampant dans une tranchée. De quoi me plaindrais-je ? Non, je n'élèverai aucune protestation si vous m'épargner Questing.

— Ce soir, nous n'aurons pas à subir sa conversation. Il est retenu ailleurs. Mais j'ai fait le nécessaire, au cas où il aurait songé à annuler son rendez-vous. Je lui ai dit que vous aviez l'intention de souper dans votre chambre et de vous mettre au lit à neuf heures. Il est parti.

— Bien. Je dînerai donc en famille et je me retirerai quand bon me semblera. Je n'ai pas encore eu l'occasion de rencontrer M. Smith. Pensez-vous qu'il nous offrira le spectacle d'une nouvelle bagarre ?

— Apparemment, il ne boit que lorsqu'il vient de recevoir son chèque mensuel.

Dikon hésita un moment avant de demander :

— Comment trouvez-vous les Claire, monsieur ?

— Remarquables. Les personnages qu'ils campent sont tout à fait crédibles. Un peu stéréotypés, bien sûr. La moustache du Colonel est un rien trop épaisse, si vous voyez ce que je veux dire.

Vaguement contrarié, Dikon fit observer :

— Vous avez littéralement subjugué Mme Claire.

Gaunt ignora cette remarque.

— S'il était possible de les prendre tels qu'ils sont ! fit-il. Si l'on pouvait les persuader de se produire dans les vêtements qu'ils portent, de prononcer les mêmes phrases ! Dikon, mon cher ami, ils feraient un malheur ! Miss Claire ? Elle est plutôt insignifiante.

— En fait, elle ne manque pas de charme, affirma Dikon en se raidissant. Quand on ne voit pas ses habits, naturellement.

— Si vous y êtes parvenu en si peu de temps, vous êtes un rapide.

— Ils sont, à mon avis, d'une extrême gentillesse.

— Vous ne cessiez de les critiquer avant notre arrivée

ici. A quel miracle faut-il attribuer ce revirement aussi soudain qu'incompréhensible ?

— J'ai simplement dit que vous risquiez de vous ennuyer un peu en leur compagnie, monsieur.

— Eh bien, ce n'est pas le cas, figurez-vous. Je m'amuse beaucoup. Ce sont des gens charmants et des comédiens passionnants. De quoi vous plaignez-vous ?

— De rien. Je vous demande pardon. J'ai simplement découvert qu'ils m'étaient sympathiques.

Dikon sourit, un peu à contrecœur.

— Ce tableau sur la véranda, ajouta-t-il, je l'ai trouvé d'une grande tristesse. Ils ont dû attendre pendant des heures, assis chacun à sa place.

— Oh oui. Le chien était visiblement exaspéré. Et le jeune Claire semblait d'humeur massacrante.

— C'est touchant, commenta Dikon en se détournant.

Mme Claire et Barbara, portant leurs chapeaux de paille et des serviettes, passèrent devant la fenêtre. Elles marchaient sur la pointe des pieds, le visage grave et absorbé. Quand elles se furent éloignées un peu, Dikon les entendit chuchoter.

— Sapristi ! fit Gaunt. Pourquoi se conduisent-elles de cette manière ? Elles sont chez elles !

— Je leur ai dit que vous souhaitiez vous reposer un peu avant le dîner, expliqua Dikon. Elles ne veulent pas vous déranger. Le potager se trouve derrière la maison, c'est là qu'elles se rendent, j'imagine.

Au bout d'un moment, Gaunt remarqua :

— Si cela continue ainsi, je finirai par me culpabiliser. Depuis combien de temps les Claire sont-ils ici ?

— Depuis douze ans, me semble-t-il. Peut-être un peu plus.

— Douze ans de métier et ce sont toujours des amateurs !

— Ils font de leur mieux, soupira Dikon.

Il s'éloigna d'un pas lent et sortit sur la véranda. Au loin, il distingua une silhouette qui longeait le lac et se dirigeait vers la maison.

— Nous avons un visiteur, monsieur.

— Qu'entendez-vous par là ? s'exclama Gaunt. Je ne veux recevoir personne.

— C'est un Maori, précisa Dikon. Et je ne pense pas qu'il soit venu nous voir.

C'était Rua. Il portait le costume qu'il avait acheté en 1936 pour accueillir le Duc de Gloucester. Franchissant posément le terre-plein qui s'étendait devant l'hôtellerie, il s'arrêta au pied du perron, donna deux coups de canne sur la poutrelle et attendit tranquillement. Huia sortit au bout d'un moment. Elle eut un petit rire étouffé en découvrant son arrière-grand-père. Sévère, il lui parla en maori, et elle regagna l'intérieur de la maison. Rua prit place sur le bord de la véranda et appuya son menton sur le pommeau de sa canne.

— A la réflexion, il me semble que cela pourrait nous concerner, annonça Dikon. Je connais le vieux monsieur.

— Je ne veux recevoir personne, répéta Gaunt. De qui s'agit-il ?

— C'est la version maori du Dernier des Barons. Rua Te Kahu, ancien journaliste et député au Parlement. Je jurerais qu'il est venu vous saluer.

— Voyez-le de ma part, Dikon. Il nous reste encore quelques photos, je suppose ?

— Je ne pense pas que le Dernier des Barons s'intéresse aux portraits dédicacés, répondit Dikon.

— Vous tenez absolument à me contrarier, observa Gaunt d'un ton égal. S'il désire un entretien, vous accepterez bien de vous en occuper ?

Le Colonel Claire sortit à cet instant de la maison. Il s'approcha de Rua, lui serra la main et le conduisit vers l'aile privée.

— Ce n'était pas pour nous, monsieur.

— Tant mieux, commenta Gaunt.

Mais il semblait un peu vexé.

Dans le bureau du Colonel Claire, une sorte de cagibi exigu et sans confort, Rua dévoila l'objet de sa visite. Son regard sombre s'attarda quelques instants sur un cliché jauni représentant un groupe de Sikhs enturbanés. Ce fut d'une voix grave qu'il s'adressa au Colonel.

— J'apporte les salutations de ma tribu à votre illustre invité, M. Geoffrey Gaunt. Les Maori de Waiatatapu sont heureux qu'il ait choisi cette station. Ils aimeraient lui souhaiter la bienvenue dans leur région.

— Oh, merci beaucoup, Rua, fit le Colonel. Je lui transmettrai votre message.

— Nous savons qu'il est venu se reposer et qu'il ne désire pas être dérangé. Cependant, s'il veut écouter un peu de musique, nous espérons qu'il nous fera l'honneur d'assister à un concert que nous donnerons samedi en huit. Cette invitation est également adressée à votre famille, Colonel.

Le Colonel Claire leva les sourcils, écarquilla les yeux et considéra son visiteur d'un regard qui aurait pu suggérer de l'étonnement. En fait, il n'était nullement surpris. C'était simplement sa manière d'absorber les nouvelles idées.

— Hein ? s'exclama-t-il au bout d'un moment. Vous avez dit un concert ? C'est très aimable de votre part, Rua. Extrêmement aimable. Un concert.

— Si M. Gaunt veut bien venir.

Le Colonel tressaillit.

— Venir ? répéta-t-il. Je ne sais pas, je ne peux rien garantir. Il faut lui poser la question, demander l'avis de son secrétaire.

Rua inclina légèrement la tête.

— Bien sûr.

Le Colonel se mit précipitamment sur ses pieds et alla se pencher dehors.

— *James* ! cria-t-il. Vous avez une minute ?

— Pour quoi faire ? questionna de loin la voix du docteur Ackrington.

— J'ai besoin de vous. C'est mon beau-frère, expliqua le Colonel en se retournant vers Rua. Nous verrons ce qu'il en pense, hein ?

Sortant sur la véranda, il lança à tue-tête :

— *Agnès* !

— Ouiii ? répondit Mme Claire depuis l'intérieur de la maison.

— Tu veux venir, s'il te plaît ?

— Un instant, chéri.

— *Barbara* !

— Une seconde, papa. Je suis occupée.

Ayant convoqué sa famille, le Colonel se laissa tomber dans un fauteuil, dévisagea Rua et sourit vaguement. Ses yeux s'arrêtèrent sur un roman d'aventures dont il avait entamé la lecture. Il était passionné de littérature policère, et la vue de ce livre, ouvert et à portée de la main, l'affecta à la manière d'une boîte de friandises exposée devant un enfant. Il sourit derechef à son visiteur et lui offrit une cigarette. Rua le remercia, tenant le petit cylindre blanc entre le pouce et le bout des doigts. Le Colonel glissa un regard en coin sur son roman. Il était presbyte.

— Je souhaitais également parler d'un autre sujet, annonça Rua.

— Vraiment ? fit le Colonel. Vous lisez beaucoup, Rua ?

— Ma vue, hélas, n'est plus aussi bonne qu'elle l'était, mais je peux encore déchiffrer les caractères d'imprimerie.

Le Colonel Claire souleva négligemment son livre et poursuivit :

— Certains auteurs ont une imagination proprement

ahurissante. Tenez, ce bouquin que j'ai commencé à feuilleter... une histoire tout à fait invraisemblable.

— Je suis saisi d'inquiétude. Des rumeurs circulent en ce moment...

— Ah ?

Le Colonel tourna une page, l'air absent.

— ... à propos des réserves indigènes et de leur avenir. Vous vous êtes toujours conduit en ami de notre peuple, Colonel...

— Je vous en prie, je vous en prie, murmura le Colonel en tâtonnant à la recherche de ses lunettes. C'est avec le plus grand plaisir...

Il trouva ses lunettes, les chaussa et, du même air distrait, posa le roman sur ses genoux.

— Depuis que vous vous êtes installés à Waiatatapu, vous n'avez jamais cessé d'entretenir les meilleures des relations avec mon peuple. Nous ne souhaitons pas avoir affaire à un autre que vous.

— Très aimable.

Le Colonel Claire lisait à présent, mais il continuait à sourire d'un air affable, tentant de donner à penser qu'il se contentait de regarder son livre. Car, après tout, il fallait bien regarder quelque chose. Rua poursuivait de sa voix profonde et richement modulée. Comme tous les Maoris, il était patient et ne se hâtait jamais. Les hommes de sa génération — une génération presque oubliée — procédaient par de petites allusions successives et pleines de courtoisie avant d'en venir au véritable objet d'un entretien. Il avait pour son hôte une considération et une estime qui dataient d'un événement survenu douze années auparavant. Une virulente épidémie de grippe sévissait à Waiatatapu au moment où les Claire s'étaient installés dans cette région. Au village de Rua, le virus avait causé de nombreuses morts. Les autorités sanitaires de Harpoon, sous la conduite du bouillant docteur Tonks, avaient sévèrement dénoncé les conditions d'hygiène qui régnaient dans la réserve indigène. Elles ne fournissaient aucune assistance aux Maoris, et la situation de ces derniers menaçait de devenir catastrophique. Rua, qui exerçait en temps normal une grande influence sur son peuple, était lui-même terrassé par la maladie et ne contrôlait plus son *hapu*. Les enterrements se succédaient, ponctués par les longs cris des femmes, les chants funèbres et les lamentations. Frappée par une calamité d'origine européenne, la communauté maori vivait au rythme d'interminables cérémonies mortuaires. Une agressivité nourrie de peur s'empara d'elle. Elle se replia sur elle-même, refusant l'aide proposée par l'homme blanc et s'en méfiant. Ce fut cette scène-là que découvrirent les Claire en venant s'installer à Waiatatapu. Immédiatement, Mme Claire avait traduit la situation dans les termes d'un village anglais. Elle avait transformé sa nouvelle maison en hôpital de brousse et s'était investie du rôle d'infirmière. Rua avait été son premier patient. Le Colonel Claire, dont le caractère distrait l'avait prémuni contre l'arrogance des coloniaux, et qui avait le plus naturellement du monde trouvé une sorte de terrain d'entente avec les indigènes, s'était rendu au village. Il avait consulté Rua, pris les mesures qui s'imposaient, et les Maoris l'avaient accueilli en *rangitira*, un homme de qualité. Tout comme son épouse, il ne concevait ni une amitié débordante ni une particulière antipathie pour les Maoris. Néanmoins, ces derniers leur trouvaient des vertus qu'ils savaient reconnaître et admirer. La guerre les avait rapprochés. Le Colonel, en tant que commandant d'une unité de la Garde, avait incorporé un grand nombre de Maoris dans sa division. Rua considérait que ses amis *pakeha* lui avaient sauvé la vie. Il les trouvait un peu étranges mais ne les en estimait pas moins. Aussi ne fut-il pas vraiment offensé de voir le Colonel poursuivre la lecture de son roman. Il n'interrompit pas son récit.

— ... nous avons connu suffisamment de problèmes

dans le passé. Le mont Rangi est situé en territoire maori, c'est un sanctuaire que l'on ne peut violer impunément. Quelqu'un a vu cet homme sur le versant nord. Il portait un sac. Au début, il s'est montré plutôt amical avec ce petit voyou d'Eru Saul qui est un mauvais *pakeha* et un mauvais Maori. Mais ils ont fini par se quereller et l'objet de leur différend n'est autre que mon arrière-petite-fille Huia. Eru est venu dire à mon petit-fils Rangi, lequel m'a rapporté ses propos, que Questing se livre à des actes répréhensibles sur le mont. Si nous n'avons pas réagi, c'est uniquement parce qu'il est votre invité. Mais ses agissements deviennent intolérables. Il s'en prend maintenant à de jeunes idiots de mon *hapu* et leur met des idées nocives dans la tête. Je ne peux supporter cela, affirma Rua dont les yeux étincelèrent. Je n'accepterai pas que les enfants de mon peuple oublient ou apprennent à mépriser la culture de leurs ancêtres. La situation était déjà suffisamment grave avec M. Herbert Smith qui leur offre du whisky et les mène à leur perte. C'est un propre à rien. Mais même lui est venu me voir pour m'avertir et me signaler le comportement de Questing.

Le Colonel lâcha brusquement son livre qui tomba par terre. Ses sourcils jaillirent sur son front. Il écarquilla les yeux et pâlit.

— Hein ? fit-il. Questing ? Vous avez parlé de Questing ?

— Colonel, vous ne m'écoutiez pas, remarqua Rua non sans colère.

— Si, si. Mais je n'ai pas tout compris. Je suis un peu sourd, voyez-vous.

— J'en suis navré. Je vous disais que M. Questing se rend fréquemment au sommet du Rangi pour chercher des reliques et des objets de curiosité. De plus, il affirme que la Station thermale de Waiatatapu serait bientôt sa propriété. Je me vois obligé de vous demander si cela est vrai.

Le docteur Ackrington apparut à cet instant dans l'embrasure de la porte.

— J'ai cru entendre prononcer le nom de Questing, remarqua-t-il. Bonsoir, Rua. Comment allez-vous ?

— Au début, nous n'avions parlé que de Gaunt et d'un concert de musique, grommela le Colonel sur un ton vaguement plaintif. Il s'agit maintenant de confidences à propos de Questing.

— Des confidences, hein ? s'exclama le docteur Ackrington. Pour quelle raison m'avez-vous donc appelé ? Pourquoi s'acharne-t-on à vouloir m'empêcher de soigner ma sciatique ?

— Je souhaitais vous demander si vous pensiez que Gaunt accepterait d'assister à un concert. Rua et ses amis ont proposé gentiment...

— Comment diable voulez-vous que je le sache ? Posez la question au jeune Bell. C'est très aimable à vous, Rua.

— Et puis Rua a mentionné Questing et le Rangi.

— Pourquoi ne l'appelez-vous pas Quisling[1], nom d'un chien ? s'écria le docteur Ackrington. Il ne vaut pas mieux !

— James ! J'insiste pour que... Vous n'avez pas le moindre élément de preuve.

— Non ? Je n'en ai pas ? Très bien. Nous verrons.

Rua se mit debout.

— Si cela ne vous dérange pas, commença-t-il, vous pourriez peut-être demander au secrétaire de M. Gaunt...

— Oui, oui, répondit le Colonel avec empressement. Bien sûr, bien sûr. J'en ai pour une minute.

Il sortit rapidement et l'on entendit ses pas résonner

1. Vidkun Quisling. Chef du gouvernement norvégien après l'invasion allemande. Exécuté à la Libération.

sur la véranda, prenant la direction de l'aile occupée par Geoffrey Gaunt.

Les yeux de Rua brillaient d'un éclat intense tandis qu'ils se posaient sur le docteur Ackrington. Mais il demeura silencieux.

— Ainsi, Questing viole la réserve maori ? demanda le docteur Ackrington. J'aurais pu vous révéler ce soi-disant secret le jour où l'*Hippolyte* fut coulé.

Les mains noueuses et parcheminées de Rua esquissèrent un geste brusque. Mais il ne proféra pas le moindre son.

— Il opère de nuit, n'est-ce pas ? poursuivit le docteur Ackrington. C'est à la tombée de la nuit qu'il se rend au sommet du Rangi, hein ? Avec une torche électrique. Je l'ai vu de mes propres yeux, Rua. Des reliques ! Tu parles !

— Je n'ai jamais apprécié les romans d'espionnage, affirma Rua sur un ton égal. Je les ai toujours trouvés un peu en dehors de toute réalité.

— Vraiment ! lança le docteur Ackrington d'une voix acerbe. De tous les pays anglo-saxons, celui-ci serait donc le seul à n'abriter aucun agent ennemi ? Pouvez-vous m'expliquer les raisons de cette étrange immunité ? Vous pensez peut-être que nos adversaires ont peur de nous ? Allons donc !

— Mais quelqu'un l'a vu en train de creuser.

— Vous imaginez qu'il se laisserait surprendre en train de communiquer avec ses acolytes ? Bien sûr qu'il se livre à des fouilles. Bien sûr qu'il a profané et dépouillé les tombes de vos ancêtres. Mais c'est uniquement pour pouvoir se disculper le jour où il sera mis sous les verrous. Il prétendra ainsi que cette chasse au trésor était le seul motif de ses randonnées nocturnes.

Le visage de Rua prit une expression grave.

— J'ai souvent regretté que mon âge avancé m'empêche de me joindre à ceux de mes petits et arrière-petits-enfants qui partent sur le front, déclara-t-il. Mais si ce que vous dites est vrai, il y a encore du travail pour un vieux gerrier.

Il émit un petit rire silencieux, et le docteur Ackrington le considéra d'un regard inquiet.

— J'ai fait preuve d'indiscrétion. Je vous demande de garder tout cela entre nous, Rua. S'il se doute de quoi que ce soit, nous ne réussirons pas à le coincer. J'ai pris certaines mesures, de mon côté. Mais vous pouvez également agir. Il n'est pas difficile de trouver des cachettes, des postes d'observation, sur le Rangi. Si vos jeunes gens n'ont pas tout à fait perdu l'art de leurs ancêtres...

— Ce doit être possible, affirma Rua sur le ton de la conversation. Oui, on doit pouvoir faire quelque chose.

— Tu voulais me parler, chéri ? questionna Mme Claire en surgissant à l'entrée du petit salon. Oh ! Il m'a semblé qu'Edouard m'avait appelée. Bonsoir, Rua.

— Je t'ai appelée en effet, voilà une demi-heure, précisa son mari qui s'était approché derrière elle. Mais c'est fini, maintenant. Le vieux Rua était venu... Oh, vous êtes encore là, Rua ? J'ai vu le secrétaire de M. Gaunt. Ils seraient ravis d'assister à votre concert.

Barbara se joignit au petit groupe qui s'était formé devant la porte.

— Qu'y a-t-il, papa ? Tu as besoin de moi ?

— *Non* ! hurla son père. Je n'ai besoin de rien ni de personne. Pourquoi vous précipitez-vous tous sur moi ?

— Les habitants de mon village seront très heureux, affirma Rua. Je vais leur annoncer cette nouvelle. Bonsoir.

Au moment où il parvenait devant l'entrée principale, Huia, son arrière-petite-fille, apparut. Elle se planta sur son chemin, leva la cloche qu'elle tenait et l'agita frénétiquement pour annoncer le dîner. Rua l'écarta en souriant et s'éloigna.

Dikon, l'air un peu surpris, sortit à cet instant, suivi de

Gaunt. Huia, qui voyait ce dernier pour la première fois, eut un rire surexcité et continua de faire tinter la cloche. Barbara finit par la lui prendre des mains.

— C'est l'heure du dîner, me semble-t-il, remarqua Mme Claire sur un ton léger et vaguement étonné.

Posément, elle se tourna vers Gaunt et demanda :

— Vous venez ?

Une manière de cortège se forma et prit la direction de la salle à manger. Comme à l'accoutumée, Simon apparut au dernier moment, venant des cabines où il possédait une sorte d'atelier.

Mais ce premier dîner ne devait pas commencer normalement. A l'instant où Gaunt et Mme Claire parvenaient devant la porte d'entrée, un charivari indescriptible monta de la cuisine.

— Où est le Colonel ? lança une voix surexcitée. Je veux voir le Colonel.

Smith, les cheveux en bataille et le visage ensanglanté, fit irruption dans la salle à manger, écarta Gaunt de son chemin et saisit le Colonel par les revers de sa veste.

— Il faut faire quelque chose, s'écria-t-il. Je demande à être protégé de ce type. Il a essayé de me tuer.

IV

Fanions rouges

Se souvenant de leur première rencontre et sentant une très forte odeur de spiritueux, Dikon se dit que Smith était complètement ivre. Mais la vérité lui apparut au bout d'un moment : Smith était tout simplement terrifié. Les Claire, se méprenant également sur le motif de cette agitation, avec un bel ensemble et sans le moindre succès, essayèrent de le calmer. Ce fut le docteur Ackrington qui mit fin à leurs vaines tentatives. Il examina Smith d'un regard pénétrant et se tourna vers son beau-frère.

— Attendez un instant, Edouard, il n'est pas saoul. Venez avec moi, Smith. Vous m'expliquerez ce qui s'est passé.

— Je n'irai avec personne. J'ai accepté de sortir avec quelqu'un il y a un moment et j'ai failli me faire tuer. Vous entendez ? Ce fumier voulait me tuer ! C'est un assassin !

— De qui parles-tu ? demanda Simon.

— De Questing, bien sûr !

— Allons, Smith, ne soyez pas ridicule, fit le Colonel en essayant de l'entraîner dehors.

— Laissez-moi tranquille. Je sais ce que je dis. Vous croyez peut-être que j'ai inventé cette histoire ?

— Papa ! s'exclama Barbara. Pas *ici* !

— Edouard, s'il te plaît ! renchérit Mme Claire. Dans ton bureau.

Et comme si Herbert Smith était un petit écolier récalcitrant, elle ajouta dans un murmure :

— Oui, oui, il vaut mieux l'emmener dans ton bureau.

— Mais vous ne comprenez pas ? s'écria Smith.

Brusquement, il se mit à pleurer. Tous, hormis le docteur Ackrington, le contemplèrent d'un air embarrassé.

— Je viens d'échapper à la mort et c'est tout ce que vous trouvez à dire ! lança-t-il sur un ton pitoyable.

Gaunt eut une sorte de petit rire qui ressemblait à un toussotement. Puis il se tourna vers Mme Claire.

— Nous allons nous retirer, lui confia-t-il.

— Oui, bien sûr, ajouta Dikon.

Mais la porte était bloquée par Simon et Mme Claire. Et tandis que ces derniers s'écartaient, Smith hurla :

— Non, vous ne partirez pas ! Il me faut des témoins. Restez où vous êtes.

Gaunt promena un regard souriant et vaguement interrogateur sur les visages qui l'entouraient.

— Si nous allions nous asseoir ? suggéra-t-il.

Barbara referma une main sur le bras du docteur Ackrington et murmura sur un ton pressant :

— Oncle James, fais quelque chose. *Oncle James, s'il te plaît.*

— Autant nous asseoir, en effet, décida le docteur Ackrington.

Solennels et un peu ridicules, ils entrèrent l'un après l'autre dans la salle à manger et prirent place autour des petites tables, comme s'ils se préparaient à assister à un spectacle de cabaret. Smith parut avoir retrouvé son calme au terme de cette opération. Il choisit une position stratégique, s'installa sur une chaise et, avec un hochement de tête satisfait, entreprit de conter sa mésaventure.

— C'est arrivé au passage à niveau, commença-t-il. J'étais allé sur le mont Rangi en compagnie d'Eru Saul, et je vais vous dire pourquoi. Questing rode depuis un moment autour du mont et les Maoris n'aiment pas ça. Nous l'avions vu un peu plus tôt dans la soirée, il était dans sa voiture et se dirigeait vers le volcan. Eru et moi, on a pris un raccourci et on s'est caché dans un buisson. Mais il ne s'est pas manifesté. Il avait dû emprunter le sentier qui menait sur l'autre versant. Nous avons attendu environ une heure, et puis j'en ai eu assez et je suis redescendu seul. Quand j'ai rejoint le chemin de fer, je me trouvais à cinq ou six mètres du passage à niveau.

— Devant le pont ? interrogea Simon.

— Tout juste ! répondit Smith avec une extraordinaire violence. Oui, monsieur, devant le pont ! Le train de 15 h 15 allait s'annoncer d'un moment à l'autre. Vous comprenez ? Vous savez comment ça se présente. La voie ferrée plonge dans un buisson, elle en ressort et contourne le flanc de la colline avant de traverser un petit tunnel. On ne voit rien et on n'entend rien. Le train surgit brusquement. Il vous fonce dessus au moment où vous vous y attendiez le moins.

— C'est vrai, appuya Simon qui semblait franchement se ranger au côté de Smith.

— Le pont est encore plus dangereux. On ne voit pas les feux de signalisation, mais on distingue un tronçon de voie, le long du sentier menant au Rangi, un peu au-dessus du passage à niveau. Pour franchir le ruisseau, on peut emprunter la passerelle et marcher sur les traverses, ou bien descendre et se mouiller les pieds. Je me suis arrêté au bord du fossé et j'hésitais. Je n'aime pas les trains, voyez-vous. Il n'y a pas longtemps, un gosse maori a trouvé la mort sur ce pont.

— C'est vrai, confirma Simon.

— Au moment où j'allais me décider, j'ai aperçu la voiture de Questing. Elle a roulé jusqu'au sommet du monticule et s'est arrêtée. Questing s'est penché dehors et m'a vu. Suivez-moi bien, maintenant. N'oubliez pas qu'il pouvait distinguer le feu de signalisation et que, moi, j'en étais incapable. Il y a deux lampes, une rouge et une verte. On est venu les installer après l'accident. Je l'ai vu tourner la tête pour regarder dans cette direction.

Smith s'essuya les lèvres avec le dos de sa main. Il parlait avec calme et modération et réussissait parfaitement à capter l'attention de son auditoire. De la petite table qu'il occupait, il promena des yeux étonnés autour de lui.

— Il m'a fait signe de traverser. Pourtant, il voyait très bien le feu. Quand je n'ai pas bougé, il a recommencé. Il avait l'air impatient, vous comprenez ? Comme pour me dire : « Vas-y donc. Qu'est-ce qui te retient ? » Eh bien, moi, j'ai sauté sur la voie. Je me suis toujours méfié de ce pont. Les traverses ne sont pas très espacées, on peut distinguer l'eau du ruisseau. Ecoutez. Je me trouvais au milieu de la passerelle quand j'ai entendu la locomotive siffler dans le tunnel. Laissez-moi vous dire qu'on réfléchit vite, dans une occasion comme celle-là. J'avais le choix entre trois solutions : sauter par-dessus la balustrade, me faufiler entre les montants ou bien agiter les bras en espérant que le mécanicien me verrait à temps et freinerait. J'ai aussi pensé à Questing. Je me suis dit que si j'étais tué, personne ne saurait qu'il m'a pratiquement poussé sous le train. Et pendant tout ce temps-là, je sautillais comme un pantin, suspendu au-dessus de l'eau. Vous pouvez me croire, j'ai vécu un drôle de moment. La locomotive était presque sur moi quand j'ai sauté. Ce n'est pas très haut lorsqu'on ne tombe pas dans la rivière, trois ou quatre mètres, pas plus. J'ai atterri dans un buisson de *matagouri*. Je me suis écorché le visage et les bras, et regardez mon pantalon. Je n'ai même pas essayé de me dégager. Le train a filé au-dessus de ma tête. Je me sentais tout drôle. C'était comme si mon corps ne m'appartenait pas. Et quand je me suis mis à escalader le talus, j'avais toujours cette impression de ne pas être tout à fait moi-même. Pourtant, je ne pensais qu'à une seule chose : mettre la main sur Questing. Mais, bien sûr, il ne m'avait pas attendu. J'étais là, tremblant sur mes jambes, et j'entendais sa voiture s'éloigner en klaxonnant. Elle se dirigeait vers le mont. Je ne sais pas comment j'aurais fait pour revenir s'il n'y avait pas eu Eru Saul. Il était descendu de la colline, et il avait assisté à toute la scène. Il est témoin. C'est lui qui m'a aidé. Il est là, dans la cuisine. Demandez-lui, il a tout vu.

Smith se tourna vers Mme Claire.

— Je peux faire venir Eru, Madame Claire ?

— Je vais le chercher, déclara Simon en se levant.

Il revint quelques instants après, suivi du jeune Maori qui s'arrêta dans l'embrasure de la porte, jetant sur l'assistance un regard un peu effarouché. C'était la première fois que Dikon le découvrait. Eru Saul était vêtu d'un costume bleu couvert de poussière. Sous sa veste déboutonnée, il portait une chemise rose et une cravate rouge vif. Sa physionomie ne trahissait guère le sang maori qui circulait dans ses veines. Dikon, cependant, vit en lui une illustration de ce qu'il y avait de moins glorieux dans une entreprise de colonisation.

— Approche un peu, fit Smith. Tu étais là quand Questing a essayé de me tuer. Tu as tout vu ?

— Pour sûr, grommela Eru.

— Vas-y, raconte-leur.

Eru était descendu de la colline, peu de temps après Smith.

— Questing s'est penché hors de sa voiture et il a fait signe à Bert de traverser. Je ne pouvais pas voir le feu de signalisation, mais je me suis dit que c'était de la folie. Le train allait passer d'un moment à l'autre. J'ai crié pour avertir Bert, mais il ne m'a pas entendu. C'est alors que la locomotive est sortie du tunnel.

Les traits olive du jeune Maori pâlirent.

— Parole, j'ai cru qu'il avait son compte, poursuivit-il. Là où j'étais, je ne le voyais plus, le train passait entre nous. J'aurais jamais pensé qu'il sauterait. Et puis je l'ai découvert, assis sur le cactus. Si j'étais content !

— Le mécanicien a freiné un peu plus loin et ils sont descendus. Hein, Eru, c'est bien ça ?

— Tout juste. Les têtes qu'ils faisaient ! Blancs, qu'ils étaient ! Ils n'ont jamais eu aussi peur, de toute leur vie. Ils nous ont fait signer un papier comme quoi le train avait bien sifflé quand il était dans le tunnel. Ils voulaient se couvrir, vous comprenez.

— Exactement. Eh bien, voilà, vous savez tout, maintenant, conclut Smith. Merci, Eru.

Il passa les mains sur son visage et enchaîna :

— Je prendrai bien un verre. Vous croyez peut-être que j'ai déjà pas mal bu, mais je vous jure que ce n'est pas vrai. Cette odeur... J'ai eu un malaise quand je suis tombé.

— C'est vrai, appuya Eru.

Il jeta un regard timide autour de lui et ajouta :

— Bon, eh bien je m'en vais.

Puis il se dirigea vers la cuisine. Mme Claire hésita un instant et se leva pour le suivre.

Accoudé sur la table, le visage entre les mains, Smith parut se plonger dans une lointaine méditation. Le docteur Ackrington s'avança en boitillant.

— Venez avec moi, Smith. Il faut nettoyer ces égratignures.

Smith le contempla un moment et se mit debout.

— C'est une tentative de meurtre, non ? fit-il en se dirigeant vers la sortie. Vous croyez que je peux le faire arrêter, docteur ?

— Je l'espère.

II

Debout au milieu de sa cuisine, Mme Claire levait un regard dubitatif sur Eru Saul. Sa tête ne dépassait guère le menton du jeune métis. C'était pourtant elle qui, ronde et tranquille, semblait le dominer. Huia faisait la vaisselle, l'air consciencieux et absorbé.

— J'imagine que tu vas maintenant retourner chez toi, Eru.

— Oui, madame, répondit-il, les yeux sur Huia.

— Huia est très occupée.

— Ouais, ouais.

— Nous ne voulons pas que tu t'attardes ici, Eru. Tu le sais bien.

— Je ne fais rien de mal, madame Claire.

— Le Colonel n'aime pas que tu viennes à la maison. Tu comprends ?

— Je me suis juste arrêté pour inviter Huia à aller au cinéma.

— Je t'ai donné ma réponse, c'est non, lui lança Huia.

— T'as rendez-vous avec quelqu'un ?

— En voilà assez, jeune homme, fit Mme Claire.

— Dommage, poursuivit Eru qui regardait Huia.

— Tu vas partir, maintenant, insista Mme Claire.

— Très bien. Mais pas avant de vous avoir dit quelque chose, madame Claire. Vous ne me croirez peut-être pas, mais c'est un fait : Huia et M. Questing sont sortis ensemble aujourd'hui. Ils sont allés au bord de la mer. Vous pouvez demander à M. Questing, il vous le confirmera. A plus tard, Huia.

Mme Claire attendit qu'il fût sorti. Son visage rond s'était légèrement empourpré. Elle se tourna vers Huia.

— N'oublie pas de me prévenir si tu le revois ici, Huia. Le Colonel lui parlera.

— Oui, madame Claire.

— Tu peux servir le dîner.

Elle alla jusqu'à la porte et sembla hésiter. Huia lui adressa un sourire éclatant.

— Tu sais bien que nous te faisons confiance, Huia ?

— Oui, madame Claire.

Mme Claire prit la direction de la salle à manger.

Le docteur Ackrington revint seul, déclarant qu'il avait envoyé Smith au lit. Le dîner commença dans une atmosphère où l'on décelait une curiosité à peine réprimée. Dikon et Gaunt, qui occupaient une petite table un peu à l'écart des autres, s'appliquèrent à parler de tout et de rien. Dikon ressentait une telle confusion qu'il en était lui-même surpris. De sa chaise, il pouvait voir Barbara, avec sa robe consternante, ses joues blêmes et ses mains qui s'agitaient nerveusement au-dessus de son assiette. Il s'efforçait de ne pas la regarder, n'y parvenait pas et en était de plus en plus contrarié. Gaunt tournait le dos à la table des Claire. Barbara ne le quittait pas des yeux.

Pendant de nombreuses années, Dikon avait, entre autres activités, exercé celle de protéger Gaunt en le tenant éloigné de ses admirateurs. Il se dit qu'il pouvait interpréter les regards de Barbara. Elle était, songea-t-il, profondément déçue et malheureuse. Et parce qu'il croyait deviner le motif de cette déception, Dikon éprouvait un sentiment de colère envers Gaunt, et une sorte de dégoût pour Barbara. Il s'aperçut au bout d'un moment que Gaunt l'observait d'un air sévère et comprit qu'il s'était lancé dans une sorte de monologue incohérent. Il se mit alors à bégayer. Ce fut au Colonel et à Mme Claire qu'il dut de ne pas sombrer dans l'embarras.

Huia venait de sortir. Le Colonel et son épouse entreprirent soudain, en même temps et chacun à sa manière, d'expliquer l'étrange comportement de Smith. Ce duo discordant se transforma rapidement en un solo durant lequel Mme Claire tenta de disculper tout à la fois Smith et Questing. Elle finit par se perdre dans une litanie un peu décousue, faite de lieux communs et de vœux pieux.

— Plutôt victime que coupable... Un pauvre pêcheur... Plus à plaindre qu'à condamner... Ne manque pas de bonne volonté... Un incident déplorable...

De temps à autre, son mari l'encourageait d'un « certes » distrait.

— Ma chère Agnès, mon cher Edouard, interrompit soudain le docteur Ackrington. Une tentative de meurtre vient d'être commise. Nous sommes tous d'accord, me semble-t-il, pour affirmer que cet acte n'est ni élégant ni particulièrement généreux. N'essayons donc pas de distribuer je ne sais quels brevets de bonne conduite. Chacun de nous s'est fait sa propre opinion. Restons-en là si vous le voulez bien. J'ai une suggestion, cependant, disons une requête. Et j'aimerais la formuler sans plus tarder. Cet individu peut surgir à tout moment.

Les Claire s'agitèrent sur leur siège. Simon, qui semblait incapable de s'exprimer autrement qu'en hurlant, affirma qu'il avait l'intention de demander des explications à Maurice Questing.

— C'est un salaud, cria-t-il. Je lui poserai une seule question, à ce fumier. Je...

— Tu n'en feras rien, coupa son oncle. Si tu le permets, je voudrais continuer.

— Oui, mais...

— S'il te plaît, Simon, implora Mme Claire.

— J'allais vous prier de ne rien dire et de me laisser parler à M. Questing quand il viendra, poursuivit le docteur Ackrington. Si je vous le demande, c'est pour une raison toute particulière.

— J'ai pensé qu'Edouard pourrait peut-être l'emmener dans son bureau, hasarda Mme Claire d'une voix mal assurée.

— Le bureau d'Edouard serait-il devenu un confessionnal ? s'exclama le docteur Ackrington. Pourquoi ce besoin obsessionnel d'y conduire les gens à tout propos ? Va-t-on enfin m'écouter ? Ai-je votre promesse que vous ne direz rien à Questing ? Que vous me laisserez lui parler, ici, en votre présence ?

L'attention de Dikon fut détournée momentanément quand Gaunt se pencha pour lui confier dans un murmure féroce :

— Si vous oubliez un seul des mots qui viennent d'être prononcés, vous être renvoyé.

Les Claire, une nouvelle fois, se mirent à parler en même temps. Mais ils se turent en voyant le docteur Ackrington se renverser sur le dossier de sa chaise, lever les yeux au plafond et commencer à siffloter entre ses dents.

— Je suis persuadée qu'il s'agit d'une erreur, affirma Mme Claire sur un ton peu convaincu.

— Vraiment ? riposta son frère. Est-ce à dire que Maurice Questing a mal manœuvré et que Smith ne devrait pas être en vie ?

— Non, bien sûr.

— Smith a dit quelque chose à propos des feux de signalisation, intervint le Colonel Claire. Je n'ai pas tout compris.

— Quelqu'un veut-il avoir la bonté d'expliquer à Edouard le fonctionnement de ses signaux ? demanda le docteur Ackrington en levant de nouveau les yeux au ciel.

Mais le Colonel poursuivit d'une voix plaintive :

— Questing n'a peut-être pas remarqué ces feux ?

— En dehors de vous, Edouard, répondit son beau-frère, je ne connais pas une seule personne pouvant commettre une telle négligence. Mais même vous, avant de pousser un homme à risquer sa vie sur un pont-rail, ne manqueriez pas de jeter un coup d'œil sur le signal lumineux qui se trouverait à une vingtaine de mètres en face de vous. Il me paraît tout à fait impossible que Questing n'ait pas agi délibérément et j'ai une bonne raison de penser qu'il savait très bien ce qu'il faisait.

Le silence qui suivit fut, à la surprise de tous, rompu par Geoffrey Gaunt.

— Si j'ai bien compris, docteur Ackrington, nous avons parmi nous un assassin en puissance ?

— Oui.

— Comme c'est étrange. Je n'aurais jamais pensé qu'un meurtrier pouvait être aussi assommant.

Barbara émit un petit rire convulsif.

— Attendez ! fit Simon. Ecoutez !

Tous entendirent la voiture de Questing, descendant l'allée. Ils la virent passer devant les fenêtres et tourner pour se diriger vers les garages.

— Il va venir, chuchota Barbara.

— Je vous supplie de ne pas intervenir, Edouard.

Le Colonel Claire leva les mains en un geste résigné.

— Barbara et moi devrions peut-être... ? commença Mme Claire.

Mais son frère lui fit signe de se taire et elle obéit. Les pas de Questing résonnèrent au bout d'un moment tandis qu'il contournait la maison et s'engageait sur la véranda.

D'une certaine manière, inconsciemment peut-être, Dikon s'attendait à quelque sinistre changement dans la physionomie de Questing. Aussi fut-il désagréablement surpris quand il entendit la voix familière lancer sur le même ton plein de gaieté :

— Salut et fraternité ! Je vois que vous venez de commencer. Je meurs de faim. Bonsoir, monsieur Gaunt. Comment allez-vous, monsieur Bell ?

Il s'assit à sa table, se frotta les mains et poursuivit joyeusement :

— A moi, Princesse ! J'ai l'estomac dans les talons ! Huia, viens, ma belle enfant !

Avec un étonnement horrifié, Dikon s'aperçut à cet instant qu'il le trouvait plutôt sympathique.

III

Le docteur Ackrington, à la surprise de Dikon, choisit de ne pas déclencher immédiatement son offensive. Huia servit son entrée à M. Questing et répondit d'un mouvement de la tête à son regard appuyé. Mme Claire et Barbara, après un bref conciliabule, se levèrent et sortirent. Gaunt, avec une secrète exultation, se mit à parler de théâtre avec Dikon. Les trois autres hommes ne soufflèrent mot. La tension devint presque palpable dans la salle à manger, mais Questing ne parut pas s'en rendre compte. Au terme d'un dîner copieux, et après une dernière taquinerie lancée à Huia, il se renversa sur le dossier de sa chaise, se suça les dents et produisit un cigare qu'il fit mine d'offrir à Gaunt. Ce fut le moment que choisit le docteur Ackrington pour demander :

— Vous n'avez pas ramené Smith avec vous, monsieur Questing ?

Questing se tourna indolemment.

— Smith ? J'allais justement vous poser la question. Il n'est pas rentré ?

— Il est au lit, répondit le docteur Ackrington. Il est encore en état de choc.

— Vraiment ? fit Questing sur un ton de sollicitude. Je suis désolé de l'apprendre, sincèrement désolé. En état de choc, dites-vous ? Je comprends. Oui, je comprends.

Le docteur Ackrington prit une longue inspiration et siffla entre ses dents. Il parut trouver dans cette manœuvre un moyen de se dominer.

— Il doit m'en vouloir un peu, ajouta Questing avec une joyeuse nonchalance. Entre nous, c'est tout à fait normal, je ne serais pas très heureux si j'étais à sa place. Personne ne le serait.

— Smith n'a pas l'air de beaucoup apprécier la tentative de meurtre dont il a été l'objet, remarqua le docteur Ackrington.

Questing ouvrit des yeux effarés.

— Une tentative de meurtre ? s'étonna-t-il. C'est un peu fort, vous ne trouvez pas, docteur ? Qui de nous n'a jamais commis d'erreur ?

Le docteur Ackrington proféra un juron.

— Ne nous énervons pas, fit Questing sur un ton apaisant. Allons sur la véranda si vous le voulez bien, docteur. Nous discuterons.

Le docteur Ackringtonh abattit violemment son poing sur la table et il se mit à bégayer. Dikon s'attendit au pire. Mais, au prix d'un effort réellement surhumain, le docteur Ackrington parvint à se maîtriser. Il agrippa le bord de la table et, respirant profondément, s'adressa enfin à Questing d'une voix redevenue presque normale. Il décrivit la manière dont Smith avait échappé à la mort, ajoutant à son récit plusieurs détails qu'il avait manifestement recueillis durant sa brève absence de la salle à manger. Au début, Questing l'écouta en opinant calmement de la tête. Mais il commença bientôt à s'agiter sur son siège. Quand, à deux ou trois reprises, il essaya de placer un mot, ce fut pour être impitoyablement réduit au silence. Mais lorsque le docteur Ackrington, élargissant son propos, l'accusa d'avoir bassement déserté un homme qui était peut-être blessé à mort, Questing eut un cri de protestation.

— Blessé à mort ? Tu parles ! Il a vite fait d'escalader le talus pour me charger comme un taureau furieux. Si quelqu'un risquait d'être malmené, c'était bien moi.

— Vous avez donc choisi de fuir.

— Ne soyez pas ridicule. Je voulais simplement m'épargner une scène désagréable. Je ne l'ai pas abandonné comme vous le dites. Il y avait quelqu'un avec lui. Après l'incident, cet autre individu est descendu de la colline. Il portait une chemise bleue. Et le train s'est arrêté. Je n'avais aucune envie de me lancer dans des palabres avec le mécanicien. Smith était sain et sauf, cela me suffisait.

— Monsieur Questing, avez-vous, oui ou non, regardé le feu de signalisation avant d'inviter Smith à traverser le pont-rail ?

Pour la première fois depuis le commencement de cet interrogatoire, Questing sembla éprouver un grand embarras. Il rougit violemment et bredouilla :

— Ecoutez, docteur, nous avons un invité, un invité illustre. Il me semble que nous devrions épargner à M. Gaunt...

— Pas du tout, intervint Gaunt. Cette conversation m'intéresse énormément.

— Répondez à ma question ! hurla le docteur Ackrington. Vous saviez que le train du soir allait passer d'un moment à l'autre, et vous pouviez voir que Smith hésitait à s'engager sur la voie. Avez-vous, oui ou non, jeté un coup d'œil sur le signal lumineux ?

— Bien sûr que oui.

Questing examina le bout de son cigare, leva les yeux et ajouta d'une voix étrangement dépourvue de timbre :

— Il ne fonctionnait pas.

Devant un mensonge aussi flagrant, Dikon éprouva un sentiment de gêne confinant à la honte. C'était comme s'il assistait à la première audition d'un comédien particulièrement dépourvu de talent. Questing semblait d'ailleurs se douter que personne ne le croyait. Le docteur Ackrington lui-même parut déconcerté et ne trouva rien à dire. Au bout d'un moment, Questing grommela :

— En tout cas, je n'ai vu aucune lumière. Il faudrait installer un autre système de signalisation.

— Vous essayez de me faire croire que vous n'avez pas distingué une lampe rouge de trente centimètres de diamètre ?

— J'ai dit qu'elle ne fonctionnait pas.

— C'est facile à vérifier, intervint Simon.

Questing se tourna pour lui lancer :

— Occupez-vous de vos oignons, hein !

Mais sa voix manquait de fermeté, il n'était pas réellement en colère. On eût dit qu'il ne se résignait pas à avouer quelque chose. Du moins, telle fut l'impression de Dikon.

— Peut-on savoir où vous étiez ? demanda le docteur Ackrington.

— A Pohutukawa.

— Mais vous avez pris la route de Rangi.

— Oui, c'est vrai. Je voulais faire un petit tour du côté du mont avant de rentrer.

— Donc, vous êtes allé à Pohutukawa ?

— En effet.

— Pour admirer les arbres en fleurs ?

— Et pourquoi pas ? C'est un beau spectacle, non ? Des tas de gens vont dans ce coin pour passer un moment. Si vous voulez tout savoir, je me suis dit que M. Gaunt pourrait y faire un saut. J'entendais m'assurer que les arbres étaient en pleine floraison avant de lui en parler.

— Ne vous a-t-on pas dit que les *pohutukawas* n'ont pas fleuri cette année ? Tout le monde le sait.

Pour une raison mystérieuse, Questing esquissa un sourire satisfait et vaguement soulagé.

— Je l'ignorais, déclara-t-il. J'ai été vraiment étonné en arrivant sur place. Etonné et très, très déçu. Dommage.

Le docteur Ackrington, lui aussi, parut satisfait. Il se leva et, tournant le dos à Questing, fixa le Colonel Claire d'un regard triomphant.

— Oui, bon mais je ne comprends pas où vous voulez en venir, fit le Colonel sur un ton plaintif. Je suis allé...

— Ayez l'amabilité de nous faire grâce de vos commentaires, Edouard.

— Ecoutez, James...

— Tais-toi, papa, lança Simon.

Il regarda son oncle et ajouta sur un ton bourru :

— Tu peux continuer.

— Comme c'est gentil. Merci, monsieur Questing, nous ne vous retiendrons pas plus longtemps.

Questing alluma son cigare, exhala un ruban de fumée et, de sa chaise, répliqua :

— Un instant ! Un instant ! Vous avez tous l'air satisfaits. Très bien. Parfait. Mais moi ? Vous croyez que je le suis ? Moi qui pense d'abord à nos invités ! Moi qui ai tout fait pour épargner à M. Gaunt cette scène lamentable ! Eh bien, je ne le suis pas du tout ! J'aimerais m'excuser auprès de M. Gaunt. Et j'aimerais qu'il sache ceci : quand je prendrai la tête de cette entreprise, elle cessera immédiatement de ressembler à une maison de fous.

Il se dirigea vers la sortie.

— Mais il nous *faut* un mot de fin, murmura Gaunt.

Questing se retourna.

— Et au cas où vous ne m'auriez pas entendu, Claire, ajouta-t-il d'un air théâtral, j'ai dit *quand* et non pas *si*. Bonsoir, messieurs.

Il tenta de claquer la porte en sortant, mais celle-ci, fidèle à une vieille tradition, se coinça à mi-chemin, et Questing se contenta de ce premier essai. Il s'éloigna d'un pas mesuré, les doigts dans les poches de son gilet, le cigare fièrement planté entre les dents.

Dès qu'il fut à bonne distance, le Colonel éleva un cri de protestation. Il n'avait rien compris. Il venait d'assister à une scène qui demeurait au-dessus de son entendement. Que signifiait cette histoire de Pohutukawa ? Personne ne lui en avait parlé. Bien au contraire...

Avec une condescendance infinie, le docteur Ackrington lui confia :

— Mon cher Edouard, si l'on ne vous a pas dit que les *pohutukawas* se refusaient à fleurir cette année, c'est pour la simple raison qu'elles n'ont jamais été aussi épanouies. La baie en est littéralement flamboyante. J'ai tendu un piège à votre ami Questing. Et, pour employer le langage hautement critiquable de Simon, ça n'a pas raté !

IV

A la fin de ce dîner mouvementé, Gaunt émit le vœu d'effectuer une courte promenade avant la tombée de la nuit. Dikon proposa le sentier qui longeait les sources et se perdait au détour de la colline séparant la Station de la réserve indigène. Au moment où ils s'apprêtaient à entamer leur randonnée, Mme Claire sortit de la maison et vint les mettre en garde contre les trous remplis de boue brûlante.

— Mais vous ne pouvez pas vous égarer, ajouta-t-elle. Le chemin est balisé à l'aide de petits fanions, blancs pour indiquer les zones sans danger, rouges pour signaler les geysers et les chaudrons. Vous ferez bien attention, monsieur Bell ? Ne rentrez pas trop tard. Ce serait vraiment triste si cette soirée...

Mme Claire interrompit sa phrase. Elle sembla soudain s'interroger sur l'opportunité d'évoquer la mort après une telle soirée. Levant les yeux sur Gaunt, elle reprit sur un ton vibrant de sollicitude :

— Vous ferez *bien* attention, n'est-ce pas ? Cet endroit est vraiment horrible. Ah, quand je pense à notre chère campagne anglaise...

Ils s'éloignèrent après l'avoir rassurée.

Dès son premier jour à la Station, Gaunt s'était baigné dans une source chaude. Sa jambe ne le faisait déjà plus souffrir comme auparavant et il se sentait d'excellente humeur. Etait-ce dû à l'acide sulfurique en suspension ? Etait-ce l'heureux résultat de la scène qui venait de se dérouler dans la salle à manger ?

— Ce fut un grand spectacle, déclara-t-il. Evidemment,

nous n'assisterons pas toujours à des représentations de cette qualité, mais s'il s'agit d'un échantillon moyen, je sens que je vais me plaire à Waiatatapu. Dikon, vous aviez raison de me recommander cette station.

— Je suis heureux que vous vous soyez bien amusé, monsieur. Mais toute cette affaire n'est à mes yeux qu'une sinistre mascarade. Je ne m'explique pas le comportement de Questing. Il aurait pu se montrer un peu moins timoré ?

— A cela, je vois plusieurs raisons aussi satisfaisantes les unes que les autres. Miss Claire est à mon avis le personnage clé.

Dikon, qui ouvrait la marche, s'arrêta brusquement. Gaunt le heurta de plein fouet.

— Puis-je savoir ce que vous entendez par là, monsieur ? En quoi les relations de Questing et de Smith peuvent-elles avoir un rapport quelconque avec Barbara Claire ?

— Il est possible que je me trompe, mais j'ai l'impression qu'elle ne lui est pas indifférente. N'avez-vous rien remarqué ? Le petit manège avec la jeune Maori était manifestement dicté par la présence de Barbara Claire. Cela ne fait pas l'ombre d'un doute. Quelle vulgarité ! Je dois dire qu'elle ne semblait guère s'en soucier. Elle a eu l'attitude d'une parfaite jeune fille de bonne famille.

Pendant quelques instants, ils cheminèrent en silence.

— Seriez-vous tombé amoureux d'elle ? demanda Gaunt sur un ton dégagé.

Sans se retourner, Dikon répliqua d'une voix irritée :

— Comment une idée aussi extravagante a-t-elle pu s'insinuer dans votre esprit ?

— Depuis que j'ai mentionné son nom, votre nuque a pris l'aspect d'un hérisson. Mais ma théorie se fonde sur d'autres arguments. Miss Claire ne manque pas d'attraits. Elle a de beaux yeux, un profil, une silhouette. Il est vrai qu'elle gagnerait à mieux s'habiller, mais le fait est là.

Gaunt s'interrompit un moment. Puis, avec cet accent de méchanceté que Dikon lui connaissait si bien, il ajouta :

— Barbara Claire, un nom tout à fait charmant. Il faudra lui enlever cette habitude de hurler à la mort quand elle veut rire.

Dikon n'avait jamais détesté son employeur autant qu'à cet instant. Quand Gaunt lui toucha l'épaule du bout de sa canne, il fit semblant de ne pas s'en apercevoir.

— Je me mets à genoux pour implorer votre pardon, reprit Gaunt.

— Je vous en prie, monsieur, il n'y a pas de quoi.

— Alors ne marchez pas si vite. Arrêtez-vous un peu, je suis fatigué. Quel est ce bruit ?

Ils avaient contourné le flanc de colline et distinguaient maintenant le village maori. Le crépuscule enveloppait Waiatatapu d'un voile translucide. La nuit, sous cette latitude, ne semblait apporter qu'une luminosité différente. Dans le calme profond qui les entourait, Dikon entendit un son bizarre. C'était comme si un géant, dissimulé non loin de là, s'amusait à faire des bulles de savon; ou comme si, au pied de la colline, une gigantesque soupière commençait à bouillir. Lent et irrégulier, le bruit consistait en une série de grondements sourds aboutissant à une explosion. Bbblop. Blop-blop... Bbblop.

Dikon et Gaunt s'avancèrent. Ils parvinrent à un point où l'herbe et les broussailles ne poussaient plus. Le sentier dévalait une pente abrupte et se perdait dans une étendue faite de boue solidifiée, de sources chaudes et de geysers. L'atmosphère s'épaississait, l'odeur du soufre devenait plus âcre et plus intense. Le sentier, dessiné au moyen de bâtons sur lesquels flottaient des chiffons blancs, serpentait parmi les buttes de glaise jusqu'au village indigène.

— Voulez-vous que nous allions plus loin ? interrogea Dikon.

— J'aimerais jeter un coup d'œil sur ce chaudron infernal.

— Il faut suivre les balises. Je passe devant ?

Au bout d'un moment, tandis qu'ils progressaient le long des fanions blancs, ils perçurent une étrange sensation à travers les semelles de leurs chaussures. Le sol était secoué d'un léger tremblement. Ici, songea Dikon, l'instabilité paraissait être un état normal et permanent. On se déplaçait sur la peau d'un organisme remuant et constamment en mouvement.

— C'est abominable, fit Gaunt. La terre est comme animée d'une activité secrète. Elle vit.

— Regardez sur votre droite.

Ils étaient parvenus au sommet d'un monticule. Le sentier se divisait en deux branches. Celle de droite était marquée de pavillons rouges.

— Il n'y a pas longtemps, on pouvait continuer jusqu'au bout, là-bas, d'après ce que j'ai entendu dire, expliqua Dikon. Mais c'est devenu dangereux. Taupo-tapu est en train de s'agrandir.

A la limite des fanions blancs, ils se trouvèrent au pied d'une nouvelle butte qu'ils escaladèrent. Du haut de cette élévation, ils eurent une vision de Taupo-tapu.

C'était un bouillonnement gris bleuté, large d'environ cinq mètres, un ulcère béant au flanc de la terre. De grosses bulles prenaient forme à sa surface, gonflant puis éclatant les unes après les autres avec le bruit qu'ils avaient entendu peu de temps auparavant et qui était maintenant plus soutenu. Chaque éruption produisait des cercles d'une substance visqueuse et un peu luisante qui disparaissaient lentement. Il était presque impossible de ne pas se dire que Taupo-tapu accomplissait quelque tâche saugrenue et de lui seul connue.

Au bout d'un long moment, Gaunt murmura :

— C'est un peu obscène, vous ne trouvez pas ? Si vous savez quelque chose à propos de cette horreur, ne m'en parlez pas.

— L'histoire qui m'a été rapportée à ce sujet n'est pas très belle. Je ne vous la conterai pas.

— Je préfèrerais qu'elle me soit relatée par un Maori, fut la réponse inattendue de Gaunt.

— Vous pouvez voir comment le vieux sentier est en train d'être grignoté, fit remarquer Dikon. Les fanions rouges réapparaissent de l'autre côté et rejoignent ce chemin-ci, un peu plus bas au-dessous de nous. Ce n'est pas une précaution superflue. La moindre confusion pourrait s'avérer fatale.

— Ne soyez pas macabre, je vous en prie, s'exclama Gaunt. Il fait presque nuit. Rentrons.

En s'éloignant de la sinistre chaudière, Dikon s'aperçut qu'il ne pouvait marcher d'un pas normal qu'au prix d'un effort sur lui-même. Et il sentit en Gaunt une impatience au moins égale à la sienne. Il éprouva un réel soulagement en retrouvant la terre ferme, au pied de la colline. Du village idigène auquel ils tournaient maintenant le dos, le vent leur apporta les bribes d'une complainte chargée de solitude et de mélancolie.

— Vous entendez ? fit Gaunt.

— Une répétition, sans doute, expliqua Gaunt. Les Maoris préparent le concert qu'ils ont l'intention de donner en votre honneur. C'est de la vraie musique indigène.

L'air nostalgique se perdit quand ils eurent contourné le flanc de colline. Dans une obscurité presque totale, ils longèrent la haie de ronces et de broussaille conduisant à Waiatatapu. Des masses de vapeur chaude s'élevaient des sources, se répandant en volutes dans l'air nocturne.

Ils ne virent Barbara que lorsqu'elle remua, détachant de l'ombre les zones claires qu'étaient sa robe, son visage et ses bras. Elle les attendait. Peut-être ne fallait-il attribuer qu'à la nuit son calme et son courage. Et toute voix humaine eût peut-être été la bienvenue à cet instant. Dans la sienne, il y avait pourtant une sérénité jusque-là inconnue de Dikon.

— J'espère que je ne vous ai pas fait peur, commença-t-elle. Je vous ai entendus quand vous étiez dans le sentier. Je voulais vous parler.

— Est-ce pour nous annoncer d'autres promenades et de nouvelles émotions ? demanda Gaunt.

— Non, non. Tout est rentré dans l'ordre, apparemment. C'est simplement pour vous réitérer nos excuses à propos de ce fâcheux incident. Je souhaite également vous dire ceci, monsieur Gaunt : il ne faut pas vous sentir contraint de prolonger votre séjour à Waiatatapu. Si vous avez changé d'avis, n'hésitez pas à nous en parler. Nous comprendrons.

Elle se détourna légèrement et ils purent la contempler de profil. Le crépuscule, gommant sa robe inélégante, révéla toute la beauté de sa silhouette. Sa tête et son visage se découpèrent en lignes pures, harmonieuses et délicates. Ce fut comme une métamorphose.

— Mais nous n'avons pas du tout l'intention de partir, répondit Gaunt d'une voix étonnamment amicale et chaleureuse. Il n'en est pas question. Dikon pourra vous le confirmer, l'incident auquel vous faites allusion m'a beaucoup diverti. Nous regrettons sincèrement que vous ayez des difficultés, mais nous ne songeons pas à écourter notre séjour, conclut-il en lui prenant le bras et en l'entraînant vers la maison.

Dikon les suivit en silence.

— C'est très aimable à vous, dit Barbara. Je... Nous sommes horriblement gênés. En apprenant que M. Questing était allé vous importuner, j'ai été tout simplement scandalisée. Oncle James était furieux.

— Questing ne m'a nullement importuné, affirma Gaunt. Dikon s'est occupé de lui. Cela fait partie de ses fonctions.

— Oh, dit Barbara en se tournant à moitié.

Elle eut un petit rire presque timide et ajouta :

— Je me demandais à quoi il servait.

— Il ne restera pas inactif pendant longtemps. Je vais bientôt me remettre au travail.

— Oncle James m'a dit que vous alliez écrire un livre. Votre autobiographie ? Je l'espère.

La main de Gaunt descendit sur le coude de Barbara.

— Ah bon ? Et pourquoi ?

— Parce que je voudrais la lire. je vous ai vu dans *Jane Eyre*, vous savez. Et j'ai trouvé un article sur vous dans un magazine américain, avec des photos. On vous voyait dans plusieurs des rôles que vous avez interprétés. C'est Hamlet que je préfère parce que...

— Eh bien ? fit Gaunt comme elle se taisait.

Barbara reprit sur un ton hésitant :

— Parce que... cette pièce... eh bien, c'est celle que je connais le mieux. Non, ce n'est pas cela. Je ne la connaissais pas vraiment. Mais je l'ai relue plusieurs fois, et j'essayais de vous imaginer prononçant les vers qui accompagnaient vos photos. Naturellement, quand je vous ai vu dans le rôle de M. Rochester, c'est devenu plus facile.

— De quelle photo s'agit-il, Dikon ? interrogea Gaunt.

— C'était Rosencrantz..., commença Barbara.

— Ah oui, je me souviens.

Gaunt s'arrêta et fit un pas en arrière, tenant Barbara par les épaules comme il avait tenu la jeune débutante qui, à New York, avait interprété le rôle de Rosencrantz. Dikon l'entendit respirer profondément et devina qu'il fermait les yeux, se concentrant comme il avait coutume de le faire au début d'une répétition. Dans le silence de cette nuit chaude et parfumée de soufre, devant les sources nimbées de brume, sa voix magnifique s'éleva :

— *Oh, mon Dieu, je pourrais me voir confiné dans une coquille de noix et m'imaginer régner en roi sur des espaces infinis, n'était que j'ai des songes abominables.*

Dikon ressentit une vague de contrariété devant le silence émerveilllé de Barbara.

— Merci, finit-elle par chuchoter.

Dikon se dit qu'elle était parfaitement ridicule. Mais il

savait que Gaunt trouvait cette réaction tout à fait normale. Aucun témoignage d'admiration n'était à ses yeux excessif.

— Pouvez-vous continuer ? demanda Gaunt. *Songes qui sont...*

— *Songe qui sont en effet l'ambition; car la substance même de l'ambitieux n'est que l'ombre d'un songe.*

— *Un songe lui-même n'est qu'une ombre.* Vous avez entendu, Dikon ? s'écria Gaunt. Elle connaît Hamlet par cœur.

Il se remit en marche, Barbara à son côté.

— Vous avez une belle voix, mon enfant, déclara-t-il. Comprenez-vous le sens profond de ces vers ? Il faut faire ressortir la musique mais aussi la signification de la poésie shakespearienne. Recommencez : *Songes qui sont en effet l'ambition.*

Barbara obéit et ils se récitèrent ainsi plusieurs fois le même vers.

Il y avait encore de la lumière à l'intérieur de la maison. Mme Claire était en train de tirer les rideaux. La porte demeurée ouverte jetait un rectangle de chaleur sur la véranda et, plus loin, sur la bordure du terre-plein. Avant d'atteindre cette zone de clarté, Gaunt s'immobilisa.

— Nous allons nous dire bonsoir, confia-t-il à Barbara. Le crépuscule vous sied bien. Bonne nuit, Miss Claire.

Il tourna sur ses talons et s'éloigna.

— Bonne nuit, fit Dikon.

Barbara s'était avancée dans la lumière. Son visage s'illuminait d'un sourire radieux.

— Vous avez de la chance, affirma-t-elle.

— De la chance ?

— De lui tenir compagnie.

— Ah. Oui, bien sûr, bredouilla Dikon.

— Bonsoir, ajouta-t-elle en s'élançant vers l'intérieur de la maison.

Il la suivit d'un regard absent tout en essuyant les verres de ses lunettes avec son mouchoir.

V

Etendue sur son lit, les yeux grands ouverts sur l'obscurité de sa chambre, Barbara donna libre cours à son émotion. Jusqu'à cet instant, elle avait endigué la vague d'enchantement qui était née et gonflait à la lisière de sa conscience. Elle s'y abandonnait maintenant avec ravissement.

Elle revivait en mémoire chacun de ces brefs moments passés dans le crépuscule, les examinant, les savourant, s'interrogeant, s'émerveillant de son bonheur. Certains souriront peut-être de cette ferveur, mais dans son extase irraisonnée, Barbara Claire atteignit un sommet de plénitude et de joie qu'elle ne connaîtrait peut-être plus jamais.

Au même moment, Gaunt confiait à Dikon :

— Quelle étrange petite créature. Elle tremblait comme un chiot, vous savez.

Dikon ne répondit pas.

— Je dois avouer que cela m'a fait plaisir, ajouta Gaunt. Le poète aux antipodes ! Amusant, vous ne trouvez pas ?

V

M. Questing descend pour la seconde fois

Les extravagances du premier soir ne se reproduisirent pas au cours des jours suivants. Chacun à sa façon, les résidents de Waiatatapu s'installèrent dans une manière de routine. Le Colonel s'épuisait dans les exercices de la Garde. Mme Claire et sa fille, mobilisées par les nouveaux critères de qualité qu'elles s'étaient imposés, travaillaient sans répit. Gaunt, sur les instructions du docteur Ackrington, prenait des bains d'eau chaude à heures fixes, sortait pour de courtes promenades et s'occupait régulièrement de faire progresser son ouvrage. Dikon répertoriait les lettres et les programmes qui devaient être utilisés dans la trame de l'autobiographie. Matin et soir, Gaunt dictait pendant deux heures. Le lendemain, il relisait les manuscrits que Dikon, entre-temps, avait dactylographiés. Le docteur Ackrington s'enfermait dans sa chambre pour s'attaquer aux problèmes de l'anatomie comparative. Vers le milieu de la semaine, il annonça qu'il partait en voyage et qu'il serait de retour le mercredi suivant.

— J'espère que tout va bien, hasarda sa sœur.

— Tout va on ne peut plus mal, répliqua-t-il avant de s'éloigner dans sa voiture.

Colly, qui avait travaillé dans les transmissions durant la Première Guerre mondiale, passait une grande partie de la journée en compagnie de Simon qu'il aidait à réviser son morse. L'attitude que Simon avait adoptée à l'égard de Geoffrey Gaunt était faite d'une sorte de méfiance renfrognée. Il s'efforçait visiblement de l'éviter, mais quand il le rencontrait, son comportement était remarquable. Silencieux pendant de longs moments, il explosait soudain, lançant d'étranges questions et des remarques non moins inattendues. Il demanda un jour si le théâtre était d'une quelconque utilité pour le monde. Gaunt ayant, non sans humeur, répondu qu'il en était persuadé, il voulut savoir quels étaient, en moyenne, les prix des places. Gaunt lui fournit aussi cette précision. Simon lui rétorqua sans une seconde d'hésitation que cette somme pouvait faire vivre une famille pauvre durant une semaine et qu'il fallait taxer lourdement les salles de spectacles. L'autobiographie de Gaunt ne progressa guère, ce matin-là, et sa jambe le fit souffrir plus que la veille. Son irritation alla en s'accentuant et il se lança dans une discussion animée et un peu ridicule avec Simon.

— C'est une question de justice, déclara celui-ci. Les acteurs ne devraient pas gagner tout cet argent, vous comprenez ? Il faut penser à l'intérêt général et baisser les salaires.

— Y compris ceux du personnel ? interrogea Gaunt. Des ouvriers ?

— Tout le monde doit toucher la même chose.

— Si cela se produisait, il me serait impossible de garder votre ami Colly à mon service.

— De toute façon, il perd son temps, répliqua Simon.

Furieux, Gaunt s'éloigna sans autre commentaire.

Bien entendu, Simon rapporta cette conversation à Colly, et ce dernier s'estima en devoir de présenter des excuses à Geoffrey Gaunt.

— Il ne faut pas lui en vouloir, monsieur, déclara-t-il ce soir-là en massant la jambe de son employeur. C'est un gentil garçon, dans le fond. Un peu rouge, peut-être. Il a des idées bizarres. Le responsable, c'est M. Questing, en fait.

— Simon n'est qu'un jeune écervelé, répondit Gaunt. Je ne vois pas le rapport qu'il y a entre Questing et le prix des places de théâtre.

— Il ne parle que d'affaire et de gros sous. Simon croit savoir qu'il a prêté beaucoup d'argent à son père. Il pense que le Colonel ne peut pas payer sa dette, que M. Questing va les expulser d'ici et prendre leur place. Simon est dégoûté.

— Oui, mais...

— Il est marrant. Nous avons discuté tout à l'heure. Il m'a répété ce qu'il vous avait dit et je lui ai déclaré qu'il était bête. « Ça fait dix ans que je suis au service de Monsieur » je dis, « et personne n'en sait plus que nous sur le théâtre. Je l'ai vu quand il jouait les petits rôles, il roulait pas sur l'or. Aujourd'hui, c'est différent. Il gagne peut-être bien sa vie, mais ça va durer combien de temps ? »

— Peut-on savoir ce que vous entendiez par là ? demanda Gaunt sur un ton irrité.

— Monsieur n'est plus très jeune, il faut le reconnaître. J'ai dit au jeune Simon qu'il se trompait sur votre compte, qu'il ne pouvait pas vous comparer à Questing. Il m'a répondu que j'étais un larbin, que je n'avais aucune dignité. Alors je lui ai tout expliqué. « Je ne suis ni un valet ni un domestique, mais un habilleur. Et si je fais ce travail, c'est parce que je l'ai bien voulu. Il y a aussi un peu d'amitié entre Monsieur et moi. » Voilà ce que je lui ai dit. Il s'est mis à hurler : « Le monde est en train de se déchirer pour de l'argent. Ce sont les gros intérêts de la finance qui ont déclenché cette guerre. Et quand nous l'aurons gagnée, nous qui nous battons maintenant, les choses ne se passeront plus de la même manière. Les Questing n'auront plus voix au chapitre. Ils seront balayés. » Il parle comme ça, le jeune Simon. Remarquez, je le comprends un peu. Il s'est mis dans la tête que ses parents vont être jetés à la rue. Pour lui, Questing est un assassin. Il dit que Smith sait quelque chose à propos de Questing. D'après lui, c'est ce qui expliquerait l'incident du train. Voilà, quinze minutes de massage. Ce sera suffisant, je crois.

— Vous m'avez presque arraché la peau.

— Oui, fit Colly en étendant un drap sur sa victime avant d'aller dans la pièce voisine pour se laver les mains. Il est un peu agressif, le jeune Simon. Et ce qui n'est pas fait pour le calmer, c'est de voir M. Questing tourner autour de Miss Barbara.

La machine à écrire de Dikon s'arrêta de cliqueter.

— Comment cela ? fit Gaunt en levant la tête.

— Vous n'avez pas remarqué son petit manège ? lança Colly. Ah, oui. Elle est drôlement enquiquinée, la pauvre.

— Vous avez entendu, Dikon ? Je vous l'avais dit.

— Pour moi, continua Colly en venant s'arrêter dans l'embrasure de la porte, c'est très simple. Miss Barbara travaille comme quatre. Et les employées de maison coûtent les yeux de la tête dans ce pays. Alors M. Questing s'est dit qu'il la garderait une fois que les vieux seraient partis.

— Nom d'un chien, mais c'est dégoûtant, s'écria Dikon. C'est révoltant.

— Je suis bien d'accord avec vous, monsieur Bell. C'est aussi le sentiment du jeune Sim. Il a son idée là-dessus. D'après lui, Questing va essayer de faire croire qu'il sera généreux avec le Colonel et Mme Claire, qu'il s'occupera d'eux si leur fille se montre compréhensive. Un peu comme dans ces mélos qu'on jouait dans le temps, monsieur, hein ? La famille endettée, la jeune fille innocente poursuivie par le vilain usurier, on brode autour, et ça donne une pièce. J'aimais bien, moi.

— Vous parlez trop, Colly, déclara Gaunt d'une voix égale.

— Oui, monsieur, c'est vrai. Monsieur voudra bien me pardonner. C'est peut-être l'influence du jeune Sim. Mais je le comprends, vous savez. Je lui ai dit qu'il n'avait pas à se faire du mauvais sang pour Miss Barbara. On voit bien qu'elle ne peut pas sentir M. Questing. Je vous prie de m'excuser, monsieur.

— Vous êtes excusé. J'ai du travail.

— Merci, monsieur, répondit Colly en refermant la porte.

Il ne se doutait pas que ses spéculations à propos de Barbara Claire allaient se réaliser presque intégralement. Ce même après-midi — c'était un jeudi, neuf jours avant le concert maori — Questing décida de concrétiser les tentatives d'approche qu'il avait esquissées auprès de Barbara. Il choisit le moment où, vêtue d'un imperméable et d'un vieux maillot, elle se dirigeait vers le lac pour prendre son bain de quatre heures. L'attitude qu'elle adoptait dans cet exercice lui avait été dictée par sa mère. Mme Claire était âgée de près de quarante ans à la naissance de Barbara, et elle gardait de son enfance une mentalité toute victorienne. Elle avait vu le jour et grandi à une époque où les femmes s'immergeaient furtivement dans l'océan, protégées des regards par leur lourde cloche en serge brodée. Elle frémissait d'appréhension quand il prenait à Barbara d'ôter son imperméable et de plonger dans le lac, vêtue de son seul costume de bain, le plus long et le plus antique qui se pût trouver aux magasins de Harpoon. Barbara ne s'était départie de cette habitude qu'une seule fois. Stimulée par les photos d'un magazine d'avant-guerre montrant de jeunes femmes sur une plage de la Riviera, elle avait songé à un bain de soleil au bord du lac, sans son imperméable. Et elle avait ouvert le magazine devant sa mère.

— Oui, je sais, ma chérie, avait commenté Mme Claire en rougissant. C'est d'un vulgaire ! Evidemment, aucune *vraie* jeune fille n'acceptera jamais de s'exhiber de cette manière. Aussi les photographes sont-ils obligés de se rabattre sur ces gens.

— Mais maman, ce sont...

— Ecoute, ma chérie, avait interrompu Mme Claire d'une voix mesurée, un jour tu comprendras. Il existe des personnes qui *ignorent* la pudeur et la discrétion. Elle se *produisent* dans les tenues les plus *ostentatoires* et leur comportement est *à tout le moins* honteux. Ces personnes sont riches en général et *peuvent* sembler intéressantes. Mais, ma chérie, avait conclu Mme Claire, elles ne sont pas de notre bord.

Elle avait souri et embrassé Barbara sur la joue. Et Barbara avait gardé son imperméable.

M. Questing n'aimait pas s'asseoir à même le sol. Il s'était donc muni d'une chaise pliante qu'il installa derrière un buisson, non loin du plongeoir. Quand il vit approcher Barbara, il jeta son cigare et se leva.

— Mais c'est Miss Claire ! fit-il. Comment allez-vous par cette magnifique journée ?

Barbara resserra autour d'elle les pans de son manteau et répondit qu'elle allait très bien.

— Parfait, parfait, commenta M. Questing. En pleine forme ? Tant mieux.

Il éclata d'un grand rire et manœuvra prestement pour se placer entre le plongeoir et Barbara.

— Rien ne presse, voyons, lança-t-il sur un ton enjoué. Vous aurez largement le temps de vous baigner. Que diriez-vous d'un petit brin de causette, vous et moi, moi et vous, hein ?

Barbara réprima une grimace consternée. Quel odieux projet avait-il encore imaginé ? Depuis la scène effarante qui avait eu lieu le soir où Smith avait échappé à la mort, elle ne s'était pas encore trouvée seule en présence de Questing. Elle ignorait presque tout des antagonismes et des rancunes qui planaient sur l'atmosphère apparemment sereine de Waiatatapu. Barbara vivait un rêve éveillé. Elle connaissait le grisement des premières amours, ces maladies réputées enfantines qui se révèlent doublement virulentes quand elles surviennent à l'âge adulte. Depuis leur courte promenade au crépuscule, elle n'avait guère eu l'occasion de revoir Geoffrey Gaunt. Du bonheur qui l'avait transportée ce soir-là, elle gardait un souvenir émerveillé. Et elle ne cherchait pas à susciter une nouvelle rencontre. Il lui suffisait de le voir de loin, et d'entendre sa voix. Elle avait presque oublié Questing.

— De quoi voulez-vous me parler, monsieur Questing ?

— Avec vous, Miss Babs, ce ne sont pas les sujets de conversation qui manquent, répondit-il avec un large sourire. Il y a en a de toutes sortes.

Baissant la voix, il ajouta sur un ton caressant :

— De toutes sortes.

— Mais... Si vous le permettez... Voyez-vous, j'allais...

— Nous avons tout notre temps, affirma-t-il. Tout notre temps. Ce ne sera pas long, je vous assure. Soyez tranquille, le lac sera tout aussi chaud. Vous devriez prendre des bains de soleil, Babs. Ça vous irait très bien, une peau bronzée. Vous avez exactement le teint qu'il faut.

— Je suis désolée, mais...

— J'ai dit que je voulais vous parler et c'est ce que j'ai l'intention de faire, interrompit-il avec emphase. Parler, vous comprenez ? Je n'ai aucune arrière-pensée malveillante. Alors, détendez-vous. Tenez, il y a une chaise derrière ces arbustes. Venez vous asseoir. Personnellement, je préfère rester debout, je serai plus à l'aise. Allons, soyez raisonnable. Vous n'avez rien à craindre. Je dirai même que vous avez tout à gagner. J'ai une petite proposition à vous faire.

Barbara se tourna pour jeter un regard vers la maison. Sa mère apparut sur la véranda, marchant d'un pas affairé. Il lui suffisait de lever la tête pour découvrir sa fille, discutant avec M. Questing quand elle était supposée nager dans le lac. Mais M. Questing se tenait à la même place, empêchant Barbara d'approcher le bord de l'eau. Il ne semblait nullement disposé à se laisser écarter. Mieux valait l'écouter, plutôt que de provoquer une scène désagréable.

Barbara contourna le buisson et prit place sur la chaise pliante. M. Questing la rejoignit.

— A la bonne heure, approuva-t-il. Cigarette ? Non ? Très bien. Babs, mon petit chou, je suis un homme pratique, j'aime aller droit au but. La proposition que j'ai à vous faire va sûrement vous intéresser. Mais avant d'entrer dans le vif du sujet, j'aimerais dissiper un certain nombre de malentendus. Je ne sais pas si vous êtes tout à fait au courant de mes rapports avec le Colonel.

Il s'interrompit et Barbara, saisie d'appréhension, murmura en secouant la tête.

— Non. J'ignore tout de vos relations. Papa ne nous parle jamais de ses affaires.

— Jamais ? Vraiment ? Il est un peu vieux jeu, dans ce domaine, vous ne trouvez pas ? Enfin, passons. Je ne vous ennuierai pas en citant des chiffres et des détails, ces choses-là n'intéressent pas une jeune fille comme vous. Je me contenterai de vous donner une image d'ensemble. Disons, pour simplifier, que votre père à une obligation envers moi.

M. Questing, en termes sobres et précis, entreprit d'expliquer la nature de cette « obligation ». Cinq années auparavant, il était venu s'installer à Waiatatapu afin de soigner un lumbago. Il avait prêté mille livres au Colonel Claire, avec un faible taux d'intérêt, prenant comme garantie l'ensemble de l'hôtellerie et des sources thermales. Le Colonel avait accumulé les retards dans le paiement des intérêts, et le principal venait maintenant à échéance. M. Questing s'employa à gommer toutes les aspérités, ne procédant que par petites touches allusives et par insinuations. Il n'était pas, jura-t-il, un homme sans cœur. Il ne voulait pas mettre le Colonel dans une situation difficile. Oh, non. « Il n'en demeure pas moins... » « Les affaires sont les affaires... » Les variations se succédèrent, le thème ne changea pas. Barbara finit par saisir la vraie signification de ses propos.

— Non ! s'écria-t-elle. Oh, non ! Je ne peux pas. Ne faites pas cela !

— Attendez une minute, voulez-vous ? Il s'agit d'une proposition et non d'une simple idée en l'air. Je tiens à ce que tout soit clair entre nous. Je vous demande de m'épouser, Babs.

— Oui, j'ai compris. Mais je ne peux pas. Cela m'est impossible.

— N'allez pas croire que je pense uniquement à mes affaires. Ce n'est pas vrai.

La voix de M. Questing, à cet instant, sembla vaciller. Et si Barbara n'avait pas été aussi fébrile et distraite, elle aurait peut-être vu que son visage avait changé de couleur.

— Pour parler franchement, reprit-il sur un ton de supplique, je suis amoureux de vous, Babs. Je suis incapable de me l'expliquer. Vous ne correspondez pas du tout à mon idéal féminin. Sans vouloir vous vexer, je trouve désastreuse votre façon de vous habiller. Et vous êtes d'une naïveté ! C'est peut-être pour cette raison que je vous aime. Non, laissez-moi finir. Ne m'interrompez pas. Je n'ai pas encore perdu l'esprit et je sais que vous n'êtes pas non plus folle de moi. Je ne dis pas que je vous aurais parlé de mariage si je ne pensais pas que vous seriez capable de faire marcher cette affaire. Je ne dis pas qu'il vous est facile de prendre une décision. Je ne dis rien de tout ça. Mais j'ai des atouts en main et j'ai l'intention de m'en servir. Maintenant, écoutez-moi, mon petit !

M. Questing, d'une voix de basse, lâcha son dernier argument.

— J'ai besoin de vous, Babs.

Barbara avait l'impression de vivre un cauchemar. Il ne lui serait jamais venu à l'idée que M. Questing, avec ses lieux communs et ses formules éculées, s'exprimait néanmoins en toute sincérité. Avec son air mi-transi, mi-menaçant, Questing la terrifiait. C'était une expérience qu'elle n'avait jamais connue. Elle réussit enfin à lever les yeux et le vit dans son costume clair, pâle, luisant et un peu obèse. Elle découvrit le regard avide qu'il posait sur elle et frémit de panique. « Je ne refuserai pas, songea-t-elle. Il faut que je me sauve. » Elle bondit sur ses pieds. Comme mû par un ressort, M. Questing l'entoura de ses bras. Durant les instants qui suivirent, elle fut presque obnubilée par sa respiration rauque et laborieuse. Joignant ses coudes, elle poussa de toutes ses forces. Le visage qu'elle essayait d'esquiver revenait à la charge.

— Allons, allons, ne cessait de marmonner Questing d'une voix sourde.

Barbara, dans ses vaines tentatives de se dégager, trébucha sur la chaise pliante et laissa échapper un petit cri de douleur.

Ce fut à cet instant que Dikon et Simon apparurent.

II

Gaunt avait annoncé qu'il ne se sentait aucune envie de travailler. Libéré, Dikon avait décidé d'entreprendre une petite promenade en direction du mont Rangi. Son intention était de visiter le passage à niveau et le pont-rail afin de se faire une idée de l'incident qui avait failli coûter la vie à Smith. Rencontrant Simon, il lui avait demandé de lui indiquer le raccourci menant à la route du mont. A sa surprise, Simon avait proposé de l'accompagner, et ils s'étaient donc engagés sur le sentier qui longeait les sources puis le lac d'eau chaude. C'était le petit cri poussé par Barbara qui avait attiré leur attention. En se précipitant d'un seul mouvement, ils avaient trouvé cette dernière dans les bras de M. Questing.

Dikon était un jeune homme éminemment civilisé. Il appartenait à une génération ayant un état d'esprit résolument tourné vers l'ironie. Il était capable de supporter les scènes plus ou moins violentes qu'engendraient les crises de nerfs. Celles-ci étaient monnaie courante dans les milieux où l'avait introduit sa collaboration avec Geoffrey Gaunt. Toute jeune femme évoluant dans ces cercles pouvait aisément faire face aux avances d'un Questing et, les ayant repoussées, accepter le lendemain de dîner avec le soupirant éconduit. C'était du quotidien le plus banal. Devant la terreur de Barbara, Dikon aurait, en temps normal, ressenti un profond embarras. Quel danger courait-elle, après tout ? La maison n'était pas loin et il faisait grand jour. Pourtant, le sentiment qu'il éprouva fut celui d'une immense colère, et il ne put que s'en étonner. Un autre flot d'émotions, tout aussi surprenantes, s'empara de lui quand Barbara courut se réfugier auprès de son frère. Dikon s'aperçut qu'il jouait un rôle tout à fait marginal dans cette situation et il en conçut un grand regret.

Simon réagit avec beaucoup plus de dignité que l'on n'aurait pu s'y attendre. Il posa un bras sur les épaules de sa sœur et, de sa voix déroutante, questionna :

— Que s'est-il passé, Barb ?

Comme elle ne répondit pas, il enchaîna :

— Je m'en occupe. Tu peux rentrer.

— Dites donc ! lança Questing. Qu'est-ce qui vous prend ?

— Ce n'est rien, Sim, murmura Barbara. Tout va bien, je t'assure.

Simon se tourna vers Dikon.

— Je vous la laisse ?

— Oui, bien sûr, répondit Dikon.

Il ne savait pas très bien ce que l'on attendait de lui.

— Nom d'une pipe ! s'exclama Questing. On ne peut pas avoir un instant de tranquillité dans ce fichu patelin ? C'est dingue ! Je voulais simplement dire un mot en privé à Babs. Pourquoi vous mettez-vous dans tous vos états ? Je ne suis pas Jack l'Eventreur, nom d'un chien !

— Laisse-nous, Barbara, fit Simon.

— Je pense que vous devriez rentrer, affirma Dikon. Il se rendait compte maintenant que sa tâche consistait à raccompagner la jeune femme.

Avant de se détourner, Barbara chuchota quelques mots à son frère.

— Oui, oui, d'accord, répondit Simon. Ne t'inquiète pas.

Dikon la suivit dans le sentier. Elle marchait au pas de course, la tête haute, ramenant autour d'elle les pans de son imperméable. Au bout d'un moment, Dikon vit qu'elle frissonnait et que ses épaules étaient agitées de petites secousses. Il eut le sentiment qu'elle voulait rester seule, mais il ne put se résigner à l'abandonner. En débouchant sur le terre-plein qui s'étendait devant la maison, ils virent le Colonel et Mme Claire sortir et installer leurs chaises sur la véranda. Barbara s'immobilisa. Son visage était noyé de larmes.

— Je ne peux pas me présenter dans cet état, déclara-t-elle.

— Passons de l'autre côté.

Le chemin qu'il lui indiqua était une petite sente

contournant les sources et menant vers les cabines. Une haie de broussailles les dissimulait aux regards. A mi-parcours, Barbara sembla s'effondrer. Elle se laissa tomber sur un banc, enfouit son visage dans ses mains et éclata en sanglots.

— Oh, mon Dieu, fit Dikon, embarrassé. Je suis désolé. Tenez, prenez mon mouchoir. Je vais me retourner. Vous voulez que je me retourne ?

Barbara prit le mouchoir en essayant de sourire à travers ses larmes. Dikon s'assit à son côté et lui entoura les épaules de son bras.

— Allons, n'y pensez plus, ajouta-t-il.

— Vous ne *pouvez* savoir combien j'ai souffert.

— Le diable l'emporte, grommela Dikon.

— Et ce n'est pas tout. Il... Il...

Barbara hésita un moment puis, esquissant une de ses grimaces coutumières, lâcha dans un sanglot :

— Il nous *tient*.

« Colly avait raison, se dit Dikon. Tous les éléments sont réunis pour monter un petit mélo. »

— Si seulement papa ne l'avait pas rencontré ! Et Simon ? Que fait-il en ce moment ? Pourvu qu'il n'aille pas... Il est terrible quand il se met en colère. Oh mon Dieu, poursuivit Barbara en se mouchant bruyamment dans le mouchoir de Dikon. Quel crime avons-nous commis pour que tout aille de travers ? Vraiment, c'est comme si nous avions attendu l'arrivée de M. Gaunt pour nous donner en spectacle. Dire qu'il s'est montré si indulgent, si tolérant, le premier soir. Il a même affirmé qu'il trouvait cela plutôt amusant.

— Il ne vous a dit que la stricte vérité. Il adore ce type de scènes. Il les utilise souvent dans son travail. Tenez, dans *Jane Eyre*, par exemple. Vous souvenez-vous de la séquence durant laquelle Rochester, sans s'en rendre compte, brise lentement les fleurs qu'il avait offertes à Jane ?

— Oui, bien sûr, répondit Barbara qui sembla s'animer. Ce geste n'était pas dépourvu d'une certaine noblesse.

— C'est une habilleuse qui le lui a inspiré. Elle avait un peu trop bu et la star dont elle s'occupait se montrait particulièrement capricieuse. Elle a fini par arracher une à une les fleurs d'un bouquet et leur a tordu le cou. Gaunt n'oublie jamais des scènes de ce genre.

— Oh.

— Vous vous sentez mieux, à présent ?

— Un peu. Vous êtes très gentil, vous savez ? affirma Barbara comme si elle voyait Dikon pour la première fois. Rien ne vous obligeait à me tenir compagnie et a essayer de me consoler.

— Il ne faut pas vous culpabiliser. Je n'ai rien fait qui mérite des excuses ou des remerciements.

— Vous êtes d'une grande patience et vous écoutez très bien, poursuivit Barbara.

— Je suis effroyablement discret, si on peut appeler cela une qualité.

— Je me demande ce que Sim est en train de faire. Vous entendez quelque chose, vous ?

— Nous nous sommes trop éloignés d'eux. Pour que nous puissions les entendre, il faudrait qu'ils se mettent à hurler à tue-tête. A quoi vous attendiez-vous ? A des bruits sourds ? Comme ceux qui se produisent quand on échange des coups ?

— Je ne sais pas. *Ecoutez* !

— Oui, fit Dikon après une pause, c'était un bruit sourd, en effet. Pensez-vous que M. Questing vient de se faire envoyer une seconde fois au tapis ?

— J'ai bien peur que Sim ne l'ait boxé.

— J'ai aussi cette impression, convint Dikon. Regardez.

De l'endroit où ils se tenaient, ils pouvaient distinguer le buisson derrière lequel M. Questing avait installé sa chaise pliante. M. Questing venait de surgir, tenant un mouchoir appliqué sur le visage. Il s'engagea lentement dans le sentier bordant le lac, et tandis qu'il s'approchait, Barbara et Dikon purent voir que son mouchoir était taché de rouge.

— Boum ! commenta Dikon.

M. Questing s'arrêta quand il fut parvenu à l'intersection des deux chemins.

— Il va venir. Je ne peux..., commença Barbara.

Mais il était trop tard. M. Questing les avait déjà vus. Il fit quelques pas dans leur direction, maintenant son mouchoir pressé sur son nez.

— Regardez-moi ça, leur lança-t-il de loin. C'est beau, hein ? J'essaie de faire les choses comme il se doit et voilà ce que je reçois en échange. Bon sang, il n'y a que des cinglés dans ce patelin. J'ai simplement demandé à une jeune femme de m'épouser. Ça se fait dans le monde entier, et la réponse est oui ou non. Ici, on vous tombe dessus à bras raccourcis et on vous roue de coups. Vous pouvez me croire, je vais y mettre bon ordre. Veuillez m'excuser, monsieur Bell.

— Il n'y a pas de quoi, monsieur Questing, répondit Dikon sur un ton poli.

M. Questing retira le mouchoir dont il se couvrait le visage. Trois grosses gouttes écarlate s'étalèrent sur sa chemise.

— Zut ! fit-il en épongeant ses narines. Ecoutez-moi bien, Babs, poursuivit-il à travers l'étoffe. Si vous croyez pouvoir changer d'avis, sachez que mon offre tient toujours. Mais il faudra vous dépêcher de prendre une décision dans un sens ou dans l'autre. Je m'en vais les mettre à la porte, tous autant qu'ils sont. Le Colonel aura jusqu'à la fin du mois pour faire ses valises. Si j'avais un seul témoin, je n'hésiterais pas à attaquer votre frère pour coups et blessures. Je vous assure que je le ferais. J'en ai assez. J'ai mal et je n'en peux plus. Je m'excuse encore une fois, mon vieux, continua-t-il à l'adresse de Dikon. Dans peu de temps, vous n'aurez plus l'impression de vivre parmi des aliénés. Je vous en donne ma parole d'honneur. Au revoir.

III

Longtemps après la fin des événements relatés dans cette narration, Dikon devait encore s'étonner de la manière dont il vécut ses deux premières semaines à Waiatatapu. Pendant plusieurs jours consécutifs, rien ne venait interrompre la routine quotidienne. Puis, brusquement, au milieu du calme le plus serein, un nouveau fait divers éclatait, embrasant et bouleversant l'existence de la Station. Evidemment, après les menaces proférées par M. Questing, il ne pensait pas que les Claire retrouveraient jamais le mode de vie auquel ils étaient habitués. Dikon avait la certitude que M. Questing se montrerait féroce et intraitable. Le comportement du Colonel Claire lui fit soupçonner qu'il venait de recevoir un ultimatum : il devenait de plus en plus vague et distrait, promenant sur le monde un regard désemparé. Dikon surprit Mme Claire, à genoux devant une vieille mallette, contemplant des photos de famille un peu jaunies et secouant tristement la tête.

— Quelques souvenirs, murmura-t-elle en s'efforçant de sourire.

Barbara, qui avait pris l'habitude de se confier à Dikon, lui apprit que Simon avait juré de n'évoquer l'incident du lac devant personne, mais aussi que son père s'était enfermé avec Questing durant plus d'une demi-heure. Questing portait encore sa chemise maculée de sang. Il avait dû donner de sa mésaventure une version particulièrement haute en couleurs.

Dikon rapporta ce dernier fait divers à Gaunt. Les commentaires qu'il entendit lui firent regretter son intiative.

— C'est très intéressant, déclara Gaunt en se frottant les mains avec délicatesse. J'avais vu juste, à propos de cette jeune fille. Je ne me trompe jamais. Elle est d'une maladresse incroyable, elle parle comme une vieille folle et ses grimaces ne font rire personne. Mais c'est par manque d'expérience, elle n'a pas confiance en elle-même. L'essentiel, c'est le modelé du visage. Et les yeux. Elle a ces deux atouts. Je pourrais faire d'elle une femme très belle si on me la confiait. Questing a déjà succombé, apparemment.

— Questing ne s'intéresse qu'à la Station.

— Mon cher Dikon, aucun homme, pour quelques trous remplis de boue nauséabonde, n'irait épouser une femme qui ne lui plaît pas. Non, non, cette jeune fille ne laisse pas indifférent. Elle a quelque chose. Je lui parle et je l'observe depuis un moment. Je vous dis que je ne me trompe jamais. Souvenez-vous de la petite suppléante qui s'est présentée un jour à la *Licorne*. Je l'ai remarquée tout de suite et je l'ai signalée à la Direction. Comme vous le savez, elle a fait son chemin. C'est une question de flair, une sorte de sixième sens. Je pourrais...

Gaunt s'interrompit. Il reprit sur un ton rêveur :

— Ce serait amusant d'essayer.

Avec une sensation de panique, Dikon interrogea :

— Essayer quoi, monsieur ?

— Dikon, j'ai envie d'offrir un cadeau à Barbara Claire. Rappelez-moi le nom de cette boutique d'Auckland, celle que nous avions trouvée sur le chemin de l'hôtel. Vous n'avez pas pu l'oublier. C'est un nom bizarre...

— Je ne m'en souviens pas.

— Sarah Snappe ! C'est cela. Miss Claire portera une nouvelle robe pour aller au concert maori, samedi prochain. Une robe noire, bien sûr, et de la plus grande simplicité. Vous pouvez leur écrire dès maintenant. Non, il vaut mieux téléphoner de Harpoon. Qu'ils l'envoient par le train de demain. Il y avait dans la vitrine une robe noire, avec de petites étoiles argentées. Elle lui conviendrait très bien, à mon avis. Demandez aussi qu'ils nous trouvent une paire d'escarpins et des gants. Des bas, si possible. Et des dessous. Qu'ils n'oublient pas d'envoyer des dessous. On peut imaginer ceux qu'elle porte. Il faudra aussi l'emmener dans un salon de coiffure. Je m'occuperai personnellement de son maquillage. Voilà. Si vous avez des problèmes avec Sarah Snappe, téléphonez à l'hôtel, ils s'arrangeront.

Gaunt eut un sourire ravi.

— Je suis un enfant, n'est-ce pas, Dikon ? C'est vrai, je sens que je vais beaucoup m'amuser.

Dikon répliqua d'une voix glaciale :

— Ce projet est tout à fait irréalisable, monsieur.

— Et pour quelle raison, nom d'un chien ?

— Il n'y a aucune comparaison possible entre Barbara Claire et une suppléante de la *Licorne*.

— Comme si je ne le savais pas ! L'autre était réellement douée. Elle n'avait qu'un seul défaut, son incroyable vulgarité.

— Ce qui n'est pas le cas de Barbara Claire, fit observer Dikon.

Devant l'air satisfait de Gaunt, il se contraignit à demeurer impassible.

— Les Claire n'apprécieront pas ce geste, monsieur, ajouta-t-il. Vous les connaissez. Ils comprendraient mal qu'un étranger veuille offrir des vêtements à leur fille.

— Et pourquoi donc ?

— Dans leur milieu, cela ne se fait pas.

— Je vois. D'après vous, ils n'hésiteraient donc pas à refuser mon cadeau ?

— C'est ce que je pense en effet, monsieur.

Le visage de Gaunt changea de couleur. Dikon, qui savait interpréter ses moindres expressions, se demanda s'il n'allait pas perdre sa place. Gaunt alla jusqu'à la porte et jeta un regard dans la pièce voisine. Le dos tourné à son secrétaire, il reprit :

— Vous irez à Harpoon et passerez la commande par téléphone. Demandez que l'on m'envoie la facture ici et que l'on adresse le paquet à Miss Claire. Attendez un instant.

Il alla s'asseoir derrière son bureau et inscrivit quelques lignes sur une feuille de papier.

— Vous leur dicterez ce message, ce sera le mot d'accompagnement. Pas de signature, cela va de soi. Vous pouvez partir tout de suite.

— Bien, monsieur.

Ruminant de sombres pensées, Dikon sortit et se rendit au garage où il trouva Simon. Gaunt, en cette période de guerre, s'était procuré des bons d'essence, et Simon avait proposé de veiller à l'entretien de sa magnifique voiture. Il lui consacrait de longues heures, se penchant sur le moteur, écoutant, nettoyant, réglant les plus infimes détails.

— Il faudrait peut-être avancer un peu l'allumage, affirma-t-il sans un regard pour Dikon.

— Je dois me rendre à Harpoon, lui apprit ce dernier. Vous voulez m'accompagner ?

— Ça peut se faire.

— Montez. C'est vous qui conduirez.

— Pas question, refusa Simon.

— Pourquoi ?

— C'est pas ma bagnole.

— Ne soyez pas stupide. C'est moi qui vous demande de prendre le volant. Vous saurez mieux régler le moteur si vous conduisez, non ?

Sur le visage de Simon, l'envie le disputait à une sorte de réticence bourrue.

— Allez, montez, fit Dikon en s'installant sur le siège du passager.

Ils contournèrent la maison et s'engagèrent sur l'affreuse piste menant à la route. Dikon fut touché par la joie qu'il décela sur le visage de son voisin.

— Elle marche bien ? demanda-t-il.

— C'est un vrai petit bijou.

Sur la route, Simon perdit peu à peu son air renfrogné. Dikon, pour oublier sa dernière entrevue avec Gaunt, chercha à le faire parler de ses occupations quotidiennes, de ses loisirs, de la hâte qu'il avait de rejoindre l'Armée de l'Air. En dépit de l'agressivité que l'on devinait en lui, Simon semblait un peu trop jeune et vulnérable pour son âge.

— Je me débrouille bien en morse, maintenant, déclara-t-il. J'ai construit mon propre émetteur-récepteur et il ne fonctionne pas trop mal. Je reçois des tas de trucs, sur les basses fréquences. Presque tout est en code, mais il y a parfois des choses en clair. J'espère qu'ils vont finir par m'appeler. J'en ai assez d'attendre.

— Vos parents ne doivent pas être aussi impatients de vous voir partir.

— Soyez tranquille, eux aussi vont bientôt plier bagage. Questing y veillera. Bon sang, à l'idée de m'en aller et de laisser ce type derrière moi... C'est pas juste.

Il y eut un long silence puis, brusquement, Simon se lança dans un violent accès de fureur et d'indignation. Dikon eut quelque mal à suivre le cheminement de ses pensées : la duplicité et l'infamie de Questing, la naïveté du Colonel, la vertu outragée de Barbara, la colère du peuple maori et, se mêlant inextricablement à cette diatribe, les méfaits du grand capital. Un autre thème vint soudain s'ajouter à ces derniers.

— Quant à cette affaire de pillage des tombes indigènes, Oncles James dit que c'est de la poudre aux yeux. D'après lui, Questing est un espion.

Dikon laissa clairement entendre qu'il ne partageait pas cette opinion.

— Pourquoi pas ? continua Simon d'un air belliqueux. Vous pensez peut-être qu'il n'y a pas d'agents ennemis en Nouvelle-Zélande ?

— Je n'arrive pas à le voir dans ce rôle.

— Les espions ne portent pas tous des monocles et des fausses barbes, remarqua Simon sur le ton acerbe de son oncle.

— Oui, je sais. Mais c'est un sujet qui se prête aux histoires les plus invraisemblables, vous comprenez ? Qu'est-ce qui fait dire au docteur Ackrington...

— Il n'a fourni aucun détail. Vous étiez dans ce pays quand l'*Hippolyte* a été envoyé par le fond ?

— Non. Mais, bien sûr, nous en avons entendu parler. C'était un sous-marin, n'est-ce pas ?

— Oui. Il a quitté Harpoon à la tombée de la nuit et il n'était pas loin de la côte au moment où il a été coulé. A l'époque, Oncle James a dit que le torpilleur ennemi avait sûrement été renseigné par un agent qui se trouvait à terre.

— Questing ? fit Dikon en s'efforçant de ne pas laisser transparaître son sceptisisme.

— Oui, Questing. Oncle James dit que s'il a prêté de l'argent à papa, c'était avec l'idée de mettre la main sur notre station. D'après lui, Questing travaille pour l'ennemi depuis de nombreuses années. Il fera de Waiatatapu son quartier général, avec des clients bidon et tout le matériel de transmission qu'il faut.

— Mon Dieu !

— Vous pouvez rigoler si vous en avez envie, mais ce n'est pas drôle du tout. Il ne vit pas comme Monsieur Tout-le-Monde, le Questing, il a des activités bizarres. Si la police avait bien voulu se remuer un peu, nous n'en serions pas là. Il faut être sans pitié pour des gens comme lui, les éliminer. Je vais vous dire quelque chose, poursuivit Simon. Le soir où l'*Hippolyte* a été détruit, il y avait une lumière qui clignotait sur le Rangi. Des gars du village — Eru, Rewi Te Kahu et d'autres — étaient sortis en bateau et ils disent qu'ils l'ont vue. Oncle James aussi. Tout le monde sait que des unités de la Marine vont bientôt partir pour rejoindre le front. Que fait Questing ? Où va-t-il quand il disparaît ? Sur le mont Rangi, bien sûr. Et pour quelle raison a-t-il voulu se débarrasser de Smith ?

Dikon tenta de fournir une réponse à cette question.

— Simple accident ? continua Simon. Allons donc ! Il a bel et bien essayé de le tuer, et il devrait être arrêté. A quoi sert cette Police qui fait tant parler d'elle ? Je me le demande.

— D'après vous, quelle serait la meilleure façon d'agir ? interrogea Dikon sur un ton affable.

— Ne vous moquez pas de moi, hurla Simon. Si vous voulez savoir ce que j'ai l'intention de faire, je vous le dirai. Je vais le surveiller. Je le suivrai quand il sortira et je garderai un œil sur le Rangi. Je comprends le morse, ça me sera utile. S'il émet en code, je le verrai tout de suite. Et alors là, j'irai tout dire à la Police. Et s'ils trouvent que ce n'est pas assez pour le coffrer, je l'accuserai de tentative de meurtre.

— Et si cela ne donne pas plus de résultats ?

— Je ferai *quelque chose*, répliqua Simon. Je ferai *quelque chose*.

VI

Entre Septimus Falls

Le vendredi suivant, veille du jour prévu pour le récital maori, les événements semblèrent s'accélérer. Il y eut comme un regain de tension dans la petite communauté de Waiatatapu. Cela commença par un bulletin de la BBC plus pessimiste qu'à l'ordinaire. Le voile d'inquiétude et de doute qui planait sur toute la Nouvelle-Zélande prit une nouvelle épaisseur ce matin-là. Le petit déjeuner débuta dans un silence pesant. Questing et Simon furent les derniers à pénétrer dans la salle à manger. Dikon remarqua immédiatement que Simon n'était pas dans son état normal. Ses yeux étaient profondément cernés, et il y avait sur son visage une sorte de colère satisfaite. M. Questing semblait aussi avoir mal dormi, il ne se livra à aucune de ses facéties coutumières. Depuis son voyage à Harpoon, deux jours auparavant, Dikon avait essayé de s'habituer à l'idée que M. Questing était un espion à la solde de l'ennemi. Il avait même sacrifié quelques heures de sommeil afin de pouvoir surveiller les pentes du mont Rangi, M. Questing ayant fait savoir qu'il avait l'intention de dîner et de passer le reste de la soirée à son hôtel de Harpoon. Mais la face du volcan avait viré du rouge au pourpre, puis du pourpre au noir, et aucune lampe n'avait clignoté dans les ténèbres qui l'enveloppaient. Dikon avait fini par perdre patience et s'était endormi. A son réveil, il avait cru se souvenir d'un bruit de voiture contournant la maison et se dirigeant vers le garage. Il savait que Simon, durant deux nuits successives, avait surveillé le mont. En le voyant, au matin de ce vendredi, il eut la certitude que sa seconde mission avait donné de bons résultats. Les Claire avaient dû recevoir une dernière mise en demeure, songea Dikon. M. Questing leur avait sans doute précisé ses intentions. Assis l'un en face de l'autre, ils échangeaient parfois des regards désemparés.

Smith déjeuna rapidement et sortit. Il semblait encore ébranlé par la mésaventure qui avait failli lui coûter la vie. Un malaise indéfinissable régnait sur la salle à manger. Il fut encore aggravé par le comportement de Huia. La jeune Maori, après avoir déposé un plat de céréales sous les yeux du docteur Ackrington, fondit brusquement en larmes et se précipita vers la cuisine où elle donna libre cours à ses sanglots.

— Que lui arrive-t-il ? fit le docteur Ackrington. Je n'ai rien dit.

— C'est Eru Saul, expliqua Barbara. Il ne cesse de l'importuner, maman. Elle le trouve tous les jours sur son chemin quand elle rentre chez elle.

— Oui, ma chérie, je sais.

Mme Claire se pencha légèrement en avant pour confier à son époux :

— Il faudrait peut-être que tu parles au jeune Saul, Edouard. Ce n'est *pas* convenable.

— Oh zut ! grommela le Colonel.

M. Questing repoussa sa chaise, se leva et sortit sans un mot.

— C'est à lui qu'il faut parler, lança Simon avec un

geste en direction de la porte. Vous n'avez peut-être pas remarqué sa façon de...

— Je t'en prie, Simon, implora Mme Claire.

La salle à manger retrouva son silence d'auparavant.

Gaunt avait choisi de prendre son petit déjeuner dans sa chambre. La veille, en début d'après-midi, il s'était montré particulièrement irritable. N'éprouvant apparemment ni l'envie de travailler ni celle de lire, il avait fini par monter dans sa voiture et s'était lancé sur la route côtière qui menait vers le nord. Dikon l'avait rarement vu dans un tel état de surexcitation. Durant les six années qu'il avait passées à son service, il n'avait jamais eu à se plaindre. Son travail lui plaisait, il le trouvait amusant et fort agréable. L'admiration sans borne qu'il lui vouait au début s'était transformée en une affection indulgente et quelque peu détachée. En l'espace de dix jours, son comportement avait changé du tout au tout. Comment ne pas s'en inquiéter ? C'était comme si les Claire, avec leur gentillesse, leur côté brouillon et un peu dérisoire, avaient par leur présence révélé un aspect jusque-là inconnu de sa personnalité. Mais Dikon s'interdisait de juger son employeur. C'était, il se l'avouait, le projet d'offrir une robe à Barbara qui l'avait irrité le plus. Il avait critiqué cette initiative, affirmant qu'il la trouvait d'un goût discutable. Pourtant, il avait lui-même appris à se méfier de ces « valeurs » que défendaient les Claire. Au nom de quel snobisme pouvait-on refuser un cadeau généreux et parfaitement désintéressé ?

Explorant tristement les méandres de ses sentiments et de ses motivations, Dikon en vint à se poser une ultime question : désapprouvait-il le geste de Gaunt parce qu'il aurait voulu en être l'auteur ?

Le courrier destiné à la Station thermale était déposé chaque matin, aux alentours de onze heures, dans une petite boîte métallique fixée au portail. Les colis et les objets volumineux étaient laissés tout simplement au bord de la route. Ce matin-là, le ciel était couvert. Gaunt arpentait son bureau, s'arrêtant de temps à autre pour scruter l'horizon. Allait-il pleuvoir ? Les Claire iraient-ils chercher le précieux paquet avant qu'il ne fût abîmé ? Le présent était censé demeurer anonyme. Mais Dikon n'était pas certain que Gaunt se priverait du plaisir de jouer au Père Noël. « D'une manière ou d'une autre, il trouvera le moyen de se trahir, songea-t-il avec colère. Et même si elle refuse cette satanée robe, elle n'en sera que plus folle de lui. »

Après le petit déjeuner, Mme Claire et Barbara retournèrent à leurs occupations habituelles, aidées par Huia. Simon disparut. C'était lui qui, en temps normal, allait chercher le courrier.

— L'idiot ! fulmina Gaunt en voyant les premières gouttes de pluie s'abattre sur la véranda. Je parie qu'il s'est enfermé dans sa cabine et qu'il n'en sortira pas avant une heure.

— J'irai moi-même si vous le voulez, monsieur. Le facteur klaxonne toujours quand il s'arrête. Je sortirai dès...

— Non, ils comprendraient que nous attendions quelque chose. Même Colly... Non, ce sont eux qui doivent s'en charger. Il faut qu'elle reçoive le colis de leurs mains. Mais je voudrais le voir. Je pourrais faire semblant d'aller chercher mon propre courrier. Seigneur, regardez-moi ce déluge. Il vaut mieux que vous y alliez vous-même, Dikon. Nous avons sûrement reçu quelques lettres, après tout.

Dikon, avec un regard pour les trombes d'eau qui s'abattaient du ciel, demanda si les habitants de Waiatapu ne trouveraient pas un peu étrange de le voir sortir sous une pluie aussi violente.

— Je vous ferai remarquer, ajouta-t-il, que le facteur ne se présentera pas avant deux heures.

— Vous vous êtes opposé à mon idée depuis le début, marmonna Gaunt. Très bien, je dicterai en attendant.

Dikon prit place sur une chaise et ouvrit son bloc-notes. Gaunt se remit à arpenter son bureau. Au bout d'un moment, il commença :

— *Le comédien est un être généreux, modeste et chaleureux. Doté d'une grande sensibilité, il ressent mieux...*

Dikon hésita.

— Qu'y a-t-il ? demanda Gaunt.

— *Sensibilité, ressent* !

— Bonté divine !... *il perçoit mieux les nuances, les demi-tons, les frémissements les plus subtils de l'émotion. J'ai toujours reconnu en moi-même cette faculté.*

— Excusez-moi, monsieur, voulez-vous répéter, je vous prie ? La pluie fait un de ces boucans sur le toit ! Je ne vous entends pas très bien. J'en suis à *frémissements les plus subtils de l'émotion*.

— Il faudrait peut-être que je me mettre à hurler ?

— Je pourrais trotter derrière vous, avec mon calepin et mon crayon ?

— Ridicule.

— Il ne pleut plus.

Le déluge s'arrêta brusquement et la dictée se poursuivit dans de meilleurs conditions.

A dix heures, Gaunt se rendit aux sources, et Dikon se mit aussitôt à la recherche de Simon. Il le trouva dans sa cabine, une petite pièce soigneusement rangée dont le seul meuble était un établi surmonté de livres et de magazines techniques. Simon n'était pas seul. Smith, qui lui parlait, s'interrompit en voyant Dikon. En réponse au « bonjour » de ce dernier, il hocha vaguement la tête et sortit.

— Tenez, fit Simon. Vous voulez connaître la dernière ? Questing a dit à Bert Smith qu'il n'avait *plus* l'intention de le virer quand nous serons partis. Il va le garder à son service et même lui accorder une augmentation. Vous vous rendez compte ?

— C'est assez surprenant.

— Vous trouvez ? Eh bien, pas moi ! Ça me paraît tout à fait logique.

— Vous voulez dire qu'il le garde pour obtenir son silence ? suggéra Dikon.

— Et comment ! Bien sûr qu'il veut l'acheter. Il a d'abord essayé de l'éliminer et ça n'a pas marché. S'il recommence, tout le monde saura que c'est lui le coupable. Alors il lui offre un marché : « Tu n'as rien à craindre si tu te tais ».

— Franchement, je...

— Vous allez encore me dire que c'est incroyable ! s'exclama Simon. Vous avez affaire à un homme, monsieur Bell, et pas à une de ces mauviettes que vous avez l'habitude de fréquenter dans les théâtres !

— Mon jeune ami, répliqua Dikon avec humeur, si vous pensez que la seule manière d'affirmer votre virilité consiste à hurler et à insulter les gens qui ne hurlent pas, vous faites erreur. Et s'il faut pratiquer le meurtre et le chantage pour mériter d'être un homme, alors je préfère vivre avec ceux que vous traitez de mauviettes.

Dikon retira ses lunettes et entreprit de les essuyer à l'aide de son mouchoir.

— Et si le sens que vous attribuez au mot « mauviette », ajouta-t-il, est celui que j'imagine, permettez-moi de vous dire que vous êtes un menteur. Enfin, je vous serais reconnaissant de ne pas m'appeler « monsieur Bell ». Votre snobisme n'a d'égal que votre goût prononcé pour l'invective.

Simon demeura un moment silencieux, contemplant son vis-à-vis d'un air stupéfait.

— Oh, Dikon ! finit-il par s'exclamer en rougissant. Ce n'est pas du tout ce que vous croyez. Votre nom de famille... Ce n'est qu'une façon de parler. Enfin, vous comprenez !

— Mmm.

— Et une mauviette, pour moi, c'est un type pas très costaud, un peu je-m'en-foutiste sur les bords. Un Anglais, quoi !

— Comme Winston Churchill ?

— Oh la la ! s'écria-t-il. Bon, bon, vous avez gagné ! Je m'excuse.

Dikon battit des paupières.

— Eh bien, je dirai que c'est très gentil de votre part. Je m'excuse aussi. Maintenant, parlez-moi de Questing. Je suis prêt à tout entendre. Meurtres, sabotages, kidnapping, espionnage, rien ne me fera tiquer. Je le jure. Qu'avez-vous découvert ?

Simon alla refermer la porte. Il offrit une cigarette à Dikon, en alluma une autre, s'installa sur un tabouret et commença :

— Mercredi soir, rien à signaler. Questing est allé à Harpoon. Il a dîné au pub. Bert Smith l'a vu. Aucun doute, il était à Harpoon. Il a proposé de reconduire Bert, et ils sont rentrés ensemble. Bert était à moitié givré, sinon il n'aurait pas accepté de l'accompagner. Il s'est remis à boire après son accident. Enfin, bref, c'est là qu'il lui a mis le marché entre les mains, s'engageant à le garder quand nous serons partis. Donc, mercredi, rien d'anormal. Mais hier, il s'est passé plein de choses. Questing est monté sur le Rangi. Je me suis caché sous le pont-rail... à propos, le feu de signalisation marche très bien. Questing s'est pointé vers dix heures du soir. Il conduisait sa voiture. Comment fait-il pour se procurer de l'essence, allez savoir. Je le laisse s'éloigner un peu et puis je saute sur ma bécane. Je file vers une petite planque que j'avais repérée à l'avance. C'est une sorte de promontoire, de l'autre côté de la baie, presque en face du mont Rangi. Le volcan se trouve au bout d'une longue cheminée, vous comprenez ? Le versant qui donne sur la mer est un vrai mur, une falaise. Mais de l'autre côté, c'est-à-dire vers l'intérieur, la pente est très douce. On peut encore voir le sentier que les Maoris suivaient pour aller enterrer leurs morts dans le cratère. Il bifurque à mi-chemin pour rejoindre la face qui surplombe l'océan. Au sommet de la falaise, il y a une petite corniche. Elle est pratiquement invisible pour quelqu'un qui vient de Waiatatapu. Mais de l'endroit où je me tenais, on la distingue très bien. Je me suis dit qu'il se posterait sur cette corniche. J'ai pédalé, vous savez ! Et pour atteindre ma cachette, j'ai même dû patauger un peu dans la flotte. Il faisait un de ces froids !

— Le promontoire dont vous parlez se trouve à l'extérieur de Harpoon, remarqua Dikon. Vous avez donc parcouru plus de dix kilomètres à bicyclette ?

— Eh oui. Quand j'y suis arrivé, Questing n'était pas encore sur la falaise. Je me suis installé sur ce rocher et, croyez-moi, je n'ai pas cessé un seul instant d'observer le mont. Je dominais tout le port, vous comprenez. Il y avait un grand bateau qui chargeait dans le noir. J'aimerais bien savoir quel genre de matériel on embarquait. Bert Smith me le dira, il a des copains sur les quais. Eru Saul et lui, ils vont souvent là-bas. Hier, ils se sont saoulés à mort, d'après ce que Bert raconte. Personnellement, je n'ai rien contre...

— Vous me parliez de M. Questing et du mont Rangi, interrompit Dikon.

— Oui, bon. Au moment où je commençais à me dire que j'allais encore rentrer bredouille, une petite lumière s'est mise à clignoter. Exactement là où je l'attendais. Elle s'allumait, puis s'éteignait.

— Vous avez pu déchiffrer le message ?

— Non ! répondit Simon avec une évidente colère. S'il a émis en morse, c'était codé. Des « t » en grand nombre, des « i », des « s ». Je n'ai rien compris. Mais il y avait une certaine régularité dans les signaux. Ça pourrait donner ceci : trois longs traits toutes les minutes. « J'appelle. J'appelle. » Puis le message, cinq points brefs. Répété aussi trois fois. « Navire en cours de chargement. » Ensuite, la date de départ. Un trait pour « Cette nuit ». Deux traits pour « Demain ». Trois pour « Demain soir ». Un intervalle, puis on reprend depuis le début. A mon avis, c'est ça, conclut Simon avant d'exhaler un interminable jet de fumée.

— Mais cette séquence que vous venez de décrire, l'avez-vous réellement vue ?

Avec une lenteur exaspérante, Simon éteignit sa cigarette, hocha la tête et répondit sur un ton satisfait :

— A six reprises. Les périodes de silence étaient exactement les mêmes : quinze minutes. Et il y avait toujours le même signal à la fin : trois traits.

— Pas possible ! murmura Dikon.

— Evidemment, je ne vous ai donné que ma propre interprétation. Le message disait peut-être tout à fait autre chose.

— Evidemment.

Ils se regardèrent en silence pendant quelques instants.

— Mais j'aimerais bien savoir ce que le navire a chargé, reprit Simon.

— Y a-t-il eu une réponse quelconque, une autre lumière du côté de l'océan ?

— Je n'ai rien vu. Mais y avait pas besoin de réponse. Si c'était un sous-marin, il a dû s'approcher de la face nord du Rangi, et puis attendre tranquillement. Personne ne pouvait le voir depuis Harpoon puisqu'il était caché par toute la masse du volcan.

— Combien de temps êtes-vous resté sur votre rocher ?

— Jusqu'à ce qu'il n'y ait plus de signaux. La marée était montée et j'ai dû plonger. Questing est arrivé ici avant moi. J'ai crevé un pneu, vous comprenez. Je me suis arrêté trois fois. Sa voiture était dans le garage. Le salaud ! Mais je l'aurai. Il perd rien pour attendre.

— Qu'avez-vous l'intention de faire ?

— Sauter sur ma bicyclette et aller au commissariat de Harpoon.

— Je vais demander la voiture.

— Non, non. Je prendrai ma bécane. Hey, vous ne lui dites rien, hein ?

— A qui ?

Simon esquissa un geste.

— Gaunt ? Je ne peux rien vous promettre. Vous comprenez, nous avons eu plusieurs discussions à ce sujet, Colly lui en parle et vous-même parlez aussi à Colly. De toute façon, poursuivit Dikon, je ne vois pas pourquoi j'irais lui cacher quoi que ce soit. Vous ne le connaissez pas. Gaunt est — mon Dieu, je n'arrive toujours pas à prononcer ce mot — un vrai patriote. Lors du festival shakespearien de Melbourne, il a consacré à l'effort de guerre l'ensemble des recettes des trois dernières semaines.

— Ouais, grommela Simon. De l'argent.

— Il en faut. Maintenant plus que jamais. Et je voulais lui parler d'hier soir pour une autre raison. Il est sorti en voiture, après dîner. Il lui prend parfois l'idée de conduire, brusquement, sans motif apparent. J'aimerais lui demander s'il a vu une lumière dans l'océan. Il a emprunté la route qui va vers le nord.

— Ça ne regarde que lui, bien sûr, mais sa voiture est dans un état ! Cette route est terrible. Vous avez jeté un coup d'œil sur la bagnole ? Elle est couverte de boue, les ailes sont cabossées. Les amortisseurs ont dû souffrir, vous pouvez me croire. Je me demande comment il a fait pour ne pas casser l'arbre. Il est un peu fou, votre copain.

Dikon ignora cette remarque.

— Et le docteur Ackrington, que pense-t-il de tout

cela ? enchaîna-t-il. C'est lui qui a levé ce lièvre, après tout. Vous devriez peut-être lui parler avant de faire quoi que ce soit.

— Oncle James et moi, on n'est pas sur la même longueur d'ondes, répondit Simon avec colère. Il n'approuve pas ma façon de voir les choses et je le lui rends bien. Il pense que je suis un loubard et moi je dis que c'est une vieille baderne.

— Malgré tout, il me semble que vous devriez lui parler.

— Il est en voyage, de toute façon.

— Mais il doit rentrer demain, m'a-t-on dit. Il vaut mieux que vous attendiez son retour.

Un bruit de klaxon vint de la route.

— C'est le facteur ? s'exclama Dikon.

— Oui. Et alors ?

Dikon s'approcha de la fenêtre.

— Il s'est remis à pleuvoir, observa-t-il.

— Ça vous gêne ?

— Non, non.

II

Ce fut Barbara qui, la première, sortit pour aller chercher le courrier. Tandis qu'elle descendait les marches du perron, vêtue de son imperméable, la voix de Mme Claire s'éleva, lançant quelque chose à propos de pluie et de pain qui risquait d'être trempé. Dikon se souvint alors que le vendredi était jour de livraison du pain. Il suivit Barbara de son regard, éprouvant l'extraordinaire sensation d'un désastre imminent. « Je suis grotesque, se dit-il. Voilà un fait divers, un incident tout au plus, et je me comporte comme s'il s'agissait d'un événement historique. Que m'arrive-t-il ? Je passe mon temps à m'angoisser à propos de cette satanée robe. Bon sang de bonsoir ! Elle va l'accepter ou bien la refuser. Elle devinera ou ne devinera pas qui la lui envoie. Un point c'est tout. »

La petite silhouette fine et élancée parvint au sommet de la colline. Puis elle disparut.

Dikon, obéissant aux ordres, alla dire à son employeur que le courrier venait d'arriver.

Barbara était heureuse. La pluie ruisselait sur ses joues, douce, caressante et chaude. Le parfum que dégageait la terre meuble éclipsait l'odeur âcre et pénétrante du soufre. Une brise légère faisait souffler des senteurs marines sur les collines. Barbara s'abandonnait avec griserie, oubliant tous les périls qui guettaient Waiatatapu. Rien ne pouvait ternir son bonheur à cet instant.

Elle avait, durant une semaine, reçu de petites doses d'une médecine immunisant contre la tristesse et la mélancolie. A chaque signe d'amitié venu de Gaunt — il lui en avait donné plusieurs — son cœur avait dansé. Barbara n'avait pas été protégée d'une certaine forme d'anémie que seules les amours enfantines peuvent éviter. Elle n'avait jamais connu ces émotions. Incapable de se mesurer aux deux ou trois familles de leur voisinage que ses parents estimaient « convenables », ne pouvant sous aucun prétexte fréquenter celles qui était jugées « peu recommandables », elle n'avait jamais lié la moindre amitié avec les jeunes gens de son âge. Quand, répondant à une rare invitation, elle se rendait à quelque fête, elle s'y distinguait par ses vêtements peu élégants, son visage sans fard, son comportement nerveux et agité. Elle inquiétait d'éventuels amis et les faisait fuir avec ses explosions de rire apeuré, ses longs silences et son air trop absorbé. Si sa réserve et sa timidité avaient pu se manifester sous une autre forme, elle aurait peut-être réussi à trouver une âme sœur. Tel n'était pas le cas. Elle était partout étrangère et marginale, irritant ceux qu'elle rencontrait, refusant d'ouvrir les yeux sur la misère de sa propre solitude. Les invitations s'étant peu à peu taries, elle en avait été heureuse et s'était vite habituée à son existence de recluse. Sevrée d'amour et d'affection, elle le fut toujours. Mais elle l'ignorait. Jusqu'à la venue de Gaunt.

Comment une crise financière, dont elle était du reste à peine consciente, pouvait-elle jeter la plus petite ombre sur son bonheur ? Geoffrey Gaunt lui souriait. M. Bell, calme et un peu guindé, venait la trouver, simplement pour lui parler. Et même sa rencontre avec M. Questing, toute terrifiante et odieuse qu'elle fut, ne lui inspirait pas que des sentiments d'horreur et d'indignation. Mais, bien sûr, elle ne se l'avouerait jamais. Quant à la demande en mariage qui lui avait été faite, Barbara s'efforçait de l'enfouir, de l'escamoter sous des souvenirs moins déplaisants.

Le colis envoyé par Sarah Snappe était posé par terre, dissimulé à moitié sous des broussailles et des miches de pain. La première pensée de Barbara fut qu'il avait été laissé par erreur, puis elle se dit qu'il était destiné à Gaunt ou à Dikon Bell. Mais elle lut son propre nom et fronça les sourcils. Tante Wynnie, cette inconnue, avait-elle encore trouvé le moyen de se débarrasser de quelques « babioles » ? Barbara admit stoïquement cette explication. Elle découvrit alors l'élégante griffe du magasin, les timbres et le cachet postal néo-zélandais.

Noire, saupoudrée d'une poussière d'étoiles, la robe scintillait doucement, enveloppée de papier fin.

Barbara se serait peut-être mise à genoux, là, sur l'herbe détrempée. Mais une goutte de pluie tombée sur l'une des trois étoiles, en obscurcit un peu l'éclat. D'un geste fébrile, elle rabattit le couvercle de la boîte et remit celle-ci dans son enveloppe de papier. Mais, s'étant accroupie, elle ne songea pas à se relever. Elle demeura ainsi, insensible à la bruine, perdue dans son étonnement ébloui. Elle ne se retourna et leva la tête qu'en voyant Simon à ses côtés. Avec un sourire mi-radieux, mi-incrédule, elle précisa :

— Ce n'est pas pour moi.

Simon voulut savoir ce qu'il y avait dans la boîte. Barbara avait ôté son imperméable pour en recouvrir celle-ci.

— Une robe noire, répondit-elle. Avec trois étoiles. C'est tout ce que j'ai vu. Mais il y a une autre boîte, à l'intérieur. Ce n'est pas pour moi.

— Tante Wynnie.

— Non, ça ne peut pas être Tante Wynne. La robe est neuve. Elle vient d'Auckland. Il existe sûrement une autre Barbara Claire.

— Tu dis n'importe quoi, fit Simon. Tante Wynne a dû envoyer l'argent, ou quelque chose comme ça. Qu'est-ce qui te prend d'enlever ton imper, bon sang ? Tu vas prendre froid.

Barbara se mit debout et souleva l'énorme colis.

— Mon nom est écrit dessus. Barbara Claire, Station thermale de Waiatatapu. Par Harpoon. Il y a aussi une enveloppe, avec mon nom.

— Tu l'as ouverte ?

— Non.

— T'es bête.

— Je te dis qu'il s'agit d'une erreur.

— N'importe quoi, répéta Simon. Où as-tu mis le reste ? Le pain ? Le courrier ?

— Je n'ai pas regardé.

— T'es toc-toc.

Simon ouvrit la boîte aux lettres.

— Oncle James envoie une carte postale, annonça-t-il. Il rentre ce soir. Un télégramme d'Auckland, pour maman. Bizarre, ça. Pour nos invités, tout un paquet. Bon. Regarde-moi ça, le pain qui traîne sur l'herbe. Non, laisse, je m'en occupe. Tu m'attends ?

Mais Barbara s'élançait déjà. Le colis serré sur sa poitrine, elle dévalait la colline, ignorant la pluie.

Gaunt, en robe de chambre, attendait sur la véranda. « Ténébreux et magnifique », songea Dikon avec malice. Peu importait désormais que la robe fût acceptée ou refusée. Gaunt devait s'estimer amplement récompensé en voyant Barbara s'arrêter et poser le colis sur la table en appelant sa mère.

— Tiens ! fit Gaunt. Un cadeau d'anniversaire ?

— Non. Il s'est passé quelque chose. Je n'y comprends rien.

Elle déplia son imperméable, révélant la boîte. Ses mains, rougies par la lessive mais encore belles, tremblaient un peu. Elle défit l'enveloppe de papier.

— Quelle délicatessse ! reprit Gaunt. Est-ce de la porcelaine ?

— Non, non. Je...

Barbara se redressa et courut vers la salle de bains. Simon, portant les galettes, s'approcha lentement et disparut à l'intérieur de la maison.

— Leur avez-vous dicté la note d'accompagnement ? interrogea Gaunt.

— Oui, répondit Dikon.

Barbara revint et appela de nouveau sa mère. Mme Claire et le Colonel apparurent, semblant s'attendre vaguement à quelque désastre.

— Cesse de crier, ma chérie, fit Mme Claire.

Elle se tourna vers son illustre visiteur et lui sourit. Ni son mari ni son frère n'avaient coutume de déambuler sur la véranda, vêtus de robes de chambre exotiques. Mais, dans son code de conduite, elle avait commencé à introduire un certain nombre d'exceptions au bénéfice de Gaunt. Etait-ce parce que ce dernier l'entretenait fréquemment — et fort aimablement — de sa propre mère ?

Barbara souleva le couvercle de la boîte. Ses parents

découvrirent la robe et murmurèrent quelques mots indisctincts. Barbara saisit l'enveloppe. Dikon sut qu'elle avait peur de l'ouvrir.

— Il y a sûrement une méprise, affirma-t-elle. Ce n'est pas pour moi.

— Seigneur Dieu ! s'écria son père. Qu'as-tu acheté ?

— Rien, papa. C'est...

— Un cadeau de Tante Wynne, enchaîna Mme Claire. Comme c'est gentil.

— Ce n'est pas l'écriture de Wynne, fit soudain remarquer le Colonel.

— Non.

Barbara ouvrit l'enveloppe. Une grande carte en glissa et tomba sur la robe noire. Tracée à l'encre verte par une main sans doute féminine, une ligne unique figurait sur le rectangle de papier blanc. Barbara la lut à haute voix.

« *Grande est sa valeur si vous l'acceptez.* »

— Il n'y a rien d'autre, ajouta Barbara.

Ses parents échangèrent un regard déconcerté et vaguement outré. Simon reparut à ce moment. Il réitéra l'explication qui, selon lui, était la seule plausible : Tante Wynne avait envoyé un chèque à Auckland.

— Mais elle n'a jamais mis les pieds à Auckland, s'irrita le Colonel. Elle vit à Poona. Comment peut-elle écrire à un magasin dont elle ne connaît pas même l'existence ? C'est complètement absurde.

— Cette chère Wynne, commenta Mme Claire. Elle a toujours été adorable. Cependant, il me semble qu'elle n'avait pas à s'entourer de tant de mystère. Il faut néanmoins lui écrire, Barb, et la remercier.

— Agnès, je te répète que ce machin-là ne vient pas de Wynne.

— Comment le savoir, mon chéri, puisqu'elle n'a pas jugé nécessaire d'inscrire son nom ? C'est cela même que je trouve un peu singulier. Elle aurait dû joindre un petit mot comme à l'accoutumée.

— Ce n'est pas son écriture. De l'encre verte... et ces arabesques ! Absurde.

— Un caprice, j'imagine. Elle voulait nous jouer un petit tour.

Le Colonel s'éloigna soudain, l'air malheureux.

— Peut-on voir cette robe ? demanda Gaunt.

Barbara la sortit du carton. Elle la souleva, faisant tomber plusieurs feuilles de papier fin. Les trois étoiles scintillèrent à nouveau dans les plis de l'étoffe. C'était une très belle robe, élégante et d'une grande simplicité.

— Pas mal, commenta Gaunt. Pas mal du tout. Elle vous plaît ?

— Si elle me plaît ?

Des larmes brillaient maintenant dans les yeux de Barbara.

— Elle est magnifique. Elle... Je n'arrive pas à le croire.

— Qu'y a-t-il d'autre dans ce carton ? Tenez, laissez-moi vous aider, fit Gaunt en lui prenant la robe.

Barbara s'agenouilla sur la chaise, explorant fiévreusement. Dikon, qui avait reçu pour ordre de donner carte blanche à Sarah Snappe, vit que cette dernière l'avait pris au mot. Le satin choisi était rose corail, la dentelle fine et luxueuse. Rien ne semblait avoir été omis. Barbara souleva un objet minuscule et tout à fait surprenant. Elle le contempla, devint cramoisie et le remit précipitamment à sa place. Mme Claire fit un pas en avant, s'intercalant entre sa fille et Geoffrey Gaunt.

— A l'intérieur, tu serais peut-être plus à l'aise pour examiner tes cadeaux, ma chérie.

Barbara souleva le carton et s'élança vers la porte d'entrée. Gaunt lui emboîta le pas, tenant la robe drapée sur son avant-bras et ignorant le visage consterné de Mme Claire. Une scène étrange se joua dans la salle à manger. Sous le regard mi-ravi, mi-gêné de Barbara, Gaunt commença tranquillement à faire l'inventaire du carton. Mme Claire, de plus en plus affolée, essaya de détourner son attention en évoquant le double rôle de tante et de marraine qu'assumait Wynne. Dikon demeurait un peu en retrait. Simon lisait le journal du matin.

Il s'avéra que les petites boîtes contenaient une paire d'escarpins et des bas.

— Un vrai trousseau, commenta Gaunt d'un air dégagé.

Le Colonel Claire fit une courte apparition dans l'embrasure de la porte.

— C'est sûrement James qui a envoyé tout cela, déclara-t-il avant de s'éloigner à nouveau.

— Oncle James ! s'écria Barbara. Tu penses que c'est lui, maman ?

— Wynne a peut-être écrit à James, commença Mme Claire.

Derrière son journal, Simon interrompit :

— Elle ne le connaît pas.

— Elle a *entendu* parler de lui, observa gravement sa mère.

— Ce télégramme que tu tiens à la main, maman, reprit Simon, tu pourrais pas le lire ? Il n'est peut-être pas sans rapport avec cette histoire.

Tous les regards se tournèrent vers Mme Claire tandis qu'elle commençait à examiner la missive. L'expression de son visage se fit d'abord étonnée, puis franchement consternée.

— Oh non ! s'exclama-t-elle. Ce n'est pas *possible*. Oh, mon Dieu !

— Qu'y a-t-il ? demanda Simon.

— C'est un certain Septimus Falls. Il dit qu'il souffre d'un lumbago et qu'il vient passer une quinzaine de jours chez nous. Que vais-je faire ?

— Tu réponds qu'on n'a plus de place.

— Je ne peux pas. Il n'y a pas d'adresse. « Prière de réserver une chambre à partir de vendredi. Traitement lumbago. Durée de séjour environ deux semaines. Remerciements. Septimus Falls. » Vendredi. *Vendredi* ! s'écria Mme Claire. Quel jour sommes-nous ? Nous sommes *déjà* vendredi !

III

Descendu du train, M. Septimus Falls se rendit en taxi à Waiatatapu. Il y parvint à 4h30, peu de temps après le docteur Ackrington qui avait récupéré sa voiture à Harpoon. Au prix d'effort surhumains, les Claire avaient pu s'organiser afin d'accueillir leur nouvel hôte. Simon s'était installé dans sa cabine, cédant sa chambre à Barbara qui libérait ainsi la sienne au profit de M. Falls. Ce dernier était un Anglais d'âge moyen. Grand de taille, il se déplaçait néanmoins avec une certaine raideur et s'appuyait lourdement sur une canne. Il était séduisant et d'une extrême courtoisie.

— Je suis désolé de n'avoir pu vous avertir un peu plus tôt, commença-t-il en soufflant un peu sur les marches du perron. Mais j'ai moi-même été pris de court, mon lumbago ne date que d'hier soir, voyez-vous. J'ai découvert votre annonce dans un journal, et le médecin que j'ai consulté m'a recommandé l'hydrothérapie.

— Mais nous n'avons fait passer aucune annonce dans les journaux, remarqua Mme Claire.

— Il y en avait bien une, je vous assure. Me serais-je trompé d'adresse ? Ne suis-je pas aux Thermes de Waiatatapu ? Vous vous appelez bien Questing, j'espère ?

Le visage de Mme Claire s'empourpra légèrement.

— Je m'appelle Claire, précisa-t-elle d'une voix douce. Il n'y a pas d'autre erreur, monsieur Falls. Voulez-vous que je vous aide à gagner votre chambre ?

Septimus Falls s'excusa une nouvelle fois, remercia son

interlocutrice et répondit qu'il était encore en mesure de se déplacer par ses propres moyens. La chambre de Barbara parut l'enchanter.

— Vous ne pouvez savoir à quel point je déteste les hôtels, ajouta-t-il avec un sourire amical. Cela fait six mois que je n'ai pas dormi sous un toit ordinaire. J'ai perdu jusqu'à l'habitude de m'habiller comme M. Tout-Le-Monde.

Il promena un regard presque attendri sur les meubles de Barbara.

— Cette chambre va refaire de moi un être humain normal, affirma-t-il.

Le chauffeur de taxi lui apporta ses bagages. Ceux-ci se composaient de trois valises flambant neuves et d'une quatrième, moins grande, beaucoup plus usée et presque entièrement recouverte d'auto-collants. Mme Claire n'avait jamais vu autant d'étiquettes. Certaines semblaient d'origine européenne, elles étaient à moitié arrachées. D'autres portaient les noms d'hôtels néo-zélandais.

— Vous devez vous dire que je suis une sorte de globe-trotter, reprit Septimus Falls, que je passe mon temps à sauter d'un train dans un autre. En réalité, je viens de récupérer cette valise que j'avais perdue. Elle a beaucoup voyagé sans moi, cherchant d'autres Falls à travers toute la Nouvelle-Zélande. Vous désirez peut-être jeter un coup d'œil sur le journal du soir ? Les nouvelles, hélas sont toujours les mêmes.

— Merci beaucoup, bredouilla Mme Claire.

Elle prit le journal et retourna sur la véranda où elle découvrit son frère, discutant avec Barbara. Dikon se tenait poliment à l'écart.

— Je suis contente de te revoir, James, fit-elle en embrassant le docteur Ackrington. Tu nous as manqué.

— Sèche tes larmes, je n'étais pas au pôle Nord, répliqua-t-il.

Mais il se pencha pour déposer un baiser sur la joue de sa sœur. Puis il se retourna vers sa nièce.

— Vas-tu cesser de faire des grimaces ? lança-t-il. Ai-je l'habitude de mentir ? Peux-tu me dire pour quelle raison je prendrais sur moi de t'habiller, petite sotte ?

— C'est vrai, Oncle James ? Parole d'honneur ?

— Inutile d'insister, ma chérie, il ne dira rien, intervint Mme Claire avec un sourire malicieux. Il ne fallait pas chercher bien loin. Notre marraine des Indes, c'est lui ! Cher James, poursuivit-elle en embrassant à nouveau son frère. Tu n'aurais pas dû, tu sais !

— Dieu tout-puissant ! hurla le docteur Ackrington. Ai-je l'air d'une marraine ? Serais-je devenu fou pour aller jeter de l'argent dans je ne sais quelle *boutique* ? Moi qui me tue depuis dix ans à essayer vainement de vous enseigner quelques notions d'économie, de bonne gestion, de... Agnès, peux-tu m'expliquer pourquoi tu regardes ce journal avec des yeux effarés ? Tu t'attendais peut-être à découvrir des nouvelles réjouissantes ?

Sans un mot, Mme Claire lui tendit le journal, indiquant une colonne sur la page des petites annonces. Barbara se pencha et lut à haute voix :

STATION THERMALE

De Waiatatapu

Venez découvrir les vertus miraculeuses de nos sources chaudes. Offrez-vous une véritable cure de jouvence. Guérisons miraculeuses grâce à des propriétés chimiques dont seule la Nature connaît les secrets. Panoramas enchanteurs. Installations modernes. Tout confort. Contrôle médical sur place. Nouvelle direction.

M.QUESTING

Le docteur Ackrington demeura silencieux, mais le journal tremblait entre ses doigts. Sa sœur indiqua la rubrique des faits divers.

« M. Geoffrey Gaunt, le célèbre acteur shakespearien, se repose en ce moment à la Station thermale de Waiatatapu. Il est accompagné de son secrétaire particulier, M. Dikon Bell. »

— James ! s'écria Mme Claire. Pense à ta dyspepsie, mon chéri. Il ne faut pas t'énerver.

Son frère, les lèvres tremblantes et les joues blêmes, présentait l'image d'un homme secoué par une rage meurtrière.

— Après tout, c'est vrai, ajouta-t-elle timidement. Ce n'est qu'une question de temps. Il sera bientôt directeur de cette station. Evidemment, il a fait preuve d'une certaine précipitation. Il aurait pu attendre encore un peu. Pauvre Edouard...

— Je me moque d'Edouard ! chuchota le docteur Ackrington. Tu ne comprends donc pas ? Ne peux-tu lire ce qui est écrit noir sur blanc ? Veux-tu, l'espace d'un bref instant, ne plus penser à Edouard et aux conséquences inévitables de son idiotie ? Tu pourrais alors me dire comment je dois interpréter CECI !

Son doigt s'arrêta sur l'avant-dernière ligne de l'annonce publicitaire.

— Contrôle médical sur place. *Sur place* ! Seigneur Dieu, il s'agit de MOI !

La voix du docteur Ackrington devint étrangement fluette et chevrotante. Son regard furibond se posa sur Barbara qui éclata aussitôt d'un rire hoquetant et terrifié. Proférant un énorme juron, il referma les doigts sur le journal et en fit une boule qu'il jeta aux pieds de sa nièce.

— Vous êtes fous à lier, tous ! ragea-t-il avant de pivoter sur lui-même et de s'éloigner.

Au moment où il s'élançait, les yeux fermés, M. Septimus Falls sortit de sa chambre et s'avança, plié sur sa canne. Les deux hommes clopinèrent ainsi l'un vers l'autre et Dikon, craignant une collision, ne put s'empêcher de crier :

— Docteur Ackrington ! Faites attention !

Ils s'arrêtèrent en même temps et se firent face.

— *Docteur* Ackrington ? s'enquit M. Falls. Comment allez-vous ? J'allais justement me renseigner. Je m'appelle Septimus Falls. Vous êtes, si je ne m'abuse, le médecin traitant ?

Mme Claire, Barbara et Dikon retinrent leur souffle tandis que le docteur Ackrington serrait les poings et commençait à bégayer de fureur. M. Falls se redressa lentement et considéra son vis-à-vis d'un air affable.

— J'espère bénéficier bientôt de votre savoir, reprit-il. Vous êtes bien le docteur *James* Ackrington n'est-ce pas ? Je savais que la Nouvelle-Zélande avait le privilège de... Mais je vous reconnais, il y avait une photo de vous. Vous savez, avec votre article, dans cette revue médicale : *Aspects de l'Anatomie Comparative* ? C'est un vrai plaisir que de...

— Septimus Falls, dites-vous ?

— Oui.

— Mon Dieu !

— Je n'ose imaginer que vous soyez au courant de mes modestes activités.

— Venez avec moi, fit brusquement le docteur Ackrington. Allons dans ma chambre.

VII

Torpille

— Apparemment, M. Falls est un passionné d'anatomie, expliqua Dikon ce soir-là. Et il a une grande admiration pour Ackrington. Je suis à peu près sûr qu'ils allaient se battre. Ils se sont découvert des liens d'amitié juste à temps.

— Quand verra-t-on ce Falls ? demanda Gaunt. Pourquoi n'est-il pas sorti à l'heure du dîner ?

— Il a préféré suivre les conseils du docteur Ackrington, d'après ce que j'ai compris. Il a passé deux bonnes heures dans le plus chaud des bassins de boue avant de se mettre au lit. Son médecin aurait formulé un mauvais diagnostic. Ackrington va examiner de plus près ses vertèbres lombaires.

— C'est une expérience qu'il n'oubliera pas de si tôt, affirma Gaunt. Ackrington a aussi examiné ma jambe. Vous avez vu cette transformation, Dikon ? Avez-vous jamais assisté à un spectacle aussi émouvant ? Elle était presque belle quand elle tenait sa robe, et elle le sera demain, une fois qu'elle l'aura mise. Il faut absolument que nous nous arrangions pour l'emmener dans un salon de coiffure. Avec une jeune fille normale, le résultat serait garanti, mais s'agissant de Barbara Claire ! Je veux qu'elle soit fascinante devant les indigènes. Métamorphose dans un village maori ! N'est-ce pas fantastique ?

— Si, répondit Dikon.

— Ne soyez pas mauvais coucheur, allons !

— Je ne le suis pas, monsieur, je vous assure. Grâce à vous, elle a connu un moment de vrai bonheur.

— Et elle ne se doute de rien.

Gaunt jeta sur son secrétaire un regard soupçonneux. Après un moment d'hésitation, il le prit par le bras.

— Savez-vous ce que j'ai l'intention de faire ? interrogea-t-il. Je me propose de tenter une expérience. Je vais attendre qu'elle ait revêtu sa nouvelle toilette, que tout le monde ait fini de la complimenter et de la féliciter, qu'elle-même ait eu le temps d'apprécier l'importance d'un beau vêtement. Et quand elle m'aura juré qu'elle en gardera le secret, je lui dirai qui a envoyé cette robe. Comment réagira-t-elle d'après vous ?

— Elle sera très malheureuse et elle vous retournera votre cadeau.

— Je ne le pense pas. Non. Je l'aurais désarmée, pour ainsi dire, avec mon tact et, pourquoi pas, mon charme. C'est un exercice de psychologie, une petite opération que j'ai mise au point. Vous verrez, mon jeune ami, vous verrez que tout se passera selon mes prévisions.

Dikon ne fit aucun commentaire.

— Eh bien ? reprit Gaunt. Dites quelque chose. Vous croyez que je me trompe ?

— Oui, monsieur. Tout bien considéré, j'ai peur que cela ne donne pas les résultats escomptés.

— Comment cela, *peur* ? Vous n'allez pas encore me sortir vos vieilles inepties ? Vous manquez totalement d'imagination, mon pauvre Dikon. Je ne sais comment j'ai pu vous supporter pendant toutes ces années.

— La raison en est peut-être que j'essaie de fournir

des réponses honnêtes quand vous posez des questions embarrassantes, monsieur.

— Je n'ai pas l'intention de séduire cette jeune fille, si c'est cela qui vous chiffonne. Vous versez dans le mélodrame, mon cher ami. Décidément, ces histoires d'espions, d'hypothèques et de mariages sacrificatoires ont émoussé vos facultés esthétiques. Je vous parle d'un petit intermède plein de charme et de raffinement, vous pensez tout de suite à une grossière tentative de séduction. Je vous répète que je ne nourris aucun dessein inavouable à l'endroit de Barbara Claire. Je ne suis pas un autre Questing.

— Elle courait un danger bien moins redoutable si vous l'étiez, laissa échapper Dikon. Cette petite sotte n'est pas du tout amoureuse de Questing. Ne comprenez-vous pas qu'elle risque de mal interpréter vos intentions ? Que vous jouez un peu avec ses sentiments ? Du reste, elle est déjà folle de vous.

— Ridicule, commenta Gaunt.

Mais deux petites rides satisfaites étaient apparues au coin de ses lèvres et il se gratta la nuque d'un air songeur.

— Comment pourrait-elle se méprendre à ce point sur mon compte ? C'est impossible.

— Elle serait perdue, désorientée, affirma Dikon. Elle est en pays totalement inconnu.

— Où des termitières font figure de montagnes.

— Où elle n'avait encore jamais mis les pieds, en tout cas. Un pays où le soleil est aveuglant.

— Je crains, répondit Gaunt, que vous ne soyez en train de camoufler une très vieille émotion en cherchant à l'habiller de citations littéraires et de formules un rien pompeuses. Mon pauvre ami, c'est vous qui êtes tombé amoureux de cette jeune fille.

Dikon ne souffla mot. Au bout d'un moment, Gaunt vint s'arrêter derrière lui.

— Vous vous en remettrez, s'écria-t-il en le secouant

par les épaules. Réfléchissez un peu, vous comprendrez que j'ai raison. De toute façon, vous pouvez dormir sur vos deux oreilles en ce qui me concerne. Barbara Claire ne risque rien, je la traiterai comme s'il s'agissait d'un objet précieux et fragile. Mais je mènerai à son terme la mission que je me suis fixée. Je lui ferai découvrir la vraie lumière et elle sera heureuse.

Dikon ne put que se contenter de cette promesse. Il sortit peu de temps après et gagna son lit.

II

Cette même nuit, un navire fut torpillé à une dizaine de kilomètres au large de Harpoon, dans la mer de Tasman. C'était le bâteau que Simon, depuis sa cachette sur le promontoire faisant face au Rangi, avait aperçu dans le port. Le lendemain, on devait apprendre qu'il s'agissait du *Hokianaga*, qu'il avait chargé des lingots d'or et se dirigeait vers les Etats-Unis d'Amérique. La nuit était calme et chaude, et de nombreux habitants de Harpoon affirmèrent plus tard qu'ils avaient entendu l'explosion. Ce fut Huia qui, au matin suivant, annonça la nouvelle à Waiatatapu. La plupart des hommes d'équipage étaient sains et saufs, précisa-t-elle. Ils avaient été recueillis et ramenés à terre. Le *Hokianaga* n'avait pas coulé. Avec une paire de jumelles ordinaires, on pouvait le voir depuis le mont Rangi. Il disparaissait à moitié dans les flots. Seule sa proue émergeait.

Simon fit irruption dans la chambre de Dikon, furieux et triomphant, doublement convaincu de la culpabilité de Questing. Il voulait, sans plus attendre, sauter sur sa bicyclette et se rendre à Harpoon. Le temps, affirma-t-il, était venu de remuer ces « feignants de la Police et de l'Armée ».

— J'aurais pas dû attendre. Si je les avais vus hier, ça ne serait pas arrivé. Bon sang, je l'ai laissé faire ce qu'il voulait. C'est votre faute, Bell. C'est vous qui m'avez demandé de ne pas intervenir. Vous pouvez être fier de vous.

Dikon fit remarquer que même si les autorités de Harpoon s'étaient montrées plus actives et moins léthargiques, elles n'auraient guère pu, en l'espace de douze heures, lutter victorieusement contre un sous-marin ennemi.

— Elles auraient empêché le bateau de sortir, riposta Simon.

— Vraiment ? Parce que vous avez vu clignoter une lumière sur le Rangi ? Oui, je sais qu'il y avait une suite cohérente de signaux et qu'ils se sont répétés plusieurs fois. Je suis persuadé que vous avez découvert une piste sérieuse. Mais l'administration est longue à se mettre en mouvement. Il lui faut des preuves plus tangibles.

— Je me f... de l'administration ! hurla le pauvre Simon. Je m'en vais de ce pas lui casser la figure à ce fumier. Quand j'aurai fini de l'arranger...

— Calmez-vous, exhorta Dikon. Vous n'allez pas passer votre temps à le boxer, voyons. Vous savez, je continue de penser que vous devriez avoir un entretien avec le docteur Ackrington. Vous dites vous-même qu'il le soupçonne aussi.

Simon, en dépit de son agressivité, semblait avoir quelque respect pour le jugement de Dikon. Il finit par se ranger à son avis, acceptant de ne pas s'en prendre à Questing et d'aller voir son oncle. Mais quand il se mit à la recherche du docteur Ackrington, ce fut pour apprendre que ce dernier était parti à bord de sa voiture, déclarant qu'il reviendrait peut-être avant midi.

Simon jurait affreusement quand il retourna auprès de Dikon.

— Si c'est pas malheureux. Pour qui se prend-il, ce

vieux grincheux ? Il faut agir sans perdre de temps. Qu'il aille au diable, je ne vais pas l'attendre. Je suis assez grand pour me débrouiller tout seul et c'est ce que je vais faire. Quant à vous, silence et bouche cousue. Pas un mot de tout ça.

— Je serai discret, promit Dikon. Gaunt est au courant, bien sûr. Comme je vous le disais...

— Oh zut !

Gaunt vint trouver Dikon à cet instant pour lui annoncer qu'il souhaitait se rendre sur le mont Rangi.

— J'ai invité votre sœur, ajouta-t-il à l'adresse de Simon. Vous pouvez vous joindre à nous si vous le voulez.

Simon accepta de mauvaise grâce. Ils empruntèrent les jumelles du Colonel et sortirent.

C'était la première fois que Dikon visitait le mont. Après avoir franchi la voie ferrée, la route rejoignait le littoral et longeait le col au bout duquel se trouvait le volcan. Elle finissait brutalement devant une grille s'ouvrant dans une palissade en fil de fer barbelé. *Réserve Indigène*, annonçait un panneau qui énumérait plusieurs interdictions. Dikon vit que toute collecte d'objets sur le mont était formellement prohibée.

De nombreuses voitures les avaient précédés sur les lieux.

— A partir d'ici, il faut marcher, expliqua Simon avec un regard ironique pour les chaussures de Gaunt.

— Oh mon Dieu ! C'est loin ?

— Pour *vous* peut-être.

— Pas vraiment, intervint Barbara. Le sentier monte en pente douce. Et si vous estimez que cela ne vaut pas la peine, nous rebrousserons chemin.

— Très bien, allons-y répondit Gaunt sur un ton qui se voulait nonchalant.

Simon ouvrit la marche, longeant la palissade en fil de fer barbelé. Celle-ci contournait le flanc du Rangi.

L'herbe était souple et tendre sous leurs pieds, l'air frais et parfumé. Le chant d'une alouette s'éleva derrière eux, profond, bref et comme détaché. Il s'éloigna petit à petit, puis fut couvert par les clameurs d'un vol de mouettes venues de la mer.

— Quand j'entends ces créatures, déclara Gaunt, je ne peux m'empêcher de penser à une émission de la B.B.C.

Son regard s'arrêta sur le cratère noir qui se découpait sur un fond de ciel pur.

— C'est là qu'ils enterraient leurs morts ?

Barbara pointa un doigt vers le lacet naturel qui ceinturait la montagne.

— Je ne pense pas que ce soit l'œuvre des anciens Maoris, indiqua-t-elle. Mais cela ressemble à une piste. On a l'impression que cette colline a été créée à dessein, vous ne trouvez pas ? Ils le croyaient, du reste. Evidemment, il y a longtemps qu'ils n'utilisent plus ce sentier. C'est ce qu'ils disent, en tout cas. D'aucuns prétendent que des cérémonies secrètes ont eu lieu après l'arrivée des *pakehas*.

— Ils ne viennent plus dans cette région ?

— Presque plus. C'est un lieu sacré, tabou. Les plus jeunes d'entre eux ne sont pas aussi à cheval sur les traditions. Ils s'aventurent parfois sur les premières pentes. Mais ils ne poussent pas plus loin et, en tout cas, jamais jusqu'au sommet. N'est-ce pas, Simon ?

— Trop dure, comme escalade, grogna son frère.

— Non, ce n'est pas la vraie raison. Ils ont peur.

Simon eut un regard éloquent pour Dikon.

— Ouais, soupira-t-il d'un air lugubre. Y a personne, là-haut. On peut faire ce qu'on veut.

— Vous pensez à Questing, je suppose, commenta Gaunt sur un ton léger.

Simon fronça les sourcils et Dikon s'empressa d'intervenir.

— Comme je vous l'avais dit, j'ai parlé à M. Gaunt de notre petite théorie.

— C'est ça, gronda Simon. On va en discuter maintenant devant tout le monde !

— Si c'est à moi que tu fais allusion, lança Barbara, permets-moi de te signaler que je suis au courant de tout.

Simon s'arrêta brusquement.

— Ah oui ? Que sais-tu au juste ?

Barbara ne répondit pas.

— Que sais-tu ? insista son frère.

— Eh bien, que... qu'il va fouiller les tombes des Maoris pour y prendre des objets.

— Ah, c'est ça ?

Dikon se prit à espérer que Simon ne serait pas affecté aux services des renseignements s'il venait à entrer dans l'Armée de l'Air.

— Je sais aussi qu'Oncle James le soupçonne de se livrer à des...

Barbara s'interrompit et dévisagea les trois hommes à tour de rôle. Dikon battit des paupières, Gaunt sifflota doucement et Simon grinça les dents.

— Sim ! s'exclama Barbara. Tu ne penses pas... au bateau ? Mais... c'est impossible... Je...

— Reste en dehors de tout ça, Barb, veux-tu ? Oncle James raconte un peu n'importe quoi.

Le sentier, s'incurvant toujours vers la droite, passait maintenant par le sommet d'une petite colline. L'horizon changea soudain de tonalité quand apparut la mer. Il devint du bleu le plus intense. Sur la gauche, un peu en retrait, la baie de Harpoon déployait son demi-cercle rocheux. De l'autre côté, le mont Rangi s'élevait en une falaise vertigineuse. La palissade longeait le faîte de cette muraille, laissant une étroite corniche entre elle-même et le bord du précipice.

— Si vous voulez voir quelque chose, indiqua Simon,

il faut grimper sur cette crête. Vous n'avez pas peur des hauteurs, j'espère ?

— En ce qui me concerne, répondit Gaunt, elles me donnent non seulement le vertige mais aussi la nausée ainsi qu'une très forte envie de me jeter dans le vide. Mais je ne rebrousserai pas chemin. Cette barrière me semble relativement solide. Je m'y cramponnerai.

Avec un sourire pour Barbara, il poursuivit :

— Si vous découvrez une lueur suicidaire dans mes yeux, j'espère que vous n'hésiterez pas à m'entourer de vos bras. Ce sera le seul moyen de m'aider à redevenir moi-même.

— Et votre jambe, monsieur ? s'enquit Dikon. Elle tient le coup ?

— Ne vous occupez pas de ma jambe. Continuez avec le jeune Claire. Nous ne sommes pas pressés.

Dikon, voyant les mimiques esquissées par Simon, comprit qu'il trouvait cette suggestion tout à fait à sa convenance. Il suivit donc le frère de Barbara qui, à un rythme soutenu, commençait déjà à escalader la colline. Peu habitué à ce type d'exercice, il s'essouffla rapidement. Son cœur battit violemment dans sa poitrine et sa respiration devint rauque et douloureuse. Des gouttes de sueur obscurcirent les verres de ses lunettes. Les semelles lisses de ses chaussures glissaient sur l'herbe, et les bottes de Simon lui envoyaient de la poussière en pleine figure.

— On va pousser un peu plus haut, annonça Simon. Je crois que je pourrai retrouver l'endroit où j'ai vu les signaux, jeudi dernier.

— Oh.

— Les autres vont sûrement s'arrêter ici.

Le sentier s'élargit au bout d'un moment, aboutissant à une sorte de clairière qui s'avançait vers l'extérieur et dominait l'océan. Plusieurs Maoris étaient installés sur ce promontoire, mâchonnant des brins d'herbe et contemplant le large. Deux jeunes gens saluèrent Simon. Dikon reconnut l'un d'entre eux. C'était Eru Saul.

— Quoi de neuf ? demanda Simon.

— Il est encore là, répondit Eru. Mais il coule de plus en plus vite. On peu le voir avec ça.

Gaunt ayant gardé les jumelles du Colonel, ils empruntèrent celles d'Eru Saul. Dikon, après quelques tâtonnements, découvrit un petit point noir en forme de triangle, minuscule et dérisoire, perdu dans le bleu de l'océan.

— Ils sont allés voir s'ils pouvaient récupérer quelque chose, précisa Eru Saul. Mais y a rien à faire. Il est fichu. Tu parles d'un coup dur.

— Ouais, appuya Simon. Vous venez, Bell ?

Dikon rendit ses jumelles à Eru Saul en le remerciant. A contrecœur, il reprit son escalade laborieuse et un peu terrifiante, progressant le long de la clôture qui montait en pente de plus en plus vertigineuse. Ils atteignirent enfin une petite plate-forme, guère plus large qu'une corniche, sur le versant qui surplombait la mer. Dikon éprouva un réel bonheur quand il vit Simon s'arrêter devant lui et s'accroupir.

— D'après moi, c'est ici qu'il a opéré, affirma le frère de Barbara.

Epuisé, à bout de souffle, Dikon ne songeait qu'à reposer ses membres endoloris. Mais il ne put se laisser tomber sur l'herbe comme il en avait l'intention.

— Hey ! l'interrompit Simon. Surtout pas ça. Restez où vous êtes. S'il y a encore des indices, il vaut mieux ne pas les effacer. Dommage qu'il ait plu hier soir.

— Qu'espérez-vous trouver ? interrogea Dikon sur un ton acide.

Dans son état de fatigue et d'énervement, il supportait encore moins qu'à l'accoutumée les manières hautaines de son compagnon.

— Vous pensez peut-être que vous allez découvrir des

traces de pas ? Mon pauvre ami, de telles marques n'existent que sur une plage et dans l'imagination des lecteurs de romans policiers. Toutes ces histoires de brins d'herbe cassés, d'empreintes à moitié gommées par la pluie, c'est de la pure affabulation. Cela ne se produit guère dans la réalité.

— Ah vous croyez ? riposta Simon. Quelqu'un est monté jusqu'ici avant nous. Vous n'avez rien vu ?

— Que voulez-vous que je voie ? Vous n'avez cessé de m'envoyer des paquets de poussière dans la figure. Je dirai que les empreintes existent quand vous m'en aurez montré une. Pas avant.

— Très bien. C'est pas une empreinte, ça ?

— Si, mais vous venez de la faire avec votre propre pied, répliqua Dikon avec colère.

— Et alors ? C'est quand même une empreinte, non ? Ça prouve qu'elles existent.

— Peut-être.

Dikon essuya les verres de ses lunettes et promena un regard scrutateur autour de lui.

— Ces marques, fit-il soudain en pointant le doigt. Là-bas, tout près du bord. Cela ressemble à...

— Des traces de pas ! triompha Simon. Qu'est-ce que je disais ?

Il retira ses bottes et s'approcha de l'endroit indiqué par Dikon.

— Venez jeter un coup d'œil, ajouta-t-il.

Dikon ne fut pas mécontent de se déchausser aussi, il avait une ampoule sur chaque talon.

— Oui, ce sont en effet des empreintes, convint-il en rejoignant Simon. Je peux même vous dire comment elles seraient décrites par un expert. Traces laissées vraisemblablement par des bottes. Là où on les distingue plus nettement qu'ailleurs, les semelles font un angle d'environ trente degrés. Distance entre les bords intérieurs des talons : environ quatre centimètres. Distance entre les bords extérieurs du coup de pied : environ trente-cinq centimètres. Ces deux dernières empreintes ont été creusées dans une couche d'argile. La pluie n'a pas pu les effacer, car elles se trouvent sous une saillie haute d'environ un mètre. Le mot « environ » est très commode, dans ce type de circonstances.

— Voilà ce qui s'appelle du beau travail ! approuva Simon. Continuez.

— Il y a des clous dans les semelles et les talons. Pied droit : quatre clous au talon, six dans la semelle. Pied gauche : trois clous au talon, six dans la semelle. Conclusion logique : il a perdu un clou.

— Bon. C'est Questing, d'après vous ? Ça m'en a tout l'air. Il se tient comme lui, les talons joints, les doigts de pied écartés. Il s'appuie beaucoup plus sur ses orteils que sur ses talons. On peut déduire des tas de choses quand on réfléchit un peu.

— Comme, par exemple, qu'il s'agit d'un nain.

— Hein ?

— Regardez cette saillie qui protège les empreintes. Elle se trouve à un mètre du sol. Comment pouvait-il se tenir debout ?

— Oh, zut !

— Disons plutôt qu'il était accroupi. Les autres traces de pas montrent qu'il a hésité avant de s'installer.

— O.K. Il s'est donc accroupi, et pour un long moment.

— Il était penché en avant, le poids du corps sur les orteils, renchérit Dikon qui se sentait gagner par un certain entrain. L'argile est restée humide. Elle n'a pas pu être touchée par la pluie d'hier puisque le vent soufflait de l'est. Jeudi soir, il y a eu une petite ondée, venant de la mer.

— J'en sais quelque chose. Je m'étais caché sur le promontoire, là-bas.

Dikon se tourna vers sa gauche. Il ne put voir ni

l'agglomération ni le port de Harpoon qui étaient dissimulés par le flanc de la montagne. Mais il distingua nettement le rocher sur lequel s'était posté Simon.

— Vous en aurez une meilleure idée si vous vous approchez un peu plus du bord, indiqua Simon.

— Merci, je vous crois sur parole.

— Vous voyez le dessin de la côte, le sable sous la mer ? C'est exactement ce qu'on découvrirait à partir d'un avion. Bon sang, j'aimerais bien qu'ils se dépêchent un peu. J'en ai assez d'attendre.

Simon se tenait sur l'extrémité de la corniche. La tête haute et les épaules droites, il contemplait l'océan. La brise soulevait ses cheveux, dénudant son front. Les êtres humains deviennent plus grands, plus prestigieux quand ils se tiennent sur une hauteur, que leur silhouette se détache sur un fond de ciel et d'océan. Il en fut ainsi de Simon qui, en un instant, perdit son caractère fruste et incommode. Dikon retira ses lunettes et entreprit de les essuyer. Il ne distingua plus le jeune Simon avec la même netteté.

— Je vous envie, dit-il.

— Moi ? Pourquoi ?

— Vous avez le privilège de pouvoir affronter le danger. Vous serez appelé bientôt, et vous irez vous battre. Moi, je suis de ceux qui ne partiront pas, qui devront se contenter d'attendre. Je suis myope, voyez-vous.

— Désolé pour vous, mon vieux. Mais il y a plus d'une façon de participer à l'effort de guerre.

— C'est vrai.

— Eh bien, la vôtre sera de m'aider à faire coincer ce type. Voilà votre boulot.

— Oui, convint Dikon en regrettant un peu sa précédente remarque. Bon, résumons-nous. Questing a grimpé ici jeudi soir. Il portait des bottes à semelles cloutées. A l'aide d'une torche électrique, il est entré en communication avec un sous-marin ennemi, signalant un de nos bateaux qui devait prendre le large le lendemain. C'est bien cela ? Au fait, vous voyez Questing chaussé de bottes cloutées, vous ?

— Il s'est baladé sur le mont Rangi pendant les trois derniers mois. Il a dût s'équiper.

— Ce sont peut-être des souliers, non des bottes. Y avait-il un clair de lune, jeudi soir ?

— Avant qu'il ne se mette à pleuvoir, oui. Pas après. Mais il était déjà sur place quand la pluie a commencé.

— Il faudra examiner toutes ses chaussures. Maintenant, il s'agit de fixer ces empreintes, d'en garder une sorte de moule. Nous pourrions les regarder attentivement en espérant qu'elles resteraient gravées dans notre mémoire pour un éventuel témoignage. A moins que je n'essaie d'en faire un dessin ?

— Bonne idée. Ils viendront prendre des photos, j'espère ? Et des empreintes en plâtre ?

— A qui pensez-vous au juste quand vous dites « ils » ? questionna Dikon en ouvrant son bloc-notes et en commençant à dessiner. A la Police ? A l'Armée ? Existe-t-il un service de contre-espionnage dans ce pays ? Qu'y a-t-il encore ? Bon sang !

Simon, brusquement, avait juré à haute voix et le crayon de Dikon avait glissé sur la feuille de papier.

— Il paraît que Scotland Yard a envoyé un de ses inspecteurs, expliqua-t-il. Les journaux en ont parlé, il y a une dizaine de jours. Ce type aurait l'intention de se présenter ici, à Waiatatapu, pour enquêter sur les agents ennemis. Oncle James dit qu'ils n'ont pas le droit de publier des informations comme celle-là, qu'on devrait les mettre en prison. Il faut qu'on aille trouver cet inspecteur. C'est lui notre homme.

— Comment s'appelle-t-il ?

— Tout le problème est là, soupira Simon. Je me souviens plus de son nom.

III

En fin de compte, Barbara et Gaunt ne poursuivirent pas leur escalade. Ils se contentèrent de regarder Dikon et Simon tandis qu'ils progressaient le long de la palissade, glissant de temps à autre et soulevant de petits nuages de poussière.

— Ma jambe préfère en rester là, décida Gaunt. Ne pensez-vous pas qu'il serait bien plus agréable d'aller fumer une cigarette au bord de la mer ? Pour quelle raison, je vous le demande, irions-nous assister à la fin de ce malheureux bateau ? Je trouve cette idée un peu malsaine. Ne devrions-nous pas le laisser sombrer seul ? Ce serait comme si nous allions à l'exécution d'un ami. Du reste, les membres d'équipage sont tous sains et saufs. N'êtes-vous pas de mon avis ?

Barbara répondit qu'elle l'était. Elle avait le sentiment que Gaunt lui parlait comme si elle-même était une amie. C'était la première fois qu'elle se trouvait seule en sa compagnie.

Ils descendirent vers la côte. Gaunt se laissa tomber sur le sol, prenant un air de nonchalance juvénile qui eût beaucoup irrité son secrétaire. Barbara se mit à genoux et s'assit sur ses talons, offrant son visage au vent qui soufflait de la mer.

— Puis-je me permettre une remarque ? demanda Gaunt.

— Je vous en prie.

— Vous devriez toujours vous coiffer de cette manière.

Barbara leva une main hésitante.

— Vous croyez ?

La brise aplatissait sa robe et la faisait coller étroitement à sa peau. Les yeux de Gaunt s'attardèrent un bref instant sur son buste.

— Oui. Les cheveux strictement ramenés vers l'arrière. Ni boucles ni frange. La simplicité même.

— Mon visage est un peu osseux...

— Non, il est fin, pas osseux. Vous avez un ovale parfait. Vous savez, peu de temps après notre première rencontre, j'ai dit à mon secrétaire que vous étiez... Mais je vous fais rougir et ce n'est pas convenable. Voyez-vous, poursuivit Gaunt en prenant le ton de M. Rochester dans l'avant-dernière scène de *Jane Eyre*, je n'ai pas coutume de dissimuler ma manière de penser. J'espère que cela ne vous contrarie pas ?

— Non, répondit Barbara.

Il y avait longtemps que Gaunt ne s'était trouvé en présence d'une jeune femme timide et réservée. Celles qu'il connasissait étaient nerveuses ou faussement effarouchées. Elles ne rougissaient jamais de plaisir comme Barbara Claire. Ne serait-elle pas tout simplement charmante si elle se comportait toujours ainsi ? Il se mit à parler de lui-même.

Barbara l'écouta avec ravissement. Elle perçut dans sa voix une note de sincérité dont elle fut profondément émue. C'était comme s'il s'adressait à un interlocuteur doté d'une capacité toute particulière de compréhension. Il évoqua toutes sortes de souvenirs. Il lui dit comment, jeune écolier, il avait un jour déclamé l'allocution du roi Herni V devant Azincourt. Après les premiers vers, récités sur un ton inexpressif et monocorde, il avait, affirma-t-il, senti comme une illumination intérieure. Dans sa voix, les mots et les phrases avaient commencé à prendre un volume nouveau. A la surprise de son instituteur — Gaunt imita les bégaiements enthousiastes de ce dernier — ainsi que de ses camarades de classe, le célèbre discours de la Saint-Crépin fut prononcé avec un peu de la solennité qui lui était due.

— J'ai commis des maladresses, bien sûr. Je n'avais aucune technique hormis la connaissance instinctive de certaines valeurs. Mais, poursuivit-il en portant la main à son cœur, je possédais l'essentiel. Ce jour-là, j'ai su que ma vocation était dans le théâtre shakespearien. J'entendais les vers comme si une autre voix les déclamait : *« Celui qui aura vécu ce jour et verra la vieillesse/ Chaque année, quand viendra la vigile, traitera ses voisins/Et dira : « Demain, c'est la Saint-Crépin. »*

Les mouettes sillonnaient le ciel et plongeaient vers la mer en criallant. Les vagues, inlassablement, continuaient de battre le rivage.

— C'est fini ? demanda Barbara sur un ton déçu.

— Mais non, petite ignorante ! C'est loin d'être fini.

Il lui prit la main.

— *Alors il retroussa sa manche et montrera ses cicatrices/Et il dira : « Ces blessures, je les ai reçues le jour de Saint-Crépin. »*

Gaunt poursuivit jusqu'au dernier vers. Il ne pouvait qu'être ému et enchanté par son enthousiasme, par les larmes de joie enfantine qui brillaient maintenant au coin de ses yeux. A l'instant où il se penchait pour déposer un petit baiser sur sa main, Dikon apparut au sommet de la colline, suivi de Simon.

Le retour à Waiatatapu s'effectua dans un silence presque total. Ni Gaunt ni Barbara ne semblèrent vraiment préoccupés par l'état du navire torpillé. Ils se contentèrent de deux ou trois questions évasives à ce sujet, puis prirent place sur la banquette arrière. Barbara était visiblement sous le charme de son voisin. « Petite sotte ! songea Dikon avec colère. Il lui a sans doute raconté l'histoire de sa vie. En enjolivant un peu. Si le ridicule tuait ! Lui baiser la main ! Pour un peu il lui jouerait la scène du balcon. Roméo souffrant d'un rhumatisme ! Grotesque ! »

Quand ils atteignirent la maison, ce fut pour découvrir un spectable des plus étonnants : Septimus Falls et Maurice Questing, assis côte à côte sur la véranda. Dikon avait supplié Simon de ne manifester aucun signe d'animosité lorsqu'il se trouverait à nouveau en présence de Questing. Il fut néanmoins quelque peu surpris en voyant Simon s'éloigner après avoir murmuré un vague remerciement à l'adresse de Gaunt. Radieuse, Barbara descendit de la voiture, gravit rapidement les marches du perron et disparut à l'intérieur. Gaunt sortit à son tour et se pencha pour confier à Dikon :

— Il y a longtemps que je n'ai passé des moments aussi agréables. Cette jeune fille est tout à fait charmante. Elle saura qui lui a envoyé sa robe.

Dikon, sans un mot, se dirigea vers les garages.

En revenant, il trouva Questing planté en face de Gaunt et de Septimus Falls, un peu à la manière d'un juge ou d'un arbitre avant le début d'une confrontation.

— Je disais à ce gentleman que vous étiez faits pour vous rencontrer, monsieur Gaunt, affirma-t-il. Je lui disais que nous étions honorés de vous compter parmi nos invités, qu'il trouverait en vous un interlocuteur de grande culture. Par le plus heureux des hasards, M. Falls est lui-même une sorte d'expert en matière de théâtre.

— Vraiment ? fit Gaunt.

L'expression de son visage ne trahissait qu'un certain déplaisir à l'égard de Questing.

Falls esquissa un geste de dénégation.

— M. Questing est trop bon, indiqua-t-il. Je suis tout au plus un amateur. Et ma muse serait Calliope, plutôt que Thalie.

— Ah ?

— Qu'est-ce que je vous disais ? s'écria M. Questing. Je ne sais même pas de quoi vous parlez. M. Falls a une grande admiration pour vous, monsieur Gaunt. Il connaît tout votre répertoire.

Ses deux victimes échangèrent un sourire embarrassé.

— Ceci, en revanche, n'est pas dénué d'une certaine vérité, déclara Falls. Pendant les dix dernières années, je ne pense pas avoir manqué une seule des représentations que vous avez données à Londres.

— Magnifique, commenta Gaunt sur un ton plus chaleureux. Vous connaissez mon secrétaire, bien sûr. Ne restons pas debout.

Ils s'assirent. Falls rapprocha sa chaise.

— J'aimerais vous consulter à propos d'une petite théorie toute personnelle, commença-t-il. C'est au sujet du fameux mensonge d'Horatio, parlant de la liquidation de Rosencrantz et de Guildenstern. Hamlet, me semble-t-il...

— Oui, je sais où vous voulez en venir. *Jamais il n'ordonna leur mort*. C'est faux, bien sûr. Quoi d'autre ?

— Je me suis toujours demandé s'il ne s'agissait pas de Claudius, en réalité. Horatio...

— Non, non. C'est bien de Hamlet qu'il s'agit. Aucun doute là-dessus.

— Evidemment, toute comparaison serait absurde, mais, voyez-vous, Gustav Gründgen n'interprète pas...

— Gustav Gründgen ? N'est-ce pas l'acteur préféré d'Hitler ?

— Si, en effet.

Septimus Falls esquissa un mouvement qui parut lui arracher un petit cri de souffrasnce.

— Ce satané lumbago ! fit-il en portant une main à la base de son dos. Oui, c'est bien lui. Un petit comédien sans talent. Il faut voir comment il interprète Hamlet. C'est l'image même de la folie. Mais, en Allemagne, il passe pour être le plus grand acteur de tous les temps. J'ai assisté à une de ses représentations. Avant la guerre, naturellement.

— Naturellement, appuya Questing avec un éclat de rire.

— Mais nous parlions de la pièce. J'ai toujours pensé...

Les propos de Falls témoignaient d'une connaissance

extrêmement approfondie de l'œuvre shakespearienne. Il s'exprimait avec une élégance quelque peu affectée. Ses tics et les mouvements désordonnés de ses mains ne semblaient pas en accord avec son visage qui était calme et fort distingué. Il avait sorti une pipe, au lieu de l'allumer, s'en servait pour ponctuer ses arguments, martelant le bras de son fauteuil.

— Réduire à *trois* actes une pièce qui en comporte *cinq* ! s'exclama-t-il en s'arrêtant pour donner trois, puis cinq petits coups sur l'accoudoir. Trois, trois, trois ! Pourquoi ne pas garder le texte original, je vous le demande ?

— Mais il nous arrive parfois de jouer la pièce entièrement, fit remarquer Gaunt.

— Mon cher monsieur, je le sais parfaitement. Et, comme tous les admirateurs de Shakespeare, j'en suis très heureux. Je vous prie de m'excuser. Je crains de m'être laissé emporter par ce sujet qui me passionne. Et devant vous, qui plus est. Mon arrogance n'a d'égal que ma présomption !

— Mais non, mais non. Depuis quelque temps, je suis un peu sevré de ma pitance habituelle, et vos remarques sont fort judicieuses. Cependant, je ne comprends pas très bien où vous voulez en venir quand vous parlez des actes. Puisque nous devons nécessairement abréger...

Barbara apparut à une fenêtre de la salle à manger. Elle vit Questing et parut hésiter. Gaunt tendit une main, l'invitant à les rejoindre. Elle vint s'asseoir auprès de Dikon, sur une marche du perron.

— Cette discussion ne manquera pas de vous intéresser, affirma-t-il.

Les joues de Barbara s'empourprèrent de plaisir. « Que lui est-il arrivé ? s'interrogea Dikon. Ce n'est pas la première fois qu'elle porte cette robe, elle lui va très bien à cause de sa simplicité. Mais c'est la même robe. Elle a brossé ses cheveux et les a ramenés vers l'arrière.

Cela aussi est une amélioration. Mais ce n'est pas tout. Il y a des jours que je ne l'ai entendue hurler de rire, et elle ne fait plus de grimaces. »

Gaunt avait commencé à parler de pièces plus difficiles telles que *Troilus et Cressida, Henri VI* et *Macbeth.* Falls, tambourinant encore sur le bras du fauteuil, l'écoutait d'un air vivement intéressé.

— Bien sûr qu'il était agnostique, s'écria-t-il. Le monologue est là pour en témoigner.

— Celui de Claudius ? J'ai interprété ce rôle quand j'étais jeune acteur. Ah oui, le fameux monologue ! La mort sans gloire ni louanges, la mort absolue !

« *Oui, mais mourir, partir sans savoir où;*
S'allonger dans un néant froid, et pourrir. »

La voix de Gaunt prit une inflexion monocorde, impersonnelle, horrible. Un malaise indéfinissable plana soudain sur la véranda. Mme Claire était venue s'arrêter devant une fenêtre, écoutant avec un sourire dubitatif. Falls se pencha pour ramasser sa pipe qui lui avait échappé des doigts. Le docteur Ackrington sortit de sa chambre et s'immobilisa, l'œil attentif.

— Continuez, je vous prie, dit Septimus Falls.

Glaciale, la litanie reprit :

« *Prisonnier de vents aveugles...* »

M. Questing, poli et serviable en toutes circonstances, ramassa la pipe. Falls ne sembla pas remarquer son geste. Questing regagna sa place, marchant sur la pointe des pieds. Il s'arrêta, la tête penchée sur un côté, contemplant Gaunt avec une sorte d'admiration vaguement possessive.

« *N'être rien et moins encore.*
Pas même une pensée solitaire
Hurlant dans le néant. »

Une ombre apparut sur le terre-plein. Smith, les joues creuses et mal rasées, surgit au coin de la maison, venant des cabines. Simon lui emboîtait le pas. Ils s'arrêtèrent d'un même mouvement. Smith passa une main tremblante sur son visage et tirailla sa lèvre inférieure. Simon, après un coup d'œil écœuré pour Gaunt, porta son attention sur Questing.

Gaunt acheva le terrible monologue. Dikon se dit que nul autre acteur au monde ne pouvait déclamer des vers de Shakespeare, assis sur la véranda d'une station thermale, en plein jour. Ceux qui l'entouraient n'étaient pas embarrassés. Certains visages portaient une expression un peu inquiète, mal assurée. Gaunt les avait obligés à penser à la mort.

Questing s'éclaircit la gorge puis, se servant de la pipe de Septimus Falls, tambourina sur une planche pour manifester son approbation.

— Bravo ! Bravo et encore Bravo ! s'écria-t-il. Ce fut un régal intellectuel ! Un vrai régal, monsieur Falls, vous ne trouvez pas ?

— Vous permettez ? fit Septimus Falls en reprenant sa pipe. Merci.

Se tournant vers Gaunt, il ajouta :

— Evidemment, on peut attribuer cet agnosticisme au seul caractère et opposer à ces vers de nombreux autres, qui sont tout à fait orthodoxes. Néanmoins, il me semble...

— J'ai toujours préféré *Comme Il Vous Plaira*, affirma Mme Claire depuis la fenêtre. Quelle pièce admirable. Et ces scènes champêtres. Et Rosalind !

Le docteur Ackrington s'avança.

— Avec la vague de crétineries psychopathologiques qui sévit actuellement, déclara-t-il, je me demande comment vous arrivez encore à trouver des spectateurs.

— Bien au contraire, répondit Gaunt sur un ton pincé. Nous assistons à une véritable renaissance.

Huia sortit en agitant son inévitable cloche. Le Colonel apparut au même moment, l'air un peu malheureux.

— Il est midi ? interrogea-t-il. De quoi parliez-vous ?

Il m'a semblé que quelqu'un entamait une sorte de laius, un machin comme ça...

Barbara chuchota quelques mots à l'oreille de son père.

— Comment ? Je n'entends rien, se plaignit-il. Quoi ? Il fixa Gaunt d'un regard ahuri.

— D'une pièce de théâtre ? Oh, mon Dieu !

Il semblait vaguement écœuré. Mais une expression satisfaite se peignit bientôt sur son visage.

— On avait une sacrée petite troupe, quand j'étais en Inde, reprit-il. J'ai même joué dans l'une de leurs pièces. Une belle réussite. Vous la connaissez peut-être ? *La Tante de Charley* ?

IV

Durant le déjeuner, Dikon acquit la certitude que Simon avait échafaudé une nouvelle théorie. Les regards qu'il jetait autour de la table étaient d'une éloquence telle que même Questing ne pouvait manquer d'en soupçonner la signification. Mais Dikon lui-même était en proie à une grande confusion. Il avait l'impresion de vivre un cauchemar. Barbara lui inspirait une vague d'anxiété dont il refusait d'analyser la cause profonde. A cette sourde inquiétude s'ajoutaient un sentiment d'irritation et de culpabilité vis-à-vis de Gaunt ainsi que l'angoisse qui, durant la guerre, pesait sur l'esprit de tous les Néo-Zélandais. Il y avait aussi le problème de Questing. Malgré les découvertes de Simon, malgré le navire torpillé au large de la baie, Dikon ne parvenait pas à imaginer Questing dans le rôle d'un espion. En fait, il ne croyait pas du tout à l'existence d'agents ennemis dans son pays natal. Mais il y avait des réalités qu'il ne pouvait ignorer. Questing avait-il essayé d'éliminer Smith en l'encourageant à franchir le passage à niveau ? Pour quelle raison avait-il menti en affirmant qu'il s'était rendu à Pohutukawa ? Et ses randonnées nocturnes sur le mont Rangi ? Et les signaux lumineux détectés par Simon ? Dikon ne put s'empêcher de lever les yeux sur Questing. Il vit un homme au visage rond, lisse et plutôt naïf, vêtu d'un costume gris fer, souriant d'un air qui se voulait fin et plein d'assurance mais qui dénotait une étrange ingénuité. Etait-ce le visage d'un assassin et d'un traître à son pays ? « Cette guerre laissera en nous des marques indélébiles », songea Dikon. « Les hommes de ma génération ne pourront plus se moquer de tout et de rien. Nous sommes en train d'apprendre qu'il existe des sujets sérieux. » Pour la première fois depuis le début du conflit, il se dit qu'une invasion de la Nouvelle-Zélande n'était pas du domaine de l'impossible. En même temps que cette pensée, naquit en lui une émotion ignorée jusque-là. Une émotion qui trouvait ses racines dans la terre même de son pays natal : la colère. Il comprit alors qu'il ne pouvait continuer de vivre comme auparavant. D'une manière ou d'une autre, il se battrait aussi. Comme Simon.

En sortant de table, il alla immédiatement trouver le frère de Barbara.

— Vous avez deviné que je voulais vous parler ? interrogea Simon. J'ai préféré me taire. Il se serait méfié à la moindre allusion.

— Mon cher ami, tout le monde a compris que vous brûliez de nous révéler vos secrets. Il suffisait de vous regarder. Alors, que s'est-il passé ?

— On le tient, annonça Simon. Ne me dites pas que vous n'avez rien vu ? Quand on était sur la véranda ? Le truc de la pipe ?

— Eh bien ? fit Dikon, perplexe.

— Vous n'avez pas pigé, hein ? demanda Simon avec condescendance. Pourtant, vous étiez assis tout près de lui. Vous pouviez le toucher. Je ne m'explique pas pourquoi il a fait ça. C'est peut-être plus fort que lui, une sorte d'idée fixe. Qu'en pensez-vous ?

— Je serais capable de répondre à votre question si vous commenciez par me dire de quoi il s'agit.

— Ça vous a vraiment échappé ? J'étais ici, moi, en train de travailler, quand je l'ai entendu. Je suis sorti tout de suite pour m'approcher. Gaunt et Falls discutaient de Shakespeare, je crois. C'était exactement pareil.

— Pour l'amour du ciel, qu'est-ce qui était exactement pareil ?

— Le tambourinement. Un coup long, répété trois fois. Ta, ta, ta. Puis cinq coups brefs suivis de trois autres. La même séquence que vendredi dernier sur la falaise. Qu'est-ce qu'il vous faut de plus ?

Pendant un moment, ils se regardèrent en silence.

— Cela n'a aucun sens, fit Dikon. Mais enfin, pourquoi ? Pourquoi ?

— J'en sais rien, moi.

— Une coïncidence ?

— Impossible. Non, je pense que c'est la force de l'habitude. Il a dû répéter cette séquence de très nombreuses fois avant de passer à l'action, jeudi soir...

— Attendez un instant, interrompit Dikon. A qui pensez-vous ?

— Vous êtes bête ou quoi ? s'écria Simon. Nous parlons d'un seul et même homme, non ?

— Pas du tout. Nous parlons de deux hommes différents. Questing venait de ramasser la pipe quand vous êtes apparu. Ce n'était pas lui qui tambourinait votre fameuse séquence. C'était M. Septimus Falls.

VIII

Concert

La présence de Gaunt à Waiatatapu avait déjà commencé à produire les résultats prévus par M. Questing. Dès le premier dimanche, de nombreux visiteurs étaient venus de Harpoon et de sa région, soi-disant pour passer quelques heures de détente au bord des sources, mais, en fait, dans le seul but d'approcher Geoffrey Gaunt. Ils avaient déambulé sur la véranda, affectant un air nonchalant, questionnant Huia sur les activités du célèbre acteur. Les plus audacieux s'étaient munis de carnets d'autographes qui, transitant par Barbara, Huia puis Dikon, étaient parvenus jusqu'aux mains de Gaunt. Celui-ci, au grand étonnement de Mme Claire, les avaient tous signés. Mais il n'était sorti de sa chambre que lorsque les derniers admirateurs, essayant de cacher leur déception, avaient perdu patience et regagné leurs voitures.

Il n'y eut pas de visiteurs le samedi suivant. Mais le téléphonne se mit à sonner dès le début de l'après-midi. Etait-il vrai qu'un concert allait être donné ce soir-là au village maori ? Où pouvait-on acheter des billets d'entrée ? Les recettes étaient-elles destinées aux fonds patriotiques ? Les appels se succédant presque sans discontinuer, Mme Claire finit par dépêcher Huia auprès du vieux Rua pour demander des éclaircissements. Ce dernier fit répondre que tout le monde pouvait venir.

Les Maoris sont d'une nature généreuse et très ouverte. Leur tempérament rappelle à ce point celui des Ecossais que de nombreux observateurs se demandent si cette similitude n'a pas une explication historique. Sauf dans les domaines touchant à la famille et aux querelles tribales — celles-ci étant entretenues avec un enthousiasme jamais démenti — ils sont extrêmement hospitaliers. Ce qui devait être une petite réception en l'honneur de Gaunt se transforma donc, le plus naturellement du monde, en une manisfestation beaucoup plus importante. Ni Rua ni les siens n'en furent contrariés.

Huia, qui revint en compagnie d'Eru Saul et de plusieurs autres jeunes Maoris, annonça que l'on avait entrepris d'installer des sièges supplémentaires. Elle demanda également s'il était possible d'emprunter des fauteuils pour les invités d'honneur.

— Va y en avoir beaucoup de gens, Mam'Claire, s'exclama un adolescent. Plein de gens. Même le maire, il vient. Tous ils viennent. Chouette, non ?

— Essaie de parler correctement, Maoui, fit Mme Claire avec douceur. Tu t'exprimais mieux quand tu allais à l'école.

Huia et ses jeunes compagnons éclatèrent de rire. Eru Saul eut un rictus dédaigneux.

— Va dire à Rua que nous lui prêterons des fauteuils avec le plus grand plaisir. Es-tu sûr que le maire viendra aussi ?

— Oh oui, Mam'Claire. Ce sera une belle fête, non ?

— Pas de boissons alcoolisées, j'espère, rappela Mme Claire sur un ton sévère.

De nouveaux éclats de rire lui répondirent.

— M. Gaunt pourrait penser que nos garçons sont mal élevés. Vous promettez de bien vous tenir ?

— Pas de problème, assura Maoui.

Eru Saul eut un ricanement moqueur. Mme Claire le considéra d'un regard froid.

— Rien que tu thé pour tout le monde, reprit Maoui.

— C'est très bien. Vous pouvez venir prendre les chaises, maintenant.

— Mon grand-père vous envoie ceci, déclara Huia. Avec ses compliments.

C'était une lettre du vieux Rua, écrite dans une langue extrêmement châtiée. Il y était indiqué que, pour les Maoris, Gaunt ne devait assister au concert qu'en sa qualité d'invité; cependant, une rumeur de source *pakeha* laissait entendre qu'il en serait autrement. Si, ajoutait Rua, Mme Claire pensait que cette rumeur était un tant soit peu fondée, il lui serait reconnaissant de l'en informer, certaines dispositions étant nécessaires pour accueillir un hôte aussi distingué.

Mme Claire, l'air un peu affolé, remit la lettre à Dikon qui alla la porter à Gaunt.

— Ils souhaiteraient que vous montiez sur scène pour leur donner une représentation, expliqua-t-il. Bien entendu, c'est hors de question. Voulez-vous que je réponde...

— Qui a dit que c'était hors de question ? s'exclama Gaunt. Faites savoir à M. Rua que j'accepte avec le plus grand plaisir.

Dikon, peu après dîner, confia sa surprise à Barbara :

— Je n'en revenais pas. Je ne comprends pas cette réaction tout à fait inhabituelle. Il a toujours refusé de jouer en dehors d'une salle de théâtre. Et devant un public aussi restreint !

— C'est merveilleux, approuva Barbara. Tout cela est absolument merveilleux !

Dikon la contempla en se frottant l'arête du nez.

— Pourquoi me regardez-vous ainsi ? questionna-t-elle.

— Mais je...

— Vous pensez que je ne devrais pas être heureuse, poursuivit-elle en retrouvant tout à coup sa voix sépulcrale. A cause de M. Questing et de notre situation *précaire.*

— Non, pas du tout. Je suis moi-même très content. Cependant...

— Oui ?

— Eh bien, j'espère que ce bonheur ne sera pas de courte durée.

— Oh.

Pendant un moment, elle le considéra en silence. Puis elle pâlit.

— Je ne songe pas à l'avenir, reprit-elle. Peu importe ce qui arrivera, je ne me fais aucune illusion. Voyez-vous, je me contente d'être heureuse.

Une ombre voilait soudain son regard. Elle savait qu'elle s'était trahie.

— Allez-vous revêtir votre nouvelle robe ? questionna Dikon.

— Oui. Si je ne me suis pas changée avant dîner, c'est parce que je dois faire la vaisselle. Huia veut partir plus tôt. Mais en disant que j'étais heureuse, je ne pensais pas à cela...

Dikon l'interrompit. Il ne voulait pas lui laisser le temps d'expliquer les vrais motifs de son bonheur.

— Qui a pu vous envoyer cette robe ? demanda-t-il. Vous devez avoir une idée ?

— Pas la moindre, assura Barbara. Voyez-vous, nous ne connaissons personne, en Nouvelle-Zélande. Il faut être un grand ami, presque un membre de la famille, pour offrir un tel présent. C'est incompréhensible.

M. Questing, resplendissant dans sa tenue de soirée, apparut à l'entrée de la salle à manger. Il planta deux doigts dans une poche de son gilet blanc et s'arrêta pour contempler les deux jeunes gens. Le fait de n'avoir pas été invité au concert ne semblait nullement le gêner. Il avait décidé d'y assister.

— Qu'est-ce que c'est que cette histoire de nouvelle robe ? demanda-t-il d'un air intrigué.

— Il faut que je rentre, affirma Barbara.

Puis elle disparut à l'intérieur de la maison.

Dikon se dit que personne en dehors de M. Questing n'aurait eu le front d'engager calmement la conversation avec Barbara et lui-même après l'incident qui s'était produit au bord du lac. Vaguement embarrassé et ne sachant quoi répondre, il murmura quelque chose à propos d'un cadeau anonyme. M. Questing hocha la tête et parut réfléchir. Au bout d'un moment, son visage s'éclaira d'un sourire rusé.

— Tiens, tiens, tiens ! fit-il. C'est donc ça ? Notre petite jeune fille ne sait vraiment pas d'où lui vient ce présent ? C'est intéresssant, ça.

— J'ai cru comprendre qu'elle avait une tante en Inde, bredouilla Dikon en regrettant son indiscrétion.

— Mais les vêtements ont été expédiés d'Auckland, n'est-ce pas ?

— Je n'ai pas dit cela.

— Ah bon ? Oui, vous ne l'avez peut-être pas dit, monsieur Bell ? Mais, entre nous, cela n'a pas d'importance. Je suis au courant de tout.

— Pardon ! s'écria Dikon, au comble de l'étonnement. C'est vrai ? Comment diable avez-vous... ?

— J'ai eu une petite conversation avec Dorothy Lamour.

— Avec qui ?

— C'est le nom que je donne à notre nymphe brune, expliqua M. Questing.

— Oh, fit Dikon, soulagé. Huia.

— D'après vous, qui a pu envoyer cette robe ? interrogea M. Questing avec un clin d'œil appuyé.

— La tante de Miss Claire, cela ne fait pas l'ombre d'un doute, affirma Dikon. Elle a déjà fait parvenir d'autres présents du même type à sa nièce avec qui elle entretient une correspondance des plus régulières. Miss Claire, à un moment ou à un autre, a dû mentionner le nom de ce magasin d'Auckland.

— Vraiment ? fit M. Questing. Une sorte de suggestion, si je comprends bien ?

— Non, pas du tout, répliqua Dikon sur un ton irrité. Il n'y a là rien d'anormal...

— Très bien, très bien, monsieur Bell. Vous avez raison. Il ne faut pas vous fâcher, ce n'était qu'une plaisanterie. Tout de même, poursuivit M. Questing d'un air songeur, c'est un peu l'autre bout du monde, l'Inde.

Il s'éloigna en agitant son cigare et Dikon étouffa un juron. « Il a tout deviné, songea-t-il. A la première occasion, il dévoilera le pot aux roses. »

Dikon essuya les verres de ses lunettes à l'aide de son mouchoir, jetant un regard dubitatif sur la silhouette de M. Questing. « Mais il ne dira peut-être rien », conclut-il.

II

Bien que construite avec des outils européens, la maison où le concert devait avoir lieu se conformait scrupuleusement aux traditions architecturales du peuple maori. Elle consistait en une pièce unique surmontée d'un faîtage qui descendait à hauteur d'homme. Les poutrelles ainsi que le bord des pignons étaient recouverts de motifs compliqués, s'entrelaçant à la manière polynésienne. Un masque en bois reposait sur le pylône central, visage grimaçant du dieu de la guerre, symbole de fécondité et d'esprit de combat. Les branches de fougère qui, traditionnellement, servaient de toiture, avaient été remplacées par des lattes de bois et des tôles galvanisées. Mais, en dépit de cette entorse, la maison dégageait une impression de sauvagerie presque palpable et de très vieille culture.

Le parquet, nu en temps normal, était occupé par un assemblage de sièges hétéroclites. Les fauteuils fournis par les Claire avaient été disposés au premier rang, face à une estrade surmontée de branches d'arbres et décorée d'étoffes exquises, de drapeaux et de confetti multicolores. Sur le mur du fond étaient accrochés les portraits de trois monarques anglais, de deux anciens Premiers ministres ainsi que de Rua en habit de parlementaire. Il y avait un piano quelque peu écaillé sur l'estrade ainsi que trois chaises et une table surmontée d'une carafe d'eau et d'un verre.

L'assistance était composée en grande partie de Maoris. Ils étaient assis à même le sol, sur le bord de l'estrade, sur les bancs rangés le long des murs, sur la véranda et sur les marches du perron.

Eru Saul se trouvait parmi eux, entouré de jeunes adolescents. Il leur parlait à mi-voix, s'arrêtant de temps à autre pour éclater d'un rire dédaigneux. Par moments, il s'éclipsait avec ses compagnons. A leur retour, ils étaient toujours plus bruyants et tumultueux qu'auparavant. Il était sept heures quand Simon, Smith et Colly apparurent, portant trois fauteuils supplémentaires venus de Waiatatapu. Colly et Simon allèrent se tenir un peu à l'écart, mais Smith rejoignit immédiatement Eru Saul.

— Alors, Eru ! commença Smith qui avait mis une paire de souliers dans sa poche. On danse ce soir ?

— Ben voyons !

— Non, monsieur, on ne danse pas ! lança la voix

d'une femme. La dernière fois que vous êtes venu danser, vous étiez saoul comme une bourrique. Si vous ne savez pas vous tenir, vous ne dansez pas.

— Tant pis, répondit Smith.

La femme qui l'avait ainsi apostrophé était assise à même le sol, tournant le dos à l'estrade. C'était Mme Te Papa, une vieille Maori au visage fin et extraordinairement distingué. Sa tête, longue et racée, était enveloppée d'un foulard cerise. Sur sa robe de coupe occidentale, elle portait une magnifique jupe en chanvre. Elle était princesse des Te Rarawas et première parmi les grands-mères du *hapu*. Son menton tatoué la distinguait de ses compagnes : Mme Te Papa était l'une des toutes dernières représentantes de l'ancien ordre social.

De la place stratégique qu'elle occupait, elle pouvait à loisir lancer des cris de bienvenue ou des directives aux membres de sa tribu tandis qu'ils entraient et sortaient, mettant les dernières touches aux décorations. Elle s'exprimait toujours en maori. S'il prenait à un enfant ou à un adolescent l'envie de lui répondre en langue anglaise, elle manifestait sa réprobation avec vivacité mais sans acrimonie.

Il était sept heures et demi quand apparurent les premiers visiteurs venus de Harpoon et de sa région. Le vieux Rua Te Kahu entra, portant une cape en plumes sur son costume occidental. Affable et courtois, il se mit à circuler parmi ses invités. Mme Te Papa se leva d'un mouvement lent et majestueux. Elle alla calmement se tenir à la place qui lui revenait.

Un quart d'heure plus tard, cinq hommes en tenue de soirée, visiblement malheureux de cet accoutrement, prirent place, avec leurs instruments de musique, sur les chaises installées à proximité de l'estrade. C'étaient les membres du Harpoon Savage Club, très connu pour les ballades irlandaises qu'il savait interpréter. Le dernier du groupe, un petit homme au visage inquiet, portait une grande mallette noire : il était aussi ventriloque. A leur suite, vint une petite fille tenue par sa mère, puis une seconde dame, avec, sous le bras, une liasse de partitions.

Toutes les femmes venues de Harpoon et de sa région semblaient se connaître plus ou moins. Elles bavardaient, souriaient, manifestaient leur joie ou leur étonnement de se trouver ainsi réunies. Les hommes, pour leur part, n'échangeaient que de petits signes de tête, des clins d'œil ou d'imperceptibles frémissements de sourcils. Le Maire et son épouse firent leur entrée peu avant huit heures et entreprirent de serrer toutes les mains. Ils furent ensuite conduits à leurs fauteuils. Seules les chaises réservées aux invités de Waiatatapu demeuraient à présent inoccupées. La salle était pleine, et de nombreux Maoris se massaient devant l'entrée et sur la véranda. Ils se taisaient, maintenant, et l'on n'entendait que les Néo-Zélandais d'origine européenne.

Le Colonel Claire, M. Questing et M. Falls apparurent à huit heures, soulevant une petite vague de murmures parmi l'assistance. Ils étaient venus à pied, empruntant le raccourci pour traverser la réserve indigène. Mme Claire, Barbara, le docteur Ackrington et Geoffrey Gaunt, conduits par Dikon, ne devaient se présenter qu'un peu plus tard, venant par la route. En voyant les trois hommes, Simon battit en retraite et se fondit dans un groupe de Maoris. Il fut aussitôt rejoint par Smith dont le visage était encore un peu tuméfié, puis par Colly.

Mme Te Papa donna un ordre bref et impérieux. Cinq jeunes filles en robe traditionnelles sortirent des rangs et montèrent sur l'estrade. Elles tenaient à chaque main des cordes se terminant par des boules confectionnées à l'aide de feuilles sèches. Rua prit place devant l'entrée de la salle. La tête haute, le buste enveloppé de sa cape en plumes, il se figea dans une immobilité totale, silhouette impressionnante se découpant sur un fond de crépuscule.

C'était ainsi que son grand-père avait attendu ses propres visiteurs pour les saluer. Près de lui se tenait la hiérarchie du clan et, plus loin, Mme Te Papa entourée d'autres dames.

Un bruit de moteur s'éleva bientôt, venant de la route. Plusieurs Maoris hochèrent la tête d'un air important, affirmant qu'ils reconnaissaient la voiture de Geoffrey Gaunt. Leurs murmures s'atténuèrent rapidement. Dans le silence qui suivit, le chant d'accueil lancé par Rua fendit la nuit.

— *Haere mai. E te ururangi ! Na wai taua* ?

Chaque syllabe entonnée semblait devoir se prolonger indéfiniment. C'était la voix du vent nocturne, quand il déferlait sur l'océan, une voix aux sonorités rauques, primitive, étrange et inquiétante. Dans la semi-obscurité, Mme Te Papa et ses suivantes s'inclinèrent en avant, bras écartés. Leurs mains s'agitèrent en cadence, rythmant la danse ancestrale. Rua Te Kahu réservait à Gaunt un accueil presque tombé dans l'oubli. Les mutations apportées par un siècle de présence blanche venaient d'être arrachées comme des toiles d'araignée, ressuscitant une culture immémoriale et rappelant aux Européens de l'assistance qu'ils étaient des étrangers.

Gaunt descendit de voiture et s'avança.

— J'aurais voulu que nous puissions répondre à cet accueil, grommela-t-il. Nous devrions comprendre ce qu'il dit.

— Je ne suis pas très sûr, indiqua Dikon, mais j'ai déjà entendu cette expression. Il dit, me semble-t-il, que nous avons les mêmes ancêtres, que nous sommes issus d'une même souche. Il nous demande, je crois, de préciser notre identité.

— Ce n'est pas bien *raisonnable*, chuchota Mme Claire. Ils savent parfaitement qui nous sommes. Certaines de leurs coutumes sont un peu barbares, il faut le reconnaître. Mais c'est à leurs yeux un grand compliment.

— Bien entendu, commenta Gaunt sur un ton bref. J'aurais voulu pouvoir répondre dans leur langue.

Des murmures de bienvenue l'accompagnèrent tandis qu'il allait s'arrêter devant Rua pour lui serrer la main. « Il est en pleine forme », songea Dikon.

Précédés de Mme Claire et de Gaunt, ils entrèrent dans la salle. Pour la première fois, Dikon vit Barbara dans sa nouvelle robe.

III

Elle avait mis, pour s'habiller, un peu plus de temps que prévu. Les autres étaient déjà installés dans la voiture quand elle sortit en courant, resserrant une écharpe autour de ses épaules.

— Je vous prie de m'excuser, avait-elle murmuré d'une voix sourde.

Puis elle avait pris place sur la banquette arrière. Dikon n'avait entrevu que sa chevelure : elle étincelait doucement dans la nuit. Gaunt n'avait pas pu officier à sa coiffure et à son maquillage comme il se l'était promis. En jetant un bref regard sur le visage de la jeune femme, Dikon s'en félicita. Barbara s'était donné quelque mal, ce soir-là, pour soigner son apparence. Le résultat de ses efforts était tout à fait honorable.

En mettant la voiture en marche, Dikon songeait à ses innombrables sorties avec Geoffrey Gaunt, aux jeunes femmes qui les avaient accompagnés, à leurs commentaires, à la manière qu'ils avaient de se rassurer mutuellement, aux restaurants et aux night-clubs, avec leurs miroirs où l'on s'examinait furtivement. Il pensait à la façon dont ces sorties se terminaient, aux colères de

Gaunt et à ses éclats de rire, à tout l'argent dépensé dans ces heures d'insouciance et d'oubli. Dikon, en se souvenant, s'était aperçu que son attitude à l'égard de cette routine avait changé au fil du temps. L'enthousiasme et le plaisir sincère qu'il éprouvait au début s'étaient peu à peu érodés. Il avait fini par acquérir une sorte d'accoutumance.

C'était Mme Claire qui l'avait tiré de cette méditation. Elle s'était retournée pour confier à sa fille :

— Tu ne t'es pas coiffée comme à l'habitude, ma chérie. Ne pourrais-tu laisser tes cheveux tomber un peu sur le front, doucement ?

Gaunt s'était empressé d'intervenir.

— Je trouve cette coiffure tout à fait charmante, pour ma part.

Le docteur Ackrington, jusque-là, n'avait soufflé mot. Il s'était éclairci la voix pour annoncer qu'ils devaient tous s'attendre à être fort mal installés dans la salle de concert.

— Pas d'air ou presque, avait-il ajouté, des bancs de bois, des odeurs nauséabondes et un fameux charivari. Voilà ce que vous trouverez, Gaunt. N'espérez pas mieux. Les indigènes de ce pays ont été ruinés par leur propre inertie et par la stupidité criminelle de l'homme blanc. Nous avons envoyé des missionnaires pour les empêcher de se dévorer mutuellement et nous leur avons donné du whisky en échange de leurs terres. Sur nos conseils éclairés, ils ont renoncé à leur mode de vie communautaire qui était parfaitement valable. Nous leur avons appris qu'il fallait compter sur l'aide de l'Etat. Grâce à nous, leurs chefs traditionnels ont été discrédités. Nous leur avons donné des syndicats et des politiciens. A leurs coutumes d'accouplement, qui leur convenaient très bien, nous avons substitué les maladies et le sacro-saint mariage.

— *James* !

— Tout un peuple détruit. Regardez leur jeunesse. Comment elle se...

— *James* !

Gaunt, se contraignant visiblement à ne pas rire, avait demandé si le Bataillon Maori ne s'était pas distingué sur le front, prouvant ainsi que l'esprit guerrier était encore vivant.

— Justement, avait répliqué le docteur Ackrington sur un ton triomphant. C'est parce qu'ils ont trouvé au sein de l'armée un système communautaire semblable au leur.

Le voyage s'était poursuivi dans un silence complet.

Descendu de voiture, Dikon ne put distinguer Barbara : il faisait presque nuit noire. Néanmoins, il sut qu'elle avait laissé son écharpe sur la banquette. Quand il la découvrit, marchant devant lui parmi l'assistance, il se dit que Gaunt avait accompli une sorte de miracle. L'expérience théâtrale de Dikon lui avait appris à considérer l'habillement comme une forme d'expression artistique. Barbara était littérallement transformée. Ce fut avec un curieux mélange d'admiration et de regret que Dikon reconnut cette réalité. C'était comme si Gaunt l'avait privé d'une victoire qui lui revenait. « Même si je ne l'avais pas vue ainsi, je l'aurais aimée, songea-t-il. Si quelqu'un devait lui révéler sa beauté, c'était moi et nul autre que moi. »

Elle prit place entre Gaunt et le docteur Ackrington. Parce qu'il n'y avait pas de fauteuils en nombre suffisant, Dikon dut se contenter d'une chaise extrêmement inconfortable, au milieu de la deuxième rangée. « Le secrétaire effacé et discret est tout à fait à sa place », se dit-il. Une grande confusion régnait dans son esprit. Vaguement, il se rappela qu'il était venu assister à un concert. Il s'aperçut qu'il était presque incapable de détacher ses yeux de Barbara. Sur l'estrade, les cinq jeunes filles entamèrent leur première danse, conduites par une femme plus âgée qui jetait autour d'elle des regards extrêmement éloquents. Dikon sentit qu'il rougissait un peu.

De toutes les tribus vivant dans cette région septentrionale de la Nouvelle-Zélande, celle de Rua était la moins touchée par le « raffinement » occidental. Les Maoris de Waiatatapu chantaient et dansaient à la manière de leurs ancêtres. Ils offraient un spectacle authentique. Leurs paroles et leurs mouvements racontaient la vie d'un peuple primitif, avec ses expéditions de chasse ou de pillage, ses amours, ses guerres. De nombreux chants maoris, consacrés aux rites mortuaires, ne sont jamais interprétés en public. Ce soir-là, les hommes, les femmes et les enfants réunis à Waiatatapu en entendirent un. Et, pendant longtemps, ils devaient s'en souvenir.

Rua fit une courte allocution pour présenter cette chanson. Elle avait été composée, précisa-t-il, par une doyenne de sa tribu à l'occasion d'un événement demeuré gravé dans toutes les mémoires : la mort d'une jeune fille qui avait commis un acte sacrilège sur le mont Rangi. Il relata l'histoire horrible qu'il avait racontée à Smith. La chanson, expliqua-t-il, n'était pas un hymne funèbre et n'était donc pas particulièrement *tapu*. Ses yeux, en se posant brièvement sur Questing, étincelèrent dans la pénombre. Il espérait, ajouta-t-il, que cette histoire se révélerait édifiante pour certains.

Ce fut un chant très court et d'une grande simplicité, une ballade scandée par le rythme de ses phrases plutôt que par celui des instruments de musique. Dikon se demanda s'il aurait éprouvé, en l'écoutant, le même sentiment d'horreur sans l'introduction de Rua. Dans l'avant-dernier couplet, la voix d'une seule chanteuse s'éleva en un cri perçant, atroce, le cri d'une vierge s'abîmant dans l'enfer boueux de Taupo-tapu. Ni la musique du *Savage Club*, ni les pantomines du ventriloque ne réussirent à effacer l'impression de malaise laissée par ce cri déchirant.

Gaunt avait dit qu'il se produirait en fin de programme. Avec une sollicitude tout à fait ridicule aux yeux de Dikon, il avait demandé à Barbara de choisir elle-même les extraits qu'elle souhaitait entendre. « Le discours de la Saint-Crépin », avait-elle indiqué sans hésitation. « Les mêmes passages que ce matin. » « Ainsi, il avait déclamé Shakespeare devant les vagues de l'océan, songea Dikon. C'est écœurant. »

Gaunt expliqua plus tard qu'il avait changé d'avis, pensant que le public lui demanderait d'autres extraits et préférant clore sa performance avec un passage d'*Henri V*. Mais, pour Dikon, cette modification n'était pas sans rapport avec le chant de la jeune fille tombée dans le chaudron. Car, après un commencement, somme toute normal, avec le discours sur l'Angleterre, il aborda, quelque peu sombrement, Macbeth.

« *Eteins-toi, éteins-toi, flambeau !*
La vie n'est qu'un fantôme errant
Un pauvre comédien qui se pavane et s'agite... »

Jusqu'à la fin :
« *C'est une histoire dite par un idiot*
Pleine de fracas et de furie
Et qui ne signifie rien. »

Ces mots terribles, Gaunt les laissa tomber d'une voix calme et monocorde, une voix qui jeta un froid glacial sur l'assistance. Après le dernier vers, il y eut un silence, « puis », comme Dikon le confia plus tard à Barbara, « il se mirent à applaudir, car ils avaient besoin de sentir un peu plus de chaleur dans leurs mains. »

Gaunt considéra son auditoire avec l'ombre d'un sourire. Les paupières mi-closes, il se concentra pendant un moment avant d'entamer *Henri V*. Toute la salle était debout quand il eut fini, et les bravos ne cessèrent que lorsqu'il consentit à offrir le discours devant Azincourt.

Un large sourire illuminait son visage quand il descendit de l'estrade. C'était, pour employer une expression quelque peu galvaudée, un grand comédien. Mais, à ses yeux, une salle n'en était une que si elle manifestait une admiration totale et sans réserve. D'abord à lui-même puis, accessoirement, à Shakespeare. Malgré tout, faire applaudir un auditoire si peu versé dans la littérature du grand poète était un véritable tour de force.

Rua, se dandinant d'avant en arrière ainsi que le voulait la tradition, vint remercier Gaunt, en maori puis en anglais. Le concert prit fin sur une longue ovation.

— Et maintenant, lança Rua, l'hymne national.

Mais, devançant tous ceux qui s'apprêtaient à se lever, M. Questing bondit sur ses pieds et monta sur l'estrade.

Il n'est pas nécessaire de rapporter, ici, le discours prononcé par M. Questing. Ce fut un prodige, un monument de mauvais goût. Son auteur n'était nullement pris de boisson. Colly, décrivant plus tard l'état de M. Questing, affirma qu'il « était bien ». Il commença par faire venir Gaunt sur l'estrade où il l'obligea à se tenir sur un pied puis sur un autre pendant quinze bonnes minutes. M. Questing voulait exprimer ses remerciements ainsi que ceux de l'assistance pour ce qu'il appela « une fête de l'esprit ». Mais l'on s'aperçut bientôt qu'il cherchait aussi à utiliser Gaunt comme une sorte d'appât ou de vitrine pour attirer d'autres visiteurs à Waiatatapu. Ce qui était bon pour le célèbre Geoffrey Gaunt, suggéra-t-il, devait forcément l'être pour n'importe qui. Ce fut le thème central de son intervention, un thème qu'il développa et élargit sur divers modes, au grand embarras des invités venus de Waiatatapu.

Dikon, qui observait son employeur avec une grande appréhension, vit son sourire disparaître et l'expression de son visage tourner à l'orage. « Mon Dieu, il va piquer une crise », songea-t-il. De son côté, Barbara décela les signes d'un phénomène identique sur le visage du docteur Ackrington.

M. Questing, le geste large et le sourire épanoui, conclut enfin son éprouvante allocution. Le Maire, qui avait manifestement préparé un discours, se leva rapidement et, faisant face à l'assistance, indiqua Gaunt et lança :

— Hip hip hip…

Et la salle, délivrée des chaînes oratoires de M. Questing, répondit en chœur :

— Hourrah !

Mais la réception n'était pas encore finie. Des plateaux de thé furent apportés de l'extérieur, ainsi que de grandes quantités de nourriture.

Dikon s'empressa d'aller rejoindre Gaunt. Celui-ci fulminait. Son buste se soulevait et ses narines frémissaient d'une rage qu'il avait peine à contenir. La dernière fois que Dikon l'avait vu dans cet état de fureur avait été lors d'une répétition du duel de Macbeth. L'acteur qui interprétait le rôle de Macbeth, un petit homme timide et sans expérience, ne maniait pas très bien le sabre, et il ne cessait de reculer devant les assauts de son adversaire. Dans la pièce de Shakespeare, c'est évidemment Macbeth qui succombe. Ce fut l'inverse qui faillit se produire dans cette simple répétition.

Gaunt ignora complètement son secrétaire. Il accepta une tasse de thé très fort et alla se tenir auprès de Barbara. Là, il fut rejoint par le docteur Ackrington qui, s'excusant pour les infamies de Questing, bégayait presque de fureur. Dikon n'entendit pas tout, mais les mots « correction » et « bonne raclée » furent répétés à plusieurs reprises. Les deux hommes bouillaient visiblement d'une égale colère.

Le responsable de cette fureur, M. Questing en personne, ne pouvait choisir un moment plus malencontreux pour apparaître. Les pouces accrochés aux emmanchures de son gilet blanc, il se planta devant ses deux victimes et se mit à se balancer d'avant en arrière tout en considérant Barbara d'un regard méditatif.

— Tiens, tiens, tiens, commença-t-il d'une voix nettement plus épaisse qu'à l'ordinaire. On a mis la nouvelle robe, à ce que je vois ! Elle est très jolie, n'est-ce pas ? Mais on ne sait toujours pas qui l'a envoyée, si j'ai bien compris ? Curieux, ça. Vous n'en avez pas la plus petite idée ? Bizarre, bizarre. Vous avez pensé à votre tante qui vit en Inde, m'a-t-on dit ? Quelle idée !

S'il avait voulu causer une sensation, le but ainsi recherché fut largement atteint. Tous les regards s'étaient rivés sur son visage lisse et un peu congestionné. Barbara, d'une petite voix pleine de désespoir, murmura :

— Ce n'est pas... ? Non, cela ne peut pas être...

— Mais je n'ai rien dit, s'écria M. Questing que cette réaction semblait beaucoup amuser. Je n'ai absolument rien dit.

Une lueur possessive brillait dans ses yeux quelque peu humides. Il enfonça un doigt dans le gilet du docteur Ackrington et, d'une main familière, tapota le dos de Geoffrey Gaunt.

— Du beau travail, monsieur Gaunt, lança-t-il. J'avoue que ça volait un petit peu trop haut pour moi, mais ils ont apprécié. Remarquez, ça m'a beaucoup intéressé, j'aimais bien les récitations quand j'étais à l'école. J'espère que vous n'êtes pas mécontent du petit coup de main que je vous ai donné. Ça aide, vous savez. Même dans un spectacle somme toute modeste comme celui-ci, conclut-il sur le ton de la confidence.

Il se détourna, rieur, et trouva Rua à son côté.

— Alors, ça va comme vous voulez ? poursuivit-il

dans le même souffle. Belle p'tite fête, pas vrai ? A plus tard.

Puis, fredonnant l'air de la jeune fille tombée dans le chaudron, il alla serrer la main du Maire avant de s'éloigner vers la sortie.

Plus tard, quand il fallut se souvenir de ces moments dans leur moindre détail, Dikon devait s'apercevoir qu'il en gardait uniquement des impressions fugitives et décousues : le regard consterné de Barbara; M. Septimus Falls, devisant tranquillement avec le Colonel et Mme Claire qui semblaient parfaitement indifférents à leur entourage; les injures et les imprécations de Gaunt tandis qu'il suivait Questing du regard. Dikon n'allait retrouver que ces détails infimes dans le brouillard de ses souvenirs.

Ce fut, décida-t-il ultérieurement, Rua qui sauva la situation. Avec l'habileté d'un diplomate rompu à l'art de l'esquive, il fit mine d'ignorer les furieuses exclamations du docteur Ackrington et, sans cesser de parler, réussit à entraîner Gaunt afin de lui présenter le Maire ainsi que les membres du conseil municipal. Il n'y eut donc, pendant les minutes qui suivirent, aucun éclat réel.

Ce fut sans doute Rua également qui demanda à l'un des musiciens de jouer l'hymne national sur le piano écaillé. Tandis qu'ils se dirigeaient vers la sortie, Gaunt se pencha sur Dikon et, dans un murmure courroucé, lui ordonna de conduire les Claire à Waiatatapu.

— Mais..., commença Dikon.

— Faites ce que je vous dis, enjoignit Gaunt. Je rentrerai à pied.

Après s'être arrêté auprès de Rua pour lui serrer la main, il se perdit dans la foule qui allait vers la sortie. Dikon et ses compagnons, sollicités par le Maire, durent se soumettre à de nouvelles présentations. Quand ils purent se libérer, ce fut pour tomber entre les mains d'un jeune reporter du *Harpoon Daily*. Gaunt venait de lui échapper. Dikon et Mme Claire répondirent à quelques-unes de ses questions.

Le docteur Ackrington finit par annoncer :

— Je vais marcher.

— James, mon chéri, protesta Mme Claire avec douceur. Ta jambe !

— J'ai dit que j'allais marcher, Agnès. Tu peux emmener Edouard. Je trouverai Gaunt.

Dikon ne put intervenir. Le docteur Ackrington s'éloignait déjà, se frayant un chemin parmi deux rangées de chaises.

— Le Colonel pourrait venir avec nous, dans ce cas ? suggéra-t-il.

— Oui, oui, répondit Mme Claire sur un ton hésitant. Je ne sais pas... Edouard ! Où est-il ?

Le Colonel se trouvait un peu plus loin. Dikon distinguait ses mèches blanches, progressant lentement en direction de la porte.

— Nous le rattraperons une fois dehors, affirma-t-il.

— Une belle cohue, opina M. Falls, marchant au côté de Dikon.

Dikon se retourna, vaguement étonné d'entendre une remarque aussi banale dans la bouche de son voisin. M. Falls leva un sourcil. « Il a une bonne tête », se surprit à penser Dikon.

— Le Colonel nous a semés, j'ai l'impression, observa M. Falls.

Dikon, à ce moment, éprouvait une étrange sensation d'étouffement ainsi qu'un besoin impérieux d'agir. Il avait conscience d'un danger, d'une menace qui ne le visait pas directement mais qu'il fallait parer de toute urgence. La détresse qu'il avait décelée dans les yeux de Barbara prenait des allures disproportionnées. Il voulait, à tout prix, faire comprendre à Barbara que sa robe ne lui avait pas été envoyée par Questing comme ce dernier l'avait ignominieusement laissé entendre. Mais il ne pouvait pas lui dire que ce présent émanait de Gaunt. Où était Gaunt, au fait ? S'était-il mis à la recherche de Questing ? Dikon en avait la certitude. Et, connaissant son employeur, il savait que rien ne l'arrêtait quand il était sous l'empire de la colère.

Sorti enfin à l'air libre, Dikon respira profondément. La nuit était claire et les étoiles brillaient d'un éclat métallique. Les maisons du village indigène se découpaient dans la pénombre, dominées par les masses sombres des collines. Une haute palissade se distinguait au loin, vestige des fortifications qui, longtemps auparavant, défendaient la réserve.

Presque tous les visiteurs étaient maintenant repartis. La nuit bruissait de murmures indistincts. Une voix se détacha brusquement des autres et s'éleva, chargée de colère. « Un Maori », songea Dikon. D'une hutte tapie dans l'obscurité, monta le chant de la mort, fredonné par deux ou trois femmes. Le silence, quand il se rétablissait, était presque total. On entendait alors le bruit sourd de Taupo-tapu : plop-plop-plop. Là-bas, nimbé de ténèbres, le chaudron poursuivait inlassablement sa sombre et mystérieuse entreprise.

Le malaise qu'éprouvait Dikon, loin de s'atténuer, ne faisait que grandir. Devant lui, trois petits garçons bondirent soudain, la peau de leurs visages et de leurs membres se distinguant à peine dans l'obscurité. Frappant le sol de leurs pieds nus et battant la cadence sur leurs cuisses, ils esquissèrent les mouvements d'une danse guerrière. Ils sortirent leurs langues et, roulant les yeux, lancèrent :

— Iii-i ! Iii-i !

Une voix de femme s'éleva dans la nuit, les grondant et leur ordonnant de rentrer. Ils éclatèrent de rire et détalèrent en gesticulant.

— Ils ne sont pas méchants, reprit la voix.

Le Colonel et M. Falls avaient disparu. Mme Claire se

tenait encore devant la maison où avait eu lieu le concert, discutant avec Mme Te Papa.

Dikon se tourna vers Barbara.

— Allons chercher la voiture.

Il venait de décider que des explications s'imposaient.

Barbara s'éloigna rapidement et il la suivit, trébuchant sur les cailloux.

— Montez devant, ordonna-t-il. Je voudrais vous parler.

Mais, une fois à l'intérieur du véhicule, il demeura silencieux pendant un long moment, se demandant par où commencer tout en s'étonnant du trouble qu'il ressentait en présence de la jeune femme.

— Ecoutez-moi bien, fit-il enfin. Vous vous êtes mis dans la tête que cette robe vous avait été offerte par Questing, n'est-ce pas ?

— Bien sûr que c'est lui. Vous avez entendu ce qu'il a dit. Vous avez vu ses mimiques.

Avec une simplicité que Dikon trouva très touchante, elle ajouta :

— Et c'est vrai qu'elle me va bien. Vous avouerez que je ne suis pas vilaine.

— Petite sotte ! grommela Dikon. Qui a dit que vous étiez vilaine ? Vous êtes très bien.

— Je ne sais pas si je dois la lui rendre moi-même ou bien laisser mon père s'en charger. Qu'en pensez-vous ? C'est curieux, je la trouve encore merveilleuse, même maintenant.

— Vous êtes vraiment irritante, par moments, s'écria Dikon. Y a-t-il une preuve, la moindre petite preuve, permettant d'affirmer qu'il s'agit de Questing ? Pourquoi voulez-vous que ce soit lui ? N'avez-vous pas compris qu'il était un peu ivre ? Ecoutez, si c'est Questing qui a envoyé cette robe, eh bien, moi je suis prêt à acheter la Station thermale pour en faire un asile de fous.

— Comment pouvez-vous être aussi certain ?

— C'est... une question de psychologie, lâcha Dikon.

— Vous voulez dire que ce n'est pas dans son caractère ? demanda Barbara. Que cela ne lui ressemble pas ? Je pense que vous vous trompez. Il est capable de tout. Vous avez vu de quelle manière odieuse il s'est conduit au bord du lac ?

Dikon ne sut quoi répondre.

— C'est une tout autre affaire, lança-t-il sur un ton exaspéré. Nous parlons de votre robe, et je dis qu'il est stupide de penser que Questing ait pu vous l'envoyer.

— Je me demande pourquoi vous vous mêlez de nos affaires puisque vous trouvez que je suis stupide, rétorqua Barbara. D'ailleurs, ajouta-t-elle d'une petite voix tremblante, il est évident que vous avez une piètre opinion de moi.

— Si vous tenez à savoir ce que je pense de vous, je vais vous le dire, s'exclama Dikon avec colère. Je pense que vous faites tout pour vous rendre ridicule. Sans vos grimaces de clown et cette manière que vous avez parfois de vous exprimer, vous seriez très belle.

— Vous êtes un impertinent ! riposta Barbara dont les yeux étincelèrent dans la semi-obscurité. Comment osez-vous employer un langage aussi...

— Vous vouliez mon opinion...

— Non. Je ne vous ai rien demandé.

Dikon ne put contester cette affirmation.

— Je suis maladroite, je n'ai pas de culture et je vous irrite, poursuivit Barbara.

— Alors taisez-vous ! s'écria Dikon.

Il n'avait pas eu l'intention de l'embrasser, il n'y avait même pas songé. Ce fut comme un geste réflexe, un élan suscité par quelque profonde et mystérieuse émotion. Ayant commencé, il n'eut pas un seul instant l'idée de s'interrompre. Mais une voix lointaine lui murmurait : « Qu'est-ce qui te prend ? »

— Espèce de *butor* ! fit Barbara entre ses dents. Goujat !

— La ferme !

— Bar-bie ! appela Mme Claire. Où es-tu ?

— Je suis là ! cria sa fille.

Quand Mme Claire apparut, Barbara était descendue de la voiture.

— Merci, ma chérie. Il ne fallait pas te déranger. Je m'excuse de vous avoir fait attendre. M. Falls est allé chercher Edouard, mais il ne l'a pas trouvé.

Elle prit place auprès de Dikon.

— Monte, ma chérie, ajouta-t-elle. Il vaut mieux rentrer.

Barbara posa une main sur la portière et Dikon se pencha pour faire tourner le démarreur. Ce fut à cet instant que le cri retentit, un cri bref mais déchirant, atroce, fendant la nuit et demeurant longtemps comme suspendu dans l'air.

Quand le silence revint, on n'entendit plus que le grondement sourd et monstrueux de Taupo-tapu.

IX

M. Questing descend pour la troisième fois

Ils ne demeurèrent pas seuls pendant plus de deux ou trois minutes. Un brouhaha confus se répandait autour d'eux. Le village s'animait. Des portes s'ouvraient et se refermaient. Une voix de femme — était-ce Mme Te Papa ? — s'éleva en une longue complainte.

— Quel était ce bruit horrible ? demanda Mme Claire sur un ton mesuré.

Ils formulèrent toutes sortes de théories plus ou moins invraisemblables. Les petits garçons maoris cherchaient-ils à les effrayer ? Etait-ce quelqu'un répétant le cri de la jeune vierge tombée dans le chaudron ? Cette dernière explication fut avancée par Dikon qui en devina aussitôt l'effet sur ses deux compagnes.

— Voulez-vous m'attendre ? enchaîna-t-il. Je vais jeter un coup d'œil là-bas. Il y a peut-être eu un accident.

D'un geste vague, il indiqua la région des sources. Des silhouettes sombres s'agitaient maintenant dans l'espace nu qui s'étendait devant la maison. La même voix de femme éleva une nouvelle lamentation. D'autres se joignirent à elle : « *Aue ! Aue ! Taukiri e* ! Rua, dans la nuit, lança un ordre bref et plein d'autorité. Les complaintes s'interrompirent.

— Montez dans la voiture, Barbara, et attendez-moi ici, ajouta Dikon.

— Vous n'allez pas partir seul ?

— J'ai une torche électrique. Dans la boîte à gants, madame Claire. Vous voulez bien me la donner ?

Mme Claire lui remit la lampe.

— Je vous accompagne, affirma Barbara.

— Non, je ne serai pas long. Ce n'est peut-être rien, mais il vaut mieux que j'aille voir.

— Reste avec moi, ma chérie, intervint Mme Claire. Ne vous éloignez pas des fanions blancs, monsieur Bell.

Dikon se tourna vers la maison indigène.

— Monsieur Te Kahu ! appela-t-il. Que s'est-il passé ?

— Qui êtes-vous ? demanda la voix de Rua sur un ton surpris. Il ne s'est rien passé. Quelqu'un a crié, me semble-t-il. Où êtes-vous ?

Mme Claire se pencha dehors.

— Nous sommes ici, lança-t-elle.

Dikon alluma sa torche électrique et s'éloigna en indiquant qu'il allait explorer la réserve thermale.

Dans la palissade qui cernait le village, il y avait un seul passage menant vers les sources. Dikon le trouva au bout de quelques instants et le franchit. L'odeur âcre du soufre se fit de plus en plus forte et pénétrante. Ici et là, on devinait des gerbes de vapeur s'élevant dans la nuit. Les fanions blancs apparurent bientôt. Dikon les suivit.

Il se mit à progresser lentement, s'arrêtant de temps à autre pour essuyer son visage qui commençait à ruisseler d'une sueur chaude et gluante. Au bord du sentier, le faisceau de sa lampe éclaira des trous palpitants, pas plus grands que des soucoupes. Les bulles qui se formaient inlassablement à leur surface éclataient en un bruit sourd, répandant de petits cercles glauques sur le liquide. A quelque distance de là, un geyser sifflait doucement.

Le sentier devenait de plus en plus escarpé. Il bifurqua subitement sur la droite.

Dikon fut profondément étonné d'apercevoir la silhouette d'un homme, se découpant avec une grande netteté sur un fond de ciel étoilé. Il crut d'abord que l'inconnu lui tournait le dos. Mais, en s'approchant, il vit qu'ils étaient face à face. L'homme était légèrement penché en avant. Dikon, pour une raison qu'il n'aurait pu s'expliquer, se dit qu'il venait de pivoter sur lui-même et attendait, comme se préparant à repousser une attaque. Dikon s'immobilisa.

— Qui êtes-vous ? demanda-t-il à haute voix.

— J'allais moi-même vous poser cette question, répondit M. Septimus Falls. Je vous reconnais, monsieur Bell. Je pensais que vous étiez rentré à la Station.

— Nous avons entendu un cri.

— Ah oui ?

— Il me semble que cela venait de cette direction. Que s'est-il passé ?

— Je n'ai rien vu.

— Mais vous avez dû l'entendre aussi ?

— Je n'ai pas pu m'en empêcher.

— Que faites-vous ici ? interrogea Dikon.

— J'étais venu chercher le Colonel Claire.

— Où est-il ?

— Comme je vous l'ai déjà dit, je n'ai vu personne. J'espère qu'il est descendu de l'autre côté de la colline pour rentrer chez lui.

Dikon se tourna pour contempler le monticule qui les séparait de Waiatatapu.

— Vous l'espérez ?

— Avez-vous des nerfs solides ? questionna M. Septimus Falls. Je pense que oui.

— Pourquoi me demandez-vous cela ?

— Venez voir.

Dikon s'approcha et M. Falls lui tourna le dos pour

aller s'arrêter au pied d'un tertre. L'air résonnait maintenant de tous les bruits sourds qui montaient de la terre. En rejoignant son compagnon, Dikon vit que ce dernier s'était immobilisé au point de rencontre de deux rangées de fanions, l'une blanche, l'autre rouge. Il se souvint que lui-même et Gaunt s'étaient tenus à ce même endroit, le soir où ils avaient pour la première fois découvert Taupotapu.

— Quand je me suis mis à la recherche du Colonel Claire, indiqua Falls, je me suis arrêté un moment dans l'ouverture de la palissade. J'ai vu un homme. Il se tenait à une dizaine de mètres devant moi. Il devait se trouver à peu près au niveau du geyser que vous venez de dépasser. Comme j'allais l'appeler, j'ai remarqué qu'il portait un manteau, j'ai compris qu'il ne s'agissait pas du Colonel et je l'ai laissé partir. J'avais cherché le Colonel Claire dans tout le village. J'ai donc pensé qu'il avait dû traverser la réserve indigène pour rentrer à la Station et qu'il était maintenant beaucoup trop loin pour m'entendre. Je suis resté au même endroit en me disant que l'homme à l'imperméable finirait par reparaître s'il escaladait la coliine. Je savais que vous n'alliez pas partir avant un moment, aussi ai-je pris le temps d'allumer ma pipe. Au bout de quelques instants, moins d'une minute à mon avis, je me suis rendu compte que l'homme au manteau aurait dû atteindre le sommet du monticule. Mais je ne le voyais toujours pas. Je me suis alors demandé si, comme moi-même, il ne s'était pas arrêté pour écouter tous ces étranges bruits. Ce fut à ce moment que j'entendis le cri.

Il s'interrompit et Dikon songea : « Il n'a pas besoin de continuer. Je sais ce qu'il va dire ».

— Je me suis lancé dans le sentier, poursuivit M. Falls, et j'ai couru jusqu'au sommet du monticule. Je n'ai vu personne. Je suis descendu de l'autre côté en appelant. Je n'ai reçu aucune réponse.

Il fit une nouvelle pause et Dikon remarqua :

— Je ne vous ai pas entendu.

— Il y avait la colline entre nous... En me retournant pour jeter un regard derrière moi, je me suis souvenu qu'il y avait une brèche dans le sentier, tout à fait en haut du monticule. J'avais enregistré ce détail sans y attacher grande importance. Je promenais ma torche ici et là, comprenez-vous, c'est de cette manière que j'ai remarqué la brèche. J'ai donc rebroussé chemin. Comme vous pouvez le voir, la pente est raide, et elle plonge tout droit dans le grand chaudron. C'est bien Taupo-tapu, n'est-ce pas ? Le sentier est très proche du bord. Regardez.

Septimus Falls alluma sa torche électrique. Un faisceau puissant illumina le sommet du monticule. Dikon distingua clairement la brèche qui s'ouvrait au bord du sentier. La gorge sèche, il demanda :

— Il y a donc eu... un accident ?

— Evidemment, j'ai jeté un coup d'œil en bas. Je m'attendais à découvrir un spectacle peu attrayant, je vous l'avoue. Il n'y avait rien.

— Oui, mais...

— Rien. Absolument rien. Les mêmes bulles se formaient puis éclataient à la surface de cette chose. Dans l'obscurité, la boue prend une sorte de phosphorescence, vous comprenez. J'ai suivi le sentier jusqu'au sommet de la grande colline qui domine la Station. Je n'ai rencontré personne. Je venais de retourner ici quand je vous ai vu.

M. Septimus Falls alluma sa torche électrique et, d'un geste qui n'était peut-être pas involontaire, la braqua sur le visage de son jeune compagnon. Dikon cligna des paupières et fit un pas de côté. Le faisceau de lumière le suivit.

— Je vais monter là-haut, déclara-t-il d'une voix épaisse. Je voudrais voir.

— Je pense que vous devriez vous en abstenir, répondit M. Falls.

— Pourquoi ?

— Il ne faut toucher à rien.

— Mais vous y êtes allé, vous.

— Je me suis contenté d'un examen rapide.

— Cela n'a aucun sens, affirma Dikon sur un ton véhément. Il ne s'est peut-être rien passé du tout. Qui nous dit que la brèche ne s'est pas ouverte hier ou même avant ?

— Vous oubliez que nous avons emprunté ce chemin pour aller au concert. Le sentier était intact.

— Puisque vous avez réponse à tout, murmura Dikon d'une voix mal assurée, vous pourriez peut-être me dire à quoi il faut s'attendre ? Non, excusez-moi. Vous avez sans doute raison. Que devons-nous faire, maintenant ?

— Etablir l'identité de l'homme au manteau. Cela me semble évident.

— Autrement dit... réunir tout le monde et vérifier... Oui, bien sûr. C'est aussi simple que cela. Il faut rentrer sans plus attendre.

— En effet, appuya M. Falls. Mais vous n'ignorez pas qu'il y avait une seule personne vêtue d'un manteau. Et c'était M. Questing.

II

Ils avaient décidé de dire à Mme Claire et à Barbara qu'ils n'avaient rencontré personne sur la réserve thermale. Durant leur court voyage de retour, Mme Claire spécula allègrement sur l'origine du cri. Elle avança toutes sortes d'explications. Dikon, qui l'écoutait d'une oreille distraite et un peu agacée, eut le sentiment qu'elle cherchait à se rassurer et à dissiper le malaise qu'elle sentait autour d'elle. Les Maoris s'excitent pour un oui ou pour un non, affirma-t-elle. Ils sont tous un peu farceurs. « A mon avis, ils ont simplement voulu nous faire peur », conclut-elle sur un ton presque satisfait.

Barbara demeurait silencieuse. « L'ai-je vraiment embrassée ? s'interrogea Dikon. Ce n'est peut-être que le fruit de mon imagination ? » Mais il ne pensait pas que son mutisme eût un rapport quelconque avec leur baiser. « Elle sait qu'un événement grave vient de se produire », songea-t-il. Ce fut avec un réel soulagement qu'il entendit Mme Claire annoncer son intention de se mettre au lit « aussitôt rentrée ».

De retour à la Station termale, Dikon laissa descendre ses passagers et conduisit la voiture au garage. Il vit Mme Claire et sa fille se diriger rapidement vers leurs chambres. Quand il revint, M. Septimus Falls l'attendait sur la veranda.

Ils avaient décidé de consulter le docteur Ackrington. Ce fut à cet instant seulement que Dikon se souvint de la manière dont le concert avait pris fin : dans la plus grande confusion. Il eut alors le sentiment que les propos tenus par M. Questing, la fureur meurtrière de Gaunt et la disparition du Colonel n'avaient désormais aucune importance. Mais il éprouva comme un début de panique tandis qu'il suivait M. Falls en direction de la salle à manger. Il n'avait pas la plus petite idée de ce qu'il allait découvrir. Aussi fut-il profondément déconcerté d'entendre la voix de Gaunt, vibrante et chargée de colère :

— Je maintiens, et quiconque me connaît peut en témoigner, que je suis un homme raisonnable et plutôt conciliant. Mais quand je me mets en colère, je deviens *vraiment* mauvais. Et, par tous les saints, je lui montrerai de quel bois je me chauffe ! Je lui dirai que Geoffrey Gaunt, l'homme qu'il a insulté en public, a refusé de se produire au Palais Royal ! Et il osé...

Dikon et M. Falls entrèrent dans la salle à manger. Gaunt occupait l'une des petites tables. Sa main était levée et ses yeux étincelaient. Dikon comprit immédiatement que l'indignation de son employeur avait déjà atteint son apogée et commençait maintenant à refluer. Quand il se mettait à parler, c'était généralement bon signe. Une bouteille de whisky était posée devant lui. Manifestement, il avait décidé d'en partager le contenu avec le Colonel Claire et le docteur Ackrington. Le Colonel tenait un verre dans la main. Ses cheveux étaient ébouriffés et ses lèvres légèrement entrouvertes. Le docteur Ackrington semblait écouter l'orateur avec un mélange de colère et d'approbation.

— Venez vous joindre à nous, Falls, lança Gaunt. J'étais en train de dire...

Il s'interrompit soudain et contempla son secrétaire.

— Pourquoi faites-vous cette tête ? demanda-t-il.

Tous les regards convergèrent sur Dikon. Ce dernier, esquissant un vague signe de dénégation, alla s'asseoir à une table. M. Falls entreprit alors de faire le récit des observations qu'il avait faites dans la réserve indigène. Ce compte rendu fut en tous points analogue à celui que Dikon avait déjà entendu.

— Il est peut-être rentré ? commenta le docteur Ackrington après un long silence. Comment savez-vous qu'il n'est pas dans sa chambre ? Avez-vous vérifié ?

— C'est ce que nous allons faire, répondit M. Falls. Vous voulez bien, monsieur Bell ?

Dikon se leva et sortit pour se rendre à la chambre de M. Questing. Le costume gris perle était soigneusement plié sur une chaise. Des cravates vaguement familières pendaient à un cintre. Sur le lit défait, il y avait un pyjama rose vif. Une forte odeur d'eau de toilette et de crème capillaire flottait dans l'air. Dikon referma la porte et, avec un calme dont il fut le premier à s'étonner, alla explorer toutes les pièces où M. Questing était susceptible de se trouver. Il entendit Simon dans sa cabine, révisant ses cours de morse, et comprit que Smith lui tenait compagnie. En s'éloignant, il aperçut Colly, cheminant lentement sur la véranda, un costume de Gaunt drapé sur l'avant-bras.

Dikon regagna la salle à manger et alla s'asseoir en silence. Nul ne lui demanda s'il avait trouvé Questing.

— D'accord, fit soudain le Colonel Claire. Mais je ne comprends pas comme un accident a pu se produire.

— Il a dû marcher trop près du bord, répondit M. Falls sur un ton mesuré. Le terrain a cédé sous ses pas.

— C'est la seule explication possible, enchaîna le docteur Ackrington.

— Vous le pensez vraiment ? questionna M. Falls. Oui, vous avez peut-être raison.

— Peut-on sortir du sentier et rentrer à la Station en empruntant un autre chemin ? demanda brusquement Dikon.

— Evidemment ! s'écria le Colonel Claire avec un optimisme presque enfantin. Nous aurions dû y penser.

— C'est tout à fait impossible, à mon avis, déclara le docteur Ackrington d'une voix péremptoire. Où est Simon ? Et Smith ? Ils ont sûrement quelque chose à nous dire.

— Dikon va les appeler, décida Gaunt. C'est monstrueux ! Je n'arrive pas à le croire.

« Il faut vous y résigner, mon vieux », songea Dikon en s'éloignant vers la sortie.

Smith et Simon étaient toujours dans la cabine. L'entrée de Dikon interrompit une tirade passionnée sur les agents ennemis infiltrés en Nouvelle-Zélande. Dikon se rendit compte alors qu'il avait presque oublié le navire torpillé au large de Harpoon. Il se dit que si Questing était réellement un espion, il aurait peut-être préféré se voir traduit en justice et même fusillé plutôt que de finir au fond de Taupo-tapu.

En apprenant la disparition de Questing et l'explication probable de celle-ci, Simon eut une réaction tout à fait surprenante.

— Il s'est fait la malle, hein ? s'exclama-t-il avec colère. De quoi j'ai l'air, maintenant ? Personne ne va me croire. Ah, le salaud ?

— Tu devrais avoir honte d'insulter un mort, fit Smith sur un ton de reproche.

Il s'agita sur sa chaise, exhalant une forte odeur de spiritueux.

— Pauvre diable, reprit-il de la même voix épaisse. Quelle fin ! C'est pas joli, tu trouves pas ? J'ai bu un verre ou deux, là-bas avec les copains, ajouta-t-il inutilement.

Dikon réprima une grimace de dégoût. Il apprit aux deux hommes qu'ils étaient attendus à la salle à manger puis sortit. Simon le rejoignit.

— Bert ne se sent pas bien, lui expliqua-t-il. Il est un peu parti.

— Je m'en suis rendu compte.

Herbert Smith s'approcha d'un pas titubant.

— C'est vrai, confirma-t-il. Je me sens pas bien.

Quand le docteur Ackrington leur demanda s'il y avait un moyen de retourner au village maori en empruntant un chemin autre que celui indiqué par les fanions blancs, ils répondirent que c'était tout à fait impossible.

— Même les Maoris ne s'y risqueraient pas, ajouta Smith en posant un regard avide sur la bouteille de whisky.

— Ce serait de la folie, renchérit Simon.

D'un geste solennel et empreint d'une grande délicatesse, Gaunt se couvrit le visage en murmurant :

— Cette soirée me hantera jusqu'à la fin de mes jours. Elle restera gravée ici, indiqua-t-il en martelant doucement ses tempes. Inscrite en lettres indélébiles. Ah, les tortures de la mémoire !

— Fadaises ! grommela le docteur Ackrington.

Gaunt eut un petit rire acide.

— Peut-être suis-je un être d'exception, commenta-t-il avec nonchalance.

— Si vous n'y voyez pas d'inconvénient, James, intervint subitement le Colonel Claire, je vais me retirer. Je suis un peu fatigué.

— Bon sang, êtes-vous devenu fou, Edouard ? C'est à croire que vous n'avez jamais exercé un commandement. Quand vous étiez à la tête d'un régiment et que les indigènes menaçaient de se soulever, aviez-vous aussi l'habitude d'annoncer soudain que vous étiez fatigué et que vous alliez au lit ?

— Qui a parlé de soulèvement ? Les Maoris de Waiatapu ne font pas ce genre de choses. Ils donnent des concerts et ne se mêlent que de leurs affaires.

— Vous faites semblant de ne pas comprendre. Le danger...

— Mais, James, observa le Colonel en écarquillant les yeux, nous ne sommes pas du tout en danger. De deux choses l'une, ou bien Questing, ce pauvre diable, est tombé dans un chaudron et nous ne pouvons rien faire, ou bien il est encore vivant, et dans ce cas je ne vois pas non plus ce qu'il y aurait à faire.

— Réfléchissez un peu, nom d'un chien ! Nous sommes investis d'une grande responsabilité.

— Qu'entendez-vous par là ? interrogea le Colonel.

Le docteur Ackrington battit l'air de ses deux mains.

— S'il y a vraiment eu un accident, je dis bien *si*, il faut appeler la police.

— Mais bien sûr, James, acquiesça le Colonel Claire. Appelez la police. Mais j'aurais pensé que cette tâche revenait à M. Falls. Il était pratiquement sur les lieux, non ? fit-il avec un regard morose pour Septimus Falls.

— Pas exactement, rectifia ce dernier. Mais vous avez parfaitement raison, mon cher monsieur. Je me dois d'informer les autorités. Du reste, ajouta-t-il après une pause, c'est déjà fait. J'ai téléphoné pendant que M. Bell conduisait la voiture au garage.

Les autres le contemplèrent d'un air surpris.

— Je me suis dit que cette responsabilité m'incombait personnellement, précisa-t-il avec modestie.

Dikon se tourna vers le docteur Ackrington, s'attendant à une nouvelle explosion de colère. Mais le Colonel Claire semblait avoir épuisé les énormes réserves d'irritation qu'avait son beau-frère. S'adressant à M. Falls, James Ackrington demanda :

— Est-il possible que Questing soit venu et reparti ?

Il jeta un regard pénétrant sur son neveu et ajouta :

— Ce ne serait pas étonnant de sa part.

— Sa voiture est dans le garage, indiqua Simon.

— Cela ne prouve rien. Il est peut-être ressorti.

— Je crains que ce ne soit impossible, déclara M. Falls. S'il avait suivi le sentier, je n'aurais pas manqué de le voir.

— N'oublions pas qu'il y a eu un cri, remarqua Dikon.

— En effet. Mais il est nécessaire que nous organisions des recherches. La police voudrait d'ailleurs que nous épuisions toutes les autres possibilités avant qu'elle n'intervienne. Toutefois, nous ne devrions pas nous approcher de Taupo-tapu.

— Ah bon ? Et pour quelle raison ? demanda Simon.

— Il faut que le sentier demeure intact. Les enquêteurs vont sans doute l'examiner minutieusement.

— Vous parlez comme s'il s'agissait d'un meurtre, observa Gaunt.

Smith s'agita sur son siège tandis que M. Falls répondait sur un ton courtois :

— Mais pas du tout. Je souhaite simplement faciliter la tâche des enquêteurs.

— Pour qu'il y ait une enquête, il faut un cadavre, affirma Simon.

— Vraiment ? Il n'est pas exclu...

— Eh bien ? fit Simon. Quoi ?

— Il n'est pas exclu que nous trouvions un cadavre. Ou ce qui en reste, ajouta M. Falls d'un air impassible.

— Il faut que je me retire, maintenant, déclara le Colonel Claire en se levant. Je ne me sens pas bien du tout.

Il sortit rapidement et on l'entendit hoqueter sur la véranda.

III

Il fut décidé que les recherches commenceraient sans plus attendre. Le Colonel Claire, à la surprise de tous, proposa de se rendre personnellement à la réserve maori pour effectuer des investigations.

— Si, comme monsieur Bell semble le croire, les Maoris sont déjà au courant de ce qui s'est passé, il faut s'attendre au pire, déclara-t-il. Mon expérience m'a appris que nos ennuis avec eux sont dus pour la plupart à un manque de communication. Nous avons toujours oublié ou refusé carrément de leur expliquer les choses. Questing a trouvé la mort sur leur territoire, vous savez. Nous risquons d'avoir quelques problèmes. Il vaut mieux que j'aille parler à Rua.

— Edouard, vous ne cesserez jamais de m'étonner, affirma son beau-frère. Allez-y, mon vieux, c'est une excellente idée. Les Maoris vous comprennent, apparemment. Il faut les en féliciter.

— Je viens avec toi, papa, lança Simon.

— Non, merci, Sim, déclina le Colonel. Tu te rendras plus utile avec ces messieurs. Tu connais le terrain, tu pourras peut-être leur éviter de tomber dans un geyser ou quelque chose de ce genre.

Les yeux écarquillés, il se tourna vers M. Falls.

— Je ne saisis pas toujours ce qui se dit autour de moi, enchaîna-t-il. Mais si je vous comprends bien, Questing est mort. Sinon, pourquoi ce cri ? Et il était seul, d'après vous. Mais, bien sûr, cela ne prouve rien. Il faut absoluemnt fouiller toute la région. Je vais voir Agnès avant d'aller au village.

— Est-ce vraiment nécessaire ? demanda le docteur Ackrington.

— Oui, répondit le Colonel en s'éloignant.

Sur l'insistance de M. Falls, la proximité immédiate de Taupo-tapu ne devait pas être explorée. Le seul moyen de se rendre à la réserve indigène était donc par la route. Il fut décidé que le Colonel Claire emprunterait la voiture du docteur Ackrington pour effectuer ce voyage. Sa mission consistait à tranquilliser les Maoris d'abord, puis à organiser une fouille systématique du village. Pendant ce temps, les autres iraient explorer les collines, la région des sources ainsi que les sentiers avoisinants.

Dikon avait le sentiment que personne ne s'attendait réellement à trouver Questing. Les recherches qui allaient être entreprises lui semblaient à la fois futiles et horribles. Mais il était heureux d'y participer. Cette tâche l'empêcherait, fut-ce pour un temps seulement, de songer à la mort de Questing. Le cri déchirant qu'il avait entendu dans la nuit résonnait encore à ses oreilles, et il s'efforçait de chasser les images de cauchemar qui se formaient dans son esprit.

Le docteur Ackrington reçut pour mission de fouiller le potager ainsi que le terrain qui se trouvait derrière la maison. Dikon se vit attribuer la colline. Smith et Simon se préparèrent à explorer les sources chaudes et tout le périmètre du lac. M. Falls proposa de suivre le sentier qui traversait la réserve thermale et d'interrompre ses recherches une fois parvenu à proximité de Taupo-tapu. Le Colonel Claire avait émis la suggestion que M. Questing, à la suite d'une chute, s'était peut-être brisé la cheville. Mais personne n'avait pris cette théorie au sérieux. Gaunt observa rapidement qu'il ne voyait pas quel rôle il pouvait jouer.

— Bien entendu, je ferai tout ce que l'on me demandera de faire, assura-t-il. Mais je suis profondément affecté par les événements qui viennent de se produire. Si vous pouvez vous passer de moi, je vous en serai reconnaissant.

Il fut décidé unanimement que l'on se passerait de lui. Dikon eut le sentiment désagréable que son employeur venait de baisser quelque peu dans l'estime de ses compagnons. Il crut même déceler une lueur de mépris dans les yeux de Simon. Ce dernier, après un bref conciliabule avec Smith, contempla Gaunt en souriant d'un air dédaigneux. Pourtant, loin de chercher simplement à se dérober, Gaunt avait exprimé l'exacte vérité. Dikon en avait la certitude. Il était profondément ému. Ses mains tremblaient légèrement et son visage était crispé. Des rides, invisibles à l'ordinaire, se creusaient maintenant à la commissure de ses lèvres. Gaunt n'avait certes pas l'habitude de dissimuler ses émotions, mais celles-ci n'en étaient pas moins réelles.

Dikon s'engagea dans la piste qui longeait les Sources et menait vers la colline. La lune s'était levée. Sa lumière crue mettait étrangement en relief le paysage de Waiatatapu. Des filets de vapeur gris sale se dressaient au-dessus des bassins, et les zones d'ombre se découpaient comme des cavernes sur le flanc de la colline.

Simon rejoignit Dikon au moment où celui-ci atteignait la première haie de broussaille.

— Il faut que je vous parle.

Dikon ne se sentait pas l'égal de Simon, mais il se permit d'attendre sans répondre.

— Je crois pas qu'on devrait laisser ce type se balader comme bon lui semble, déclara Simon.

— Quel type ?

— Falls. Qui est-il pour donner des ordres comme ça ? D'après vous, c'est lui qui a joué le signal, ce matin, avec sa pipe. Et s'il connaît le signal, ça signifie qu'il est de mèche avec Questing, non ? Moi, je dis qu'il faut le surveiller de près, ce citoyen.

— Si Questing est mort, Falls ne peut rien y changer. A supposer que lui-même soit un espion.

— Je ne suis pas un grand cerveau, mais deux et deux font quatre, même pour moi, proclama Simon quelque peu mystérieusement. Et je répète qu'il faut l'avoir à l'œil.

— Mais il a téléphoné à la police.

— C'est *lui* qui le dit. Le téléphone est dans le bureau de papa. On ne peut pas l'entendre de la salle à manger. Comment savoir qu'il l'a vraiment utilisé ?

— Eh bien, surveillez-le si vous en éprouvez le besoin.

— Il a disparu, se plaignit Simon. Je n'ai eu que le temps de le voir s'éloigner. Plus personne ! Volatilisé ! Il est guéri de son lumbago ?

— Comment voulez-vous que je le sache, bon sang ! s'écria Dikon avec irritation. C'est peut-être l'effet de vos sources miraculeuses !

— Vous savez, ça ne me dérange pas que vous me preniez pour un idiot. Mais c'est vous qui devez fouiller la colline. A votre place, j'ouvrirais l'œil. Falls va suivre le sentier jusqu'à l'approche de Taupo-tapu. Ne le perdez pas de vue, il a sûrement une idée derrière la tête. Monsieur ne veut pas qu'on l'accompagne dans cette partie de la réserve. Il en garde l'exclusivité. Si ça se trouve, il va pousser jusque sur le lieu de l'accident. Vous voulez que je vous dise ? Il pense que Questing a laissé quelque chose derrière lui. Et il a peur qu'on le découvre avant lui.

— Vous êtes libre de vos opinions, murmura Dikon. Mais j'ouvrirai l'œil.

Smith sorti brusquement de l'obscurité et vint s'arrêter à leur hauteur.

— Vous voulez que je vous dise ? commença-t-il.

Dikon eut un soupir résigné en entendant à nouveau cette question.

— Il a essayé de me tuer. Justice est faite, voilà ce que je dis, reprit Smith. Mais j'aurais préféré finir sous le train plutôt que dans le chaudron, c'est sûr. Rien que d'y penser, ça me donne la chair de poule. Il y a une heure qu'il est dans la marmite, vous savez. C'est pas la peine de le chercher.

La réplique de Dikon fut d'une violence telle qu'il s'en étonna lui-même.

— Vous pouvez hurler tant que vous voudrez, déclara Smith. Il n'en reste pas moins que Questing est dans le jus. Tu viens, Sim ?

Il s'éloigna vers le lac.

— Il empeste l'alcool, remarqua Dikon. Vous ne devriez peut-être pas le laisser seul.

— Ne vous inquiétez pas, répondit Simon. Je me chargerai de Smith. Occupez-vous de Falls.

Dikon les suivit de son regard tandis qu'ils disparaissaient derrière une colonne de vapeur. Il alluma une cigarette et s'apprêtait à marcher vers la colline quand il entendit prononcer doucement son prénom.

— Dikon !

C'était Barbara. Vêtue d'une robe de chambre en flanelle rouge, elle courait dans la clarté de la lune, traversant le terre-plein de roche volcanique. Dikon alla à sa rencontre.

— Vous m'avez appelé par mon prénom, fit-il observer. Dois-je comprendre que vous m'avez pardonné ? Je suis vraiment désolé, Barbara.

— Vous parlez de... tout à l'heure ? Ce n'est rien, fit Barbara. Je n'aurais pas dû réagir ainsi. Mais, vous comprenez, cela ne m'était jamais arrivé.

Puis, retrouvant sa voix sépulcrale, elle ajouta :

— Les femmes ont toujours tort.

— Cessez de faire des grimaces.

Barbara ne parut pas l'entendre.

— Mais ce n'est pas de cela que je voulais vous parler, continua-t-elle. Que s'est-il passé ?

— Votre père ne vous a pas... ?

— Il est en train de discuter avec maman. A sa manière de parler, j'ai su que c'était grave. Mais ils refusent de m'expliquer de quoi il s'agit. Ils ne me disent jamais rien. C'est pour cette raison que je suis venue vous trouver. Que faites-vous ici ? Oncle James a sorti sa voiture du garage et j'ai vu Simon et M. Smith ensemble. J'ai aussi rencontré... M. Gaunt sur la véranda, mais il ne m'a pas répondu quand je lui ai parlé. Il s'est enfermé dans sa chambre en claquant la porte. Qu'est-il arrivé ? C'est le cri que nous avons entendu, n'est-ce pas ?

— Nous pensons qu'il y a peut-être eu un accident.

— Qui est la victime ?

— Questing. Mais ce n'est pas sûr. Il s'est peut-être foulé une cheville et on le trouvera quelque part.

— Non, vous ne le croyez pas vraiment.

Barbara tendit une main vers la colline.

— En fait, vous pensez qu'il est là-haut et qu'il n'en reviendra pas, hein ? Répondez !

Dikon la saisit par les épaules.

— Je refuse de me prononcer tant qu'il n'y aura pas de preuve, indiqua-t-il. Et vous devriez suivre mon exemple. Imaginez dans quelle situation nous serions si on le découvrait avec une cheville enflée ou s'il est allé tout simplement dîner avec monsieur le Maire.

— Mais alors, qui a poussé ce cri ?

— Une mouette, répondit Dikon en la secouant avec douceur. Une jeune Maori. Le vent. Peu importe. Rentrez à la maison et trouvez quelque chose à faire. Préparez-vous une tasse de thé et mettez-vous au lit. Les hommes vont poursuivre leurs recherches. Pendant ce temps, les femmes doivent dormir. Et si vous ne voulez pas que je vous embrasse, il ne faut pas me regarder ainsi.

Il la fit pivoter sur elle-même en ajoutant :

— Sortir en robe de chambre ! Vous allez prendre froid.

Il la suivit un moment du regard tandis qu'elle s'éloignait. Puis, avec un soupir, il se tourna vers la colline.

Il voulait monter suffisamment haut pour avoir une vue générale de la réserve maori ainsi que des terrains avoisinants. Rapidement, il découvrit le sentier qu'empruntait Rua dans ses promenades nocturnes et s'y engagea. « On pourrait peut-être appeler de temps en temps ? », avait suggéré quelqu'un. Mais Dikon ne put se résigner à crier le nom de Questing, cette façon de procéder lui semblant à la fois vaine et ridicule. Il avait la conviction que Questing était mort. Mais il n'en poursuivit pas moins son escalade, ayant promis qu'il participerait aux recherches. Bientôt, il parvint à un endroit où il put embrasser du regard toute la réserve indigène. Celle-ci était beaucoup plus vaste qu'il ne le pensait. D'innombrables poches de boue et d'eau chaude la recouvraient. Dikon n'aperçut qu'un seul geyser, un petit jet qui étincelait par moments à l'extrémité nord du territoire. « Un monde perdu », songea-t-il en soupirant avec lassitude. Il se dit qu'un homme étendu sous un bosquet ou dans l'une des zones d'ombre serait tout à fait invisible. Il eut beau scruter les pentes qui se déployaient à ses pieds, il n'y décela aucun mouvement. Mais à l'instant où il allait rebrousser chemin, il s'immobilisa. Quelque chose venait de remuer, un peu en contrebas, sur sa gauche.

Son cœur battit violemment et il retint son souffle. Quand il put se ressaisir, ce fut pour reconnaître M. Septimus Falls, marchant lentement le long des fanions blancs qui jalonnaient la réserve. Dikon se souvint de l'hypothèse formulée par Simon et se dit qu'elle n'était peut-être pas dénuée de tout fondement. Néanmoins, Septimus Falls se trouvait encore dans les limites que lui-même avait fixées. Mais, s'il continuait à progresser aussi rapidement, il ne tarderait pas à pénétrer en zone interdite. Dikon se rendit compte soudain qu'il se déplaçait d'étrange manière, courant lorsqu'il atteignait une région éclairée par la lune, ralentissant quand il entrait dans l'ombre. Le monticule qui surplombait Taupo-tapu se distinguait maintenant avec une grande netteté. M. Falls avait presque dépassé le périmètre qu'il devait explorer. « A présent, il devrait faire demi-tour », songea Dikon.

Au même moment, la lune disparut derrière un nuage et Dikon demeura seul dans l'obscurité. Un voile de ténèbres s'abattit brusquement sur la réserve et M. Falls s'y évanouit.

Le ciel se couvrait lentement. Le vent qui s'était levé poussait quelques bancs de nuages vers le nord-est. Dikon s'était muni d'une torche électrique, mais il refusa de s'en servir, ne voulant pas trahir sa présence. Il n'avait dit à personne qu'il avait l'intention de monter au sommet de la colline. La lune n'allait pas tarder à reparaître. Il choisit donc d'attendre, les yeux braqués sur l'endroit où M. Falls devait encore se trouver.

Entre la disparition de la lune et son retour, il ne s'écoula guère plus d'une minute. La lumière se répandit une nouvelle fois sur l'étrange paysage, soulignant ses moindres aspérités. Dikon retrouva les mêmes cratères, les mêmes poches de boue et d'eau bouillante. Il distingua aussi les fanions blancs qui accompagnaient la piste sur toute sa longueur. Mais il ne vit nulle trace de M. Falls.

IV

« Un peu de patience, s'exhorta-t-il. Falls n'a pas pu se volatiser. Il est sûrement en train de fouiller quelque bosquet et ne tardera pas à ressortir. »

Il attendit en scrutant l'obscurité. Le silence, autour de lui, était presque total. Loin, sur sa droite, un oiseau nocturne lança une trille. Il vit une lumière se déplacer lentement dans le village et se demanda si c'était le Colonel Claire, participant aux recherches que les Maoris avaient entreprises de leur côté. Sur l'autre versant de la colline, il entendit Simon et Smith s'appeler en criant. La lune n'était voilée par aucun nuage. Mais M. Falls demeurait invisible.

« Je n'attendrai pas une seconde de plus », décida-t-il au bout d'un moment. Presque au même instant, un faisceau de lumière étincela sur le monticule qui surplombait Taupo-tapu. Il disparut aussitôt, mais non sans avoir permis à Dikon de distinguer la silhouette d'un homme qu'il crut reconnaître. Quelques instants après, il entrevit une faible lueur derrière le monticule. »Nom d'un chien ! songea-t-il avec colère. Il a pénétré en zone interdite ! »

Furieux, il se mit à dévaler la pente, ne pensant qu'à rejoindre Falls pour le prendre sur le fait. Mais une chute douloureuse lui apprit qu'il ne pouvait descendre une colline tout en gardant les yeux fixés loin devant lui. Quand il se fut relevé et, jurant à mi-voix, eut tâtonné pour récupérer sa lampe de poche, ce fut pour découvrir un spectacle stupéfiant : M. Falls avait rebroussé chemin et se dirigeait vers la Station thermale en fredonnant une chanson.

Dikon pressa le pas, mais quand il atteignit le pied de la colline, Falls avait disparu. Il s'arrêta pour allumer une cigarette et, une nouvelle fois, essaya de démêler l'écheveau des événements, des soupçons et des conjectures qui s'étaient fait jour à propos de Maurice Questing.

Questing effectuait de fréquentes randonnées sur le mont Rangi, et les Maoris pensaient qu'il s'y rendait pour piller les tombes de leurs ancêtres. Smith, qui l'espionnait, avait failli trouver la mort sur le passage à niveau. Il était venu affirmer que Questing avait sciemment cherché à provoquer cet accident. Que fallait-il en déduire ? Que Smith était sur le point de découvrir des preuves susceptibles d'incriminer Questing ? Peu après cet événement, Questing était revenu sur sa décision de renvoyer Smith, proposant non seulement de le garder mais de lui verser un salaire très généreux. Questing ne cherchait-il pas à acheter le silence de l'homme qu'il avait tenté d'assasiner ? Simon et le docteur Ackrington tenaient Questing pour un espion. Ils pensaient que s'il se rendait sur le mont Rangi, c'était pour communiquer avec des navires ennemis qui patrouillaient au large de Harpoon. Simon avait fourni des preuves déterminantes à l'appui de cette théorie. Questing avait manœuvré pour entrer en possession de la Station thermale de Waiatatapu. M. Septimus Falls était apparu à un moment où la crise semblait à son paroxysme, s'arrangeant pour mettre ses hôtes dans l'impossibilité de lui refuser une chambre. Il avait rapidement acquis l'estime de ses interlocuteurs, discutant d'anatomie comparative avec le docteur Ackrington et de théâtre shakespearien avec Geoffrey Gaunt. Il avait aussi, utilisant sa pipe, donné une série de petits coups sur le bras d'un fauteuil, et Simon avait affirmé que c'était l'exacte répétition du message lumineux envoyé de la falaise. Etait-ce le moyen choisi par M. Falls pour dire à Questing qu'il était lui-même un agent au service de l'ennemi ? Falls avait refusé de laisser quiconque s'approcher du sentier menant à Taupo-tapu. Pour quelle raison ? Pensait-il que Questing avait abandonné derrière lui un indice susceptible de le mettre en cause ? Quelle sorte d'indice ? Un document écrit ? Un objet tombé aussi dans le chaudron ?

Dikon prit la décision de tout raconter au docteur Ackrington une fois qu'il regagnerait la maison. « Mais il vaut mieux ne rien dire à Simon, songea-t-il. Pour lui, Falls est un espion. Il l'a déjà condamné. »

Et Gaunt ? Dikon sut d'instinct qu'il ne fallait pas informer Gaunt de ses dernières observations. Il se dit que des révélations de cette nature ne feraient qu'ajouter au désarroi de son employeur, qu'il était préférable de le tenir dans l'ignorance des soupçons sur M. Falls.

Ayant contourné le flanc de colline, Dikon se mit à parcourir rapidement le petit sentier menant vers la Station. Un profond malaise s'était emparé de lui. A l'orée de sa conscience, il y avait comme une appréhension à moitié formulée, une peur diffuse dont il ne s'expliquait pas tout à fait le motif. Il sentait que de nouveaux événements se préparaient, des événements dont il entrevoyait vaguement la nature et le déroulement. La chanson tragique entendue peu de temps auparavant lui revint en mémoire, déclenchant des pensées et des interrogations qu'il eût préféré ne pas avoir à examiner.

Il était profondément déprimé quand il parvint enfin devant l'entrée de la maison.

La salle à manger était plongée dans l'obscurité, mais un rai de lumière s'échappait de la fenêtre du bureau. Dikon crut reconnaître la voix du Colonel Claire ainsi que celle du docteur Ackrington. Il frappa doucement à la porte.

— Qui est-ce ? demanda le Colonel. Entrez, entrez !

Les deux hommes le contemplèrent d'un air interrogateur quand il s'avança.

— Vous venez faire votre rapport, Bell ? lança le Colonel sur le ton qu'il devait prendre au régiment. Très bien, très bien. Nous vous écoutons.

Vaguement intimidé, Dikon alla se tenir auprès de la

table de travail et relata brièvement ses observations. Comme à l'accoutumée, les yeux du Colonel étaient écarquillés, et ses lèvres légèrement entrouvertes. Le docteur Ackrington, pour sa part, ne semblait éprouver qu'une grande contrariété. Il y eut un long moment de silence quand Dikon eut terminé son récit.

— Voilà, conclut-il d'une voix quelque peu mal assurée. Je suis rentré aussi vite que je l'ai pu.

— C'est bon, commenta le Colonel. Vous avez fait ce qu'il fallait. Merci, Bell.

« Vous pouvez disposer », semblait-il dire.

Irrité par ce ton péremptoire et un peu condescendant, Dikon reprit :

— Le comportement de M. Falls m'a paru tout à fait étonnant.

— Certes, certes, intervint le docteur Ackrington. Voyez-vous, Bell, cette affaire comporte un certain nombre d'aspects qui peuvent prêter à confusion.

— Je veux bien, mais...

Le docteur Ackrington interrompit cette protestation en levant la main.

— M. Falls nous a informés de l'incident que vous venez de décrire, affirma-t-il. Nous pensons qu'il a agi pour le mieux.

— Tout à fait ! appuya le Colonel Claire.

Il lissa sa moustache et ajouta d'un air important :

— Merci, Bell.

Dikon demeura obstinément à sa place.

« Nous ne sommes pas au régiment ! », songea-t-il avec irritation.

— Edouard, fit le docteur Ackrington, il me semble que Bell est en droit d'obtenir quelques explications. Asseyez-vous donc, Bell.

Un peu abasourdi, Dikon prit place sur une chaise et attendit. Les deux hommes qui lui faisaient face avaient subi une très étrange métamorphose : c'était comme s'ils avaient échangé leur personnalités. Dans la mesure où sa bonhomie naturelle le lui permettait, le Colonel Claire dégageait maintenant une étonnante impression d'autorité. Etait-ce pour cette raison que le docteur Ackrington semblait devenir presque conciliant ? Il jeta un regard pénétrant sur Dikon, s'éclaircit la gorge et commença :

— Falls n'avait nullement l'intention d'outrepasser les limites qu'il s'était lui-même fixées. Comme vous le savez, il ne devait pas étendre ses investigations à la région située entre les fanions blancs et les fanions rouges. Il s'est donc arrêté au niveau du premier piquet, de ce côté-ci de Taupo-tapu, et allait rebrousser chemin quand il a entendu un bruit.

Le docteur Ackrington fit une longue pause.

— Quelle sorte de bruit ? finit par interroger Dikon.

— Un bruit de pas, indiqua le docteur Ackrington. Quelqu'un marchait derrière le monticule. Falls a donc décidé — et il a eu raison, bien sûr — d'aller de l'avant pour établir l'identité de la personne en question. Lentement et sans faire de bruit, il a escaladé le tertre afin de jeter un regard de l'autre côté.

Avec une soudaineté qui fit sursauter Dikon, le Colonel Claire tendit une boîte de cigares en grommelant :

— L'étiquette n'est pas de mise, entre nous.

Dikon esquissa un geste de dénégation et reporta son attention sur le docteur Ackrington.

— Qu'a-t-il découvert ? interrogea-t-il.

— Rien ! annonça le Colonel Claire en écarquillant les yeux. Absolument rien.

— L'homme l'avait entendu approcher, expliqua le docteur Ackrington. Ou alors il avait fini ce qu'il était venu faire et à disparu pendant que Falls escaladait le monticule. A mon avis, c'est ce dernier scénario qui est le plus probable. Il avait pris une bonne avance. Falls est descendu de l'autre côté et s'est aidé de sa torche électrique, mais il n'a vu personne. Le type s'était évanoui dans la nature.

Dikon se sentit quelque peu ridicule après ces éclaircissements.

— Je vois, commenta-t-il. Je me suis planté, si vous me permettez cette expression. Mais Simon et moi-même avons d'autres raisons de penser que Falls est un monsieur plutôt étrange.

Il s'interrompit, regrettant de n'avoir pas su tenir sa langue.

— Eh bien, expliquez-vous ! fit le docteur Ackrington sur un ton sévère.

— Simon ne vous a-t-il rien dit ?

— Non, il ne m'a pas fait cet honneur. Je suis persuadé qu'il a encore échafaudé quelque théorie sans queue ni tête.

— Pas vraiment.

Dikon relata l'histoire de M. Falls jouant de sa pipe sur le bras d'un fauteuil. Ses deux interlocuteurs n'essayèrent pas de dissimuler leur impatience. En fait, le docteur Ackrington sembla retrouver son humeur coléreuse.

— Edouard, ce garnement a dépassé les bornes, cette fois ! s'exclama-t-il. Comment se permet-il de ne pas m'informer de toutes ces fables ? Il savait parfaitement que je me méfiais de Questing et je nourrissais les plus graves soupçons au sujet de ses randonnées nocturnes sur le Rangi. Il le surveille, lui file le train, recueille des informations qui pourraient s'avérer d'une importance vitale. Il en parle à tout le monde mais ne m'en dit pas un mot ! Entre temps, un navire est torpillé au large de la baie et un agent qui nous aurait fourni des renseignements très importants trouve la mort dans un chaudron. C'est intolérable !

Se tournant vers Dikon, il ajouta :

— Vous allez peut-être m'expliquer pourquoi vous avez jugé nécessaire de participer à ce complot ?

Dikon demeura un moment silencieux, réfléchissant fébrilement et ne trouvant aucune réponse. Il n'avait certes pas promis à Simon de garder le silence, mais il eut néanmoins le sentiment d'avoir trahi la confiance de ce dernier. Par ailleurs, il avait demandé à Simon d'aller consulter son oncle, et Simon s'y était refusé. Mais comment faire un tel aveu au docteur Ackrington sans avoir l'air un peu ridicule ? Il opta pour un compromis en déclarant :

— Simon se proposait de tout raconter à la police.

Loin d'apaiser la fureur du docteur Ackrington, cette révélation parut l'enflammer encore davantage.

— A ma connaissance, il n'en a encore rien fait, précisa Dikon.

Ce qui n'eut guère pour effet de calmer son interlocuteur.

Le Colonel Claire tirailla sa moustache et se confondit en excuses pour le comportement « irresponsable » de son fils. Dikon tenta de ramener la conversation sur M. Falls et ses mystérieux agissements. La réaction du docteur Ackrington fut immédiate :

— Balivernes ! interrompit-il. Ce jeune imbécile devait penser constamment à son fameux signal. Il l'entendait partout. C'était quoi, au fait ?

Par bonheur, Dikon n'avait pas oublié le message parti du haut de la falaise. Il en fit la description.

— En morse, cela ne donne strictement rien, commenta le Colonel Claire avec un soupir attristé. Quatre « t », quatre « s », un autre « t » et un « i ». Ça n'a aucun sens.

— Mon pauvre Edouard, il ne fait aucun doute que ces signaux représentaient un message. Vous n'imaginez tout de même pas que Questing allait communiquer en morse non codé ? « Navire en partance demain soir. Vous prie de bien vouloir le torpiller. Salutations. Questing. »

Le docteur Ackrington émit un rire désagréable avant de poursuivre :

— En revanche, cette histoire de pipe me semble relever de la pure affabulation. Falls est plein de tics, je l'ai observé. Il ne cesse de jouer avec sa pipe. D'ailleurs, j'aimerais vous poser une question, monsieur Bell : comment distingue-t-on les courtes et les longues, dans ce cas ?

Dikon réfléchit un instant.

— Par l'intervalle qui les sépare, j'imagine ? suggéra-t-il.

— Vraiment ? Et vous pensez que Simon, sans être prévenu à l'avance, aurait pu faire cette distinction ?

— En pratique, les « t » ressembleraient à des « o » et des « m », indiqua le Colonel.

— Tout cela n'est que sornettes et niaiseries, ajouta le docteur Ackrington.

— Je ne prétends pas maîtriser le morse, reconnut Dikon.

— Et vous n'en saurez jamais le début du commencement si vous vous fiez à Septimus Falls et à sa pipe. C'est un homme parfaitement honorable et il ne dit pas que des sottises quand il parle d'anatomie comparative. Nous nous sommes découvert des amis communs, des gens de qualité si je puis me permettre cette précision.

— Vraiment ? fit Dikon sur un ton grave. Naturellement, cela suffit à le laver de tout soupçon.

Le docteur Ackrington lui jeta un regard acéré. Mais, ne décelant aucun signe d'ironie sur son visage, il enchaîna :

— J'estime que M. Falls s'est conduit de la manière la plus appropriée. Ce soir, je dirai un mot à Simon. Il ne faut pas qu'il répande ces élucubrations autour de lui.

— En effet, appuya le Colonel. Nous lui parlerons.

— Quant à l'inconnu de Taupo-tapu, il s'agit sûrement d'un jeune Maori. Sans doute un de vos protégés,

Edouard. Au fait, vous étiez sur place, à ce moment. Vous n'avez rien remarqué d'anormal ?

Le Colonel se gratta la tête d'un air pensif.

— Anormal n'est pas vraiment le mot qui convient, répondit-il. Disons plutôt qu'ils sont étranges. Ils voient les choses différemment. Je ne prétends pas les comprendre, voyez-vous. Mais je les aime bien. Entre autres, j'admire en eux cette façon de respecter la parole donnée. Evidemment, on ne peut oublier toutes leurs superstitions. Bizarre.

— Si leur comportement vous a semblé à ce point intéressant, vous pourriez peut-être nous le décrire avec un peu plus de précision ? répliqua le docteur Ackrington sur un ton acide.

— C'est assez difficile, soupira le Colonel. Je m'attendais à trouver le village endormi. Eh bien, non, ils étaient encore debout et beaucoup d'entre eux s'étaient rassemblés dans le hall de la maison. Ils ne faisaient que bavarder, vous savez. Mme Te Papa m'a paru un peu agitée. Elle avait réuni autour d'elle quelques femmes et prononçait une sorte de discours. Rua se tenait sur la véranda, avec d'autres hommes. C'est curieux...

Le Colonel Claire se tourna vers Dikon pour le contempler d'un regard absent. Il oublia ainsi de finir sa phrase.

— Qu'est-ce qui est curieux ? demanda le docteur Ackrington.

— Hein ? Oh ! Eh bien, Rua ne semblait pas surpris de me voir. Plus étrange encore, quand je leur ai dit que Questing était peut-être tombé dans le chaudron, personne n'a manifesté le moindre étonnement.

X

Le Sergent Webley

Dikon fut chargé d'aller retrouver Simon pour lui apprendre que son père désirait le voir de toute urgence. La manière dont il pensait avoir trahi Simon lui donnait un peu mauvaise conscience. Mais quand il se rendit une nouvelle fois à la cabine, il regrettait surtout de ne pouvoir gagner son lit.

Le ciel était d'un noir d'encre, et une fine pluie faisait briller le terre-plein de roche volcanique. Dikon, en sortant du bureau du Colonel, fut assailli par un sentiment de profonde mélancolie.

Il trouva Simon en grande discussion avec Smith. Ce dernier ne semblait avoir émergé de son état d'ébriété que pour plonger dans un morne désespoir.

— Je n'ai vraiment pas de veine, commença Smith d'un ton lugubre en voyant entrer Dikon. Je croyais enfin que j'avais le bon poste, stable et bien payé. Mais voilà que mon patron se casse la pipe. C'est pas juste.

— T'inquiète pas, Bert, fit Simon. Papa ne te laissera pas tomber. Je te l'ai déjà dit.

— Oui, mais dans quelles conditions ! Je n'ai rien contre ton père, Sim, mais il a de la chance d'avoir un employé comme moi. Et il le sait. Si je voulais, je pourrais l'obliger à me verser une indemnité de logement. Je ne me plains pas, tu comprends, mais ce que je dis est vrai. J'aurais été peinard avec Questing.

Dikon s'avança.

— Votre attitude me semble un peu contradictoire, observa-t-il. Hier, vous affirmiez que Questing avait essayé de vous tuer. Maintenant, vous regrettez sa disparition.

Smith le considéra d'un air revêche.

— Il m'a tout expliqué et je l'ai cru, répliqua-t-il. Ça ne s'est pas passé comme il l'avait dit au début. Le feu de signalisation n'était pas en panne. Le problème vient de son pare-brise qui était teinté de vert. Questing n'a pas vu le feu changer de couleur. Il me l'a prouvé sur place. Effectivement, je pensais qu'il avait essayé de me jeter sous le train. Mais j'ai dû me rendre à l'évidence quand il m'a montré comment ça s'était passé. Il était pas heureux, vous savez. Mais j'ai dit que je lui pardonnais.

— En échange de... certaines compensations, j'imagine ? remarqua Dikon.

— Et pourquoi pas ? s'écria Smith avec indignation. Il me le devait bien, non ? Je ne suis pas sorti indemne de cette histoire. J'étais en état ce choc et je souffrais de contusions. Demandez au docteur, il vous le confirmera. Et j'ai pas encore tout à fait récupéré. Tu trouves pas que j'ai raison, Sim ?

— Et comment.

— Alors tu peux me dire pourquoi monsieur Bell me parle comme si c'était moi le coupable ?

— Mais non, mais non, fit Dikon. Je ne vous accuse de rien. Je me contente d'admirer votre opportunisme.

— C'est ça, insultez-moi, grommela Smith d'un air renfrogné. Quand je pense qu'on m'a même pas offert un verre alors que j'étais votre invité !

C'était Gaunt qui avait commis cette indélicatesse, se souvint Dikon.

— Tu croyais vraiment que Questing allait te garder à son service et te payer un salaire mirobolant ? s'étonna Simon. Excuse-moi, Bert, mais t'es un peu idiot. Questing voulait simplement que tu te tiennes tranquille. Tu n'aurais jamais touché un rond.

— Il s'est engagé par écrit, affirma Smith. Je ne suis pas aussi bête que tu le penses. Il avait peur que j'aille porter plainte pour tentative d'assassinat. Alors j'en ai profité pour lui faire rédiger une promesse écrite. Je vois loin, moi.

Dikon ne put s'empêcher d'éclater de rire.

— Oh, allez vous faire f... ! s'exclama Smith. Je suis fatigué. Je vais me coucher.

Il sortit en grommelant de vagues protestations.

— Il n'est pas méchant, vous savez, déclara Simon. Il serait même très bien s'il arrêtait de picoler.

— Lui avez-vous fait part de votre opinion au sujet de Questing ?

— J'ai essayé de lui en dire le moins possible. Il ne sait pas tenir sa langue quand il a bu un verre ou deux. D'après lui, Questing n'allait sur le Rangi que pour ramener des objets de curiosité. Je ne lui ai pas parlé des signaux lumineux et je n'en ai pas l'intention.

— Tant mieux, fit Dikon en se grattant l'arête du nez. A cet égard, il me semble que j'ai fait preuve d'une certaine indiscrétion.

Il avoua qu'il avait tout expliqué au Colonel et au docteur Ackrington. Simon accueillit cette nouvelle avec un calme étonnant. Mais il réagit violemment quand Dikon lui eut décrit le comportement de M. Falls, à proximité de Taupotapu. Rien, déclara-t-il avec indignation, n'autorisait Falls à outrepasser les limites que lui-même avait établies.

— Je n'aime pas ce type, ajouta-t-il. Il est trop bien pour être honnête.

— C'est loin d'être un imbécile.

— Il cache quelque chose. Je n'ai pas rêvé, il a bien joué le même signal.

Timidement, Dikon rapporta l'explication que le docteur Ackrington avait fournie à ce sujet.

— Je dois avouer que cette théorie ne paraît pas tout à fait invraisemblable, ajouta-t-il. Je ne vois pas pourquoi Falls choisirait une méthode aussi compliquée pour se faire connaître de Questing. Il aurait pu tout simplement l'entraîner dans un coin et lui dire qui il était. Pourquoi le faire en public et prendre un risque aussi évident ? Cela n'a pas de sens.

Incapable de répondre à cette objection, Simon s'obstina à réitérer ses propres explications.

— Et si vous pensez que je suis un simple d'esprit, il y en a qui ne sont pas de cet avis ! hurla-t-il. Figurez-vous que je suis allé au commissariat de police, cet après-midi.

Devant l'étonnement de Dikon, il eut un petit sourire satisfait.

— Oui, monsieur, reprit-il. Quand vous m'avez dit que l'auteur du message joué sur le bras du fauteuil était Falls et non pas Questing, j'ai sauté sur mon vélo et je suis allé à Harpoon. J'ai demandé à voir le vieux sergent que je connais très bien. Au début, il a fait comme si j'étais un gamin, mais j'ai réussi à le convaincre. En tout cas, rectifia Simon, j'ai insisté jusqu'à ce qu'on m'ait conduit au bureau du divisionnaire.

— Bravo, murmura Dikon.

— Je suis resté plus d'une heure, là-bas, continua Simon. J'ai beaucoup parlé et, croyez-moi, ils m'ont écouté. Ils n'ont pas dit grand-chose, de leur côté, mais ils ont pris des notes. Je voyais bien que ça les intéressait, ce que je leur racontais. Ils vont faire une enquête sur Falls. Papa et Oncle James s'imaginaient peut-être qu'ils sont plus malins que les flics ? Attendez un peu, vous verrez quand ils se mettront en action. Ils ne sont pas aussi bouchés que je le pensais. Je leur fais confiance.

— C'est très bien, commenta Dikon. Je vous félicite de tout cœur. A propos, il faut que vous alliez voir votre père, il veut vous parler. Il va sans doute vous demander de garder pour vous cette théorie de Falls et de sa pipe. Voilà. Maintenant, je vais me coucher.

Au moment où il allait sortir, Simon lui lança :

— J'ai oublié de vous dire... Je leur ai posé la question au sujet du type envoyé par Scotland Yard. Ils avaient l'air un peu surpris et j'ai cru qu'ils n'allaient pas me révéler son nom. Mais ils ont fini par me le donner. Il s'appelle Alleyn. L'Inspecteur principal Alleyn.

II

Dikon n'avait qu'une idée très vague de la manière dont pouvait se dérouler une enquête judiciaire après la diparition d'un homme. Des formules à moitié oubliées lui revinrent en mémoire : délai de rigueur... présumé mort... Il se demanda si Questing avait une famille et, aussi, de quel pays il était originaire. Il ne s'attendait pas, en se réveillant le lendemain matin, à découvrir plusieurs hommes sur la véranda. Il n'eut aucun mal à reconnaître en eux des policiers en civil.

Après un instant d'hésitation, il mit sa robe de chambre et se rendit auprès de son employeur. La veille, avant de gagner son lit, il était allé le voir et l'avait trouvé dans un état de quasi-prostation. Gaunt, en le voyant, lui avait crié de le laisser seul et il était ressorti, suivi par Colly.

— Il n'est pas au mieux de sa forme, avait chuchoté ce dernier. Je dirai même qu'il n'a pas le moral du tout. Vous feriez bien de commencer à préparer vos valises, monsieur, mon petit doigt me dit que nous allons nous remettre en route.

— Colly ! avait hurlé Gaunt à cet instant. Nom d'un chien ! *Colly* !

Colly s'était éloigné en courant.

Dikon n'avait pas oublié cette scène. Il s'approcha sur la pointe des pieds et colla une oreille à la porte. Il sentit une odeur de tabac turc et entendit Gaunt tousser. Respirant profondément, il frappa et entra.

Gaunt était assis dans son lit. Il fumait. Quand Dikon lui demanda s'il avait bien dormi, sa seule réponse fut un petit rire empreint d'amertume. Dikon tenta une ou deux autres ouvertures et n'obtint pas plus de succès. Au moment où il s'apprêtait à battre en retraite, Gaunt lui lança :

— Appelez notre hôtel d'Auckland et réservez des chambres pour ce soir.

Dikon s'immobilisa.

— Nous partons, monsieur ? questionna-t-il en essayant de dissimuler sa consternation.

— Cela ne vous paraît pas évident ? répliqua Gaunt. Ai-je l'habitude de faire réserver des chambres pour le simple plaisir de m'entendre parler ? Voyez les Claire et préparez la voiture, nous prendrons la route aussitôt que possible.

— Mais, monsieur... et votre cure ?

Gaunt secoua la tête d'un air mi-accablé, mi-incrédule.

— N'avez-vous aucune sensibilité ? fit-il. Vous voudriez que j'aille plonger mon corps dans de la boue brûlante après ce qui s'est passé hier soir ?

— Je n'y avais pas pensé, reconnut Dikon dans un murmure contrit. Je vous demande pardon, monsieur. Je vais tout de suite prévenir les Claire.

— C'est cela, grommela Gaunt en lui tournant le dos.

Dikon alla trouver Mme Claire. Il rencontra Colly sur son chemin. Levant les yeux au ciel, Colly fit mine d'essuyer une larme. « Quel clown », songea Dikon, se souvenant brusquement des enfants maoris qu'il avait aperçus la veille, gesticulant et grimaçant dans l'obscurité. Il s'éloigna sans répondre.

Le Colonel Claire était dans son bureau. Un homme

de grande taille et de forte corpulence, habillé sans élégance et chaussé de lourdes bottes, lui tenait compagnie.

— Le sergent Webley, commença le Colonel.

Le sergent Webley se leva lentement.

— Comment allez-vous ? fit-il d'une voix sourde. Vous êtes monsieur… ?

— Bell, indiqua le Colonel.

— Ah, oui, monsieur Bell, répéta le sergent.

Il écarta les doigts et sembla fixer du regard la paume de sa large main. Avec un frémissement d'inquiétude, Dikon vit qu'il consultait un petit calepin.

— C'est bien cela, murmura-t-il à nouveasu. Monsieur Dikon Bell. Est-ce un surnom, monsieur ?

— Pas du tout, répondit Dikon. C'est mon nom de baptême.

— Vraiment. C'est assez peu courant. Du vieil anglais, peut-être.

— Peut-être, enchaîna Dikon sur un ton froid.

Webley s'éclaircit la gorge et attendit.

— Le sergent Webley est en train d'effectuer quelques investigations, expliqua le Colonel d'un air embarrassé.

— Oui, bien sûr, fit Dikon. Désolé de vous avoir interrompu, monsieur. Je vais me retirer.

— Mais non, mais non, monsieur Bell, répondit Webley en esquissant un sourire qui se voulait cordial. Je suis content que vous soyez venu. C'est une bien triste affaire, grommela-t-il en indiquant une chaise. Asseyez-vous, monsieur Bell.

Dikon ne put qu'obéir. Il éprouvait le sentiment qu'un piège venait de se refermer sur lui.

— Hier soir, commença-t-il, votre emploi du temps était le suivant.

Il posa le bloc-notes sur ses genoux et se mit à lire le contenu d'une première page.

« J'ai déjà entendu tout cela », se dit Dikon. Emploi du temps… Alibi… « Oui, songea-t-il, les mêmes mots et les mêmes formules. » Mais, cette fois, il ne s'agissait pas d'un roman policier ouvert dans un hall de gare ou sur le pont d'un transatlantique. Presque sans s'en rendre compte, il s'écria :

— Mais ce n'était qu'un accident !

— Monsieur Bell, nous avons affaire à une disparition survenue dans des circonstances pouvant conduire à un constat de décès. Le règlement veut que nous menions une enquête. Bien. Nous disions donc...

L'interrogatoire débuta. Il prit bientôt une manière de rythme : question, réponse, pause tandis que Webley ajoutait une note sur son bloc et que Dikon se tordait les mains, puis une nouvelle question. Une sorte de partition, morne et sans couleur, jouée sur plusieurs registres. Accompagné par cette déprimante musique, Dikon se vit à nouveau descendre un sentier étroit, franchir une barrière et s'avancer vers une rangée de fanions blancs. Une voix s'éleva, noyant le murmure désincarné de Webley, déchirant la nuit et s'éteignant comme un jet de geyser.

Webley s'attarda longtemps sur ce cri. Venait-il de la direction du chaudron ? Les bruits sont trompeurs, affirma Webley. Peut-être émanait-il du village ? Dikon fut catégorique. Il déclara être prêt à jurer que le cri avait été poussé au milieu de la réserve thermale. Où se trouvait-il exactement quand il avait aperçu M. Falls pour la première fois ? Webley, en posant cette question, déplia une carte extrêmement détaillée de la région. Dikon n'eut aucun mal à indiquer l'endroit précis où il se tenait.

— Il était donc à peu près à mi-chemin entre vous-même et le chaudron ?

Dikon pensa retrouver le sentiment d'horreur qui l'avait submergé. Ce fut d'une voix sourde qu'il répondit :

— Oui, c'est cela.

Webley leva la tête, mais son doigt demeura sur le point que Dikon venait de désigner.

— Réfléchissez bien, monsieur Bell. Selon vous, il

s'est passé combien de temps entre le moment où vous avez quitté Miss Claire et sa maman et celui où vous avez aperçu M. Falls ?

— Le temps qu'il faut pour aller de la voiture à l'endroit qui se trouve sous votre doigt. Environ deux minutes.

— Deux minutes, répéta Webley en se penchant sur son bloc-notes. Dites-moi monsieur Bell, fit-il sur un ton nonchalant, est-il vrai que le jeune Simon Claire à l'habitude de se confier à vous ?

— Comment cela, se confier ?

— Ne vous a-t-il pas exposé ses idées concernant M. Questing ?

— Si. Il m'en a parlé en effet.

— Partagiez-vous ces opinions ? demanda le sergent Webley en soulevant la tête pour contempler Dikon.

— Au début, elles m'ont paru un peu... fantaisistes.

— Mais vous vous êtes dit par la suite qu'elles n'étaient peut-être pas dépourvues de fondement. Est-ce bien cela ?

— Oui, peut-être, confirma Dikon.

Mais cette réponse évasive lui inspira comme un sentiment de honte et il ajouta :

— Oui, c'est vrai. La théorie de Simon m'a semblé parfaitement logique.

— Très bien, monsieur Bell. Ce sera tout pour l'instant. Je vous remercie.

« Je passe mon temps à être congédié », songea Dikon avec mélancolie. Il se tourna vers le Colonel.

— C'est vous que je suis venu voir, Colonel. Je voulais vous dire que cette affaire a beaucoup perturbé M. Gaunt. Il souhaite écourter son séjour à Waiatatapu. Il tient à vous remercier de l'accueil qui lui a été réservé ici et...

Dikon s'interrompit un instant, cherchant ses mots.

— Et... j'espère que nous pourrons revenir bientôt. Je suis navré de devoir vous importuner, mais j'aimerais régler...

— Bien sûr, bien sûr, fit le Colonel qui ne dissimulait

pas son soulagement. Je comprends parfaitement et je ne peux que déplorer cet incident.

— Nous le regrettons aussi, croyez-moi, assura Dikon. Je vous verrai un peu plus tard, si vous voulez. Nous comptons partir à onze heures.

Il se dirigea rapidement vers la sortie.

— Un instant, monsieur Bell.

Dikon avait presque oublié Webley qui était occupé à relire ses notes. Le sergent se leva.

— Si j'ai bien compris, vous avez l'intention de repartir ce matin même ? interrogea-t-il.

— En effet, répondit Dikon.

— Vous-même, M. Geoffrey Gaunt et son valet de pied ?

Il tourna une page de son calepin.

— Monsieur Alfred Colly, c'est bien cela ?

— Oui.

— Bon. Ecoutez, monsieur Bell, je suis vraiment navré, mais je vous demanderai de rester encore un petit moment. Ce ne sera pas long, rassurez-vous. Nous aimerions d'abord éclaircir ce petit mystère, vous comprenez.

Dikon éprouva soudain l'étrange sentiment d'un vide qui s'ouvrait sous ses pieds.

— Mais je vous ai dit tout ce que je savais. M. Gaunt n'a rien à vous apprendre, absolument rien. Il n'a pas assisté... il était très loin...

— Très loin ? répéta le sergent Webley. Vous l'affirmez ? Bien. Il n'est pas rentré à bord de sa voiture, n'est-ce pas ? Comment est-il rentré ?

Dikon se retrouva une nouvelle fois dans la salle de concert. Il vit Gaunt, tremblant de fureur, se frayant un passage vers la sortie comme s'il était poussé par la colère qui le secouait. Les gens, autour de lui, le suivaient d'un regard vaguement étonné. Il s'immobilisa dans l'encadrement de la porte, puis disparut.

La voix de Webley revint à la charge.

— Je vous ai demandé comment M. Gaunt était rentré ici après le concert.

— Je ne sais pas, répondit Dikon. Je lui poserai la question si vous voulez.

— Ne vous dérangez pas, monsieur Bell. Je le ferai moi-même.

III

Nous sommes lents à reconnaître un désastre qui approche. Nous nous hâtons de dresser des écrans pour dissimuler à nous-mêmes la réalité des périls qui nous guettent. Pour Dikon, le drame de Taupo-tapu n'était qu'un accident. Mais une explication plus sinistre s'agitait à l'orée de sa conscience. Il existe des maladies dont nous refusons de prononcer le nom. Il y a aussi des crimes que nous n'acceptons pas de nommer et que nous préférons ignorer. Dikon se sentait entouré de menaces et de dangers. Pourtant, sa réaction consciente fut de se demander quelle attitude il allait adopter avec Gaunt. Ainsi, par le biais d'une jonglerie mentale, l'horreur se trouva gommée et remplacée par une crainte plus supportable.

— Si vous tenez à voir M. Gaunt, je devrais peut-être vous accompagner ? suggéra-t-il. Je ne sais s'il est déjà levé.

Pendant un moment, Webley le considéra en silence. Puis, souriant d'un air enthousiaste, il affirma :

— Ce serai parfait, monsieur Bell. Nous aimons bien travailler dans une atmosphère amicale et détendue. Si cela ne vous dérange pas de me présenter à M. Gaunt, je me ferai un plaisir de lui expliquer la situation. Je suis persuadé qu'il se montrera compréhensif.

« Vous le croyez vraiment ! », songea Dikon en le précédant vers la sortie.

Colly apparut sur la véranda au moment où ils se

dirigeaient vers la chambre de Gaunt. Il trébuchait, ployant sous le poids d'une énorme valise. Webley s'arrêta pour le considérer d'un regard pénétrant.

— Il vaut mieux remettre cette valise à sa place, Colly, lança Dikon.

— Comment ça ? fit Colly sur un ton indigné. Je viens de la sortir. Vous me prenez pour qui, monsieur Bell ? Pour une bête de somme ou pour un simple courant d'air ?

Ses yeux se firent malicieux tandis qu'il se tournait vers le sergent Webley.

— Je vous demande pardon, monsieur l'Inspecteur, enchaîna-t-il. Il n'y a aucun cadavre dans cette malle. Vous pouvez vérifier, mais *délicatement*.

— Ce ne sera pas nécessaire, Colly, répondit Webley. Ne vous éloignez pas, voulez-vous. J'aimerais vous parler.

— A vos ordres, monsieur l'Inspecteur, fit Colly. Je suis à votre entière disposition.

Avec un clin d'œil, il poursuivit à l'adresse de Dikon :

— Sa Seigneurie est en train de prendre son bain.

— Nous attendrons, indiqua Dikon. Vous voulez bien, monsieur Webley ?

Ils prirent place dans le salon de Gaunt. Colly leur tourna le dos et partit en sifflotant.

Webley le suivit d'un regard méditatif.

— Je le trouve un peu facétieux, ce petit bonhomme, murmura-t-il. En tout cas, il ne correspond pas à l'idée que l'on se fait d'un valet de chambre.

— Colly est un habilleur, précisa Dikon, et non pas un valet. Il est au service de M. Gaunt depuis un certain nombre d'années et il a tendance à se conduire un peu comme un bouffon. Excusez-moi, Sergent. Je vais prévenir M. Gaunt.

Il espérait pouvoir échanger quelques mots en privé avec son employeur. Mais Webley affirma qu'il n'était nullement pressé et se leva pour le suivre sur la véranda.

— Il fait des séances d'hydrothérapie ? questionna-t-il. C'est juste au bout du sentier, là-bas, si je comprends bien ? Je ne sais pas de quoi elles ont l'air, ces sources. J'habite et je travaille à Harpoon depuis dix ans et je ne les ai jamais visitées. Vous vous rendez compte ?

Avant le petit déjeuner, Gaunt prenait toujours un bain chaud dans le grand bassin, celui qu'entourait une palissade en planches sommairement assemblées. Apparemment, il n'éprouvait pas le même sentiment d'horreur pour toutes les activités thermales, après l'accident de Taupa-tapu.

Suivi de près par Webley, Dikon s'approcha de la guérite et frappa à la porte.

— Qu'y a-t-il encore ? lança Gaunt sur un ton irrité.

— Le sergent Webley souhaite vous voir, monsieur.

— Le sergent *quoi* ?

— Webley.

— Qui est-ce ?

— Police de Harpoon, monsieur, indiqua Webley. Navré de vous déranger.

Cette précision ne suscita aucune réponse. Webley demeura impassible. Dikon entendit Gaunt remuer dans le bassin. Il y eut un long silence, comme si Gaunt réfléchissait. Quand il reprit la parole, ce fut dans une sorte de murmure circonspect.

— Dikon ?

— Oui, monsieur.

— Entrez.

Dikon ouvrit la porte et la referma rapidement derrière lui. Son employeur était tel qu'il s'attendait à le trouver, nu, vulnérable et un peu ridicule.

— De quoi s'agit-il ?

Dikon esquissa un geste vers l'extérieur.

— Il est encore là ? chuchota Gaunt.

Dikon opina vigoureusement de la tête. D'une voix qui se voulait enthousiaste, il expliqua :

— Le sergent Webley aimerait bavarder avec vous, monsieur.

Il fouilla dans sa poche, trouva une enveloppe et un crayon, et écrivit d'une main fébrile :

« C'est au sujet de Questing. Ils refusent de nous laisser partir. »

A voix haute, tout en montrant ce messasge à Gaunt, il questionna :

— Dois-je vous envoyer Colly, monsieur ?

Gaunt fixait l'enveloppe d'un regard presque hébété. L'eau ruisselait sur ses épaules. Son visage crispé semblait avoir vieilli. La peau de ses mains était plissée, ridée. Sans quitter des yeux le rectangle de papier, il se mit à jurer doucement.

De l'autre côté de la porte, Webley s'éclaircit la gorge. Gaunt leva la tête. Ses lèvres remuaient encore. Il saisit la rampe qui montait du bassin et se redressa lentement.

« Il devrait dire quelque chose, songea Dikon. Que va penser Webley s'il continue à se taire ? »

Gaunt fit signe à Dikon de s'approcher, mais il parut changer d'avis et, à voix haute, lança :

— Dites-lui d'attendre. Je viens.

Il gravit lentement les marches de la petite échelle métallique et revêtit son lourd peignoir. Même ainsi enveloppé, il semblait grelotter de froid. D'un geste absent, il demanda une cigarette à son secrétaire. Dikon sentait presque physiquement la présence de Webley. Il se contraignit à parler.

— Je crains que nous ne soyons obligés de rester encore un moment à Waiatatapu, monsieur. J'aurais dû y penser.

Gaunt enchaîna :

— Oui, c'est assez contrariant. Mais nous n'y pouvons rien.

Ils sortirent de la guérite. Webley était demeuré exactement à l'endroit où Dikon l'avait laissé. « Il rôde et il attend, songea ce dernier. Comme le monstre de Frankenstein. »

Il les accompagna jusqu'à la maison et alla se tenir devant la fenêtre de Gaunt pendant que celui-ci s'habillait. Dikon prit place sur le bord de la véranda et alluma une cigarette. Les nuages qui, la veille, obscurcissaient l'horizon, s'étaient dissipés, et le vent était retombé. Le mont Rangi se découpait sur un fond de ciel pur. Les arbres qui en garnissaient les flancs semblaient avoir été esquissés à traits pleins et généreux par quelque peintre mystérieux. Du haut de la colline éclaboussée de soleil parvenaient des chants d'alouettes. L'air bruissait d'une sorte de rumeur, lointaine et indistincte.

Trois hommes apparurent à l'entrée du sentier bordant le lac. L'un d'eux portait un sac qu'il tenait à bout de bras. Les deux autres étaient munis d'un rateau et de longues perches en bois. Ils marchaient en file indienne. Quand ils s'approchèrent, Dikon vit un globule volumineux se former à l'extrémité du sac. Il devint plus gros, se détacha et s'aplatit avec un bruit sourd sur la roche volcanique. C'était de la boue. Le rateau et les perches étaient aussi maculés de boue.

Les trois hommes semblèrent hésiter quand ils furent à proximité de la véranda. Webley alla à leur rencontre et ils s'arrêtèrent. Celui qui portait le sac l'ouvrit furtivement et ses deux compagnons formèrent écran autour de lui. Webley repoussa son vieux chapeau de paille sur son front et s'accroupit. Dikon n'entendit que des murmures indistincts. Une phrase prononcée par Septimus Falls lui revint en mémoire. Il en éprouva un sentiment de nausée. A l'intérieur de la maison, la voix de Barbara s'éleva, appelant sa mère. Le petit groupe se dispersa aussitôt. Les trois hommes s'éloignèrent en silence et disparurent derrière une cabine. Webley vint reprendre sa faction devant la fenêtre de Gaunt.

Dikon entendit une porte grincer. Il se retourna en sursautant. Mais il ne vit que M. Septimus Falls, debout à l'entrée de sa chambre.

— Bonjour, monsieur Bell. Quelle belle journée. On a peine à associer les événements d'hier avec un temps aussi resplendissant. L'homme, décidément, est une créature bien dérisoire. Je me souviens d'avoir eu cette même pensée quand la guerre a éclaté.

— Où étiez-vous à cette époque, monsieur Falls ?

— Oh, ici et là, répondit M. Falls d'un ton léger. A Londres, pour être précis. Je ne vous ai pas vu après votre retour, hier soir. Mais j'ai appris que votre expédition sur la colline n'avait rien donné.

« Ainsi, on ne lui a pas dit que je l'avais vu », songea Dikon.

— Et vous-même ? demanda-t-il. Avez-vous découvert quelque chose ?

— Moi ? J'ai dû pousser un peu plus loin que prévu. Malheureusement, je n'ai obtenu aucun résultat. Vous avez dû m'apercevoir ?

M. Falls sourit.

— Je vous ai entendu tomber, poursuivit-il. Vous ne vous êtes pas blessé, j'espère ? Non, je ne le pense pas. Vous êtes encore jeune et plein de vigueur. Pour vous, ce n'est qu'un incident sans gravité. Je ne peux en dire autant en ce qui me concerne. Mon lumbago m'a beaucoup gêné.

— Vous m'avez semblé d'une remarquable agilité...

— Excès de zèle, excès de zèle, commenta M. Falls avec un soupir. Il arrive parfois que l'on s'en félicite. Hélas, il faut toujours en payer le prix.

Il clopina vers le sergent Webley en se tenant la hanche.

— Du nouveau, sergent ? questionna-t-il.

Webley le considéra d'un air circonspect.

— Eh bien, oui, monsieur. Il y a en effet du nouveau. Nos soupçons se confirment. Nous sommes à peu près sûrs, maintenant, que l'homme recherché est tombé dans le chaudron et qu'il y a trouvé la mort. Mes hommes se sont rendus sur place. Ils ont découvert quelque chose.

— Vous voulez dire... ? commença Dikon.

— Non, pas les restes du corps, monsieur Bell. Ce n'est pas ce que nous cherchions, de toute façon, il est encore trop tôt. Mais nous continuerons nos... investigations. Mes collaborateurs se sont postés là-haut dès le lever du jour. Il y a environ une demi-heure, ils ont aperçu un objet de couleur blanche. Il remontait à la surface, puis disparaissait à nouveau. Quelqu'un a dit que cela faisait penser à du linge sale...

— A-t-on pu s'en assurer ? demanda Falls.

— Oui, monsieur. Nous avons repêché l'objet en question et nous allons l'examiner. C'est un gilet, monsieur. Un de ceux que l'on porte avec une tenue de soirée.

IV

Sur ordre de son employeur, Dikon assista à l'entrevue entre Gaunt et Webley. Gaunt essaya vainement de plaider sa cause. Le sergent, tout en demeurant d'une parfaite courtoisie, se montra intraitable.

— Je crains que nous ne puissions vous laisser partir, monsieur. Je suis désolé de vous importuner, mais c'est ainsi.

— Mais je vous ai dit vingt fois que je n'ai strictement aucune information à vous donner. Absolument aucune. Je suis un homme malade et je suis venu ici pour me reposer. Me reposer ! Seigneur Dieu ! Vous n'avez qu'à prendre mon adresse, vous saurez où me joindre si vous avez besoin de moi. Mais je vous répète que je ne sais rien.

— C'est ce que nous nous proposons de vérifier, monsieur Gaunt. Je ne vous ai encore posé aucune question, n'est-ce pas ? Bon. Pour commencer, j'aimerais savoir comment vous êtes rentré hier soir.

Gaunt agrippa les bras de son fauteuil et, semblant déployer un effort surhumain pour se maîtriser, répondit dans un murmure :

— Comment je suis rentré ? Très bien, très bien. Je vais vous le dire. J'ai marché.

— Vous avez traversé la réserve, monsieur ?

— Non. J'ai horreur de cette réserve. Je suis venu par la route.

— Cela représente un grand détour, monsieur Gaunt. J'ai cru comprendre que vous disposiez d'une voiture.

— En effet, sergent. Cela ne m'a pas empêché de vouloir marcher. C'est ce que j'ai fait. J'avais besoin de respirer un peu d'air frais.

— Qui conduisait la voiture ?

— Moi, répondit Dikon.

— Dois-je comprendre que vous avez rattrapé M. Gaunt ?

— Non. Nous ne sommes partis qu'un peu plus tard.

— Vous êtes restés combien de temps au village ? Plus d'un quart d'heure après la fin du concert ?

— Je ne sais pas. Je n'y ai pas pensé.

— M. Falls estime cet écart à environ quinze minutes. Il y a exactement deux kilomètres de route entre le village et la station, poursuivit Webley en se tournant vers Gaunt. Vous devez être un excellent marcheur.

— Je ne peux pas dire que j'aie couru, mais mon allure était plutôt rapide, c'est vrai.

— Je vois. Est-ce parce que vous étiez sous l'effet de... d'émotions particulières, monsieur Gaunt ? On a tendance à hâter le pas quand on est un peu... surexcité.

Gaunt eut un petit rire moqueur, et Dikon se dit qu'il se méprenait sur l'attitude du policier.

— Sergent, vous êtes un journaliste déguisé en détective, lança Gaunt. Vous cherchez à me soutirer des renseignements sur mon caractère.

— Non, monsieur, répliqua Webley sur un ton placide. Je me demandais simplement si vous étiez capable de marcher aussi vite.

— Comme vous venez de le dire, j'étais d'excellente

humeur. Il y avait longtemps que je n'avais récité des vers shakespeariens devant un public.

— Vraiment ? fit Webley en ouvrant son bloc-notes. D'après mes renseignements, vous êtes parti avant les autres, mais après M. Questing. Vous le confirmez, monsieur Gaunt ? M. Questing est bien sorti avant vous ?

— C'est possible. Oui, en effet.

Gaunt se couvrit les yeux des deux mains et secoua violemment la tête comme pour chasser une vision qui le torturait. Puis il sourit tristement et leva les bras pour les laisser retomber d'un geste las. Hamlet, dans son avant-dernière confrontation avec Horatio, se livrait exactement aux mêmes mimiques. Webley ne parut guère s'en émouvoir.

— Je vous prie de m'excuser, sergent, reprit Gaunt. Les événements d'hier m'ont profondément affecté.

— Oui, je comprends. C'est une triste affaire. Le défunt était peut-être un de vos amis ?

— Non, non. Ce n'est pas ce que je voulais dire. Sa mort n'en est pas moins dramatique !

— En effet. Vous avez dû l'apercevoir quand vous êtes sorti de la salle ?

Gaunt prit son étui à cigarettes et le tendit à Webley. Ce dernier répondit qu'il ne fumait pas. Dikon vit que la main de Gaunt tremblait légèrement. Il lui offrit son briquet. Gaunt alluma sans hâte sa cigarette. Tandis qu'il se penchait sur la main de Dikon, celui-ci crut l'entendre murmurer entre ses dents : « Il faut que je m'en sorte ».

— Je vous disais que...

Impassible, Webley répéta sa question.

Gaunt répondit qu'il ne se souvenait pas très bien des instants ayant suivi le concert, mais qu'il croyait avoir entrevu Questing devant la sortie de la salle. Webley insista sur ce point précis. Gaunt commença bientôt à donner des signes d'impatience. Au bout d'un moment, il interrompit ses explications et rapprocha sa chaise de celle occupée par Webley.

— Ecoutez, fit-il. Je vous ai dit tout ce que je savais. Je ne vous ai rien caché. J'aimerais que vous compreniez ceci : je suis un acteur, un comédien très connu. Tout ce qui me touche de près ou de loin fait la une des journaux. Et cela, aussi bien en Angleterre qu'aux Etat-Unis. Bell, mon secrétaire particulier, vous dira combien il faut que je me montre prudent. On écrit toutes sortes de choses à mon sujet. Cela peut vous paraître un peu tiré par les cheveux, mais je vous asssure que c'est très sérieux. Il ne faut pas que mon nom soit lié d'une manière ou d'une autre à ce malheureux accident. Ce serait désastreux. Nous ne savons pas grand-chose du défunt, mais il me semble avoir entendu dire qu'il avait une personnalité plutôt discutable. Supposez qu'un journaliste finisse par tout découvrir. Vous imaginez les titres ? « Drame à Waiatatapu. Un homme trouve une fin horrible après un récital donné par Geoffrey Gaunt. » L'affaire prendra une toute autre dimension.

— Ces pratiques sont tout à fait inconnues dans notre pays, monsieur Gaunt.

— Bon sang, je ne parle pas de ce pays ! En ce qui me concerne, la Nouvelle-Zélande peut tout aussi bien ne pas exister. Je pensais à une ville comme New York.

— Ah, fit Webley d'un air impassible.

— Ecoutez, enchaîna Gaunt, je sais que vous avez une tâche à accomplir. J'essaierai de répondre à vos questions dans toute la mesure du possible. Je vous demande simplement d'être bref, je n'ai pas de temps à perdre. Je ne peux pas vous inviter à prendre un verre, mais...

Horrifié, Dikon vit Gaunt porter la main à sa poche intérieure. Il se mit derrière Webley et secoua vigoureusement la tête. Mais Gaunt avait déjà sorti son portefeuille et Webley s'était levé.

— Voyons, monsieur Gaunt, fit le policier sur le même ton placide. Ce que vous essayez de faire porte un nom que vous ne devez pas ignorer. Vous me disiez à l'instant que vous étiez très jaloux de votre réputation. Ce geste pourrait avoir de fâcheuses conséquences pour vous si l'on venait à en parler. Rangez votre portefeuille, monsieur Gaunt. Nous vous laisserons partir aussitôt que possible. Mais tant que cette affaire n'aura pas été éclaircie, personne ne quittera Waiatatapu. Personne.

Gaunt renversa la tête et sembla réfléchir. Mais Dikon sut qu'il se préparait à lancer une attaque.

— Je pense que vous commettez une erreur, sergent, déclara-t-il sur un ton faussement indifférent. Mais pour l'instant, nous en resterons là. Je vais téléphoner à Sir Stephen Johnston pour demander son avis sur ce qu'il convient de faire. C'est un ami intime. N'est-il pas aussi président de votre Cour Suprême ?

— Vous êtes libre de téléphoner à qui vous voudrez, monsieur Gaunt, affirma Webley d'un air paisible. Son Excellence prendra les mesures qui lui sembleront opportunes. Entre-temps, je vous demande de ne pas quitter Waiatatapu.

— *Seigneur Tout-Puissant* ! hurla Gaunt. Si vous répétez une seule fois cette phrase, je sens que je vais me mettre vraiment en colère. Pour quelle raison me traitez-vous ainsi ? Questing est mort à la suite d'un simple accident. Vous vous conduisez comme s'il s'agissait d'un meurtre.

— Mais, fit une voix derrière eux, tout indique qu'il s'agit bel et bien d'un meurtre.

Debout dans l'encadrement de la porte, M. Septimus Falls semblait s'excuser d'interrompre leur discussion.

V

— Veuillez me pardonner, reprit-il sur un ton presque contrit, j'ai frappé à la porte, mais vous ne m'avez pas entendu. Je suis venu dire au sergent Webley qu'il est demandé au téléphone.

— Merci, monsieur, murmura Webley avant de sortir.

— Puis-je entrer ? questionna Falls en s'avançant. Ce géant consciencieux va s'absenter pour un moment. Profitons-en pour examiner nos positions respectives.

— Ce que vous venez d'affirmer à propos de Questing... commença Gaunt. Comment pouvez-vous dire une telle chose ?

— Qu'il a été assassiné ? C'est un constat qui s'appuie sur plusieurs observations. Permettez-moi de les énumérer. I — l'attitude adoptée par la police fait penser davantage à une affaire criminelle qu'à un simple accident. 2 — il existe un certain nombre d'indices pour le moins troublants. Par exemple, la brèche ouverte en bordure du sentier. Avez-vous déjà essayé de décoller cette boue solidifiée ? Mon cher monsieur, vous ne pourriez le faire que si vous en aviez réellement l'intention. 3 — j'ai remarqué que le tronçon délogé était tombé au pied du monticule. En me servant de ma torche électrique, j'ai relevé sur la glaise des traces de botte ou de chaussure cloutée. De tous ceux qui avaient assisté au concert, Questing était le seul à porter une tenue de soirée. 3 — un piquet avec un fanion blanc était fiché dans le bloc de boue. Il n'y avait pas d'autre fanion blanc de ce côté-là du monticule. D'après mes conclusions, les marques qui se voient au bord de la brèche et sur la motte de terre ont été laissées par la hampe du fanion. Webley et ses collaborateurs ont sûrement relevé l'ensemble de ces indices. Cela explique peut-être leur attitude inflexible à notre égard. Voyez-vous, on m'a aussi interdit de quitter Waiatatapu. J'avoue que c'est un peu ennuyeux.

— Je ne vois pas comment, à partir de ces éléments ténus et ridicules, on peut soutenir qu'un crime a été commis, lança Gaunt.

— Vraiment ? Hamlet n'a pourtant agi que sur de simples soupçons.

— Je ne comprends pas ce que vous voulez dire. Je suis l'invité de ce pays et je trouve monstrueux que l'on se permette de me traiter avec une telle désinvolture. Si cela continue, poursuivit Gaunt sur un débit rapide, j'en appellerai directement au Gouverneur Général que j'ai l'honneur de compter parmi mes amis.

« C'est effrayant, songea Dikon. D'abord le président de la Cour Suprême, ensuite le Gouverneur Général. Si Webley ne se montre pas un peu plus conciliant, il faudra peut-être alerter le Palais Royal. »

A cet instant, le docteur Ackrington apparut dans l'embrasure de la porte.

— Puis-je entrer ?

Gaunt agita vaguement la main.

— Je ne sais si vous vous en êtes rendu compte, fit le docteur Ackrington avec un regard autour de lui, mais nous sommes tous soupçonnés de meurtre. Tous autant que nous sommes, ajouta-t-il en éclatant d'un rire triomphant.

— C'est impossible ! cria Gaunt. je refuse d'être impliqué dans cette histoire. Il s'agit d'un simple accident. Questing était ivre, il a du faire un faux pas. Personne n'est responsable, et surtout pas moi. Je refuse d'être impliqué.

— Vous pouvez refuser autant qu'il vous plaira, mon cher monsieur, affirma le docteur Ackrington sur un ton dégagé. cela ne vous mènera nulle part. Tout comme nous autres, vous ne débordiez pas de sympathie pour Questing. Loin de là. C'est un fait que même ce balourd finira par découvrir.

— Vous parlez du sergent Webley ? demanda Falls.

— En effet. Je regrette, mais cet homme n'est pour moi qu'un lourdaud.

— Je ne suis pas de cet avis, docteur Ackrington. Il me semble que nous commettrions une grave erreur d'appréciation en sous-estimant Webley. En tout état de cause, si, comme j'en ai l'intime conviction, Questing a bel et bien été assassiné, nous voudrions tous que son meurtrier soit découvert, non ?

M. Falls dévisagea ses interlocuteurs en souriant d'un air affable. Il y eut un moment de silence. Gaunt, Dikon et le docteur Ackrington répondirent en même temps :

— Oui, bien sûr.

— Evidemment, ajouta le docteur Ackrington. Mais autant vous le signaler dès maintenant, je suis en désaccord total avec l'opinion officielle concernant cette affaire. Je me dois néanmoins de vous mettre en garde. Ce sergent ne m'inspire pas confiance. Si c'est lui qui doit mener l'enquête, je déclare que nous sommes tous en danger.

— Et qu'avez-vous l'intention de faire, si je peux me permettre cette question ? demanda Gaunt sur un ton agressif.

— Je propose une réunion.

— C'est une idée parfaitement grotesque !

— Vraiment ? Puis-je savoir en quoi elle vous déplaît ?

— Si je comprends bien, votre idée serait de nous réunir afin de désigner un assassin parmi nous ! C'est bien cela ?

— Votre ironie me semble pour le moins déplacée, rétorqua le docteur Ackrington avec colère. Je ne m'attendais sûrement pas à vous trouver aussi convaincu de votre propre innocence, monsieur Gaunt.

— Que voulez-vous dire au juste ? J'exige que vous précisiez votre pensée.

— Allons, messieurs, intervint Falls. Cela ne nous avance à rien de nous énerver.

— Ni de nous lancer des formules creuses et toutes faites, enchaîna Gaunt avec humeur.

— Vous êtes là, James ? demanda le Colonel Claire.

Son visage, quelque peu déformé, était collé à un carreau de la fenêtre.

— Je viens, fit le docteur Ackrington en considérant ses trois interlocuteurs. Il est de mon devoir, poursuivit-il sur un ton péremptoire, de vous informer que Webley vient d'être rappelé à Harpoon. C'est du moins mon impression. Ses hommes sont retournés à la réserve. Nous ne sommes donc plus sous surveillance, et le moment me semble particulièrement indiqué pour examiner nos positions respectives. Retrouvons-nous dans la salle à manger. Mettons dans dix minutes. Vous ne vous joindrez pas à nous, j'imagine, après cette conversation ?

— Mais si, mais si, répondit Falls. Je viendrai.

— Moi aussi, affirma Dikon.

— Il vaut mieux que j'assiste à cette réunion, déclara Gaunt. Ne serait-ce que pour me protéger.

— Je suis heureux que vous l'ayez compris, assura le docteur Ackrington.

Puis il alla rejoindre son beau-frère qui l'attendait sur la véranda.

M. Falls ne le suivit pas. Au grand embarras de Dikon, cette présence n'empêcha nullement Gaunt de donner une nouvelle fois libre cours à sa colère. Gaunt, en pareilles circonstances, n'avait jamais fait preuve de retenue. Mais ce matin-là, il ne sembla guère s'apercevoir qu'une tierce personne l'écoutait. Son attention alla tout entière à Dikon. De même que sa hargne et son indignation. Son secrétaire, affirma-t-il, s'était montré d'une rare incompétence. Il avait, par son imprévoyance et sa légèreté, provoqué un vrai gâchis. Il n'aurait jamais dû accorder un entretien au sergent Webley. Ne comprenait-il donc pas le désarroi et le traumatisme qu'il infligeait à son employeur ? Dikon ne l'avait jamais entendu tenir des propos aussi outranciers. L'inquiétude et l'appréhension que lui-même éprouvait ne firent que monter avec chaque phrase. Il avait honte d'avoir à subir ce traitement en présence de Falls.

Une clameur s'éleva soudain à l'extérieur, et l'éclat de

Gaunt prit fin. Huia était sortie et agitait sa cloche à toute volée. Surpris, Gaunt émit un juron.

— Il est midi ? fit Dikon, lui-même profondément remué. Maintenant que j'y pense, ajouta-t-il, je n'ai rien mangé depuis hier.

— Messieurs, nous sommes convoqués à la salle de réunion, déclara Falls sur un ton placide. Ne nous faisons pas attendre.

VI

Trois des petites tables avaient été rassemblées bout à bout. Le Colonel Claire était assis à la droite du docteur Ackrington. Il semblait plus malheureux que jamais. Smith et Simon avaient pris place de l'autre côté, au fond de la salle. Simon fronçait les sourcils d'un air revêche et Smith promenait autour de lui un regard absent. Le docteur Ackrington leva un doigt péremptoire, montrant les chaises sur sa gauche. Dikon et Falls s'installèrent côte à côte. Gaunt, le visage renfrogné, alla s'asseoir aussi loin qu'il le put. Le Colonel Claire, sentant visiblement que le silence devenait trop lourd, lança soudain :

— Eh bien, c'est parfait, non ?

Il sembla quelque peu effrayé par le son de sa propre voix.

— C'est parfait, confirma Septimus Falls d'un air impassible.

Mme Claire et Barbara firent leur entrée. Elles portaient leurs plus belles robes et tenaient des missels dans leurs mains gantées. Des chaises raclèrent le sol tandis que les hommes se levaient. Smith et Simon se prêtèrent de mauvaise grâce à ce cérémonial.

— Je suis navrée de ce petit retard, mon chéri, affirma

Mme Claire. Il régnait une certaine confusion au village, ce matin.

Elle commença à retirer ses gants usés tout en jetant autour d'elle un regard qui se voulait enthousiaste. Dikon se souvint alors qu'elle dirigeait une école à la réserve indigène.

— Nous avons dû emprunter la route, à l'aller comme au retour, expliqua-t-elle.

Barbara sortit avec les missels et revint au bout de quelques instants. Elle avait ôté son chapeau et semblait un peu effrayée.

— Assieds-toi, Agnès, assieds-toi donc, ordonna le docteur Ackrington. Maintenant que tu es de *retour*. Je ne comprends d'ailleurs pas pourquoi tu t'es donné la peine... enfin ! Je suppose que tes élèves n'étaient pas tous présents à l'appel ?

— Ils ne sont pas venus en grand nombre, précisa Mme Claire d'une voix douce. Et je dois dire qu'ils étaient un peu dissipés. Pauvres petits.

Dikon fut profondément étonné de voir qu'elle n'était nullement contrariée. Assise auprès de son époux, elle semblait parfaitement calme et maîtresse d'elle-même.

— James ? fit-elle au bout d'un moment en levant les yeux sur son frère.

Le docteur Ackrington posa les mains sur le bord de la table et se renversa en arrière.

— En ces circonstances exceptionnelles, commença-t-il, il me paraît essentiel que nous nous expliquions en toute franchise et que nous cherchions à comprendre. Comme vous tous, j'ai été longuement interrogé par une personne qui, j'en suis persuadé, n'est pas qualifiée pour effectuer ce travail. J'avoue n'avoir jamais eu une très haute opinion de la police locale. Le sergent Webley, que ce soit par ses actes ou ses propos, n'a rien fait pour modifier mon attitude. Je ne vous cache pas que j'ai ma propre idée concernant cette malheureuse affaire. Une brève inspection des lieux où s'est déroulée cette prétendue tragédie confirmerait peut-être mes propres vues à ce sujet. Mais le sergent Webley, dans sa grande sagesse, me refuse la permission d'enquêter sur place. Ha !

Comme il marquait une pause, Mme Claire dut penser qu'il attendait une réponse.

— C'est vraiment affreux, commenta-t-elle.

Le docteur Ackrington considéra sa sœur d'un air apitoyé.

— J'ai dit « *prétendue* tragédie », rappela-t-il. « La *prétendue tragédie* ».

Il promena un regard impérieux sur l'assistance.

— Nous ne sommes pas sourds, James, affirma le Colonel d'une voix égale. Nous avions compris.

— Alors pourquoi ne dites-vous rien ?

— Peut-être parce que tu parles très fort et que tu as l'air furieux, hasarda sa sœur.

Elle parut hésiter, toussota comme pour s'excuser et continua :

— On pense un peu à ta manière de t'exprimer et à ta mauvaise humeur, et l'on oublie d'écouter. C'est un peu déroutant.

— Je ne m'étais pas rendu compte... s'écria le docteur Ackrington.

Il s'interrompit à nouveau et, d'une voix contenue, reprit :

— Très bien, Agnès. Tu voudrais trouver ici l'atmosphère feutrée de tes salles de classe ? Entendu. Je m'efforçerai d'oublier que nous risquons tous d'être inculpés de meurtre. Les observations que je serai amené à faire durant cette réunion, je les murmurerai, je les chuchoterai. Alors, tu réussiras peut-être à m'écouter.

— Vous avez dit « *prétendue tragédie* », rappela Falls sur un ton conciliant.

— Oui. Et non sans raison.

— J'attends vos explications avec le plus vif intérêt.

Naturellement, poursuivit M. Falls d'un air détaché, il faudrait faire preuve d'une certaine prudence, dans le cas qui nous occupe. Je ne prétends pas comprendre... Comment dit-on déjà ?... Les aspects techniques de cette affaire. L'absence d'un cadavre...

— L'*habeas corpus* ? intervint le Colonel.

— L'*habeas corpus*, cher monsieur, se réfère au corps de l'accusé et non à celui de la victime, me semble-t-il. Dans ce sens, nous pourrions tous êtres concernés. N'êtes-vous pas de cet avis ? demanda M. Falls en promenant son regard autour de la table.

— Qui va être transformé en cadavre ? hurla Smith d'un air affolé. Parlez pour vous.

— Tais-toi, Bert, ordonna Simon.

— Ouais, bon. Mais il s'agit de savoir. Faut pas lancer des accusations comme ça. Si on me vise, j'ai le droit de me défendre, non ?

— Puis-je me permettre de continuer ? demanda le docteur Ackrington sur un ton froid.

— Oh, la barbe ! fit Gaunt d'un air écœuré. Allez-y. Qu'on en finisse.

Dikon vit que Barbara le considérait d'un regard étonné.

— Il y a un instant, reprit le docteur Ackrington en se tournant vers M. Falls, je vous ai entendu fournir une description relativement claire de ce que vous avez pu observer. De nous tous, vous êtes le seul à avoir eu l'occasion d'examiner le sentier. Vous avez donc un sérieux avantage sur nous. Si votre compte rendu est exact, je pense qu'une seule conclusion s'impose. En effet, vous dites que Questing avait une torche électrique et qu'il s'en est servi. Alors je vous pose la question : comment pouvait-il manquer de voir la brèche qui l'a précipité dans le chaudron ? Vous-même l'avez bien vue, quelques instants après.

M. Falls considéra le docteur Ackrington d'un regard

méditatif. Dikon eût été incapable d'interpréter l'expression de son visage.

— Votre remarque est tout à fait judicieuse, finit-il par répondre.

— Questing était ivre, lança Simon. Tout le monde a dit qu'il sentait l'alcool. Pour moi, c'était un accident. Il a marché trop près du bord et il est tombé. C'est aussi simple que ça.

— Mais, objecta Dikon, M. Falls affirme qu'il y avait des empreintes de botte ou de soulier clouté sur la motte de terre. Questing portait des mocassins. Qu'y a-t-il ?

Simon s'était levé à moitié, laissant échapper une exclamation rauque. Il contempla Dikon d'un regard médusé.

— Qu'est-ce qui te prend ? demanda son oncle.

— Sim, mon chéri !

— C'est rien, c'est rien, murmura Simon en se rasseyant.

— L'empreinte que vous affirmez avoir remarqué mon cher Falls, déclara le docteur Ackrington, existait peut-être déjà depuis un certain temps. A mon avis, il ne faudrait pas lui accorder une importance qu'elle n'a peut-être pas. En revanche, et je soutiens que c'est le plus probable, quelqu'un a pu inscrire délibérément cette marque, pour créer une fausse piste.

— Comment ? interrogea le Colonel. Je n'ai pas suivi. Falls a vu quelque chose ? Je ne comprends pas ce qui se dit autour de moi.

— Falls, puis-je vous demander d'exposer une nouvelle fois votre théorie ? reprit le docteur Ackrington.

— C'est plutôt le scénario qui, à mon avis, sera retenu par la police, indiqua Falls.

Affable et courtois, il refit le récit de ses observations et des conclusions que la police allait, selon lui, tirer des circonstances entourant la disparition de Questing. Le Colonel l'écouta en hochant vaguement la tête. Quand Falls acheva son exposé, il grommela :

— Ah, c'est donc ça !

— Que faut-il penser de tout cela ? intervint Gaunt. J'ai l'impression que vous ne cessez de tourner en rond. Questing est mort. Il a trouvé une fin horrible, cauchemardesque. Mais, pour moi, il s'agit d'un accident. Comme beaucoup d'ivrognes, il a trébuché avant de s'abîmer dans cette affreuse chose. Je ne veux pas entendre parler d'une autre explication. Et que signifie cette histoire d'empreintes ? Le sentier doit être couvert de toutes sortes de traces. Je dis que c'en est trop ! Seigneur ! Dans quelle galère me suis-je embarqué ? Me faire traiter de la sorte par un petit policier en mal de sensations fortes ! Je lui donnerai de mes nouvelles, croyez-moi ! Dès que j'aurai quitté cette geôle !

Sa voix se brisa. Il abattit ses deux mains sur la table en s'écriant :

— Ce fut un accident. Un accident, vous dis-je ! Il est mort. N'en parlons plus !

— Justement ! fit le docteur Ackrington.

Le visage crispé, il marqua une pause avant de poursuivre :

— Je ne partage pas du tout cette opinion. A mon avis, Questing est loin d'être mort.

XI
Simulacre

Le docteur Ackrington parut s'apaiser en voyant l'émotion qu'il venait de susciter par sa déclaration. Après un moment de silence incrédule, ses interlocuteurs retrouvèrent leurs voix en même temps. Dikon éprouva comme une hallucination. L'espace d'un instant, il se dit que le docteur Ackrington pensait réellement à une sorte de réincarnation. Une image horrible prit forme dans son esprit : celle d'une chose enveloppée de boue fumante, émergeant lentement pour se dresser au-dessus du trou. Il chassa aussitôt cette vision de cauchemar. Indignée, véhémente comme il ne l'avait jamais entendue, la voix de Gaunt le ramena à la réalité.

— Etes-vous devenu fou ? Que signifie cette imbécilité ?

Falls leva une main et, contre toute attente, réussit à calmer l'agitation qui régnait dans la salle.

— S'il avait été indemne, bien portant et sur ses pieds, déclara-t-il je vous assure que je l'aurais vu. Mais, docteur Ackrington, vous pensez peut-être qu'il était sain et sauf mais s'efforçait de ne pas remuer ?

— Je vois que vous saisissez mon idée, commenta le

docteur Ackrington qui semblait une nouvelle fois prêt à composer avec Falls. A mon avis, cette affaire n'est rien d'autre qu'un simulacre, une disparition montée de toute pièce.

— Vous voulez dire qu'il est vivant et qu'il se promène encore dans la nature ? s'écria le Colonel, l'air un peu mal à l'aise.

Mme Claire commença :

— Il va de soi que nous serions tous très heureux s'il s'avérait que...

— Oh oui, interrompit Simon à mi-voix. Ce serait épatant.

— C'est ce que je pense aussi, appuya Smith avec ferveur. Ça me dérangerait pas du tout, malgré ce qui s'est passé entre nous.

D'une main hésitante, il tâta la poche intérieure de son veston. Une expression inquiète se peignit soudain sur son visage. Il fronça les sourcils et lança furieusement :

— Un instant ! Vous voulez pas dire qu'il s'est débiné ?

— Si l'on tient compte de la carence dont sont capables les autorités locales, il a en effet toutes chances de réussir à nous fausser compagnie, répondit le docteur Ackrington.

— Oh non ! fit Smith dans un gémissement plaintif. Il ne manquait plus que ça ! Il s'est barré, hein ? poursuivit-il avec un rire amer. Eh bien, voilà, tout est fini. Rideau !

Une grimace de souffrance et de désespoir tordit ses lèvres.

— C'est dégoûtant, marmonna-t-il.

— Nous devrions peut-être laisser le docteur Ackrington développer ses idées ? suggéra Falls.

— Merci. Je ne peux pas ouvrir la bouche dans cette maison sans être aussitôt interrompu. Mais j'ai l'habitude. Enfin...

— Nous t'écoutons, affirma sa sœur. Personne ne te coupera la parole cette fois.

— Il y a déjà un moment, reprit le docteur Ackrington d'une voix ferme, que je soupçonne Questing de se livrer à certaines activités. En un mot, je pense que cet homme est un agent au service de l'ennemi. Quelques-uns d'entre vous étaient au courant de mes opinions à ce sujet. Apparemment, mon neveu Simon les partageait. Sans me consulter au préalable, il a mené sa propre enquête et le résultat de ses investigations ne m'a été révélé qu'hier soir.

Il marqua une pause. Simon s'agita sur sa chaise, mais ne fit aucun commentaire.

— Cependant, continua le docteur Ackrington, mon neveu s'est confié à d'autres personnes. Il serait étrange que Questing, un homme rusé et constamment à l'affût, n'ait pas été informé de ces découvertes. Et, naturellement, il a flairé le danger qui le menaçait. Combien d'entre vous, par exemple, ignoraient la vraie nature de ses activités sur le mont Rangi ?

— Je savais ce qu'il trafiquait là-haut, répondit Smith instantanément. J'en ai parlé à Rua il y a deux semaines. Je l'ai prévenu.

— De quoi l'avez-vous prévenu ?

— Je lui ai dit que Questing s'intéressait à la hache de son grand-père. Par la suite, j'ai eu des remords. J'aurais pas dû parler. C'était pas bien. J'ai eu une discussion avec Questing et il m'a... rassuré.

La main de Smith alla une nouvelle fois à la poche intérieure de son veston.

— Je m'étais également entretenu avec Rua, déclara le docteur Ackrington. N'ayant obtenu satisfaction ni de la police ni des autorités militaires, j'ai pensé, peut-être à tort, qu'il était de mon devoir d'expliquer au vieux Rua la véritable nature des activités auxquelles se livrait Questing. Non, ne m'interrompez pas ! ordonna-t-il tandis que Smith faisait mine de protester. J'ai dit à Rua que l'histoire des reliques était une simple couverture, un faux-semblant. A ce moment-là, continua-t-il en regardant tour à tour Simon, Dikon et Gaunt, j'ignorais que trois autres personnes étaient au courant de mes soupçons. Sans oublier que Simon avait tout raconté à la police. Quant à vous, Edouard, j'ai tenté à plusieurs reprises de vous convaincre...

— Oui, je sais, James. Mais vous avez toujours quelque chose à dire sur un sujet ou un autre.

— Seigneur ! murmura le docteur Ackrington.

— S'il te plaît, James ! implora Mme Claire.

— Je continue de penser que nous tournons en rond, lança Gaunt. Venons-en au fait !

— Puis-je me permettre ? intervint Falls d'une voix mesurée. Le docteur Ackrington suggère l'explication suivante : Questing, à un moment donné, s'est rendu compte qu'il ne pouvait plus rester à Waiatatapu, le secret de ses activités ayant été découvert. Il a donc organisé sa propre disparition. C'est bien cela ?

— En effet. Hier soir, quand vous avez entrepris de fouiller les environs de Taupo-tapu, il s'est dissimulé dans l'ombre. Dès qu'il vous a vu partir, il a fini de se changer. Il avait sûrement caché des vêtements dans quelque fourré. Ceux qu'il portait, il les a simplement jetés dans le chaudron avant de s'éloigner tranquillement.

Promenant un regard circulaire autour de lui, le docteur Ackrington ajouta :

— Il ne s'agit pas d'une simple hypothèse. Ce que Falls vient de m'apprendre confirme tout à fait la justesse de cette théorie. On a repêché le gilet blanc de Questing, il flottait à la surface de Taupo-tapu. Comment un tel vêtement peut-il se détacher d'un corps ?

— C'était un gilet sans dos, murmura Dikon. Les

bretelles ont probablement lâché. Il ne faut pas oublier les produits chimiques contenus dans la boue...

Ignorant cette objection, le docteur Ackrington poursuivit son exposé.

— Quand vous êtes retourné sur les lieux, vous avez entendu quelqu'un marcher derrière le monticule, rappela-t-il en s'adressant à Falls. A mon avis, c'était Questing en personne. Souvenez-vous qu'il avait deux moyens, et deux seulement, pour s'échapper : en traversant le village maori ou en contournant la colline. Il a dû attendre un certain temps avant de s'éloigner. Naturellement, il agissait sur ordre. Voilà, conclut le docteur Ackrington en toussotant d'un air satisfait, l'essentiel de ma théorie.

— Si tu permets, Oncle James, intervint Simon, ce que tu viens de décrire n'est pas une théorie mais une plaisanterie.

— Ah vraiment ! Tu vas peut-être nous expliquer....

— D'après toi, Questing se sentait menacé. Il voulait se barrer au plus vite. Très bien. Que fais-tu alors du long cri qu'il a poussé et qu'on a dû entendre à Harpoon ?

— Il y a un moment que j'attends cette question, affirma le docteur Ackrington avec un sourire triomphant. Pourquoi ce cri, dis-tu ? C'était le meilleur moyen de tenir les Maoris en respect, de s'assurer qu'il ne serait pas interrompu dans sa besogne. Quel Maori se serait aventuré au voisinage de Taupo-tapu après avoir entendu ce cri ?

— Il n'y avait pas que des Maoris au village. Nous étions tous là-bas.

— Si ta sœur, ta mère, Bell et M. Falls sont restés derrière, c'était le fait d'un simple hasard. Plus important encore, nous étions tous censés rentrer en même temps dans la voiture de Gaunt. Tous, à l'exception de Questing, de Smith et de toi-même. Mais voilà que Gaunt, Edouard, Falls et moi-même avons décidé de marcher.

Ce n'était pas prévu. Questing s'attendait à être parfaitement libre de ses mouvements. Les invités commençaient à sortir quand il est parti.

— Et les empreintes ? questionna Simon comme si son oncle n'avait rien dit. Si je te comprends bien, quelqu'un a délibérément ouvert une brèche dans le sentier en donnant un grand coup de pied dans la boue. Mais Bell affirme que Questing portait des mocassins.

— Ah ! fit le docteur Ackrington, d'un air triomphant.

— Quoi, ah ? répliqua Simon.

— Questing voulait donner à penser qu'il était tombé, expliqua son oncle. Si ma théorie est exacte, il aura tout fait pour transformer son apparence. Vêtements on ne peut plus ordinaires, bottes d'ouvrier... etc. Il prend bien soin de chausser ces bottes avant de piétiner le sentier et de déloger la motte de terre que l'on a retrouvée.

Le docteur Ackrington abattit une main sur la table et se renversa en arrière.

— J'attends un commentaire, fit-il avec emphase.

Pendant un moment, nul ne proféra le moindre son. Puis, au grand étonnement de Dikon, l'un après l'autre, Gaunt, Smith, le Colonel Claire et même Simon répondirent qu'ils n'avaient aucune observation à faire. Dikon eut l'impression que l'atmosphère, dans la salle à manger, s'était subitement détendue. Gaunt s'épongea le front à l'aide d'un mouchoir et sortir son étui à cigarettes.

Visiblement satisfait, le docteur Ackrington se tourna vers M. Falls.

— Vous ne dites rien ?

— Je suis plein d'admiration, déclara Falls. Votre idée est tout simplement géniale et vous l'avez développée avec une grande clarté. Je vous félicite.

« Quel homme étrange », songea Dikon. « Il a l'air normal, tout à fait normal. Il a une voix plaisante, bien modulée. On s'attend à le voir s'exprimer comme le commun de mortels. Mais non. Tout d'un coup, il se met à parler comme un professeur d'université. » Vaguement irrité par l'attitude de Falls, Dikon porta les yeux sur Barbara. Il s'était efforcé de ne pas la regarder depuis qu'elle était entrée. Sa pâleur, l'expression égarée de son visage, l'attention douloureuse qu'elle mettait à écouter les autres sans rien dire lui conféraient un air infiniment émouvant. Elle le fixait de ses grands yeux maintenant, des yeux anxieux qui l'interrogeaient en silence. Elle répondit à son sourire en souriant aussi. Il y avait une chaise vide près de la sienne.

— *Dikon* !

Le cri poussé par Gaunt le fit sursauter. Il se détourna en réprimant une grimace contrite.

— Excusez-moi, monsieur. Vous m'avez parlé ?

— Le docteur Ackrington attend votre réponse depuis un bon moment. Il voudrait savoir ce que vous pensez de la solution.

— Je vous demande pardon ? Ce que je pense ?

Dikon enfouit ses mains dans ses poches et les referma. Tous les regards étaient braqués sur lui.

— J'avoue que cette affaire m'a un peu secoué, bredouilla-t-il. Je n'ai aucune opinion constructive à formuler.

— Cela signifie donc que la mienne vous paraît acceptable ? fit le docteur Ackrington non sans impatience.

Pourquoi ce sentiment qu'ils le guettaient tous, exerçant sur lui une sorte de pression collective, cherchant à lui forcer la main ?

— Eh bien ? lança Gaunt. Qu'attendez-vous, nom d'un chien ?

— Allons, Bell, décidez-vous. Si vous ne dites rien, j'en déduirai que vous n'avez aucune objection.

— Mais ce n'est pas du tout le cas, fit Dikon. J'ai

plusieurs objections. Cette théorie me semble parfaitement invraisemblable.

II

Il se rendit compte bien vite que ses explications manquaient de vigueur et ce clarté.

— Bien entendu, je ne peux pas fournir la preuve que vous vous trompez, monsieur. Il est même possible que vous ayez raison. Je veux dire par là que votre théorie est logique, mais qu'elle ne s'appuie sur aucun indice concret.

— Elle se fonde sur le caractère du personnage, sur les circonstances de sa disparition et sur le fait incontestable qu'aucun cadavre n'a été découvert, énuméra le docteur Ackrington sur un ton professoral.

— Elle me semble un peu... comment dire... trop bien ficelée, bredouilla Dikon. Vous comprenez, c'est le genre de scénario que l'on s'attend à trouver dans un roman policier. Questing ne pouvait pas savoir à l'avance qu'il y aurait cette chanson à propos de la jeune fille tombée dans le chaudron. Nous sommes bien d'accord ? Comment, dans ces conditions, aurait-il pu penser que son cri empêcherait les Maoris de s'approcher ?

— Vous ne comprenez donc pas ? fit Gaunt. Le cri a été introduit après coup, *à cause* de la légende, précisément. Pour créer une sorte d'atmosphère. S'il n'avait pas entendu la chanson, il n'aurait pas crié.

— Exactement, appuya le docteur Ackrington.

Il y eut un moment de silence.

— Alors, monsieur Bell ? interrogea Falls.

— Oui, ce n'est pas impossible, reconnut Dikon. Mais, encore une fois, j'avoue que cette explication me semble un peu artificielle. On a l'impression qu'elle est...

fabriquée. Elle se tient trop bien. Je sais que mes objections sont vagues et ne reposent pas non plus sur des éléments concrets, mais je ne vois pas Questing en train de cacher des vêtements de rechange dans un trou ou un geyser éteint, puis jeter son gilet dans le chaudron avant de disparaître. D'ailleurs, où pouvait-il aller ?

— Une voiture l'attendait, quelque part sur la route, affirma le docteur Ackrington. C'est aussi simple que cela.

— N'oubliez pas le train de marchandises, celui qui passe à minuit, intervint Smith. Il a peut-être sauté dedans ? J'espère que vous avez raison, docteur. Rien que de penser qu'il est en train de mijoter dans cette marmite, je me sens tout drôle.

— Oh ! s'exclama Mme Claire, horrifiée.

Le docteur Ackrington eut un regard sévère pour Smith.

— Ferme-la un peu, Bert, ordonna Simon. Tu t'exprimes mal, mon vieux.

— J'ai dit que je serais content s'il était pas dans...

— Tais-toi !

— La théorie du docteur Ackrington ne vous paraît donc pas satisfaisante, monsieur Bell, résuma Falls. Avez-vous une autre explication à proposer ?

— Je crains que non. Je n'ai pas vu les empreintes laissées sur le bloc de boue, mais il me semble qu'elles ne doivent pas dater de bien longtemps. En tout cas, elles prouvent que l'on a cherché délibérément à ouvrir une brèche dans le sentier. Il y a donc une sorte de préméditation. Malgré tout, je ne pense pas que Questing était ivre à ce point, ni même qu'il aurait basculé en mettant le pied dans cette brèche. De plus, l'assassin n'a-t-il pas pris de grands risques en tendant son piège ? Simon aurait pu tomber dans cette trappe, ou quiconque serait passé avant Questing. Comment l'assassin pouvait-il savoir que Questing serait le premier à quitter la salle du concert ?

— Vous ne pensez pas qu'il s'agit d'un accident. Vous êtes incapable de formuler une thèse d'assassinat qui soit crédible. Vous trouvez ma théorie logique et, cependant, vous ne vous privez pas de la critiquer. Monsieur Bell, lança le docteur Ackrington sur un ton péremptoire, nous ne vous demanderons pas de vous expliquer davantage.

— Je vous remercie beaucoup, monsieur, répondit Dikon avec sincérité.

Il se leva, contourna la table et alla s'asseoir auprès de Barbara.

A partir de cet instant, les hommes réunis dans la salle à manger traitèrent Dikon comme un simple observateur. Ils furent tous d'accord pour affirmer que la police, dans le cadre de ses investigations, ne pouvait l'inclure parmi les suspects. Ne se trouvait-il pas en compagnie de Mme Claire et de Barbara au moment où le cri avait retenti ? A elle seule, cette constatation suffisait à l'innocenter, décidèrent-ils. En outre, il n'avait pas pu pénétrer dans la réserve indigène, ni avant ni après le concert.

— Personne ne peut soupçonner Bell, déclara le docteur Ackrington. Pas même ce balourd de Webley.

Dikon se rendit compte avec amusement que, d'une certaine manière, son innocence manifeste le rendait moins estimable aux yeux de ses compagnons.

— Mais il n'en va pas de même pour nous autres, poursuivit le docteur Ackrington avec importance. Webley, vous vous en doutez bien, tiendra chacun de nous pour suspect. Il est donc nécessaire que nous examinions ensemble nos positions respectives. Le sergent Webley ne raisonne pas comme vous et moi, à supposer qu'il ait cette faculté. Nous ne savons pas comment il a l'intention de mener son enquête, ni quels chemins tortueux il compte emprunter. Mais il m'a déjà posé un certain nombre de questions et il m'a paru évident que, pour lui, l'élément le plus important est constitué par ces fameuses empreintes. Qui, parmi nous, était chaussé de bottes ou de souliers cloutés ?

— Moi, répondit Smith sur un ton de défi. Je les porte encore. J'ai pas les moyens de me payer des pompes de luxe, figurez-vous. Je suis un ouvrier, moi, pas un intellectuel.

Se renversant en arrière, il posa un pied sur le bord de la table.

— Si quelqu'un veut inspecter mes godasses, qu'il se gêne pas, lança-t-il.

— Non, merci, murmura Gaunt.

— Même chose en ce qui me concerne, déclara Simon. J'ai trois paires de bottes. On trouvera les deux autres dans ma cabine.

— Très bien, opina le docteur Ackrington. Maintenant, il s'agit d'établir notre emploi du temps. On vous a peut-être déjà demandé de fournir des indications à ce sujet. Vous, Agnès et Barbara, n'êtes pas directement concernées. Mais il est possible que vous soyez également interrogées. Il faut donc vous y préparer.

— Oui, très cher. Mais si l'on nous pose des questions, j'imagine que nous sommes censées dire la vérité ? fit Mme Claire en écarquillant les yeux. C'est tellement plus simple de dire la vérité, n'est-ce pas ?

— Normalement, oui. Mais comment savoir l'interprétation que cet individu va donner à ta vérité ? Il m'a fait répéter trois fois le récit détaillé de mes mouvements et il a complètement ignoré ma théorie sur la disparition de Questing. Il y a de quoi s'inquiéter non ?

— Il a refusé de vous écouter ? questionna Gaunt d'un air surpris et anxieux. Oui, bien sûr, ajouta-t-il aussitôt. Il m'a interrogé aussi de la même façon. Il soupçonne l'un d'entre nous, c'est évident. Nous sommes en danger.

— Je pense que vous sous-estimez Webley, déclara Falls. Franchement, je ne vois pas pourquoi vous vous faites du souci. Webley est obligé de suivre une méthode précise, même si elle devait se révéler un peu contraignante pour vous. N'oublions pas l'essentiel : Questing a disparu. Il faut donc mener une enquête afin d'élucider cette affaire.

— Très juste, approuva le Colonel Claire. Comme je vous l'ai déjà dit, James, c'est une simple question de routine.

Falls poursuivit :

— Et comme il ne voit pas de mobile...

— Un mobile ! s'exclama le docteur Ackrington. Il n'en voit aucun, ce lourdaud ! Mon cher monsieur, le sentier qui mène à Taupo-tapu est littéralement pavé de mobiles. Moi-même... je suis moi-même suspect si l'on doit examiner la question du mobile.

— Sapristi ! fit le Colonel. C'est vrai, James ! Vous disiez que Questing était un espion et que le poteau d'exécution était un châtiment beaucoup trop doux pour lui !

— Et si nous parlions un peu de vous, mon cher Edouard ? Votre situation doit être connue de tout le monde, à présent.

— James ! implora Mme Claire. S'il te plaît !

— Je t'en prie, Agnès ! fit le docteur Ackrington avec irritation. Il ne sert à rien de se cacher la vérité. Questing avait le pouvoir de ruiner ton mari. Tout le monde le sait.

Gaunt leva un doigt qu'il agita en direction de Simon.

— Et vous, jeune homme ? lui lança-t-il. Vous êtes tout aussi désigné, me semble-t-il ?

Son regard se porta sur Barbara. Dikon ne put que regretter de l'avoir tenue informé de la situation.

— Je n'ai jamais dit queje le portais dans mon cœur, déclara Simon. C'était un traître. S'il a pu s'échapper, j'espère bien qu'on réussira à le retrouver. La police sait parfaitement ce que je pensais de Questing. Je n'ai rien caché. Et s'il y a des raison pour qu'on me soupçonne, vous n'êtes pas non plus blanc comme neige, monsieur Gaunt. Hier, quand il a fini son petit discours après le concert, vous n'aviez pas l'air particulièrement heureux. vous l'auriez flingué si vous en aviez eu la possibilité.

— Ne soyez pas stupide. Vos insinuations sont grotesques. Je ne souhaiterais pas à mon pire ennemi de... Seigneur, je n'ose même pas y penser.

— La police ne vous demandera pas si cette idée vous est insupportable, monsieur Gaunt. Ce qui compte, ce sont les faits.

— C'est vrai, approuva Smith.

Gaunt se tourna vers ce dernier.

— Ah, vous trouvez ? lui demanda-t-il. Vous ! Il y a trois semaines, vous parliez d'une tentavie de meurtre et ne pensiez qu'à la vengence ! Auriez-vous oublié ?

— Je me suis déjà expliqué, affirma Smith. Sim est au courant de tout. C'était un malentendu. Questing et moi, on était copains. Vous n'allez pas dire à la police que je l'ai menacé ? Ce serait pas gentil. Ça leur mettrait des idées dans la tête. Hein, Sim ? Ils s'imagineraient toutes sortes de choses ?

— Un peu, oui.

— Vous pouvez être sûr qu'ils ne vous perdront pas de vue, reprit Gaunt d'un air satisfait. Je suis persuadé qu'ils ne tarderont pas à s'occuper de vous.

Les yeux de Smith s'emplirent de larmes. Il plongea une main dans la poche intérieure de son manteau et produisit une feuille de papier qu'il jeta sur la table.

— Regardez ! s'écria-t-il. Mais regardez donc ! Nous étions copains, lui et moi. Il y avait plus rien entre nous. Maurice Questing était mon ami. Il m'a promis plein de bonnes choses. C'est là, vous pouvez vérifier. C'est écrit de sa main, à l'encre verte comme d'habitude. Faites passer. Allez-y.

C'était un engagement, rédigé effectivement à l'encre verte. Le Colonel reconnut instantanément l'écriture de

Maurice Questing. Il était indiqué dans le document que si Questing devenait propriétaire de la Station thermale de Waiatatapu, Herbert Smith obtiendrait un emploi permanent et une rémunération de cinq livres par semaine en plus de gîte et du couvert.

— Vous avez dû vous rendre particulièrement déplaisant pour lui arracher cette promesse, commenta Gaunt.

— Ah ça, j'y suis pas allé de main morte ! reconnut Smith. Je l'ai travaillé pendant que mes blessures se voyaient encore. Et elles étaient pas belles à voir, docteur, hein ?

— Non, grommela le docteur Ackrington.

— Oh, non, renchérit Smith. « Il faut payer », que je lui ai dit. « Vous avez failli me tuer ». Alors il m'a emmené au passage à niveau dans sa voiture. Et il m'a expliqué ce qui s'était passé. Il avait vu le feu changer de couleur, à cause de son pare-brise. J'ai répondu qu'il pouvait pas s'en tirer comme ça, même si c'était vrai. Qu'il aurait des tas d'embêtements si je portais plainte. Alors il m'a demandé ce que je voulais et puis il a parlé de ce contrat. Après, tout est rentré dans l'ordre et on s'entendait très bien. Mais ce truc n'a pas de valeur, maintenant. Je ne sais pas si Questing est mort ou s'il s'est enfui. Pour moi, ça ne change rien. Mon contrat est nul.

— Il faut quand même le garder, conseilla le docteur Ackrington.

— C'est vrai ça. Je vais pas le jeter. Stan Webley pourrait me chercher noise.

— Il me semblait que nous allions parler d'alibis, observa M. Falls d'une voix douce.

— Vous avez parfaitement raison, Falls. Il n'y a pas une seule personne dans cette maison qui soit capable de s'en tenir à un même sujet pendant cinq secondes. Enfin, passons. Nous avons quitté cette maudite salle de concert en plusieurs groupes. Questing est sorti le premier. Vous l'avez suivi. Puis ce fut Gaunt, après un intervalle d'environ trois minutes. Pas plus.

— Et alors ? fit Gaunt, aussitôt sur la défensive. Je suis désolé, ajouta-t-il. Je ne me conduis pas très bien, je le sais.

Il eut un regard pour Mme Claire et Barbara.

— Vous me pardonnez ? questionna-t-il. Cette affaire m'a secoué à un point que vous ne pouvez soupçonner. Je ne sais plus ce que je dis. Ce doit être la fatigue et... oh, je ne comprends pas pourquoi je me sens si... troublé.

Mme Claire émit de petits bruits consolateurs. Dikon ne put s'empêcher de regarder Barbara. Jusqu'à cet instant, Gaunt l'avait complètement ignorée. Mais il semblait soudain la redécouvrir avec émotion et il lui souriait presque timidement, la suppliant de le comprendre. Barbara eut un froncement de sourcils perplexe et détourna la tête. Puis, comme si elle se reprochait son attitude, lui fit face et rougit.

— Je suis désolé, répéta Gaunt.

Barbara eut un geste tout à fait inattendu : elle inclina légèrement la tête. « Elle est adorable », songea Dikon. Il vit que ses mains remuaient sous la table et aurait voulu les prendre dans les siennes pour la rassurer. Quand il reporta son attention sur la salle, il entendit Gaunt décrire son emploi du temps après la fin du concert.

— Je mentirais en disant que je n'étais pas en colère, affirma Gaunt. J'étais furieux. Il s'était comporté d'une manière inqualifiable, se servant de mon nom à des fins publicitaires et bassement commerciales. J'ai pensé que la meilleure chose à faire était de sortir pour respirer un peu d'air frais et essayer de me calmer. Et c'est ce que j'ai fait. Il n'y avait personne dehors. J'ai allumé une cigarette et je suis rentré à pied, par la route naturellement. L'étrange M. Webley va sans doute me demander de fournir des preuves à l'appui de mes dires. Je sais que j'en serai incapable, mais il se trouve que c'est la vérité. Je me suis calmé en marchant. Et quand je suis arrivé à la maison, j'ai gagné ma chambre. Quelques instants plus tard, j'ai entendu des voix dans la salle à manger. J'ai pensé qu'un verre me ferait du bien et je suis donc venu ici en apportant une bouteille de whisky. J'ai trouvé le Colonel Claire et le docteur Ackrington. Voilà.

— Parfait, commenta le docteur Ackrington. Je vous remercie. Maintenant, il s'agit de trouver des témoins pour confirmer cet emploi du temps, Gaunt. Vous dites qu'il n'y en a pas.

— Oui.

— Mais il est très possible que des Maoris vous aient aperçu au moment où vous sortiez de la maison pour rentrer. Ces mêmes personnes avaient peut-être déjà vu Questing qui prenait la direction opposée. Je vous ai moi-même suivi et j'ai essayé de vous rattraper, mais vous aviez disparu. Néanmoins, j'ai entendu des murmures lointains, et ces voix semblaient venir de l'autre bout du village, vers la route. Les gens qui parlaient ainsi vous ont probablement vu. Si j'ai demandé que nous nous réunissions ici, c'est pour nous concerter et rassembler autant d'informations que possible.

— Je n'ai vu personne, indiqua Gaunt. Et je n'ai entendu aucune voix.

— Mais le cri ? interrogea Simon.

— Non, je n'ai pas entendu de cri, répondit Gaunt sur un ton affable en souriant à Barbara.

— Alors, fit le docteur Ackrington d'un air solennel, mon tour est venu de…

— Non, attendez une minute, James.

Le Colonel Claire semblait soudain mal à l'aise. Il se grattait la nuque et contemplait son beau-frère d'un air gêné.

— Nous ne pouvons pas continuer ainsi, déclara-t-il. Cette réunion ne donnerait rien. Je veux dire… Vous avez insister pour que chacun de nous mette cartes sur table, en quelque sorte. Il ne faut rien cacher, n'est-ce pas ? Bon. Je ne mets pas en doute les déclarations de Gaunt. Cependant...

Gaunt pâlit, mais ses lèvres continuaient de sourire. Il ne se tourna pas pour regarder le Colonel. Ses yeux demeurèrent fixés sur Barbara, mais ils avaient perdu tout éclat.

Après un moment d'hésitation, le Colonel reprit :

— Vous vous souvenez ? Je suis retourné au village, hier soir.

— Oui. Eh bien ? fit le docteur Ackrington.

— Comme je vous l'ai déjà dit, ils étaient tous un peu excités. Ils m'ont raconté toutes sortes d'histoires que j'ai préféré garder pour moi. C'était ma façon d'agir quand j'étais en Inde et que nous avions des ennuis avec les indigènes. J'écoutais ce qu'ils avaient à me dire, mais je m'accordais toujours un délai. Mon rapport, je ne l'envoyais qu'un peu plus tard. C'était ma politique, et je vous assure qu'elle m'a évité bien des tracas. Mais, ici, les choses sont un peu différentes. Nous nous sommes réunis dans cette salle pour donner un compte rendu fidèle et détaillé de notre emploi du temps. Si l'un d'entre nous *pense* relever des *lacunes* dans les déclarations d'un autre, son devoir est de parler. C'est mon point de vue et je tenais à le signaler.

— Mon cher Edouard, nous savons tous que vous avez des principes, et nul ne songerait à les critiquer. Mais puisque vous avez pris la décision de nous révéler ce que vous comptiez garder pour vous, oserais-je vous demander de continuer sur votre lancée en mettant en pratique cette louable intention ?

— Oui, bon. Ne me bousculez pas, James, voulez-vous. Ce n'est pas grand-chose, en fait. Voilà de quoi il s'agit. Un garçon du village m'a dit que, pendant le discours de Questing, il était sorti pour aller dans une sorte de remise, au bord de la route. C'était le jeune Eru

Saul, en fait. Ils avaient rangé une caisse de bière dans ce hangar pour passer la soirée. Eru a entendu les voix de deux *pakehas*. Ils se disputaient, à l'en croire. Du moins, l'un des deux n'était pas du tout content. Il lançait des insultes, traitant l'autre de voleur, de voyou...etc. Le second ne faisait que rire. Eru dit que le premier devenait de plus en plus furieux. Il ne comprenait pas tout ce qu'ils disaient, ni pour quelle raison ils se querellaient. Mais il a continué d'écouter. Au bout d'un moment, il a entendu l'un d'eux traiter l'autre de sale menteur — pardonne-moi, Agnès, mais tu te souviendras que je t'avais déconseillé d'aller à ce concert — et menacer de faire quelque chose. Eru ne sais pas quoi au juste. Puis, il y a eu une pause. Eru a fini par perdre patience, il est retourné à sa bière. Ensuite, il a entendu quelqu'un marcher devant la remise et il est sorti pour voir qui cela pouvait être. Il faisait nuit noire, évidemment, il a donc laissé la porte ouverte. Ils ne respectent pas du tout les consignes du blackout, vous savez. Il me semble que nous devrions...

— *Edouard* !

— Bon, bon. Je continue. Eru a pu identifier la personne qui approchait de la cabane. Il dit que c'était Gaunt. Il avait aussi reconnu sa voix, et il affirme que l'autre homme était Questing.

III

Durant les instants qui suivirent, Dikon éprouva des sentiments multiples et contradictoires. A l'incrédulité succédèrent la peur, la sympathie, la honte et l'irritation.

Gaunt commença par opposer à ce récit un démenti formel et indigné. Puis il en admit la véracité *partielle* avant d'expliquer son entrevue avec Questing. Il affirma néanmoins que le jeune Maori s'était trompé en disant qu'il avait assisté à une querelle.

Le Colonel Claire demeura intraitable.

— Je regrette, mais il n'y a pas d'erreur possible, déclara-t-il calmement. Je ne pense pas qu'il ait inventé tout cela.

— Ce jeune Maori était peut-être en état d'ébriété, objecta Gaunt. N'est-ce pas lui que vous avez dû chasser de chez vous, madame Claire ?

— Eru Saul ? Oui en effet. C'est un garçon *vraiment* peu recommandable. Un cas *presque* désespéré. Nous avons essayé de l'aider, de lui indiquer la bonne voie. Hélas, il s'en est vite écarté.

Gaunt pointa un doigt sur le Colonel.

— Vous dites vous-même qu'il buvait de la bière, lui rappela-t-il.

— Oui, je sais, mais il n'était pas ivre. Je suis persuadé qu'il ne m'a pas menti.

— Très bien, Colonel, fit Gaunt en levant les mains et en les laissant retomber sur la table. Je renonce. J'ai rencontré Questing et je lui ai dit exactement ce que je pensais de lui. Je regrette que l'on ait surpris notre conversation. Je me serais passé volontiers de cette publicité. Si mon agent était ici, il ne m'aurait pas couvert d'éloge. N'est-ce pas, Dikon ? Enfin. Je voulais à tout prix demeurer à l'écart de cette affaire hautement détestable. Je partage tout à fait l'opinion du docteur Ackrington. Je pense en effet qu'il s'agit d'une disparition orchestrée par l'intéressé lui-même. Franchement, je ne souhaite pas que mon nom soit mentionné. C'est pour cette raison que j'ai gardé le silence sur ma rencontre avec Questing. Je comprends maintenant que c'était une erreur de jugement. Je l'avoue et je vous prie d'accepter mes excuses.

— Il s'excuse, grommela Simon d'un air écœuré. La belle affaire ! Nous sommes tous impliqués dans cette histoire. Et vous aussi ! Pour quelle raison vous pardonnerait-on vos mensonges ?

— C'est vrai, reconnut Gaunt. J'ai commis une faute.

— Puisqu'on a prononcé le mot d'assassinat... commença Smith.

Gaunt ne le laissa pas continuer.

— S'il est question de meurtre, déclara-t-il, vous avouerez que ce témoignage me fournit un parfait alibi. Le jeune Eru Saul dit qu'il m'a vu sur la route. Maintenant que j'y pense, je me souviens de la cabane, elle était éclairée. Je me rappelle aussi avoir senti une forte odeur de bière. La réserve thermale se trouve de l'autre côté, à l'opposé de cette hutte. On ne peut rêver d'un meilleur alibi.

— Vous pouvez vous estimer heureux, lui lança le docteur Ackrington sur un ton sévère. Vous auriez pu vous attirer des tas d'ennuis. Votre tentative de dissimulation porte un nom, en langage juridique. Et c'est un délit grave, monsieur Gaunt. Je vous conseille de bien réfléchir avant de parler de cet alibi que vous venez de découvrir.

— Mais il est authentique, je vous assure, déclara Gaunt avec nonchalance. A qui le tour, maintenant ?

— Il est gonflé, ce mec ! s'exclama Simon. Il se prend...

— *Simon* ! crièrent ses parents d'une seule voix. Tu vas immédiatement présenter des excuses à ta mère et à ta sœur poursuivit le Colonel. Et à monsieur Gaunt aussi.

Simon grommela quelques mots indistincts.

— Si vous nous parliez de votre emploi du temps, Ackrington ? suggéra Falls.

— Certainement. Je commencerai par un aveu : si j'avais mis la main sur Questing hier soir, il n'aurait sûrement pas gardé un très bon souvenir de notre rencontre. J'ai quitté la salle avec la ferme intention de le rattraper et de lui donner une leçon. Mais je ne l'ai pas trouvé. J'ai entendu des voix lointaines. A la lumière ce que que Gaunt vient de dire, je suppose que c'étaient la sienne et celle de Questing. Mais je ne les ai pas reconnues. J'avais dans l'idée que Questing devait être dans la réserve indigène et j'ai pris cette direction. Je ne l'ai pas vu. Je suis donc rentré.

— Peut-on savoir ce que vous lui reprochiez ? interrogea Falls.

— Oh oui ! Son comportement dans la salle de concert. Ce fut la goutte qui fit déborder le vase. Quelqu'un a-t-il une autre question ? demanda le docteur Ackrington.

— J'en ai une, moi, fit Smith avec un demi-sourire qui se voulait perspicace. La voici : pouvez-vous prouver ce que vous venez de dire ?

— Non.

— Ah.

— Autre chose ?

— J'aimerais savoir si vous avez remarqué la brèche ouverte dans le sentier, déclara Falls.

— Je constate avec joie que, dans cette salle, il y a au moins une personne ayant l'intelligence de poser la seule question pouvant avoir une réelle importance. Je suis d'autant plus heureux que ce soit vous, Falls. Non, je ne l'ai pas remarquée. Je dois avouer également que je ne me souviens pas avoir vu le fanion. Ce qui, je vous l'accorde, est tout à fait curieux. J'ai néanmoins la certitude que le sentier était parfaitement intact.

— Tu n'as peut-être pas fait attention, c'est tout, Oncle James, observa Barbara.

Dikon vit toutes les têtes se tourner vers la jeune femme. Manifestement, personne ne s'attendait à cette intervention.

— Ce n'est pas impossible, concéda son oncle. Mais j'en doute. Enfin. A vous maintenant, Edouard.

— Apparemment, nul n'a vu le docteur Ackrington

quand il traversait la réserve. C'est regrettable, opina Gaunt sur un ton dégagé.

— Je ne l'ignore pas. Je suis parfaitement conscient de ma situation. Notre enquêteur de génie va certainement donner une interprétation surréaliste à ce détail. Mais le fait est là, je n'ai rencontré personne. Je suis le premier à le déplorer.

— Mais, vous vous trompez, James, fit le Colonel en écarquillant les yeux. Je vous ai vu.

IV

Le Colonel sembla relativement satisfait de l'accueil réservé par son beau-frère à cette déclaration. Il sourit avec douceur et hocha la tête tandis que le docteur Ackrington le contemplait d'un air stupéfait, ouvrant et fermant la bouche sans parvenir à proférer le moindre son.

— J'étais juste derrière vous, expliqua le Colonel. Je marchais tranquillement.

— Je ne pense pas que vous auriez pu traverser la réserve à bicyclette, Edouard. Auriez-vous l'extrême gentillesse de nous dire pour quelle raison vous avez jugé nécessaire de ne pas mentionner ce petit détail ?

— Personne ne me l'a demandé, répondit le Colonel Clair en clignant des paupières.

— L'avez-vous suivi jusqu'ici, Colonel ?

— Hein ? Non, Falls. Non, il marchait trop vite, comprenez-vous ? Je l'ai aperçu quand je suis arrivé à proximité de la barrière. Enfin, il n'y a plus de barrière maintenant, mais vous voyez ce que je veux dire : la palissade qui entoure le village indigène. Il a disparu quelques instants, puis je l'ai revu quand j'ai atteint le sommet du monticule. Il était déjà au pied de la colline, pratiquement.

— Si vous me passez l'expression, commenta Gaunt avec un petit sourire, ce n'est pas ce que l'on pourrait appeler un alibi en béton. Deux apparitions très courtes dans le noir, sur un terrain particulièrement accidenté...

— Oh, mais il avait une torche électrique, précisa le Colonel. N'est-ce pas, James, vous aviez votre lampe de poche ? Et d'ailleurs, le cri est venu *bien* plus tard. J'étais presque arrivé à la maison quand je l'ai entendu. J'ai pensé qu'il s'agissait d'un oiseau, ajouta le Colonel.

— Un oiseau ? fit le docteur Ackrington d'un air mi-sceptique, mi-exaspéré.

— Oui, un merle sans doute. Ils font un de ces boucans...

— Vous savez bien qu'il n'y pas de merles dans cette région, Edouard.

— Est-ce important ? s'enquit Dikon avec lassitude.

— Je ne vois pas ce que cela nous apporterait de plus, indiqua Gaunt avec une moue.

« Il a retrouvé son assurance », songea Dikon.

Les révélations du Colonel furent soumises à un examen critique.

— Vous dites que vous aviez aussi une lampe de poche, Colonel, intervint Falls. Si je me souviens bien, la brèche apparaissait très nettement à la lumière d'une torche. Elle se découpait comme une ombre ou une sorte de tache sombre au bord du sentier.

— Absolument ! s'exclama le Colonel. C'est une très bonne description. Une tache sombre.

— Vous l'avez donc vue ?

— J'ai simplement dit que vous en faisiez une *bonne description*.

— N'avez-vous pas remarqué le fanion blanc qui manquait ?

— Ah ! Laissez-moi réfléchir. Un tel détail ne vous aurait pas échappé, j'imagine ?

Le docteur Ackrington gémit et ses doigts pianotèrent sur la table.

— Mais alors, reprit le Colonel, on voit bien les fanions *rouges* au *pied* du monticule, et naturellement il n'est pas question de les suivre, *ceux-là*. L'essentiel est de repérer la zone dangereuse et de l'éviter. Même sans fanions blancs, on peut très bien s'orienter. Tu ne trouves pas, Agnès ?

— Comment dis-tu, mon chéri ? fit Mme Claire en sursautant. Oui, bien sûr. Cela va de soi.

— La brèche ! hurla le docteur Ackrington. Le trou, bon sang ! Réfléchissez, Edouard, supplia-t-il. Je sais que vous n'en avez pas l'habitude, mais essayez. Imaginez que vous êtes en train de parcourir le sentier. Pensez, Edouard. Concentrez-vous.

Docile, le Colonel Claire leva la tête et ferma les yeux.

— Bon, approuva le docteur Ackrington. Vous êtes devant le monticule, vous allumez votre lampe de poche et vous commencez à escalader la piste. Voyez-vous un fanion blanc, tout à fait au sommet ?

Le Colonel Claire, sans ouvrir les yeux, fit un signe de dénégation.

— Et en haut, que voyez-vous ?

— Rien. Comment voulez-vous que je distingue quoi que ce soit ? Je suis à plat ventre.

— Hein ?

— Je suis tombé.

— Nom d'un chien ! Que s'est-il passé ?

— Je ne sais pas, dit le Colonel en soulevant les paupières. Evidemment, je ne l'ai pas fait exprès. Je venais de vous apercevoir, un peu plus loin devant moi. Je me suis dit : « tiens, c'est James », et je me retrouve par terre, au même moment. J'ai eu une de ces trouilles !

Vous comprenez, je n'étais pas loin du goufre. Mais je me suis relevé et j'ai continué.

— Tu es tombé dans le trou, mon chéri ? interrogea Mme Claire avec sollicitude.

— Quel trou ?

— James a l'air de penser qu'il y avait des trous, murmura-t-elle vaguement.

— Avez-vous cherché à savoir pourquoi vous étiez tombé ? Avez-vous examiné la piste à l'aide de votre torche ?

— Je ne pouvais pas, James. La lampe s'était éteinte. Je me suis aplati dessus et elle a refusé de fonctionner. Mais je distinguais encore les fanions et je savais que je ne risquais rien.

— Je suis heureuse que tu ne te sois pas fait mal, mon chéri, dit son épouse.

— Voilà donc où nous en sommes, résuma le Colonel avec un sourire.

— C'est-à-dire nulle part, enchaîna le docteur Ackrington. Si je comprends bien, personne ne peut confirmer vos déclarations, Edouard ?

— Je ne le pense pas. A moins que Questing ne m'ait vu. Et comme il s'est évanoui dans la nature, à supposer qu'il soit encore vivant... Je n'ai pratiquement pas d'alibi.

Le docteur Ackrinton se tourna vers son neveu.

— A toi.

— Bert, Colly et moi, on est resté ensemble, déclara Simon. C'est un gars de Harpoon qui nous a pris dans la voiture pour nous ramener. Il s'appelle Ernie, Ernie Priest. Les autres voulaient qu'on reste pour boire un coup avec eux, mais j'ai préféré rentrer. Eru Saul et sa bande, ils ont une façon de s'amuser qui me plaît pas beaucoup. Ernie avait une bouteille de bière dans sa bagnole. On a bu un verre avec lui et il nous a déposés près de l'entrée. C'est comme ça que ça s'est passé, Bert, hein ?

— Tout juste, confirma Smith.

— Quelqu'un parmi vous a-t-il quitté la salle durant le concert ? demanda Falls.

— Il me semble que tu es sorti, Bert, non ?

— Et alors ? fit Smith, aussitôt sur la défensive. Oui, c'est vrai. Je suis allé boire un coup avec les gars. Tout le monde ne refuse pas d'offrir un verre, à l'occasion, ajouta-t-il avec un regard accusateur pour Gaunt. Certains le font. Pas *d'autres*.

— Vous êtes sorti en compagnie de qui ? interrogea le docteur Ackrington.

— Eru Saul et Maovi Matai.

— Vous êtes-vous séparés à un moment ou à un autre, monsieur Smith ? questionna Falls.

— C'est ça, continuez de m'asticoter, de me *persécuter* ! Non, on ne s'est *pas* séparés. Nous sommes restés ensemble, et nous sommes revenus ensemble pour écouter ses... *hennissements*.

— Est-ce à moi que vous faites allusion ? demanda Gaunt en se redressant sur sa chaise.

— Parfaitement.

— J'aimerais savoir à quel moment de la soirée quelqu'un, fût-ce un ivrogne, a pu penser que je hennissais !

— *Encore un ville à prendre*, lança Smith d'une voix de fausset. *Du nerf, les gars* ! On vous entendait depuis la réserve. Vous avez pas mal à la gorge ?

— Arrête un peu, Bert, chuchota Simon en essayant de ne pas rire.

— Je me considère insulté, déclara Gaunt qui respirait bruyamment.

— Mais non, mais non, intervint Falls sur un ton apaisant. Il n'y a pas de quoi s'énerver.

Se tournant vers Simon et Smith, il enchaîna :

— Dites-moi, messieurs, êtes-vous restés dans le hall jusqu'à la fin du concert ?

— Oui, répondit Simon.

— Avez-vous vu sortir Questing ? demanda le docteur Ackrington.

— Et comment, qu'on l'a vu ! fit Smith. Il nous a parlé. Enfin, il *m'a* parlé. Il était tout fier de son petit discours, il voulait savoir ce que j'en pensais. Tu nous as bien vus, Sim ? Quand on était avec les Maoris ?

— Ouais, ouais, confirma Simon. Et je vais te dire ce qu'il faisait, Questing.

— Te fatigue pas, j'ai remarqué son petit manège. Il avait une bouteille dans la poche de son manteau. Un de ces machins plats...

— Une flasque.

— C'est ça. Je l'ai vu quand il l'a passée à Maoui Matai. Je l'avais bien dit à Rua. Questing était très copain avec les jeunes Maoris. D'ailleurs, Maoui nous a invités à boire un verre. J'aurais accepté, moi, avoua Smith.

— Oui, bon, coupa Simon. Ernie Priest est venu à ce moment et nous sommes montés dans sa voiture.

— Vous avez donc laissé Questing en compagnie des garçons maoris ? interrogea Falls.

— Tout juste, indiqua Smith.

— C'est intéressant ! murmura Falls. Vos amis maoris ne vous ont rien dit à ce sujet, Colonel ?

— Je comprends qu'ils s'en soient gardés. Ils savent que nous n'approuvons pas la distribution de boissons alcoolisées dans le village.

— Vous auriez rencontré Questing après cet épisode, j'imagine, monsieur Gaunt ?

— Peut-être. Oui, oui, répondit Gaunt avec lassitude.

— C'est bien cela, ajouta Falls en hochant la tête. Après. Je suppose, enchaîna-t-il, que vous n'allez pas me demander un compte rendu de mes propres mouvements ? Ils vous sont déjà connus ?

— Et comment ! intervint Simon avant qu'un autre n'eût pu répondre. Nous savons que vous étiez pratiquement sur place quand il crié. Nous savons que vous avez tout fait pour nous éloigner du sentier, mais ça ne vous a pas empêché d'y retourner. Nous savons que vous ne nous auriez rien dit de tout ça si Bell ne vous avait pas trouvé. En plus d'Oncle James, vous êtes le seul à avoir vu la fameuse brèche. Vous semblez penser que tout ce que vous nous racontez est parole d'évangile. Eh bien, en ce qui me concerne, vous vous trompez ! Je trouve que vous en prenez trop à votre aise et je tenais à vous le faire savoir. Une dernière chose : c'était quoi, la petite musique que vous avez interprétée avec votre pipe ?

— *Simon* ! crièrent son père et son oncle d'une même voix.

— Eh bien, allez-y ! insista-t-il d'un air féroce. Expliquez-vous !

— Simon, tu vas...

— Non, non, je vous en prie, fit M. Falls. Laissez-le continuer. J'avoue ne rien comprendre à tout cela. Vous avez dit ma *pipe* ?

— Tout juste, mon vieux. J'ai pas dit autre chose.

Le Colonel Claire jeta un regard glacial à son fils.

— Tu viendras me trouver dans mon bureau quand ce sera terminé, Simon. Entre-temps, tu me feras le plaisir de te taire. Je ne suis pas fier de toi.

— Petit voyou..., commença le docteur Ackrington.

— Non, James, interrompit Mme Claire. C'est à son père de lui parler s'il s'est mal conduit.

— Bon, je m'excuse, murmura Simon. Je ne voulais pas...

— Simon ! coupa le Colonel.

— Eh bien, nous ne saurons pas le fin mot de cette

histoire de pipe, commenta Falls. Vous pourriez peut-être nous résumer les divers témoignages, Ackrington ?

— Certainement. Les récits que nous venons d'entendre, déclara le docteur Ackrington en toussotant pour s'éclaircir la voix, permettent d'établir trois alibis indiscutables. La situation est désormais un peu moins confuse. Mais, poursuivit-il d'un air lugubre, nous n'avons guère avancé.

— Absolument, dit Gaunt.

— Néanmoins, reprit le docteur Ackrington avec un froncement de sourcil impérieux, d'importants éléments peuvent être dégagés. Il n'y avait pas de brèche dans le sentier avant le début du concert. Je ne l'ai pas remarquée lors de mon retour, et comme Edouard se trouvait juste derrière moi, il est peu probable, et même tout à fait impossible, qu'elle ait surgi après mon passage. Nous avons établi qu'il fallait une certaine force physique pour déloger la motte de terre et que celle-ci portait une empreinte de chaussure cloutée. Deux personnes seulement possèdent ce type de chaussure et ces personnes ont un alibi. Questing a dû pénétrer dans la réserve indigène après qu'Edouard et moi-même l'ayons traversée et après sa rencontre avec Gaunt. Qu'a-t-il fait dans l'intervalle ?

— Il s'est peut-être arrêté pour boire un coup avec les autres ? suggéra Smith.

— C'est possible. Il faudra vérifier. Bon. Nous n'avons découvert aucun élément pouvant contredire ma théorie de simulacre. Par ailleurs, nous avons réduit les indices permettant de dire qu'un meurtre a été commis. Si la brèche a été ouverte avec l'idée que Questing y mettrait le pied et tomberait dans le chaudron, l'assassin fictif est venu après vous, Edouard. Cela est tout à fait clair. Il aurait donc accompli son forfait en n'ignorant pas que vous pouviez le surprendre. Il vous suffisait de vous retourner. Ensuite, il est rentré ici ou a regagné le village indigène. Pendant ce temps, Gaunt avait fini de se quereller avec Questing et s'était dirigé vers la route. Simon et Smith étaient en train de boire dans la voiture de je ne sais plus qui; Bell, Agnès et Barbara se trouvaient dans l'automobile de Gaunt.

Le docteur Ackrington promena un regard triomphant autour de la table.

— Il ne subsiste pas la plus petite lacune, résuma-t-il. Oui, Agnès ? Qu'y a-t-il ?

Mme Claire esquissa un sourire.

— Rien, James, fit-elle d'une voix douce. Enfin... C'est-à-dire... Je ne comprends pas grand-chose à tout cela. Mais j'ai lu quelques livres d'Edouard, et les événements décrits dans ces histoires m'ont toujours semblé un peu irréels parce que trop compliqués.

— Nous ne sommes pas réunis pour discuter du réalisme dans la littérature policière, Agnès.

— Non, bien sûr. Mais je me demande si nous n'avons pas également tendance à compliquer les choses. Je ne critique pas ta théorie, je n'en comprends d'ailleurs pas toutes les subtilités. Mais elle doit être tout à fait brillante. Je dis simplement ceci : n'est-il pas permis de penser que quelqu'un en voulait à ce pauvre M. Questing et l'a frappé ?

Dans le silence qui suivit, Dikon annonça :

— Madame Claire, j'ai envie de me lever pour vous applaudir.

XII

Le crâne

Dikon fut le seul à soutenir ouvertement la théorie surprenante de Mme Claire. Le docteur Ackrington, après un regard ébahi pour sa sœur, lui déclara sans ménagement qu'elle ne savait pas de quoi elle parlait. Il expliqua, l'air de s'adresser à un enfant, que si Questing avait été attaqué, il n'aurait pas pu, en tombant, arracher un aussi grand bloc de terre et l'entraîner dans sa chute. Le Colonel se déclara aussi de cet avis, ajoutant que les Maoris avaient utilisé de lourds marteaux pour enfoncer les hampes des fanions en bordure du sentier.

— Même si la police devait affirmer qu'il a été attaqué, remarqua Barbara, n'avons-nous pas prouvé qu'aucun d'entre nous n'était présent sur les lieux à ce moment ?

— Bravo ! s'écria Gaunt. C'est l'évidence même.

— Ah, vous trouvez ! lança Simon.

Il eut un regard appuyé pour Falls et ajouta :

— Quelqu'un d'entre nous a très bien pu lui régler son compte.

— Moi ? questionna Falls. Mon Dieu, oui. J'aurais pu, en effet.

— Vous affirmez tout ignorer de ce qui s'est passé, poursuivit Simon avec fougue. Pourquoi faut-il vous croire sur parole ? Bell est allé là-bas, dans la réserve. Et il a vu qui ? Vous. Tout seul.

— Je ne portais pas de bottes cloutées.

— Une chance pour vous, j'imagine. J'ai quelque chose à dire, au sujet de ces bottes. Questing en avait aussi une paire. Je peux le prouver.

Dikon fronça les sourcils, essayant vainement d'attirer l'attention de Simon. Ce dernier l'ignora et entreprit de conter leur randonnée sur le mont Rangi, décrivant les empreintes qu'ils avaient trouvées sur le bord de la falaise.

— Si la police me montre le bloc de boue tombé du sentier, je pourrai dire s'il s'agit ou non de la même empreinte, affirma-t-il. De toute façon, ils n'ont qu'à monter eux-mêmes sur le Rangi. Les marques doivent être encore visibles.

Ce récit fut accueilli avec un vif intérêt. Le docteur Ackrington, après avoir souligné le danger qu'il y avait à dissimuler une information de cette nature, déclara que l'initiative de Simon allait se révéler riche en enseignements. Si Questing était l'auteur du message lancé depuis la falaise, les empreintes étaient forcément les siennes. Et si ces dernières correspondaient à celles laissées dans le bloc de terre qui s'était détaché du sentier...

— J'en ai la certitude, s'écria le docteur Ackrington. Le traître ! Il doit être loin, maintenant. Qui sait s'il n'a pas pris un bateau pour l'Australie ! Et bien sûr, il porte encore les mêmes bottes !

Un bruit de pas se fit entendre, suivi de murmures. Dikon se retourna. De l'autre côté de la grande fenêtre, il vit les trois assistants de Webley traverser le terre-plein et se diriger lentement vers la maison. Ils marchaient en file indienne, exactement comme la dernière fois. Ils portaient le même rateau et les mêmes perches en bois. Et l'un d'eux tenait à bout de bras un sac dégoulinant de boue.

En s'approchant de la véranda, les trois policiers découvrirent les occupants de la salle à manger. Ils s'arrêtèrent et les deux groupes se dévisagèrent en silence. Une voiture descendit l'allée à cet instant et s'immobilisa devant le perron. Webley en sortit, suivi d'un monsieur plus âgé. Les trois hommes venus de la colline les rejoignirent.

Tandis que Mme Claire et Barbara faisaient mine de se tourner vers l'extérieur, le docteur Ackrington lança :

— Attends un minute, Agnès ! Regarde-moi, veux-tu ? Ne t'occupes pas de la fenêtre. J'ai quelque chose à dire. Barbara, vas-tu m'écouter ?.

— Oui, James.

— Oui, Oncle James.

Tout comme le docteur Ackrington, Dikon voulait empêcher Barbara de voir les hommes réunis devant la maison. Il se leva et alla se tenir derrière sa chaise. Le docteur Ackrington se mit à parler sur un rythme accéléré. Mme Claire et sa fille le regardèrent attentivement. Les autres ne firent même pas mine de l'écouter.

— ... c'est on ne peut plus clair, affirma-t-il. Questing s'est changé. Il a mis des vêtements usés, chaussé des bottes, piétiné le sentier pour ouvrir la brèche et jeté sa tenue de soirée dans le chaudron avant de partir. Nous étions censés conclure à une mort accidentelle.

— Je continue de penser qu'il a fait preuve d'une grande légèreté en oubliant qu'il laissait des empreintes, observa Dikon.

— Il croyait que le bloc de terre allait tomber dans le chaudron. Nous n'étions pas supposés le découvrir.

Le docteur Ackrington jeta un coup d'œil vers l'extérieur et ajouta :

— Il doit encore porter ces bottes, en ce moment. J'en suis persuadé.

Simon se leva.

— Regardez !

Tous se retournèrent.

Les cinq hommes leur faisaient face, à présent. Webley avait pris dans le sac un objet qu'il contemplait en silence. C'était une botte. Une lourde botte couverte de boue.

II

Webley vint la déposer sur une petite table que l'on avait recouverte d'un journal. Une forte odeur de soufre se répandit dans la salle. La boue fut rapidement nettoyée à l'aide d'un chiffon. Le cuir de la chaussure apparut. Il était pulpeux, rongé en surface. Quelques-uns des œillets métalliques s'étaient détachés, et la semelle se décollait par endroits. Mais il y avait encore deux clous, plantés dans le talon.

Webley essuya ses larges mains et fit un pas en arrière.

— J'aimerais savoir si quelqu'un reconnaît cette chaussure et peut identifier son propriétaire, déclara-t-il. J'ai laissé d'autre dans le sac.

Il y eut un long silence.

— Nous les avons repêchées avec une fourche, expliqua Webley. Quelqu'un parmi vous les a-t-il déjà vues ?

Le docteur Ackrington esquissa un geste.

— Oui, docteur ? fit Webley.

— Je pense... Vraisemblablement, elles appartiennent à Questing.

— Vraiment ? Ne m'avez-vous pas dit qu'il portait des souliers vernis ?

— Si, effectivement. Mais il y a du nouveau. Simon... mon neveu pourrait peut-être... ?

Le visage de Webley demeura impassible. Mais, dans

son regard, Dikon crut déceler une lueur résignée. Posément, il se tourna vers Simon.

— Je vous écoute.

Simon entreprit de conter leur expédition sur le mont Rangi. Il oublia d'inclure Dikon dans son récit.

— La nuit d'avant, je m'étais posté sur mon rocher, et j'ai repéré Questing sur la falaise. C'est pour cette raison que j'ai grimpé là-haut, hier matin. Dès que je suis arrivé sur place, j'ai cherché des empreintes. Elles étaient là, comme je l'avais prévu. Quand il a lancé son dernier message, il devait être accroupi, devant la corniche. Tenez ! Montrez-moi les deux semelles et je vous dirai si elles ont pu laisser les empreintes que j'ai vues. D'accord ?

Webley alla chercher l'autre botte. Elle était encore plus abîmée que la première. Simon s'avança et, d'un air important, examina les deux chaussures. Il compta les clous, rougit et sembla hésiter.

— Eh bien ? demanda Webley.

— Minute ! s'exclama Simon.

Il eut un petit rire mal assuré et ajouta :

— Laissez-moi réfléchir, voyons. Faut pas que je dise n'importe quoi.

— En effet, approuva Webley d'un air flegmatique.

Dans le silence qui suivit, Gaunt alluma une cigarette et se renversa sur le dossier de sa chaise.

— Notre jeune détective semble perdu dans une longue méditation, observa-t-il. Je n'attendrai pas pour en savoir le résultat. Si vous voulez bien m'excuser...

— N'essayez pas de faire l'intéressant, coupa Simon avec colère. Il s'agit d'un problème grave. Restez où vous êtes.

Dikon sortit son bloc-notes et le tendit à Simon qui s'écria :

— Ah, voilà ! Pourquoi vous ne me l'avez pas donné avant ?

Il ouvrit le calpin.

— C'est ce que je voulais vous montrer depuis le début, monsieur Webley. J'ai compris tout de suite l'importance de ces empreintes et j'ai demandé à Bell d'en faire un dessin. Attendez que je le trouve...

— Etiez-vous en compagnie de M. Bell ?

— Oui, je l'ai emmené avec moi. Ah, le voici ! Tenez, regardez.

Dikon gardait un souvenir précis des traces de pas relevées sur la corniche. Elles pouvaient très bien, décida-t-il, avoir été laissées par les semelles qu'il contemplait maintenant.

Webley saisit le bloc-notes et se livra à une brève comparaison.

— Avec votre permission, j'aimerais garder ce dessin, monsieur Bell.

— Bien sûr, bien sûr.

— Aucun problème, monsieur Webley, renchérit Simon avec un large sourire.

— Merci beaucoup, monsieur Bell, reprit Webley en détachant soigneusement une page du carnet.

— Selon vous, docteur Ackrington, que fait notre fugitif en ce moment ? questionna Gaunt. Est-il en train de courir pour se cacher, portant une salopette et des souliers vernis ? Ou bien se promène-t-il en tenue d'Adam ?

Le docteur Ackrington lui jeta un regard haineux et ne répondit pas.

— Si je comprends bien, vous leur avez exposé votre théorie, docteur ? remarqua Webley. Selon vous, Questing aurait organisé sa propre disparition, n'est-ce pas ? Vous aurez du mal à expliquer pourquoi ces bottes se trouvaient dans le chaudron.

— Pas vraiment. Questing les a peut-être jetées avec le reste de sa tenue quand il s'est rendu compte qu'il avait laissé des empreintes ?

— C'est parfaitement invraisemblable et vous le savez bien, déclara Gaunt.

— Il y a un instant, vous approuviez totalement mon point de vue, Gaunt. Votre attitude m'est tout à fait incompréhensible.

— Je vous avoue que cela m'est bien égal. Pour moi, il n'existe qu'un seul point réellement digne d'intérêt : je ne suis pas concerné par cette histoire. Vous me trouverez dans ma chambre si vous avez besoin de moi, sergent Webley.

— Très bien, monsieur Gaunt, répondit Webley en le regardant s'éloigner.

III

Plusieurs remarques furent échangées après la sortie de Gaunt. Webley annonça qu'il souhaitait fouiller chaque chambre de la Station.

— Je crains que vous ne les trouviez toutes dans un état lamentable, soupira Mme Claire.

Profondément affectée par les événements de la veille, Huia semblait avoir renoncé à accomplir les tâches qui lui étaient dévolues. Elle avait passé la nuit au village indigène, expliqua Mme Claire, et avait rapporté des rumeurs fort alarmantes.

— Les Maoris sont des gens très imaginatifs, monsieur Webley. Nous avons beau leur expliquer les méfaits de leurs superstitions, ils s'y accrochent obstinément.

A ces mots, Dikon eut l'impression que Webley dressait l'oreille. Mais le sergent ne fit aucun commentaire. Il se contenta de préciser qu'il ne fallait toucher à rien, qu'il s'excusait à l'avance auprès des résidents et qu'il avait l'intention de s'entretenir séparément avec chacun d'eux. Puis, accompagé par le Colonel, il sortit et prit la direction du bureau. Mme Clair les suivit d'un regard méditatif.

Dikon alla retrouver son employeur. Gaunt était étendu sur le canapé, les paupières closes.

— Eh bien ? fit-il sans ouvrit les yeux.

— La réunion est terminée, monsieur.

— J'étais en train de réfléchir. Il faut trouver ce jeune Maori qui m'a vu remonter vers la route.

— Eru Saul ?

— Oui, c'est cela. Qu'on l'interroge, son témoignage me permettra de disposer d'un alibi inattaquable.

Il ouvrit les yeux et ordonna :

— Dites-le à cet abruti de sergent.

— Il vaut mieux ne pas le déranger en ce moment, répondit Dikon. Il a beaucoup à faire.

— N'oubliez pas de lui en parler à la première occasion. Dois-je vous rappeler que je suis sous le coup d'une très grave accusation ? Cela mérite votre attention, me semble-t-il, ajouta Gaunt sur un ton amer.

— Autre chose, monsieur ?

— Non. Je suis totalement abattu et je veux être seul.

Dikon s'éloigna en espérant que cet état d'esprit allait persister. Il s'éloigna vers le lac, promenant un regard indécis autour de lui. Un silence inhabituel régnait sur Waiatatapu. Au bout d'un moment, Smith et Simon apparurent devant les cabines. Simon discourait d'un air important. Webley sortit du bureau, ouvrit la chambre de Questing et referma la porte derrière lui. Dikon ressentait une fébrilité qu'il ne parvenait pas à s'expliquer. Il éprouvait un mélange de frustration et de peur diffuse.

Barbara sortit de la maison. Elle s'arrêta un moment, jeta un regard à gauche et à droite, puis l'aperçut. Dikon agita frénétiquement la main. Après un instant d'hésitation, Barbara vint le rejoindre.

— Où étiez-vous ? Qu'avez-vous fait pendant tout ce temps ? lui demanda-t-il.

— Je ne sais pas. Rien. Je devais m'occuper du repas de midi, mais je n'arrive pas à me ressaisir.

— Moi non plus. Allons nous asseoir un peu, vous voulez bien ? Je suis fatigué d'arpenter cette allée comme une sorte de sentinelle.

— Je ne cesse de me dire que je dois faire quelque chose, affirma Barbara. Je n'ai pas envie de m'asseoir.

— Alors marchons ensemble.

— Que nous réserve l'avenir, Dikon ? Où irons-nous ?

Dikon ne trouva aucune réponse à fournir.

— Si je comprends bien, vous ne pensez pas qu'il soit encore vivant ? remarqua Barbara.

— Non.

— A votre avis, on l'a tué ?

Elle le regarda droit dans les yeux et conclut :

— Oui, c'est ce que vous pensez.

— Mais je ne vois aucune raison logique à ce meurtre. C'est incompréhensible. Je suis comme votre mère, je penche pour les explications simples. La théorie du docteur Ackrington me semble tout à fait invraisemblable. Il s'est fait une idée et ne veut plus en démordre. Il est vraiment têtu.

— Oncle James aime polémiquer. Même à propos des sujets les plus graves. Avec lui, une conversation tout à fait anodine se transforme rapidement en une violente bataille. Mais, contrairement à ce que vous semblez penser, il est très ouvert aux arguments des autres. Il finit toujours par se rendre à l'évidence. Mais, la plupart du temps, ses interlocuteurs sont tellement fatigués qu'ils ne se souviennent plus de quoi il retourne.

— Je comprends.

— Est-ce de cette manière que fonctionnent les esprits scientifiques ?

— Je n'en sais rien.

Barbara sembla réfléchir.

— Je voudrais vous poser une question, reprit-elle après un silence. Ce n'est pas grand-chose, mais j'avoue que cela me préoccupe. Si la police découvre qu'il s'agit d'un meurtre, je suppose que nous serons interrogés tous à propos d'hier ?

— Oui.

— Bon. Vous allez encore vous mettre en colère, mais je me demande si je dois leur parler de ma nouvelle robe.

— Comment cela ? Je ne comprends pas, avoua Dikon.

— Faut-il leur dire... ? Il a laissé entendre que c'était lui qui me l'avait envoyée... Vous saisissez ?

Effrayé par les conséquences qui pouvaient découler de ce projet, Dikon lâcha :

— Bon sang, que signifie...

— Vous voyez ? s'exclama Barbara. Vous êtes livide. Chaque fois que je mentionne cette robe, vous devenez fou furieux. Je continue de penser que c'est lui. Tout autre que lui aurait compris que cela ne se faisait pas.

Dikon prit une longue inspiration.

— J'ai dit à Questing que ces vêtements vous avaient été envoyés d'Inde par votre tante. Il m'a répondu que l'Inde était à l'autre bout du monde. Je suppose donc qu'il a profité de cette ambiguïté pour jouer les âmes généreuses. De toute façon, cela ne peut avoir aucune incidence sur l'affaire qui nous occupe. Pourquoi voulez-vous que la police s'intéresse à votre robe, petite sotte ? Contentez-vous de répondre aux questions que l'on vous pose. D'accord ?

— J'y réfléchirai, promit Barbara sur un ton grave. Mais vous ne m'empêcherez pas de penser que ma robe, d'une certaine manière, a bien sa place dans cette histoire.

Dikon songeait à Gaunt. Si l'on obligeait ce dernier à avouer être le mystérieux donateur, la rancœur qu'il vouait à Questing apparaîtrait avec davantage de relief.

Les soupçons de la police ne feraient que se renforcer. Dikon finit par obtenir de Barbara qu'elle ne parlerait pas de sa robe avant de l'avoir consulté.

— Cela dit, je ne comprends pas votre attitude, ajouta-t-elle. Si, comme vous l'affirmez, ce sujet ne présente aucun intérêt, je peux tout aussi bien leur en parler ?

— Ce serait tenter le diable. Ils s'imagineraient qu'il y a anguille sous roche, que cela ne s'arrête pas là, que sais-je ? Non, il vaut mieux n'en rien dire.

Il la garda encore un moment auprès de lui. Vaguement, il se dit qu'elle avait substitué le sujet de la robe à un sujet plus important.

— Vous devez avoir *énormément* d'expérience, finit-elle pas déclarer sur un ton solennel.

— Vous ne cesserez jamais de m'étonner, s'écria Dikon. Quelle sorte d'expérience ? Vous pensez peut-être que je vis dans la débauche ?

— Non. Bien sûr que non, fit-elle en rougissant. Je songeais à votre connaissance du *tempérament artistique*.

— Ah... Oui, un peu. Eh bien ?

— Les gens sensibles... hypersensibles... sont aussi les plus vulnérables, n'est-ce pas ? Un rien peut les abattre, les anéantir...

« Elle est en train de paraphraser Gaunt », songea Dikon.

— Leurs réactions sont plus intenses, plus *profondes*, continua Barbara. On ne saurait leur demander de se conduire comme le commun des mortels.

Dikon hocha la tête d'un air vague.

— Vous n'êtes pas de cet avis ?

— Pendant les six dernière années, expliqua-t-il prudemment, mon travail a consisté en partie à atténuer les chocs émotionnels. Je suis un peu blasé, de ce côté-là. Mais vous avez peut-être raison.

— Je l'espère bien.

— Voyez-vous, pour comprendre les acteurs, il ne faut pas oublier que ce sont des techniciens de l'émotion. Ils ont reçu pour formation non pas de réprimer mais d'exprimer leurs sentiments, de les exacerber. Quand un comédien est furieux, il se dit à lui-même et au reste du monde : « Je suis en colère. Voilà ce que c'est d'être en colère. Regardez-moi ! » Cela ne signifie pas qu'il est plus furieux que vous et moi. Mais nous, nous serrons les dents, nous nous rendons malades, et nous ne disons rien. Lui, il parle. S'il aime quelqu'un, il le lui dit en musique, sur le ton approprié. S'il est triste ou contrarié, il met des larmes dans sa voix. Il n'est ni plus méchant ni plus gentil qu'un autre. C'est une simple question de métier.

— Vous êtes un peu cynique.

Les yeux de Barbara s'étaient embués. Dikon lui prit la main.

— Savez-vous pourquoi je vous ai dit tout cela ? demanda-t-il. Si j'étais un jeune homme pur, noble et chevaleresque, je vous aurais écoutée en silence avant d'approuver d'une voix étranglée. Mais je ne peux pas me mentir et prétendre que nous ne sommes pas en train de parler de Gaunt. Parce que je suis le secrétaire particulier du Grand Artiste, j'aurais dû me taire et vous laisser souffrir. Je n'ai pas agi ainsi pour deux raisons : je ne suis pas un imbécile et je vous aime. Voilà votre père et Webley qui s'installent sur la véranda. Nous ne pouvons pas poursuivre cette conversation. Rentrez à la maison. Je vous aime.

IV

Secoué par sa propre audace, Dikon demeura immobile tandis que Barbara s'élançait vers le perron. Elle lui avait jeté un regard stupéfait avant de s'enfuir.

Webley et le Colonel étaient debout sur la véranda. Ils s'écartèrent légèrement et Dikon vit qu'ils tenaient un objet des plus étranges. Vu de loin, cela ressemblait à une énorme fourchette de volaille que surmontait une crête velue. C'était une hache. Une hache de guerre maorie.

Webley leva la tête et aperçut Dikon. Ce dernier s'avança d'un pas hésitant.

— C'est vous, Bell ? commença le Colonel.

Il se tourna vers Webley et ajouta :

— Nous pourrions peut-être… ?

— Pas si vite, Colonel, interrompit Webley. Un instant. J'aimerais d'abord demander à M. Bell s'il a déjà vu cet objet.

— Non, jamais, répondit Dikon.

— Vous êtes entré dans la chambre de Questing hier soir, monsieur Bell ?

— Oui. J'ai jeté un coup d'œil pour voir s'il était là.

— Vous n'avez fouillé aucun placard ?

— Dites donc ! s'exclama Dikon avec indignation. Pour qui me prenez-vous ? Non, ajouta-t-il devant l'air impassible du sergent. Je n'ai touché à rien.

Webley, tenant la hache par sa crête, la posa doucement sur la table de la véranda. Le manche était finement gravé et surmonté d'un homoncule grimaçant. La lame en silex était à double tranchant et se terminait sur deux pointes acérées.

— Ce sont ces engins qu'ils utilisaient dans leurs guerres, affirma Dikon. Vous l'avez trouvée dans la chambre de Questing ?

Le Colonel eut un regard interrogateur pour Webley.

— Nous allons montrer cette hache au vieux Rua, indiqua le sergent. Pouvez-vous lui transmettre un message, Colonel ? Mes hommes sont occupés.

— Je veux bien m'en charger, proposa Dikon.

Webley le considéra d'un air méditatif.

— C'est très aimable à vous, monsieur Bell.

M. Falls apparut soudain à sa fenêtre qui se trouvait juste au-dessus de la table.

— Un trophée de chasse, sergent ? demanda-t-il. Quelle belle pièce. Si je comprends bien, vous souhaitez obtenir l'avis d'un expert. Voulez-vous que j'accompagne M. Bell au village maori ? Ainsi, nous pourrions nous surveiller mutuellement. Rien de tel qu'un bandit pour garder l'œil sur un autre bandit !

— Eh bien, ce ne sont pas des mots que j'utiliserais, monsieur, fit Webley d'un air hésitant. Mais, puisque vous le proposez, j'accepte en vous remerciant.

— Parfait ! s'écria M. Falls. Pouvons-nous prendre le raccourci ? Nous arriverons plus vite. D'ailleurs, vous ne risquez rien, vous avez dû mettre Taupo-tapu sous haute surveillance !

Quelques instants plus tard, Dikon et Falls s'engageaient dans le sentier menant à la réserve indigène. Falls, qui marchait devant, boitillait certes légèrement, mais ne semblait en rien handicapé par son lumbago.

— Je dois vous féliciter pour l'attitude que vous avez adoptée au cours de notre réunion, déclara-t-il plaisamment. Les explications d'Ackrington commençaient sans doute à vous paraître de plus en plus fumeuses ? J'avoue que c'était aussi mon sentiment.

— Ah vraiment ! lâcha Dikon. Pourtant...

— Pourtant, je n'ai pas cherché à lui apporter la contradiction, enchaîna Falls. Mon cher monsieur, vous l'avez fait à ma place. Je n'avais plus rien à dire.

— Permettez-moi d'en douter.

— Ah, je vois. Vous me considérez comme le principal suspect. C'est tout à fait normal. Vous rendez-vous compte, monsieur Bell, que si j'étais jugé pour meurtre, vous seriez le premier témoin de l'accusation ? Pour un peu vous m'auriez pris en flagrant délit. A supposer bien sûr que j'aie commis un délit.

Falls s'exprimait d'une voix tranquille et détachée. Dikon s'efforça de répondre sur le même ton.

— En effet. Mais je me dis que si vous étiez coupable, vous auriez soutenu sans réserve la théorie du docteur Ackrington. Quand il n'y a pas de meurtre, il n'y a pas d'assassin...

— J'ai peut-être feint de ne pas l'appuyer... ?

— Les autres ne se sont pas arrêtés à ce type de subtilité.

— Oui, c'est vrai, convint Falls avec un petit rire. Leur soulagement était presque palpable. Mais vous n'avez pas hésité à braver l'opinion quasi générale. Pourtant, vous êtes le seul à avoir un alibi réellement inattaquable.

— Quelle est votre opinion, monsieur Falls ? Pensez-vous qu'il est mort ?

— Oui.

— Assassiné ?

— Oh oui. N'est-ce pas aussi votre avis ?

Ils approchaient maintenant de la réserve indigène. Au loin, juchés sur le monticule qui dominait Taupo-tapu, Dikon vit les hommes du sergent Webley. Leurs silhouettes sombres se découpaient sur un ciel grisâtre.

— On n'imagine pas que ces choses puissent se produire, murmura Dikon.

— Horrible, n'est-ce pas ? commenta Falls.

Sa voix était neutre, impersonnelle. Il était impossible de se faire la moindre idée de ce qu'il pensait.

— Regardez-moi ce paysage, reprit-il en levant sa canne. C'est un peu irréel, vous ne trouvez pas ?

Il s'éloigna un peu plus et commença à escalader le monticule. Dikon ne put entendre les mots qu'il échangea avec les hommes de Webley. Que se disaient-ils ? Pourquoi ce long conciliabule ? Il leva les yeux. Le sentier montait en pente abrupte.

— Ça va durer encore longtemps ? s'exclama-t-il avec irritation.

L'un des hommes se détacha subitement de ses collègues et dévala le sentier en titubant. Quelques intants après, Dikon l'entendit hoqueter un peu plus loin.

— Attendez un moment, Bell, lança Falls.

Deux hommes étaient demeurés à ses côtés, au sommet du tertre. Ils s'étaient agenouillés l'un en face de l'autre, comme pour exécuter quelque danse rituelle. Le plus proche tenait une fourche. Il la jeta soudain et elle atterrit bruyamment au pied du sentier. Falls se leva. Dikon distingua enfin son visage; il était blême.

— Approchez, Bell.

Dikon éprouva brusquement une envie de fuir. Mais se jambes le propulsèrent en avant.

Il vit un sac. Un sace en jute, maculé de boue et recouvrant une chose humide, de forme arrondie. L'étoffe épousait les contours de la « chose », laissant aisément deviner sa nature. Dikon crut voir deux orbites, l'arête d'un nez... Il sentit vaguement une main se poser sur son épaule pour le pousser.

Il n'eut pas vraiment conscience d'être redescendu. Falls l'attendait, de l'autre côté du monticule. Mais Dikon ne s'arrêta pas quand il fut parvenu à sa hauteur. Il continua sur sa lancée, courant presque vers la haie d'arbustes. Là, un homme montait la garde.

Même quand il eut franchi la palissade et pénétré dans la réserve indigène, il entendit encore le bruit sourd que faisait Taupo-tapu. Un bruit de marmite géante, œuvrant dans l'ombre, sans relâche.

XIII

Une lettre de M. Questing

Curieusement, Dikon n'éprouvait qu'un sentiment de gêne et d'embarras. Qu'allait-il dire à Falls pour commenter le spectacle qu'il venait de découvrir ? « Je suppose que c'était le crâne de Questing ? Tout est clair maintenant ? » ou bien encore : « La théorie d'Ackrington est réduite à néant ? » Aucune formule ne semblait convenir. Occupé par ce problème dérisoire mais qui lui paraissait essentiel, il éprouvait en même temps une violente sensation de nausée. Et ce fut avec une réelle surprise qu'il vit soudain Eru Saul et entendit la voix de Falls.

— Ah, fit ce dernier. Vous pouvez peut-être m'indiquer la maison de M. Rua Te Kahu ?

Eru Saul ne portait pas son veston. Des brins d'herbe collaient à sa chemise rose.

Falls pointa sa canne vers la palissade.

— D'ici, on peut très bien voir les policiers, n'est-ce pas ? fit-il en se penchant pour scruter la haie d'arbustes. Ah oui, parfaitement.

Il prit une brindille sur la chemise d'Eru Saul et poursuivit :

— Terrible, hein ? Bon. Nous avons un message pour M. Te Kahu. Vous voulez bien nous montrer le chemin ?

— Ils l'ont trouvé ? demanda le jeune métis.

— En partie. Son crâne, pour être précis.

— Doux Jésus ! souffla Eru.

Il pivota sur lui-même et se dirigea rapidement vers le centre du village. Mme Te Papa était assise sur sa véranda, le dos tourné à la salle de réunion. En voyant Falls et Dikon, elle cria quelque chose en maori. Eru lui répondit sur un ton bref. Mme Te Papa eut une réaction spectaculaire. Elle leva les bras au ciel et rabattit son châle pour s'en couvrir le visage.

— *Aue ! Aue ! Aue ! Te mamae i au !* se lamenta-t-elle.

— Seigneur Dieu ! grommela Falls. Que lui arrive-t-il ?

— J'ai répété ce que vous m'avez dit, expliqua Eru. Ça s'appelle *tangi*.

— Des lamentations, traduisit Dikon. Pensez aux veillées funèbres d'Irlande.

— Vraiment ? C'est très intéressant.

Eru Saul les conduisit vers le plus important des cottages bâtis autour de l'enclos.

— C'est ici, indiqua-t-il avant de s'éloigner.

Attirées par les cris de Mme Te Papa, d'autres femmes étaient sorties de leurs maisonnettes et, gesticulant et bavardant avec animation, affluaient vers la salle de réunion. Trois jeunes Maoris se joignirent à Eru Saul. Ils se tinrent à distance, les mains dans les poches, observant Dikon et Falls.

La porte s'ouvrit au moment où Falls s'avançait. Rua Te Kahu apparut sur le seuil. Après un bref échange en maori avec Mme Te Papa, il leva les yeux sur les deux hommes qui venaient le voir, attendant calmement d'apprendre l'objet de leur visite. Falls lui transmit le message de Webley. La réponse de Rua fut qu'il était prêt à les suivre. Sur un cri qu'il lança, une petite fille disparut à l'intérieur puis revint avec la couverture qu'il avait coutume de mettre autour de ses épaules.

— Quand la police commande, il faut toujours obéir sans délai, affirma-t-il avec l'ombre d'un sourire.

Puis il se tourna vers le sentier menant à la grand-route.

— Le sergent nous a autorisés à traverser la réserve, lui apprit Falls.

— La route est mieux indiquée, assura le vieux Rua.

— Cela nous ferait un grand détour.

— Alors nous prendrons la voiture de Mme Te Papa.

Cette dernière interrompit ses lamentations pour remarquer posément :

— Prenez-la si vous voulez, mais elle ne marchera pas.

— Nous verrons bien, répondit Rua.

— Eru peut la faire marcher, affirma Mme Te Papa.

Elle lança un ordre bref. Eru Saul se détacha des autres jeunes gens et s'éloigna.

— Merci infiniment, madame Te Papa, dit Falls en se découvrant.

— Il n'y a pas de quoi.

La voiture de Mme Te Papa n'était plus qu'un amas de ferraille. Elle était rangée dans une arrière-cour, ses roues baignant dans une flaque d'huile, se protégeant des intempéries par les restes d'une bâche. Une seule portière fermait encore. Rua l'ouvrit et demanda :

— Où désirez-vous vous asseoir ?

— Je me mettrai auprès de vous, sur la banquette arrière, si vous le voulez bien, indiqua Falls.

Dikon prit place sur le siège de devant. Eru Saul fit tourner la manivelle. Le moteur partit dans un bruit assourdissant.

— Vous voyez ? s'exclama Rua. Elle marche.

Ayant été laissée en prise, elle bondit même, et faillit renverser le conducteur. Mais ce dernier fit un écart et, d'un saut, gagna son siège. Le véhicule s'élança vers la colline dans un vacarme invraisemblable.

— Il me semble, commença Falls sur un ton solennel, que je pourrais tout aussi bien vous révéler le motif de cette invitation.

Dikon se tourna pour lui jeter un regard consterné. Rua demeurait impassible.

— Le sergent Webley aimerait vous demander votre opinion concernant une arme, reprit Falls. Une arme maorie. C'est une véritable pièce de collection. Je l'ai vue.

Rua n'offrit aucun commentaire.

— A mon avis, il s'agit d'une hache de guerre, mais ce n'est peut-être pas le terme qui convient. Je vais vous la décrire.

Il la décrivit en effet, avec une précision et un luxe de détails qui stupéfièrent Dikon. Comment avait-il pu en garder un souvenir aussi riche et fouillé après un simple coup d'œil ? Dikon se permit d'en douter.

— Un détail m'a beaucoup frappé, annonça Falls. De la tête gravée à l'extrémité du manche, il sort non pas une mais deux langues côte à côte. Le petit dieu, en admettant qu'il s'agisse d'un petit dieu, en tient une dans chaque main. Ces mains n'ont que trois doigts. Elles tiennent également ce qui ressemble à des morceaux de coquillages. Par ailleurs, les langues sont cerclées d'une fine bande.

— Tu conduis trop vite, Eru, lança Rua.

Dikon partageait largement cette opinion. La voiture de Mme Te Papa dévalait une pente en cahotant. Eru donna un coup de frein sec.

— La bande en question, poursuivit Falls sur le même ton professoral, est très délicatement dessinée. C'est absolument admirable. Vos ancêtres, monsieur Te Kahu, étaient de vrais artistes. Quand on pense qu'ils se servaient d'outils en pierre... Je vous demande pardon ?

Rua avait émis une exclamation en maori.

— Rien, déclara-t-il. Du calme, Eru. Tu es trop impétueux.

— Mais il me semble que, sur cette bande, une autre main a gravé trois sillons verticaux. Je n'ai pas retrouvé ce motif à un autre endroit, voyez-vous. Comment cela peut-il s'expliquer ?

Rua demeura silencieux pendant un long moment. Eru, soudain, appuya violemment sur l'accélérateur et Dikon réprima un cri effrayé tandis que l'automobile de Mme Te Papa bondissait en avant. De la réponse bredouillée par Rua, il n'entendit que des bribes :

— ... préfère attendre... impossible... voir.

Il lança un hurlement à l'adresse d'Eru Saul. Dikon se tourna aussi pour protester. Mais il s'interrompit. Les lèvres du jeune métis tremblaient, et son visage était livide. « Il est bouleversé, songea Dikon. Il a dû voir ce que j'ai vu moi-même, à travers la palissade. »

M. Falls se pencha pour poser un doigt sur l'épaule du conducteur. Ce dernier sursauta.

— Il paraît que vous avez manqué les plus beaux morceaux du récital, hier soir, déclara Falls.

— Pas tous, répondit Eru. C'était pas mal.

— M. Smith me dit que vous n'avez pas entendu les premiers discours. J'espère que vous êtes retourné à temps pour écouter celui de la Saint-Crépin ?

— Là où il est question de gens qui roupillent ou je ne sais quoi ?

— *Et les gentilhommes qui sont maintenant dans leur lit en Angleterre... ?*

— Oui, c'est ça. On l'a entendu. J'ai bien aimé.

— Splendide, commenta Falls en s'abandonnant sur le dossier de son siège. C'était vraiment splendide, hein ?

Ils parvinrent, sains et saufs, à Waiatatapu. La hache avait manifestement été déposée dans le bureau du

Colonel, car Rua fut conduit vers cette pièce. Dikon demeura seul avec Eru Saul.

— Il vaut mieux arrêter ce moteur…

Eru sursauta et fit tourner la clé de contact.

— Cigarette ? offrit Dikon.

— *Ta*, fit le jeune métis en se servant d'une main tremblante.

Dikon mit pied à terre et alluma sa propre cigarette.

— Où ont-ils trouvé la hache ? demanda Eru.

— Je ne sais pas.

— Chez *lui* ?

Stupéfait, Dikon vit que le jeune homme indiquait non pas la chambre de Questing mais celle de Gaunt.

II

— C'est bien là qu'il habite, votre patron ? interrogea Eru.

— Qu'est-ce que vous racontez, nom d'un chien ? s'exclama Dikon.

— Rien, rien. C'est une blague. Faut pas vous fâcher.

— Vous avez laissé entendre que cette hache se trouvait chez M. Gaunt. Je n'apprécie pas du tout cette plaisanterie.

— O.K., O.K. Je me demandais simplement s'il n'était pas un peu comme les collectionneurs américains. Quand il y a un truc qui leur plaît, y a rien qu'ils feraient pas pour l'avoir.

— M. Gaunt n'est pas collectionneur, assura Dikon.

— Bon, bon. N'en parlons plus.

Dikon s'éloigna vers sa propre chambre. Mais il ne put l'atteindre. Une voix qu'il reconnut aussitôt se mit à hurler dans le bureau du Colonel Claire. C'était le vieux Rua.

— ... Toki-poutango-o-Tane ! L'arme de mon grand-père Rewi. C'est une offense intolérable ! Il faut la remettre immédiatement à sa place. *Immédiatement* !

— Ne nous énervons pas, bredouilla le sergent Webley. On va vous la rendre...

— J'exige qu'elle me soit restituée sur l'heure. Je vais saisir les tribunaux. J'irai voir le ministre des Affaires Indigènes, vociféra le vieux Rua.

Dikon ne put s'empêcher de penser à Gaunt. Les clameurs se poursuivirent, entrecoupées de mots conciliant murmurés tour à tour pas Falls, le Colonel et Webley. Mme Claire sortit de la salle à manger.

— Qu'est-il arrivé encore, monsieur Bell ? chuchota-t-elle en posant une petite main potelée sur le bras de Dikon. C'est Rua ?

— Oui. Il vaut que Webley lui rende tout de suite la hache de son grand-père. Il n'est pas content.

— Mon Dieu ! Encore ces superstitions. Vous savez, j'en viens parfois à désespérer. Enfin, presque. C'est un homme très ouvert, pourtant.

Rua sortit à cet instant du bureau du Colonel, hurlant furieusement tout en brandissant la hache ancestrale. Webley et le Colonel lui emboîtaient le pas. Falls apparut à son tour, machant d'un pas plus mesuré.

— Il va effacer toutes les empreintes, cria Webley. C'est illégal.

Tête baissée, Rua s'élança sur la véranda. Mme Claire alla à sa rencontre. Il s'immobilisa, le souffle court, les yeux étincelants de colère. Sa lourde botte frappa le sol.

— C'est une infamie ! haleta-t-il.

— Allons, allons, fit Mme Claire sur un ton apaisant. Calmez-vous. Pensez à votre santé. Vous semblez oublier que vous êtes notre invité, Rua. Est-ce une manière de se conduire ? Vous m'étonnez beaucoup.

Webley s'approcha prudemment. Rua fit un écart pour se mettre hors de sa portée.

— J'obéis à nos dieux, lança-t-il. Cet homme a profané les tombes de mes ancêtres. La furie de Tane s'est abattue sur lui. Mon grand-père est vengé.

Dikon se dit vaguement que la langue maorie se prêtait davantage à des envolées de cette nature. Il eut l'impression que Mme Claire partageait son avis à cet égard. Elle contempla le vieux patriarche d'un air sévère tandis qu'il brandissait son arme dérisoire, semblant se demander s'il fallait attaquer Webley ou battre en retraite.

Huia surgit à cet instant. Elle sortit de la salle à manger et s'avança sur la véranda, l'air hésitant. Ses yeux ne quittaient pas son arrière-grand-père d'un regard mystérieux, semblant communiquer en silence avec lui. Rua brandit à nouveau la hache.

— *Haere mai*, fit-il. Approche.

Huia obéit et il lui parla dans leur langue. Mais, rapidement, il changea d'idiome.

— Tu ne me comprends pas, hein ? fit-il sombrement. Très bien. Je m'exprimerai dans une langue que ne parlaient pas les enfants de Tane. Je proclamerai ta honte et ton déshonneurs en *pakeha*.

Il jeta un regard autour de lui et poursuivit :

— Il y a plusieurs mois, sentant ma fin approcher, j'ai eu une discussion avec le plus âgé de mes petits-fils qui se trouve maintenant sur le champ de bataille. Je lui ai révélé l'endroit où cette arme était cachée. Ce secret avait été transmis de génération en génération à l'aîné de notre famille. A mon insu, la conversation que j'ai eue avec mon petit-fils avait un témoin, cette fille. Je l'ai trouvée un peu plus tard, étendue derrière une haie d'arbustes. Quand je l'ai interrogée, elle a répondu que notre entretien s'était déroulé en maori, une langue qu'elle ne comprenait pas. Regardez-la maintenant, et dites-moi si elle m'a menti.

Il s'avança vers Huia qui esquissa un pas en arrière.

— Tu m'as trahi, accusa-t-il. A qui as-tu parlé de ce secret ? Réponds ! A qui ?

Huia eut d'abord un geste de dénagation. Puis, comme si Rua l'avait menacée, elle pointa un doigt sur Eru Saul.

III

Tout au long des scènes qui suivirent, Dikon eut l'impression de scruter les profondeurs d'une chambre noire. Mais, songea-t-il, la réalité ne tarderait pas à émerger des ténèbres. Déjà, il distinvuait la silhouette de Huia et celle d'Eru. D'autres formes demeuraient dans l'ombre.

Eru fit face au vieux Rua. Sur son visage il y avait un curieux mélange de terreur et d'effronterie. Deux forces devaient lutter en lui : l'éducation européenne qu'il avait reçue, et ses instincts maoris. Ce furent, apparemment, ces derniers qui triomphèrent.

— Je ne l'ai jamais touchée, commença-t-il. Jamais vue avant.

— Tu savais où elle se trouvait. Répondit, Huia ! Tu lui as révélé l'endroit où elle était cachée ?

Huia fit oui de la tête, puis elle éclata en sanglots. Eru lui jeta un regard venimeux.

— C'est donc toi qui l'as vendue à Questing, Eru ?

— Non ! J'ai jamais su qu'il l'avait.

— En as-tu parlé à Questing, Huia ?

— Non ! Non ! Jamais. Je ne l'ai dit qu'à Eru. D'ailleurs ça fait longtemps. Et c'était pour m'amuser seulement. Mais je ne l'ai dit qu'à Eru.

— Si j'avais su qu'il allait la remettre à ce salaud, je lui en aurais jamais parlé, affirma Eru. Ces *pakehas* ! J'aurais dû me douter que Questing était derrière tout ça. Mais, bon sang, il m'a pas dit que c'était pour Questing ! acheva-t-il dans un cri.

— Qui as-tu mis dans la confidence ? Réponds !

— Il vaut mieux tout avouer, Eru, conseilla Webley. Tu t'attirerais de graves ennuis en refusant de parler. Il s'agit d'une affaire criminelle, ne l'oublie pas.

— Je l'ai dit à Bert Smith, murmura Eru.

« Les ténèbres se dissipent de plus en plus », songea Dikon. Mais nombreuses étaient encore les zones d'ombre qui l'entouraient.

Webley se tournant vers Simon.

— Trouvez-moi Smith, voulez-vous ?

— O.K.

Simon reparut en compagnie d'un Smith visiblement contrarié.

— Y a pas moyen d'être tranquille, dans cette maison ! s'exclama-t-il avant d'apercevoir Rua et la hache qu'il tenait. Dites donc ! fit-il. Mais c'est l'arme de Rewi !

Ses yeux s'agrandirent d'étonnement.

— Alors il l'a gardée, en fin de compte ! grommela-t-il.

— Qui a gardé quoi ? interrogea Webley. Regardez bien cette hache, Bert. L'avez-vous déjà vue ?

Smith esquissa un pas circonspect en direction de Rua. Ce dernier recula.

— Il faut la lui montrer, Rua, indiqua Webley. Allons, soyez gentil.

— C'est pas la peine, déclara Smith. Je l'avais jamais vue, mais je sais comment elle est. Tout le monde a entendu parle de ce machin.

— Vous l'avez dérobée... commença Rua.

— Oh non, interrompit Smith. Pas moi. Vous pouvez rien me reprocher. Je savais peut-être où elle était cachée, et je le lui ai peut-être dit, mais je ne suis jamais monté sur le Rangi pour piller les tombes. Oh non, pas de danger.

— Vous avez donc révélé le secret à Questing ? intervint le docteur Ackrington. Pour quelle raison ?

— Un instant, docteur, fit Webley. Alors, Bert ? Peut-on savoir pourquoi vous en avez parlé à Questing ?

— Il me l'a demandé.

A présent, c'était le visage de Questing qui émergeait de l'obscurité.

— Il voulait que vous la trouviez ? Et, naturellement, il vous a payé ? suggéra Webley.

— Je me suis contenté de fournir un renseignement. C'est un crime, ça ? Il m'a demandé de la trouver, je me suis arrangé pour la trouver. C'est Eru qui m'a donné le tuyau. Hein, Eru ? C'est bien toi ?

— Tu as dit que c'était pour l'autre type, affirma le jeune métis.

— Quel autre type ? questionna Webley.

De la tête, Eru indiqua la chambre de Gaunt.

— Lui.

Dikon ne vit plus aucune zone d'ombre autour de lui.

Dans le silence qui suivit, Falls remarqua :

— Si je comprends bien, sergent Webley, le défunt, agissant pour le compte de M. Gaunt, a payé M. Smith pour que ce dernier obtienne de... M. Saul des informations au sujet de l'endroit où cette arme était cachée ?

— En effet, monsieur. C'est à peu près cela.

— Je vous conseille de surveiller votre vocabulaire ! s'écria Smith avec indignation. Qui a parlé d'argent ? C'était une affaire entre amis. Questing et moi, on était copains.

— Je pensais qu'il avait essayé de vous jeter sous un train, observa Webley.

— Bon sang, on va pas revenir là-dessus ! s'exclama Smith d'un air las. Je me suis déjà expliqué en long et en large. Tenez, regardez.

Il produisit l'attestation rédigée par Questing et la tendit à Webley.

— Inutile, déclina ce dernier. Vous m'avez déjà montré ce document. Vous pouvez disposer, Bert.

Smith replia soigneusement sa précieuse déclaration et, grommelant vaguement, s'éloigna vers la salle à manger.

Webley se tourna pour faire face à Rua.

— Comprenez-vous maintenant pourquoi nous devons absolument garder la hache de votre grand-père, Rua ? Soyez tranquille, vous la récupérerez. Nous vous donnerons un reçu.

— C'est vous qui ne comprenez pas. Cette hache est sacrée. Je commets moi-même un acte sacrilège en la tenant dans ma main.

— Rua, Rua ! fit Mme Claire sur un ton de reproche.

— Puis-je me permettre une remarque, sergent Webley ? demanda Falls. Supposons que M. Te Kahu s'engage à remettre cette hache à la police en cas de besoin ? Ne serait-il pas possible, entre-temps, de la confier au Colonel Claire ? Si je ne m'abuse, le Colonel est votre ami, monsieur Te Kahu ? Il n'aurait qu'à la mettre dans son coffre et vous pourriez même l'accompagner à sa banque pour vous en assurer ? Qu'en pensez-vous ? Et vous, Colonel ?

— Hein ? sursauta le Colonel Claire. Oui, bien sûr. Si Webley n'y voit pas d'inconvénient.

— Sergent ?

— Pas d'objection, monsieur.

— Eh bien ? demanda Falls en se tournant vers Rua.

Le vieux patriarche baissa les yeux sur l'arme qu'il tenait.

— Vous trouvez peut-être étonnant que je provoque un scandale à propos de cette affaire, déclara-t-il. Moi qui ai conduit mon peuple vers la culture *pakeha*. Me quereller au sujet d'une relique. Avec l'âge, nous nous tournon peut-être vers les sentiers suivis par nos ancêtres. Notre raison admet les nouvelles apparences, mais notre cœur et notre sang demeurent fidèles. Cette arme exerce sur moi une influence bien plus profonde et plus puissante que toute la sagesse accumulée dans ma pauvre tête. Mais, comme vous l'avez dit, le Colonel Claire est un ami de mon peuple. J'ai confiance en lui.

Falls disparut dans sa chambre et en revit avec la petite valise couverte d'auto-collants que Mme Claire avait remarquée lors de sa venue. Il la déposa sur la table et l'ouvrit. Rua y plaça la hache.

— Si elle demeure sous la responsabilité du Colonel Claire, je me déclare satisfait, affirma-t-il avant de s'adresser à Eru. Tu n'appartiens pas au peuple maori. A l'époque où cette arme fut fabriquée, il n'existait pas d'êtres de ton espèce. Mais le châtiment de Tane ne te sera pas épargné. Périr dans Taupo-tapu eût été un sort plus enviable pour toi. Ça, je te proscrit. Ne reviens plus jamais parmi mon peuple.

Après cette ultime envolée, il ajouta :

— Je conduirai moi-même la voiture de Mme Te Papa.

Le buste droit, sa couverture ramenée autour de ses frêles épaules, il prit place derrière le volant. L'automobile s'éloigna en cahotant.

Huia se précipita dans la maison en sanglotant, suivie par Mme Claire. Eru s'humecta les lèvres et, sans un mot, prit la direction du sentier menant vers la route.

— Un peu irritant, ce vieux monsieur.

Gaunt s'avançait sur la véranda, une cigarette glissée entre ses lèvres. Il avait, ce matin-là, revêtu un costume de ville qui lui donnait un air parfaitement incongru. Ses habits, ses mains, ses cheveux, tout en lui semblait déplacé et sans rapport aucun avec l'atmosphère de Wiatatapu. Webley l'interpella aussitôt qu'il l'aperçut.

— Eh bien, monsieur Gaunt ?

— Oui, sergent ?

— Vous avez dû entendre ce qui vient d'être dit. Est-il

vrai que vous avez cherché à entrer en possession de cette hache ?

— J'aurais voulu l'acquérir, en effet. J'ai un certain goût pour les reliques barbares.

— Avez-vous proposé de l'acheter ?

— J'ai dit à Questing que je souhaitais d'abord l'examiner. Ce qui est normal. Mon secrétaire particulier m'avait raconté l'histoire de cette hache. Questing est venu me voir il y a quelques jours et m'a laissé entendre qu'il pouvait, qu'il avait les moyens, que si je voulais... etc. Franchement, je ne suis pas resté insensible à ses affirmations. Mais je vous assure que je ne me suis engagé d'aucune manière.

— Savez-vous que le pillage d'une tombe maorie est considéré comme un délit pénal ? interrogea le docteur Ackrington.

— Vraiment ? Non, je l'ignorais. Questing m'a dit que le vieux monsieur était disposé à me la vendre, mais à l'insu de sa tribu. Il voulait entourer cette affaire du plus grand secret.

— Etiez-vous au courant de ces tractations, monsieur Bell ? questionna Webley.

— Non, non, dit Gaunt avec aisance. Je n'en ai parlé à personne. Questing a beaucoup insisté sur ce point.

— Je comprends, grommela Webley sur un ton vaguement désabusé.

— Ce n'était pas très honnête de sa part de chercher à m'impliquer dans une transaction douteuse, affirma Gaunt. J'ajouterai, sergent, que votre intérêt pour cette affaire de vol me paraît un peu dérisoire. N'est-il pas plus important de songer à l'agent ennemi qui doit encore rôder autour de nous ? Ne feriez-vous pas mieux de consacrer votre énergie à retrouver Questing ?

Dikon ouvrit la bouche, mais la referma aussitôt. Il vit l'ombre d'un sourire apparaître sur les lèvres de Falls.

— Mais nous l'avons déjà trouvé, répondit Webley sur un ton neutre.

Les mains de Gaunt se crispèrent. Il laissa échapper une brève exclamation.

— Comment ! fit-il dans un souffle. Où ?

— Là où il s'est perdu, monsieur Gaunt. Dans le chaudron.

— Dieu du ciel !

Gaunt hésita un moment, puis il pivota sur lui-même et s'éloigna. Devant sa chambre, il lança sur un ton dédaigneux :

— Voilà qui clouera le bec à ce vieil Ackrington. Je vous demande pardon, docteur. J'oubliais que vous étiez là.

Il entra dans sa chambre en appelant Colly.

M. Falls fut le premier à rompre le silence qui suivit.

— Eru Saul a un goût prononcé pour certains coloris, observa-t-il.

Eru remontait lentement le sentier menant à la route. Sa chemise rose formait une tache éclatante sous le soleil.

Barbara se pencha au dehors et remarqua :

— Il porte toujours la même chemise. On se demande si elle a jamais été lavée.

Devançant le docteur Ackrington qui fronçait déjà les sourcils, Dikon intervint rapidement :

— En tout cas, c'est celle qu'il avait le jour où Smith a eu son accident.

— C'est vrai.

— Non, dit soudain le Colonel.

— Mais si, papa, insista Barbara. Tu ne te souviens pas ? Il est venu dans la salle à manger pour confirmer le récit de M. Smith et il portait une chemise rose. Tu te rappelles, Sim ?

— Qu'est-ce que ça peut faire ? s'exclama Simon. Mais tu as raison. Elle était rose.

— Impossible, maintint le Colonel.

D'une voix qui monta crescendo, le docteur Ackrington commença :

— Nom d'une pipe, Edouard... Je dis que cette satanée chemise était rose ! acheva-t-il à tue-tête.

— Non.

— Mais si, Edouard.

— Eh non.

Webley s'interposa.

— Si vous voulez bien m'excuser, j'ai du travail.

Avec un regard écœuré pour le Colonel, il alla s'enfermer dans la chambre de Questing.

— Je suis certain qu'elle n'était pas rose, reprit le Colonel.

— Vous l'avez *vue*, au moins ?

— Oh, sans doute, quoique je ne m'en souvienne pas. Mais je suis persuadé qu'elle était bleue. Quelqu'un a mentionné la chemise bleue d'Eru Saul.

— Tu te trompes, papa, déclara Simon. Eru portait la même chemise qu'il a sur le dos en ce moment.

— Je maintiens qu'elle était bleue.

— Comme c'est intéressant, opina Falls. Deux personnes disent bleue, la troisième dit rose. Et vous, Bell ?

— Les deux affirmations sont correctes, selon moi. La chemise était rose, mais le Colonel a entendu Questing dire qu'elle était bleue.

— Je trouve cette discussion absolument grotesque, lança le docteur Ackrington. Comment pouvez-vous débattre d'un sujet aussi futile quand la découverte du corps de Questing nous met tous dans une situation pour le moins équivoque !

— Cette affaire de chemise ne me paraît pas inintéressante. M. Smith pourrait peut-être nous donner aussi son avis ? suggéra M. Falls. Où est-il ?

— Bert ! appela Simon. Tu veux venir s'il te plaît ?

Smith apparut.

— Nous avons besoin de vous pour régler un léger

différend, commença Falls. Le jour où vous avez eu votre accident, M. Questing aurait affirmé qu'il vous avait laissé en compagnie d'un homme portant une chemise bleue. Est-ce vrai ?

— Hein ?

M. Falls réitéra sa question.

— Oui. Eru Saul. C'est lui qui m'a ramené.

— Avait-il une chemise bleue ?

— Oui.

— Rose, affirmèrent le docteur Ackrington et Simon d'une même voix.

— Si Questing a dit qu'elle était bleue, c'est que c'est vrai, s'écria Smith. J'étais si sonné que j'aurais pas pu faire la différence. Mais je me souviens, elle était bleue.

— T'es daltonien ou quoi ? fit Simon. Bien sûr qu'elle était rose.

Smith s'éloigna en haussant les épaules.

— T'es prêt à jurer qu'elle était bleue parce que Questing l'a dit, lui lança Simon. Tu vas peut-être aussi affirmer qu'il est allé à Pohutukawa ce même jour comme il l'a prétendu.

— C'est vrai qu'il y est allé, riposta Smith en s'arrêtant.

— Ah oui ? Dommage qu'il n'ait pas vu les arbres en fleur !

— Mais c'est vrai qu'il a été à Pohutukawa. Il a même emmené Huia, t'as qu'à lui demander. Eru me l'a dit, conclut Smith en s'éloignant de nouveau.

— J'y comprends rien du tout ! s'emporta Simon. Vous pensez qu'Eru a changé de chemise dans la cuisine ? Ou alors il y avait quelqu'un d'autre avec Questing, là-haut sur le passage à niveau.

— Questing n'a pas pu se rendre à Pohutukawa, martela le docteur Ackrington. Je l'ai piégé. *Huia* !

Quelques instant plus tard, les yeux encore noyés de larmes, Huia apparut.

— Oui ? fit-elle dans un sanglot.

— Etais-tu avec M. Questing à Pohutukawa le jour où Smith a failli être tué ?

— On n'a rien fait de mal, déclara Huia en hoquetant. Nous nous sommes promenés dans sa voiture, c'est tout.

— Tu as vu les arbres ? Comment étaient-ils ? demanda Simon.

— Bien sûr que je les ai vus, je ne suis pas aveugle. Ils étaient en fleur. Des fleurs partout.

— Eru Saul a-t-il changé de chemise dans la cuisine, ce soir-là ?

— Et puis quoi encore ? Qu'il essaie seulement ! Je lui apprendrais les bonnes manières, moi !

— Oh zut ! grommela Simon avec lassitude.

Huia disparut dans sa cuisine.

— Ce doit être l'heure de passer à table, remarqua vaguement le Colonel avant de se diriger vers l'entrée en appelant sa femme.

— C'est une vraie maison de cinglés, déclara le docteur Ackrington.

Webley sortit de la chambre de Questing.

— Puis-je vous prendre une minute, monsieur Bell ? demanda-t-il.

IV

Webley s'effaça pour laisser passer Dikon, puis il entra et referma derrière lui. Les stores étaient baissés et les deux lampes allumées. Dikon se trouva devant le même spectacle qu'il avait entrevu la nuit précédente : le costume gris perle soigneusement disposé sur le dossier d'une chaise; les cravates sur leur cintre; le pyjama rose au pied du lit. Webley prit une enveloppe sur la table de chevet. Dikon eut a surprise de constater que celle-ci lui était adressée personnellement.

— Avant que vous ne l'ouvriez, monsieur Bell, j'aimerais qu'il y ait un témoin.

Il entrebâilla la porte et murmura quelques mots. M. Falls s'avança.

— Je ne comprends pas pourquoi il m'aurait écrit, à moi, grommela Dikon.

— Nous allons le savoir.

La lettre était rédigée à l'encre verte. Le premier feuillet portait un en-tête commercial. Il en ressortait que M. Questing représentait plusieurs firmes australiennes et néo-zélandaises.

« Cher monsieur Bell,

Vous serez sans doute étonné en recevant cette missive. Un télégramme vient de me parvenir. Je dois me rendre de toute urgence en Australie. Je partirai demain matin à Auckland pour prendre l'avion. Je ne serai pas de retour avant un certain temps.

Pour commencer, j'aimerais vous dire combien je suis heureux que l'occasion m'ait été donnée de vous rencontrer. Vous ne m'avez jamais témoigné l'antagonisme et l'hostilité que j'ai malheureusement trouvés auprès d'autres personnes. Je tiens à vous remercier de votre courtoisie. Comme je l'ai indiqué sur l'enveloppe, cette lettre est personnelle et confidentielle. Si, pour une raison ou pour une autre, vous ne vous estimez pas en mesure de lui garder ce dernier caractère, je vous prie de la détruite sans aller plus loin. »

— Je n'ai pas envie de poursuivre, affirma Dikon.

— Elle doit être lue, monsieur Bell, par vous-même ou par un autre. N'oubliez pas qu'il est mort.

— Oh zut !

« Monsieur Bell, je vais être franc. Certaines remarques ont pu vous faire croire que je m'intéressais aux possibilités d'une certaine région située à une quinzaine de kilomètres de Waiatatapu. »

— Une élégante formule, murmura Falls.
— Il fait allusion au mont Rangi, commenta Webley.
— Silence !

« J'ai découvert certaines choses au cours de mes visites successives. Hier vendredi, je me trouvais sur le lieu en question et je fus témoin d'une scène particulièrement équivoque. J'étais sur le versant qui surplombe la mer. A un moment donné, mon attention fut attirée par une lumière qui clignotait au-dessus de moi. Pour des raisons personnelles, je ne souhaitais pas être vu à cet endroit. Je suis donc resté immobile, caché derrière un buisson. Un homme est passé devant moi. J'ai reconnu cet homme, mais il n'a pas remarqué ma présence. Aujourd'hui samedi, j'ai appris que le *Hokianga* avait été coulé au large de la baie et j'ai aussitôt pensé à l'incident que j'ai décrit plus haut. Je suis allé voir l'homme en question et je l'ai accusé d'être un espion. Il a tout nié, ajoutant que je risquais de gros ennuis si j'insistais. Je savais que cette menace n'était pas vaine. On commence à parler des activités que je mène dans cette région, et certaines personnes n'hésitent pas à en donner les interprétations les plus calomnieuses. Je ne serais pas en mesure de me défendre si l'homme en question portait des accusations contre moi. J'ai donc été forcé de m'engager à ne pas parler de ce que j'ai vu. Il s'est montré fort menaçant et je ne pense pas qu'il ait confiance en moi. Autant vous dire que je suis un peu inquiet, je n'ai pas honte de l'avouer. Il a l'air de croire que j'ai percé son code secret, ce qui est faux.

Monsieur Bell, je n'ai pas coutume de revenir sur une parole donnée, mais il se trouve que je suis aussi un patriote. J'aime beaucoup mon pays et j'ai le même sentiment pour les nations qui composent le Commonwealth. L'idée qu'un traître puisse continuer d'y opérer m'est insupportable. D'où cette lettre.

Ce que j'ai de mieux à faire, me semble-t-il, c'est d'abord de régler cette affaire qui m'appelle en Australie. Demain, j'informerai Mme Claire de mon départ.

Je vous laisse cette lettre que je posterai avant de prendre l'avion. Vous noterez que je n'ai pas mentionné la personne en question. Je compte sur votre discrétion et ne doute pas que vous agirez, si vous en décidiez ainsi, de la manière la plus appropriée.

Je vous prie, monsieur Bell, de croire en ma très haute considération.

Maurice Questing. »

Dikon demeura un moment silencieux, contemplant sans les voir les lignes qu'il venait de lire. Puis il replia soigneusement la feuille de papier qu'il tenait, la remit dans son enveloppe et tendit celle-ci à Webley.

— Voilà.

— *Je ne pense pas qu'il ait confiance en moi*, murmura Falls. Comme il avait raison !

Dikon hocha lentement la tête.

— Oui, en effet, approuva-t-il. Il y a un autre point sur lequel il ne s'est pas trompé. J'ai toujours pensé qu'il était mal élevé et un peu fripouille. Mais je le trouvais plutôt sympathique.

La cloche de Huia retentit à ce moment, annonçant le déjeuner.

XIV

Webley avait forcé l'une des valises préparées par Questing. Elle était pleine d'objets maoris : pierres, colliers, armes... etc. La hache de Rewi, expliqua-t-il, se trouvait dans une autre malle. Questing avait apparemment l'intention de la montrer à Gaunt dès son retour du concert.

— D'après vous, il comptait vendre ces articles en Australie ?

— C'est possible, répondit Webley. Mais il n'aurait pas pu les faire passer à la douane. L'exportation de ces objets est interdite.

— Il était peut-être collectionneur, tout simplement, intervint Falls. Vous savez, il y a des gens, pas forcément des connaisseurs, qui éprouvent un besoin irrésistible d'acquérir des choses de ce genre.

— Il avait le sens des affaires.

— Oh oui, appuya Webley. Nous avons trouvé les plans des installations qu'il voulait édifier à Waiatatapu. C'est vraiment superbe, ce qu'il envisageait.

Tandis qu'ils marchaient le long de la véranda, Dikon murmura :

— Je ne l'ai jamais pris pour un espion.

— Sa disparition nous laisse devant un grand nombre de possibilités, commenta Falls.

— Et l'agent qu'il faut démasquer se trouve être aussi un assassin, renchérit Dikon.

— Oui, apparemment. Sergent Webley, les autres ne savent rien de cette lettre. Verriez-vous un inconvénient à ce que nous leur en parlions ?

La réponse fut longue à venir.

— Non, aucun. Il me semble que je ne pourrais pas vous en empêcher, monsieur Falls ?

— Avec un ennemi qui se cache parmi nous, je trouve utile que tout le monde soit sur ses gardes. Vous entrez, Bell ?

— Après vous.

— Nous allons nous lavez les mains, M. Falls et moi, déclara Webley. Ne nous attendez pas.

Dikon poursuivit son chemin jusqu'à la salle à manger. Il alla s'asseoir auprès de M. Gaunt. Le docteur Ackrington et les Claire, à l'exception de Simon, occupaient la grande table familiale. Simon s'était installé au côté de son ami Smith. M. Falls, quand il revint suivi de Webley, se dirigea vers sa table habituelle. Huia vint aussitôt poser une assiette et un couvert destinés au sergent.

— Merci de me tenir compagnie, Dikon, lança Gaunt à haute voix. Je suis en disgrâce, apparemment.

Barbara lui jeta un bref regard, puis se détourna.

— J'ai oublié de dire que Questing voulait quinze livres pour la hache, ajouta Gaunt. C'est un prix qui me semble excessif. Il faudra que j'interroge le vieux chef à ce sujet.

Personne ne jugea nécessaire de commenter cette déclaration. Gaunt eut un mouvement de menton et gratifia Dikon d'un regard acéré.

Le déjeuner commença et se poursuivit dans un silence

presque total. Dikon était assis en face de la fenêtre. Au bout d'un moment, il vit apparaître deux des assistants de Webley, portant une civière couverte. Ils se dirigèrent vers les cabines et, quelques instants après, revinrent sans leur fardeau. Un jeune homme en veste et pantalon de flanelle les rejoignit devant la véranda. Dikon le reconnut, c'était un journaliste.

Mme Claire et Barbara sortirent dès que Huia entreprit de débarrasser. Smith se cura bruyamment les dents, grommela un vague « excusez-moi » et se leva pour aller sur la véranda. Le journaliste s'approcha de lui en souriant d'un air engageant. Mais Smith s'éloigna en haussant les épaules.

Les sept hommes demeurés dans la salle achevèrent leur repas dans le plus grand silence.

— Quel vacarme, lança Gaunt avec un petit ricanement. Je vais regagner ma chambre.

Il repoussa sa chaise.

— On n'éprouve guère l'envie de bavarder quand on se sent menacé d'arrestation, déclara Falls. Néanmoins, je vous prierai de m'accorder votre attention pendant quelques instants. Vous permettez, sergent ?

Webley posa ses deux mains sur la table et répondit en considérant Falls d'un air pensif :

— Je vous en prie, monsieur.

— Je ne sais si vous êtes tous des fervents de littérature policière, reprit Falls. J'avoue que j'en suis un. D'aucuns affirment que ces romans n'ont rien à voir avec la réalité. Dans une enquête de police, on ne trouve guère une série de mobiles aussi crédibles les uns que les autres, des élaborations tortueuses et la séance des révélations au cours de laquele tous les assistants font figure d'accusés potentiels. Une véritable investigation consiste plutôt à additionner des éléments de preuve en vue d'aboutir à l'inculpation d'une personne soupçonnée depuis le moment où le crime a été découvert. Le sergent Webley corrigera mes erreurs éventuellement.

Webley s'éclaircit la gorge. Tous les regards étaient maintenant braqués sur M. Falls qui poursuivit :

— Cela étant, notre présente réunion n'est pas sans rappeler les séances d'explications dont je viens de vous parler. Avec la permission du sergent Webley, et avant de nous séparer, j'aimerais d'abord réhabiliter la mémoire du défunt. Questing n'était pas un espion.

Le docteur Ackrington fit mine de se lever en protestant. Mais, quand il apprit l'existence d'une lettre laissée par Questing, il pâlit, bégaya quelques mots incohérents et se rassit lentement.

— Non seulement Questing était innocent, continua Falls, mais il a identifié et accusé le vrai coupable. Ce dernier, usant de chantage, a cependant réussi à lui arracher la promesse qu'il ne le trahirait pas. Questing avoue qu'il ne se sentait pas en sécurité, et je dirai que sa décision de partir pour l'Australie était motivée par la peur et non par des considérations mercantiles. Il a dû écrire cette lettre peu avant de se rendre au village maori. Je l'ai vu en passant devant sa porte, il était penché sur sa table de travail. Comme vous le savez, il fut assassiné trois heures plus tard.

— Si vous voulez bien m'excuser, intervint Gaunt, je préfère me retirer. Je suis encore horriblement secoué par cette affaire. Je ne supporterais pas les détails...

— Un instant, monsieur Gaunt, coupa Falls. A mon avis, ce n'est pas la mort tragique de cet homme qui vous a remué. C'est plutôt la crainte que vous y soyez impliqué.

— Je proteste ! lança Gaunt en se levant.

— Asseyez-vous, dit Falls en le considérant d'un air affable. Vous voyez, notre réunion prend l'allure d'une séance de révélations. M. Gaunt, ici présent, s'est querellé avec M. Questing parce que ce dernier s'était servi de son nom à des fins publicitaires et qu'il avait prétendu être l'auteur d'un cadeau offert par Gaunt lui-même.

Barbara sursauta et Gaunt se retourna vers Dikon.

— Vous avez donc...

— Non, interrompit Falls. Mon cher Gaunt, qui en dehors de vous aurait pu envoyez ce présent ? Avec une citation de Shakespeare sur la carte d'accompagnement ! De plus, vous vous êtes trahi hier soir, quand M. Questing a évoqué la robe devant Miss Barbara. Vous êtes devenu blême et vous avez regardé ce pauvre homme d'un air... assassin.

— De là à le tuer ! s'écria Gaunt.

— C'est vrai, admit Falls. Le mobile est plutôt mince. Examinons le cas d'un autre suspect. M. Smith, par exemple.

— Laissez Bert en dehors de tout ça ! s'exclama Simon. Il a une attestation...

— Ici, nous avons affaire à une vengeance, poursuivit Falls. On aurait essayé de le tuer, il s'est vengé.

— Rien du tout ! Ils avaient enterré la hache de guerre.

— Pour exhumer celle de Rewi ! Je vous l'accorde, le motif de vengeance s'en trouve éliminé, mais il fallait le signaler. A vous maintenant, docteur Ackrington. Dans votre cas, le mobile serait une sorte de fureur exacerbée. Vous aviez la certitude que Questing était un traître et vous enragiez de ne pouvoir le livrer à la justice.

— Il me paraît évident que cet homme a été tué par un habitant de la réserve indigène. Il s'agit sans doute de quelque jeune voyou à la solde de l'ennemi.

— Ah ! Le thème maori. Nous en reparlerons plus tard, si vous le voulez bien. Votre mobile, Colonel Claire, est beaucoup plus plausible. Questing voulait s'approprier votre bien. Si ce crime doit profiter à quelqu'un...

— Ça suffit comme ça ! coupa Simon avec colère. Laissez mon père tranquille.

— Du calme, Simon, fit le Colonel.

— ... c'est bien à vous et à votre famille, acheva Falls. A présent, examinons la piste maorie. Ce serait un acte de vengeance pour la violation d'un lieu sacré ? Pourquoi pas ? Un tel mobile ne manque pas de vraisemblance. Mais qui, en dehors de Gaunt et du trio Smith-Questing-Eru Saul, savait que la hache avait été dérobée ?

— Si je comprends bien, intervint le docteur Ackrington, pour vous, l'espion et le meurtrier sont une seule et même personne ?

— En effet. C'est plus que probable. A mon sens, nous devons laisser de côté le problème du mobile pour l'instant. Intéressons-nous à celui des circonstances. Les faits, d'abord.

— Oh, la la, dit Gaunt avec lassitude.

— Quatre points ont retenu mon attention : le feu de signalisation, la chemise d'Eru Saul, les fleurs de Pohutukawa et le fanion délogé. Si nous parvenons à lier ces quatre faits au moyen d'une seule explication, alors nous aurons effectué un grand pas en avant.

— Et vous ? s'écria Simon. Vous n'êtes pas blanc comme neige, vous savez !

— Je parlerai de mon cas personnel dans un instant, répondit Falls. Si je me réserve pour la fin, c'est parce que je vous dois une sorte de confession.

Webley parut tressaillir à ces mots. Mais il demeura silencieux.

— En quittant la salle de concert, je suis allé dans la réserve thermale, reprit Falls. J'avais aperçu Questing, marchant un peu plus loin devant moi. Comme je l'ai déjà indiqué, je me suis arrêté pour allumer ma pipe. Ensuite, j'ai entendu le cri poussé par Questing et j'ai vu Bell sortir du village. Je n'avais aucun alibi. Plus tard, je suis retourné là-bas et vous m'avez reconnu, Bell. Je vous ai entendu dévaler la colline. En revenant ici, j'ai informé le Colonel et le docteur Ackrington de ma visite au territoire interdit. Mais j'ai menti en affirmant que j'avais cru entendre quelqu'un marcher de l'autre côté du tertre. Et maintenant, j'en viens à la dernière partie de mon histoire.

Falls plongea une main dans la poche de son veston.

— Arrêtez-le ! s'écria Simon en bondissant sur ses pieds. Vite, retenez-le ! C'est du poison !

II

La main de Falls reparut. Elle ne tenait pas une capsule mortelle, mais une petite bande jaune en matière semi-transparente qu'il brandissait sous les yeux de Simon.

— Que vous arrive-t-il, mon jeune ami ? Vous m'inquiétez.

— Assieds-toi, Simon. Tu es ridicule, lança le docteur Ackrington.

— Tu es devenu fou ? s'exclama le Colonel.

Gaunt eut un rire convulsif. Simon se tourna pour lui faire face.

— C'est ça, marrez-vous ! Il vient d'avouer qu'il a menti et vous rigolez ! J'ai toujours dit qu'il n'était pas net, ce type. Rappelez-vous le signal qu'il a joué avec sa pipe. Vous ne comprenez donc pas ?

— Ah ! Vous avez noté ma petite expérience sur la véranda, commenta Falls. C'est bien ce que je pensais.

— Vous le reconnaissez ?

— Certainement. C'était une épreuve destinée à Questing. Le résultat fut négatif. Il a ramassé ma pipe et me l'a rendue en toute innocence. Ce test a eu pour seul effet d'inquiéter son assassin.

— Oui, appuya Simon. C'est-à-dire vous !

— Mais je vois que vous êtes intrigué par cette bande de matière plastique, poursuivit Falls tranquillement. Je l'ai découpée sur la voiture de Questing, sur son pare-brise plus exactement. Quand on regarde un objet rouge à travers ce matériau, le ton change un peu, mais c'est toujours rouge. Il en va de même avec un objet de couleur verte. Un feu de signalisation comme celui du passage à niveau est bleu-vert. Vu à travers cette matière, il ne se transforme que légèrement. Questing a donc menti en affirmant que son pare-brise l'a induit en erreur.

— D'accord, interrompit Simon. Mais...

— Par ailleurs, Questing a dit que, ce jour-là, Eru Saul portait une chemise bleue. Mais nous savons que celle-ci était rose. S'agit-il, là aussi, d'un mensonge ? Ce même soir, il est tombé dans le piège tendu par le docteur Ackrington, déclarant que les arbres de Pohutukawa n'étaient pas en fleur alors qu'ils étaient, et sont toujours, du rouge le plus éclatant. Mensonge également ? Le docteur Ackrington a naturellement déduit qu'il n'était pas allé à Pohutukawa. Nous avons établi qu'il s'y était rendu. Par parenthèses, je vous signale le pyjama et les cravates de M. Questing. Ils sont du même rose que la chemise d'Eru Saul. J'en viens maintenant à la scène finale.

Webley se leva rapidement. Comme sur un signal, l'un des homme qui attendaient sur la véranda ouvrit la porte et entra.

— Questing portait une lampe de poche quand il a entrepris de traverser la réserve, continua Falls. Il s'en est servi pour repérer les fanions blancs qu'il devait suivre. Arrivé au tertre qui domine Taupo-tapu et sur lequel passe le sentier, il ne vit pas de fanions blancs, car celui qui était planté au sommet du monticule avait été arraché. En revanche, les fanions rouges étaient parfaitement visibles. Comme vous le savez, ils n'ont plus leur couleur d'origine. Ils sont un peu délavés.

Falls s'interrompit un instant avant de déclarer :

— J'affirme que Questing a péri en suivant ces fanions rouges. J'affirme que le meurtrier de Questing savait qu'il était daltonien.

III

Dans l'esprit de Dikon, les faits apparaissaient maintenant dans une nouvelle perspective. Falls, en quelques mots, avait jeté sur la situation un faisceau de lumière crue. Les éléments de preuve s'alignaient différemment. Mais le schéma d'ensemble ne ressortait pas encore avec suffisamment de clarté. Le motif de base, le pivot du système, demeurait imprécis et nimbé d'ombre. Falls entreprit de dissiper ces zones d'obscurité, ignorant le tollé qu'avait provoqué sa déclaration.

— L'une des caractéristiques des personnes atteintes de daltonisme est qu'elle refusent de l'admettre. Le grand Hans Gross fut le premier à remarquer cette particularité. Il dit que si l'on force un daltonien à avouer sa légère infirmité, il se conduira comme s'il était coupable d'un crime. Accusé par le docteur Ackrington d'avoir tenté d'assassiner Smith, Questing aurait pu répondre en toute simplicité qu'il ne distinguait pas le rouge du vert. Eh bien, non. Il a préféré dire que le feu de signalisation était en panne. Plus tard, M. Smith vous l'a rapporté, Questing a encore prétendu que son pare-brise l'avait induit en erreur.

— Attendez un peu, fit Simon. Non, vous pouvez continuer.

— Je vous remercie. Une autre caractéristique des daltoniens est qu'ils confondent le rouge et le vert. Ils ont une prédilection pour le rose, un rose pâle, qu'ils prennent pour du bleu. Une tache rouge éclairée par la lumière verte d'une lampe de poche leur semblerait incolore. En tout cas, le fanion blanc ayant été enlevé, Questing ne disposait plus de référence et devait forcément prendre pour blanc ce qui était rouge. Voyons maintenant si les autres faits cadrent avec cette théorie. Qu'ai-je observé sur le sentier ? Je vous rappelle que j'étais muni d'une torche électrique.

Comme pour s'excuser d'accaparer l'attention générale, Falls esquissa un petit sourire avant de poursuivre :

— La motte de terre, ou plutôt de boue solidifiée, s'était détachée de la hampe métallique du fanion. Et celle-ci, en tombant, a laissé un sillon au bord du sentier. Les fameuses empreintes de la semelle cloutée se trouvaient tout juste derrière ce sillon, de même que sur le bloc de boue. Cela montre que l'on voulait simplement arracher le fanion, sans aller jusqu'à ouvrir une brèche. Mais il est vrai que le meurtrier travaillait dans le noir. Il n'a pas pu ajuster ses coups de talon, et le bloc de terre s'est détaché avec la hampe du fanion. Avant le début du concert, le sentier était intact. Au retour, personne ne s'est souvenu d'avoir vu le fanion mais, d'un autre côté, nul n'a remarqué la brèche. Cependant, le Colonel Claire fut le dernier à emprunter le sentier avant la tragédie. Et il nous dit qu'il est tombé en atteignant le sommet du tertre.

— Hein ? fit le Colonel dans un sursaut. Tombé ? Oui, c'est vrai, je suis tombé.

— Le bloc de terre était peut-être déjà à moitié délogé. Est-il permis de croire que votre pied a heurté cet obstacle, Colonel ?

— Attendez un peu, murmura le Colonel. Laissez-moi réfléchir.

— En attendant qu'Edouard émerge de sa méditation, intervint le docteur Ackrington, j'aimerais vous signaler un point, Falls. Votre théorie, si elle est correcte, implique que le fanion ait été arraché avant notre entrée dans la salle de concert.

— C'est exact.

— Et nous devions tous nous entasser dans la voiture de Gaunt pour rentrer.

— Parfaitement.

— Nous savons aussi que le jeune métis est sorti durant le concert.

— Mais il est revenu à temps pour écouter le discours de la Saint-Crépin.

— L'allocution du roi Henri V devant Azincourt, c'est bien cela ?

— Nous verrons. Oui, Colonel ?

Le Colonel avait rouvert les yeux et ne lissait plus sa moustache.

— Oui, fit-il. Vous avez raison. Je me demande pourquoi je n'y ai pas pensé avant. Le sol s'est dérobé sous mes pieds. Sapristi, j'aurais pu basculer dans le vide !

— Ce malheur, Dieu merci, a pu être évité, enchaîna Falls sur un ton grave. Messieurs, j'ai presque fini. Une seule explication, me semble-t-il, peut concilier tous les faits que je viens de citer. L'assassin portait des chaussures à semelles cloutées. Il les a jetées dans le chaudron. Il s'était rendu sur le mont Rangi, puisque les empreintes correspondent au dessin effectué par Bell. Il avait accès à la réserve durant le concert. Il savait que Questing était daltonien et ne tenait pas à ce que nous le découvrions. C'était un espion et Questing l'avait démasqué. Qui, selon vous, répond à cette description ?

— Eru Saul, fit le docteur Ackrington.

— Non, indiqua Falls. Herbert Smith.

IV

Ce fut la voix indignée de Simon qui domina toutes les autres : Bert Smith ne ferait pas de mal à une mouche; il n'a pu commettre un tel crime; il a essayé de s'enrôler dans l'active; son seul défaut était de lever le coude un peu trop souvent. Falls n'avait pas le droit de porter une accusation aussi monstrueuse, hurla Simon. N'essayait-il pas d'accabler un autre pour se protéger ? Tour à tour, le Colonel, le docteur Ackrington et Webley tentèrent de le calmer. Mais il refusa de les écouter ou de sortir comme son père le lui demandait. Il finit pas se rasseoir, les lèvres tremblantes, esquissant un geste d'abandon.

— Smith ! s'exclama Gaunt. Qui aurait pu s'en douter ? L'ennemi doit être en mal d'agents pour engager une loque de cette espèce.

— Ce n'est qu'un très petit rouage dans la machine, hélas ! opina Falls.

— Nous le connaissons depuis de nombreuses années, observa le Colonel.

— Je ne suis pas tout à fait convaincu, lança le docteur Ackrington d'un air avantageux. Smith savait que Questing était daltonien, dites-vous ? Comment pouvez-vous en être sûr ? Il a peut-être admis l'histoire du pare-brise ?

— Cette explication ne lui a jamais été fournie. Aux dires de Smith, Questing l'a conduit jusqu'au passage à niveau et lui a montré le feu de signalisation vu à travers la vitre. Smith prétend que celle-ci est verte. Elle est jaune comme vous pouvez le voir. Smith n'est *pas* daltonien, lui. Il n'ignorait pas que Questing utilisait de l'encre verte pour écrire. Il a inventé cette histoire de pare-brise après le meurtre. En effet, il devait nous expliquer sa soudaine amitié pour Questing. Il lui fallait montrer sa précieuse attestation. Par-dessus tout, il fallait nous empêcher de découvrir l'anomalie dont souffrait Questing. D'où les efforts qu'il a déployés ce matin pour nous persuader que la chemise d'Eru Saul était bleue comme l'avait affirmé Questing. Naturellement, ce dernier lui avait expliqué qu'il s'était trompé. Questing a promis de ne pas le renvoyer. En fait, il l'a même utilisé comme intermédiaire dans sa chasse aux reliques. Mais il l'a découvert ensuite sur le mont Rangi et l'a accusé d'espionnage. Il devenait nécessaire de tuer la poule aux œufs d'or.

— Si je comprends bien, Eru Saul, la hache de guerre et la violation du territoire sacré ne sont que des détails secondaires ? interrogea Dikon.

— Oui, d'une certaine manière. Eru Saul m'a dit qu'en retournant à la salle de concert, après avoir bu un verre avec Smith, il a entendu Gaunt parler de « *gens qui roupillaient* ». Dans le discours de Saint-Crépin, il est un vers qui peut suggérer cette idée : « *Et les gentilhommes qui sont maintenant dans leur lit en Angleterre.* » Smith, pour sa part, affirme avoir entendu quelque chose à propos d'une « *nouvelle ville à prendre* ». Il s'agit manifestement du discours prononcé devant Azincourt, celui-là même qui a clôturé le récital. M. Gaunt n'a consenti à le déclamer qu'après une longue ovation.

— Bert n'aurait pas pu faire la différence entre deux discours, protesta Simon. Pour lui, c'est du pareil au même.

— Il y a un intervalle de cinq à six minutes entre le premier et le dernier. Qu'en pensez-vous, Gaunt ?

— C'est cela, approuva celui-ci sans hésitation.

— Pour Smith, ce laps de temps était largement suffisant. Il est rentré par la porte principale et, pendant que tous les regards étaient tournés sur vous, est ressorti pour se glisser dans la réserve. Mais il lui aurait fallu un peu plus de temps pour arracher le fanion et sa hampe. Aussi a-t-il un peu bâclé son travail et ouvert une brèche dans le sentier. Il s'est alors aperçu qu'il laissait des empreintes sur la boue et a tout jeté de l'autre côté du tertre. Puis il est revenu en courant pour rejoindre ses amis. Après le concert, vous étiez avec lui ? demanda Falls à Simon qui opina de la tête. Avez-vous observé ses pieds ?

Simon fit signe que non.

— Le valet de chambre de M. Gaunt vous tenait compagnie. Où est-il ?

L'homme qui se tenait devant la porte sortit et revint suivi de Colly.

— Colly, pouvez-vous me dire quelle sorte de chaussures M. Smith portait hier soir quand vous êtes rentrés ensemble ? interrogea Falls.

— Des souliers ordinaires, monsieur.

— Etiez-vous auprès de lui quand il est entré dans la salle, au début du concert ?

— Oui, monsieur. Nous avions apporté des chaises.

— Avait-il les mêmes chaussures ?

Colly ouvrit des yeux stupéfaits.

— Mais non ! Vous avez raison, Inspecteur. Il portait des bottes. Les souliers, il les avait mis dans sa poche. C'était pour danser, vous comprenez ?

— A-t-il ramené ses bottes à la maison ? questionna Webley.

— J'peux pas vous dire, répondit Colly d'un air malheureux.

— C'est bon.

Colly eut un regard peiné en direction de Simon, puis il ressortit. Webley alla vers l'homme qui attendait devant la porte.

— Où est-il ?

— Dans sa chambre, monsieur Webley. Nous le surveillons.

— Venez, ordonna Webley.

XV

Exit Septimus Falls

— Je suis incapable d'éprouver la moindre sympathie pour lui, affirma Dikon. La peine de mort n'existe pas en Nouvelle-Zélande. Il passera le reste de ses jours en prison et ce n'est pas moi qui le plaindrai. Ce n'est qu'un espion minable doublé d'un assassin. En revanche, je crois que je serai toujours poursuivi par l'image de ce pauvre Questing.

— Oh non ! Vous n'allez pas recommencer !

— Excusez-moi, ma chérie. Non, je retire ce dernier mot. Dans les milieux du théâtre, on appelle une femme « ma chérie » quand on n'arrive pas à se souvenir de son nom. Je vous appellerai simplement Barbara, ma chère Barbara, mon amour. N'en prenez pas ombrage. Cela ne peut pas vous contrarier vraiment, et cela me fait plaisir. Où désirez-vous que nous allions ?

— Jusqu'à la mer ?

— Mes pauvres pieds se transformeront en marmelade, mais je suis votre homme. Allons-y.

Ils marchèrent en silence, sous un ciel radieux.

— Cela s'est terminé il y a seulement deux jours, reprit Barbara. On a peine à le croire.

— Oui, je sais. Exit Smith, menottes aux poignets. Exit Septimus Falls, en plein triomphe. Et bientôt, hélas, exit nous-mêmes.

— Quand, à votre avis ?

— Il voudrait partir la semaine prochaine. Nous devons attendre les premières auditions. Il va beaucoup mieux maintenant. Votre oncle l'a déclaré guéri de ses rhumatismes.

— Où ira-t-il ? demanda Barbara sur un ton neutre.

— A Londres. Il veut rassembler une troupe et l'emmener en tournée. Le poète jouant sous les bombes et la mitraille ! Une idée grandiose. Je le quitte, ajouta Dikon.

— Vous le quittez ? Mais pourquoi ?

— Je vais essayer une dernière fois de me faire incorporer. Si on me refuse comme on m'a refusé en Australie, je retournerai auprès de Gaunt. Même un aveugle comme moi doit pouvoir se rendre utile. Je porterai une tenue de combat et m'installerai dans un cagibi sombre, au fond d'un très long couloir, pour taper des rapports destinés à se perdre dans d'autres couloirs. Vous m'écrirez ?

Barbara ne répondit pas.

— M'écrivez-vous ? insista-t-il.

Elle hocha la tête.

— C'est étrange, reprit Dikon après un silence. Vos yeux sont noyés de larmes parce qu'il s'en va et que je reste. Dieu sait pourtant que j'ai envie de pleurer à l'idée de vous laisser. Cela n'a pas de sens.

Barbara s'immobilisa.

— Vous ne comprenez pas, fit-elle avec une colère rentrée. Vous n'êtes pas aussi malin que je le pensais. Si j'ai les larmes aux yeux, c'est... c'est parce que je me suis abandonnée à un *fantasme*.

Elle acheva cette phrase en retrouvant ses anciennes

manières, écarquillant les yeux et soulevant le coin des lèvres.

— Vous avez un beau visage, ne lui faites pas cela.

— Je traiterai mon visage comme bon me semblera, rétorqua Barbara. Rien ne vous oblige à me regarder si cela vous déplaît. Vous prétendez m'aimer, mais vous ne cessez de vouloir me modeler à votre façon.

— Non, pas du tout. Sincèrement. Je suis prêt à accepter vos critiques sans broncher. Par exemple, vous pourriez me reprocher de renifler quand je lis ou de me ronger les ongles. Je ne dirais rien. Faites autant de grimaces qu'il vous plaira, je continuerai de vous aimer. Vous vous êtes abandonnée à un fantasme ? Comment cela ?

— Je me suis conduite comme une demeurée. Je le prenais pour un héros romantique, M. Rochester personnifié. Alors qu'il est vain, égoïste et sans grand caractère. Prétendre qu'il était profondément atteint par ce drame alors qu'il craignait seulement pour sa petite personne ! J'ai honte de moi.

— Oh, murmura Dikon.

— Et son présent ! Il me considérait comme une *chose* ! Je n'ai pas fait de grimace. N'allez pas dire que j'ai fait une grimace !

— Non, vous n'avez même pas cillé. Mais vous êtes cruelle. Gaunt est vraiment généreux, il offre des présents pour un oui ou pour un non.

— Oui, mais quand papa lui a très gentiment fait remarquer que je ne pouvais pas accepter cette robe, il a eu des mots *impossibles*. Il a dit : « Mais si... bien faite... etc. Nudiste... etc. » Sim l'a entendu.

— C'est parce qu'il a beaucoup souffert dans son amour-propre, expliqua Dikon en se gardant de rire. Personne n'aime voir ses présents refusés avec dignité. Il s'est senti un peu snobé, traité comme un paysan.

— Je suis désolée, mais il aurait dû réfléchir avant. Ne

parlons plus du tout de cela, mais j'avoue que cette robe était ravissante.

Barbara marqua une pause.

— Il vaut mieux en rire, je suppose.

— Bravo, Miss Claire, approuva Dikon.

Il lui prit le bras et fut étonné de sentir sa main se glisser dans la sienne.

— Vous promettez de m'écrire ? Si la guerre dure longtemps, vous finirez par oublier de quoi j'ai l'air, mais je reviendrai.

— Oui, répondit Barbara. Revenez.

II

— Voilà toute l'affaire, conclut M. Falls. Je compte aller à Wellington dès la fin du procès. Il faut rendre compte au Premier ministre et au gouverneur, vous comprenez. Hélas, nous n'avons pris que du menu fretin, mais cela prouve que le danger existe.

— En effet, répondit le Superintendant. Nous commencions à nous habituer à l'idée que ces choses n'existent pas chez nous. Nous ne pensons qu'à consolider nos positions sur le front et à envoyer des renforts. Nous avons tendance à oublier la guerre du renseignement et du sabotage. Du moins, cette notion est ignorée du public. Vous nous avez rendu un fier service.

— Et comment ! appuya le sergent Webley. Vous savez, monsieur, le vieux docteur ne cessait de nous écrire lettre après lettre. Et cela nous paraissait quelque peu invraisemblable. Il se trompait de cible, mais son idée n'était pas mauvaise.

— Non, elle n'était pas mauvaise, confirma le Superintendant.

— Le docteur Ackrington s'est conduit exactement

comme il le fallait, affirma M. Falls. Il est venu me voir à Auckland après m'avoir écrit. Mais je n'ai décidé de me rendre à Waiatatapu que le jour suivant. Je n'avais pas eu le temps de le prévenir, nous nous sommes donc trouvés face à face sur la véranda. Il n'a pas bronché. Nous avons dû mettre le Colonel dans la confidence, et j'avoue que cela s'est avéré un peu plus délicat. Je dois aussi remercier Webley. Il s'est montré en tous points parfait.

— Compliments, sergent, lança le Superintendant.

— Il a insisté pour que je me charge de conclure. Nous avons pensé qu'il valait mieux révéler toute la vérité. Simon Claire aurait provoqué un scandale s'il n'avait pas été pleinement convaincu de la culpabilité de Smith. Mais ils se sont tous engagés à ne pas ébruiter cette affaire d'espionnage. Si vous pouvez faire durer les auditions pendant quelques jours, j'irai creuser un peu plus avant que les gros bonnets ne commencent à se méfier.

— Vous ne voulez pas du tout assister au procès, j'imagine ?

— M. Falls devra témoigner, mais il ne retournera pas à Waiatatapu.

Le sergent Webley passa une main dans ses cheveux courts et eut un petit rire amusé.

Les trois hommes se levèrent en même temps. Le Superintendant saisit la main de M. Falls.

— Ce fut un honneur et un plaisir de vous recevoir parmi nous. Je suis persuadé que Webley partage cette opinion.

— Oh oui ! approuva Webley. Ce fut un privilège de vous connaître, monsieur.

— J'espère que nous nous retrouverons. Pour des prises plus conséquentes.

Ils se serrèrent la main.

— J'en suis sûr, affirma le Superintendant. Au revoir, monsieur Alleyn.

Achevé d'imprimer en septembre 1985
sur les presses de l'imprimerie Bussière
à Saint-Amand (Cher)

— N° d'imprimeur : 2197. —
— N° d'éditeur : 813. —
Dépôt légal : octobre 1985

Imprimé en France